新注和歌文学叢書 21

頼政集新注　下

頼政集輪読会　著

青簡舎

目次

［上巻］
注釈
春
夏
秋
冬
賀
別
旅
哀傷

［中巻］
注釈
恋

凡　例

一、本書は、宮内庁書陵部蔵桂宮本『源三位頼政集』（五一一―一五）を底本として本文を掲げ、これに〔整定本文〕〔校異〕〔現代語訳〕〔他出〕〔詠出機会〕〔語釈〕〔補説〕の各項を適宜施し、人名一覧・会記一覧・初句索引を付したものである。

二、本文の表示と翻刻の方針

1．和歌には『新編国歌大観』第三巻所収『頼政集』に拠って歌番号を付した。歌の配列（歌順）は底本通りとし、桂宮本の独自番号は付さなかったが、『新編国歌大観』との配列が異なる場合、および桂宮本に欠脱があり他本により補った場合には、歌番号の右肩に＊を付した。

2．底本が詞書・歌を欠く場合は、高松宮本に拠り、（　）を付して補った。

3．表記はできる限り本文に忠実に従った。漢字は通行の字体に改め、異体字・別体字は残した。

4．ミセケチ符号は「ヒ」に統一した。判読不能の文字は□で示した。擦り消しは▲で示し、下の文字が判読できる場合には、本文の左傍に（　）を付して記した。また、重ね書きで下の字が判読できる場合にも、本文の左傍に（　）を付して示した。

三、〔整定本文〕について

1．歴史的仮名遣いに改め、濁点および読点を付した。

2．「秋の野ゝ」などのように、オドリ字によって品詞の異なる語を示す場合には、オドリ字を仮名に開いた。

3．漢字の読みが複数考えられる場合には採択した読みをルビとして付した。

4．校訂した場合は、校訂箇所の右傍に圏点「・」を付し、語釈でその旨を説明した。なお、他本の本文がより妥当と判断できる場合でも、底本本文のままで意が通る限りは校訂を施さなかった。

四、〔校異〕について

1．校合に用いた伝本および略号は次の通りである。

高　国立歴史民俗博物館蔵高松宮家伝来禁裏本（H―六〇〇―五六六）
下　下冷泉家旧蔵本〔大山紗弥佳氏現蔵〕
松　肥前嶋原松平文庫蔵本（松一三五―四七）
穂　穂久邇文庫蔵本（二一―二―三〇六）
浦　宮内庁書陵部蔵松浦静山旧蔵本（五〇九―八）
龍　阪本龍門文庫蔵本（二―三　一四五―二）
蓬　名古屋市蓬左文庫蔵本（一三五五九）
清　ノートルダム清心女子大学蔵本（Ⅰ四四）
国　国立国会図書館蔵本（わ九一一・一三―四）
内　国立公文書館内閣文庫蔵本（二〇一―四五四）
静　静嘉堂文庫蔵本（一〇四―四一）
版　早稲田大学図書館蔵寛文元年版本（ヘ四―八一四二）
群　早稲田大学図書館蔵群書類従二四六所収本（イ四―四八八・三一三～三一四）
三　三井寺切

2．〔校異〕には、〈歌序〉〈集付〉〈詞〉〈歌〉〈左注〉〈注記〉を立項し、詞書・和歌の欠脱など全体に関わることがらは、〔校異〕欄の冒頭に◇を付して記した。詞書の異同は〈詞〉、和歌の異同は〈歌〉として記した。

〈歌序〉〈集付〉〈左注〉〈注記〉の項には、それぞれ該当する事項を持つ伝本の本文のみを掲げた。上記項目に該当しない異同については、◇を付して〔校異〕欄の末尾に記した。

3．同じ読みとなる漢字（「郭公」と「時鳥」「子規」等）や、漢字仮名・仮名遣いの相違、また、意味の違いを生じない送り仮名の有無などの表記の相違は、原則として異同に掲げなかった。ただし、複数の読みが考えられる漢字表記、解釈に関わるような表記の相違や特異な用字は、異同として掲げた。

4．ミセケチ・補入などによる訂正結果が底本本文と同じ場合は異同として掲げなかった。

5．朱書は当該箇所が本行にある場合には「　」で示し、「(朱)」と注した。傍書が朱の場合には当該箇所の下に「(朱)」と注した。なお、内閣文庫本では補入記号を朱で記す場合があるが、煩瑣を避けて、いちいち断らなかった。

五、〔現代語訳〕はできる限り本文に忠実に行った。言葉を補った場合には（　）内に記した。

六、〔他出〕には、南北朝期以前の撰集等への入集状況を掲げた。

七、〔詠出機会〕には、当該歌の詠作事情のうち、歌合・歌会などに関する情報について、詞書や歌題、あるいは伝存する歌合本文などとの照合から判明するものを記した。

八、〔語釈〕には、特に注意すべき語の解釈・解説を記した。

九、〔補説〕には、頼政の作意、同時代の用例との比較、和歌史上の特質、他本の本文を採択した場合の解釈などを記した。

十、和歌の引用について

1．主に『新編国歌大観』に拠ったが、表記などを改めた箇所がある。

2．頼政集は、本注釈の整定本文に拠った。

3．歌番号は漢数字で示したが、頼政集の歌番号のみ算用数字で示した。

4. 万葉集は『新編国歌大観』に拠り、旧番号で示した。引用には本文と西本願寺本の訓を示したが、『類聚古集』（龍谷大学善本叢書、思文閣出版）と広瀬本万葉集（『校本萬葉集』岩波書店）を参照し、必要であればその訓も示した。

5. 金葉集については、初度本・三奏本をそれぞれ「金葉集初度本」「金葉集三奏本」とした。また、私家集で『新編国歌大観』に二種所収される場合には、第七巻に所収されるものを「★」を付して示した。

十一、歌学書などの引用について

1. 歌学書類の引用は基本的に『日本歌学大系』（風間書房）に、その他の文学作品については、特殊な本文を除き通行の本文に拠ったが、次の三作品のみ左に掲げた著作に従った。表記は改めた箇所がある。

・京極中納言相語　『中世の文学　歌論集（一）』（三弥井書店、一九七一年）
・能因歌枕　川村晃生・能因歌枕研究会編『校本能因歌枕』（『三田国文』5、一九八六年六月）
・枕草子　石田穣二訳注『新版枕草子　上・下』（角川ソフィア文庫、角川学芸出版、一九八〇年）

2. 川田順『源三位頼政』（春秋社、一九五八年）所収「頼政集評釈」は「川田評釈」、『校註国歌大系』第十四巻「近古諸歌集」（清文堂、一九三四年／講談社、一九七六年復刻）所収「源三位頼政集」は「校註」、小原幹雄・錦織周一『源三位頼政集全釈』（笠間書院、二〇一〇年）は「全釈」と略記した。

十二、その他

1. 参照すべき項目がある場合には、「↓」でその歌番号などを示した。

2. 各歌の注釈の末尾には担当者の名を括弧内に示した。担当者は、輪読時に報告を行い、議論の結果を踏まえて原稿を執筆した。注釈の内容については、各担当者が責任を負う。

注釈

雑

世中に思はすなることのみありて住侘ていつみなる所にこもりゐて侍しにおかさきの三位六位にて侍し

時内蔵人に成りぬと聞てよろこひつかはすとて

君か為うれしきことは嬉しきに我なけゝきを歎しもせし

〔校異〕 ○雑—雑歌（龍）

〔整定本文〕 世中に思はずなることのみありて、住侘《すみわび》て、いづみなる所にこもりゐて侍しに、をかざきの三位、六位にて侍し時、内蔵人に成りぬと聞て、よろこびつかはすとて

君が為《ため》うれしきことは嬉しきに我《わが》なげきをば歎《なげき》しもせじ

〔校異〕 〈詞〉○世中に—世中○《にイ(朱)》（内）、世中（静）○住侘て—○《京には》住侘て（高）、京には住侘て（松・龍・蓬・内・静・版・群）、京には住わひて（浦・清）、京にはすみわひて（穂）○おかさきの—をかさき（穂・浦）、岡崎（龍・蓬・内・静）○三位—三《二》位（高）○よろこひ—喜（浦）、悦（蓬・清・国・内・版）、祝（静・群）、悦ひに（龍）○つかはす—いひつかはす（松・蓬・清・内・静・版・群）、云つかはす（国）〈歌〉○君か—□□（龍）○嬉しき—これ《ウ》しき（静）○なけゝきを—なけしきを（下）、なけきを《は歎》（高）、なけきをは（穂・龍・蓬・清・内・静）、歎をは（松・浦・国・版・群）○歎しも—歎《き(朱)》しも（内）○せし—せず（静）

〔現代語訳〕 世の中に思い通りにならない事ばかりがあって、（都に）住むのが厭になり、「いづみ」という所に籠居しておりましたところ、（従弟である）岡崎の三位（範兼）が、六位でありました時、内裏の蔵人になったと聞いて、慶賀を（述べ）送るというので

君のためには（蔵人就任の）嬉しい出来事は、（私にとっても）嬉しいのに、（私の不遇の）嘆きを、（君の方では私と共に）嘆きもしないだろうがね。

〔語釈〕 **○世中に思はずなることのみありて** 官途が不遇であることをいう。頼政は白河院の判官代となっているが（公卿補任・治承二年条）、若年の官歴は不明。**○住侘て** 多くの伝本で直前に「京には」の語句が入る。その場合、伊勢物語・九段冒頭部の「その男、身をえうなきものに思ひなして、京にはあらじ、東の方に住むべき国求めにとて行きけり」が意識されている。**○いづみなる所** 井上宗雄『平安後期歌人伝の研究 増補版』（一九八八年、笠間書院）は「和泉国なら「いづみの国」と書くであろうから、「いづみなる所」は山城南部の泉の里であろう」と考証する。そうであれば、山城国相楽郡水泉郷（現在の京都府木津川市）で、木津川沿岸の地となる。その地名起源譚が古事記の崇仁記に載る（崇神紀では泉川の地名起源譚として記す）。万葉集に「山代《ヤマシロノ》 泉小菅《イツミノコスゲ》 凡浪《オシナミニ》 妹心《イモガココロヲ》 吾不念《ワレハオモハズ》」（巻十一・二四七二）と詠まれたが、木津川（泉川）の木材集積地であり、同集に「宮材引《ミヤギヒク》 泉之追馬喚犬《イズミノソマ》二《ニ》 立民乃《タツタミノ》 息時無《ヤムトキモナク》 恋度可聞《コヒワタルカモ》」（巻十一・一二六四）と「泉の杣」も詠まれている。なお「和泉国のある場所」という解釈が、完全に排除されるわけではない。和泉国にしても、山城の泉にしても、頼政との縁故は直ちに明らかにし難いが、ここでは井上説に従い山城の泉と解しておく。**○をかざきの三位** 藤原範兼→人名一覧。**○六位にて侍し時、内蔵人に成りぬ** 範兼が六位蔵人となったのは、大治五年（一一三〇）正月八日（公卿補任・蔵人補任）。頼政二七歳の詠であることが分かる。**○よろこび** ここでは蔵人就任の慶賀のこと。**○つかはす** 多くの伝本で「いひつかはす」となっている。**○君が為** 初句にこの措辞をもつ歌は「君がため春ののにいでてわかなつむわが衣手に雪はふりつつ」（古今集・春上・二一・光孝天皇）や「君がため山田のさはにゑぐつむとぬれにし袖は今もかわかず」（後撰集・春上・三七・読人不知）など周知の作が多い。**○うれしきことは嬉しき** 相手の慶事を自分も嬉しく聞くというのだが、同様の表現をする歌に、「なげきをもとはぬつらさはつらけれどうれしきことはうれしとぞきく」（粟田口別当入道集・一一五）がある。これは、藤原惟方が検非違使別当になった頃、嘆く事ある某人が、惟方から見舞いが無いことを憾みながら慶賀の意を表したもので、頼政歌とよく似た状況である。ただし惟方の別当就任は平治元年（一一五九）一〇月一〇日なので、頼政歌のほうが先行する。**○なげきをば**　底本「なけゝきを」では意が通らないため、他本により校訂した。

〔補説〕　従弟である範兼の、栄誉ある蔵人への昇進を祝って送った歌。詠作年時が確定でき、その折の頼政の身辺状況を窺い知ることができる貴重な情報が提示されている。「いづみなる所」について、一首は「うれしき」「なげき」を二度ずつ繰り返し、ことさら「き」の音が響いてくる。この点、山城国の泉が古来木材の集積地であることを強く示唆しているとも考えられ、井上説の補強要素となろうか。下句は相手の冷淡さを詰るかのようだが、親しい者への口吻であろう。（兼築）

返し

うれしさをうれしと思はゝ思しれ君かなけきをなけきけりとは

〔整定本文〕　返し
うれしさをうれしと思はゞ思《おもひ》しれ君がなげきをなげきけりとは

〔校異〕　〈歌〉○思はゝ―しらは（蓬）

〔現代語訳〕　返し
もしも（私の蔵人昇任の）嬉しさを、（貴君が）嬉しいと思うのであるならば、分かってくれ。貴君の歎きを（私も）歎いていたのだ、ということは。

〔語釈〕　**○思しれ**　三句命令形切れで、その内容を下句に示して「とは」で受ける。「〜とは思ひしれ」を倒置した形だが、「もらしつる心たかさにおもひしれそらにみちぬるわがなげきとは」（実国集・五一）、「そらはれしとよのみそぎにおもひしれなほ日の本のくもりなしとは」（粟田口別当入道集・一〇四）などの同時代詠が見える。

〔補説〕　直截でやや散文的とも評すべき、二四歳の範兼による返歌。これも親しい従兄への遠慮ない口吻であり、下句で貴君の辛さは私も共有していたと述べ、頼政を慰めながら、挨拶を返している。雑部は官位にまつわる詠が続くが、570・571の頼政・範兼贈答は大治五年という早い時期のものであったため、部立の冒頭に配されたのであろう。なお、中村文「『頼政集』雑部冒頭歌群の構想」（『日本文学』二〇一五年七月）参照。（兼築）

　蔵人おりてつきの日女房のもとへつかはしける

思ひやれ雲ゐの月になれく〵てくらきふせやに帰る心を

〔整定本文〕　蔵人おりてつぎの日、女房のもとへつかはしける

　思ひやれ雲ゐの月になれく〵てくらきふせやに帰る心を

〔校異〕　〈歌〉○思ひやれ—□もひやれ（龍）

〔現代語訳〕　蔵人を辞して次の日、女房のもとへ送った（歌）

　思いやっておくれ。雲井の月（天皇）にずっと親しんできて、暗く貧しい家に帰る（私の）心を。

〔語釈〕　**○蔵人おりてつぎの日**　頼政は保延二年（一一三六）四月一七日に六位蔵人に任じられ、同年の六月一三日には従五位下となり（公卿補任・治承二年条）、蔵人を辞したので、この贈答は翌一四日の出来事とみられる。**○女房**　具体的には未詳だが、宮中を離れる頼政が歌を送るという状況だから、内裏女房の一人であろう。**○思ひやれ**　相手に自分の境涯や心情を推し量ってほしいと望む表現→32。ここでは蔵人を辞して内裏を離れた心情について言う。**○雲ゐの月になれく〵て**　「雲ゐ」は宮中、「月」は天皇をたとえていよう。時の天皇は崇徳天皇。「なる」は慣れ親しむの意で、「なれく〵て」はそれを強調した表現。当該歌と、山家集の「さだめなしいくとせ君に

なれなれてわかれをけふはおもふなるらん」（一〇九二）が早い例。**〇くらきふせや**　「ふせや」は伏屋。地面に伏せたような小さく貧しい家。当該歌では宮中と比較して自邸を卑下する。また「月」との対比で「くらき」と表現。

〔補説〕　蔵人は六位でも殿上の間に参仕することができたが、蔵人を辞した途端にその昇殿の資格を失ってしまう。それを踏まえて、蔵人を辞したので昇殿もできなくなり、清涼殿の天皇にもお目にかかれなくなった、と詠んだ一首。もっとも、この蔵人在任はほぼ二ヶ月程度という短期間であり、実際には「なれ〳〵て」と言えるほど、崇徳天皇に近侍したわけでもなかっただろうが、そうした事実はさておいて、大仰に沈淪を訴えている。「雲ゐの月」の明るさと「くらきふせや」の暗さとを対比させた表現も、明暗をはっきりさせていて効果的である。（久保木）

返し

雲の上に心をふかくと、めをかはすむ月かけも哀とはみん

〔整定本文〕　返し

雲の上に心をふかくとゞめおかばすむ月かげも哀とはみん

〔校異〕〈作者〉〇ナシ―女房よみ人不知（松）、女房よみ人しらす（穂・龍・蓬・清・国・版）、女房読人不知（浦・静）、女房によみ人不知（内）〈歌〉〇哀とはみん―哀とは《そ》見む（高）、あはれとそみん（穂・龍・蓬・清・国・静・版・群）、あ《(ら)》はれとそみむ（浦）、あはれとそ《はイ(朱)》みん（内）

〔現代語訳〕　返し

宮中に（これから先も）心を深く留めて置くならば、澄む月光（のように住む天皇）も（あなたを）あわれと見ることでしょう。

〔語釈〕　**〇雲の上**　宮中の意。**〇心をふかくとゞめおかば**　「とどめおく」は、何かをその場に留め残す、の意。

詞花集・別の「人のもとに日ごろ侍りて、かへる日あるじにいひ侍りける」という詞書に基づく清胤詠「ふたつなきこころをきみにとどめおきてわれさへわれに別れぬるかな」（一八二）のような、心残りのさまを表す。当該歌は、我が身はともかく、心だけでも宮中に留め残しておくのならば、すなわち崇徳天皇の側にいられるならばと、強い執着を表明している↓372、532。**○すむ月かげ**「すむ」は「澄む」と「住む」との掛詞。「もろともにながめし人もわれもなきやどにはつきやひとりすむらん」（後拾遺集・雑一・八五五・長家）などに見られる常套表現。**○哀とはみん**「ん（む）」は未来推量で、「心をふかくとゞめおかば」をうけ、天皇を慕う頼政の気持ちがこれからもずっと強いままであるならば、きっと天皇も気に留めて下さるだろう、と言う。なお穂本ほか多くが「あはれとぞみん」とする。

〔補説〕 贈歌で「くらきふせやに帰」ったという、その頼政の「心」だけでも、これから先も宮中に留め置いていれば、きっと天皇も「あはれ」とご覧になって下さるでしょう、と、頼政を慰めたもの。なお松本・穂本ほか多数の伝本に「女房よみ人しらす」という作者名がある。

（久保木）

地下に侍し時内より歌をたひ〳〵めされてまいらするとて女房のもとへつかはしける
ことの葉は下吹風にちらしあけて谷かくれなる我なけき哉

〔整定本文〕 地下に侍し時、内より歌をたび〳〵めされてまゐらするとて、女房のもとへつかはしける
ことの葉は下吹《ふく》風にちらしあげて谷がくれなる我《わが》なげき哉

〔校異〕 〈詞〉○めされて―めされしに（龍）〈歌〉○我なけき―我けき《な歟イ》（高）

〔現代語訳〕 地下でございました時、内より歌を何度も召されて差し上げるというので、女房のもとへ遣わした歌
言の葉は、下吹く風が木の葉を散らして上空に舞い上げるように奉るが、（木の葉とは異なり）谷隠れの木（の

ように不遇のまま）である私の嘆きであることよ。

〔語釈〕 **○地下に侍し時** 頼政が内昇殿を聴されたのは仁安元年（一一六六）一二月三〇日である（公卿補任）ことからそれ以前の作となる→76・80。頼政が殿上人ではないことを明示する表現。**○内より歌をたび〳〵めされてまいらする** 「内」は内裏のこと。歌の召しが複数回あったことを示すことから、当時、既に歌人として高く評価されていたことがわかる。**○女房** 地下人である頼政からの和歌を取り次ぐ役割を担った特定の女房のこと。詳細は不明。**○ことの葉は** 「葉」は樹木の葉を表すが、「ことの葉」で頼政自身が詠んだ和歌を指す。公通に和歌を褒められた際の返事として覚性が詠んだ「人しれず谷がくれせることのはをかたりちらすなこがらしのかぜ」（出観集・七八七）とそれに対する公通の返歌「ちらさではえぞあるまじきこがらしにかかることのは谷がくれせり」（同・七八八）では、「谷がくれ」の状態で人目につかないさまにある「ことの葉」が和歌であり、それをちらすものとして風が詠まれる。助詞「は」により、自身に対してことの葉だけは、という気持ちが表現されている。**○下吹風** 万葉集に「多知波奈乃《タチバナノ》　之多布久可是乃《シタフクカゼノ》　可具波志伎《カグハシキ》　都久波能夜麻乎《ツクハノヤマヲ》　古比須安良米可毛《コヒズアラメカモ》」（巻二十・四三九五・広方）とあるのが初出例で同時期までの用例は少なく、他に「みどりなる木ずゑはいろもかはらぬにしたふく風ぞあきにかよへる」（待賢門院堀河集・二二）、「つくば山したふく風やさそふらん花たちばなのかをるよなよな」（久安百首・一二二七・安芸）の二例がある。叙景歌では木々の下を吹く風のことを指す語となるが、ここでは下々の者にまで吹く風の意を込めつつ、地下人である自分に和歌の詠進を促す上意、下知の意を指すのであろう。**○ちらしあげて** 「ちらしあぐ」は御簾などに用いられる「吹きあぐ」から発想された語か。同語を用いる和歌は他例がない。散らして下に向かったものを上方に吹き上げる様を指す表現か。「吹きあぐ」は「天つ風空に吹きあぐるひまもあらば沢にぞたづは鳴くと告げなん」（順集・二九六）という身の不遇を訴え昇進を願う和歌に用いられ、この影響を受けて清輔が「吹きあぐる風もあらなむ人しれぬ秋のみ山の谷のふる葉を」（清輔集・四一三、詞「大皇太后宮の大進にてとしひさしくなりにけるを、亮のあきたりけるをのぞむとて」）と詠じた例が確認できる。自身を「谷のふる葉」に例えるこの清輔詠は、574と類似する趣向で発想の元となっているとも言えよう。その詠作年次は、清輔が太皇太后宮多子の大進となったと思われる保元三年（一一五八）二月以降のことで、芦田耕一は「平経盛が応保二年（一一六二）七月一七日に権大進から亮に転じ」た際のことと思量している（『清輔集新注』青簡舎、二〇〇八年）。「ちらす」は進上した頼政の和歌が世の中に広まっていることを暗に示し、「ちらしあぐ」で、通常、風に吹かれ地上に落下する木の葉が上方に吹き上げられ、そのように、進上した和歌が帝に取り立てられ人々に知られることを言う。**○谷がくれなる我なげき哉**　「谷がくれ」は谷間に隠れて人目につかない状態を表す。和漢朗詠集の「鶯未出兮遺賢在谷」（鶯・六三）という詩句の影響から、「雪きえぬ谷がくれなる鶯のなにをしるべに春をしるらん」（散木奇歌集・四八、詞「山里の鶯といふ事をよめる」）のように述懐的要素の強い歌にも用いられ、不遇の身を比喩する表現でもあった。近い時期の用例には、詞書から二条院と三首ずつ交わした贈答歌中の一首であることが明らかな「谷がくれくちてとしふるむもれ木のめぐみめぐまずきみがまにまに」（出観集・七九五）や述懐百首として詠じられた「はつせ川谷がくれゆくさざれ水あさましくても澄みわたるかな」（清輔集・三七四）、述懐部に詞書を「残雪」として収められる「きえはてぬをだにがくれのゆきやさはるにしられぬわがみなるらん」（言葉集・三五四・敦仲）がある。「なげき」の「き」と「木」は掛詞で、我身は嘆きの木であると表現する。「木」は「葉」の縁語。「ことの葉」すなわち自分の詠じた和歌が取り立てられ世に知られるのに対して、我が身は「谷がくれ」の「木」、すなわち不遇の状態にあることを指し、「我なげき」は身の沈淪を嘆く心のことを言う。

〔補説〕　自身の不遇とはうらはらに和歌を進上することが重なりゆくところに、その和歌を託する女房に私信として詠まれた歌であろう。和歌のみが評価され自身の地位には反映されない嘆きを、風に吹き散らされる木の葉の景に重ね合わせて表現する。〔語釈〕に示したように、清輔の述懐歌や、出観集中の公通との贈答歌や二条院に奉った歌に見える趣向や語の用い方に共通するところがある。自分自身を谷間の人目につかない樹木とし、自分が詠じる和歌をその木の葉と見立て、風に吹き上げられていく木の葉と一向に変わることのない樹木とを視覚的にイメージさせつつ不遇の嘆きを詠い上げる点は独自で巧みである。芦田は「歌意からみて、内裏の歌会や歌合に参会が許されず、代詠あるいは自詠（頼政作として出詠）をも含めて要請されることの度重なっている様子が窺われる」と述べる（「源頼政の内昇殿をめぐって」『国語国文』二〇一四年五月号）。

（藏中）

大内守護なから殿上ゆるされぬことを思はぬにしもなかりける時行幸なりて侍けるに大宿なる小家にかくれゐて月のあか、かりけれは丹波内侍のもとへつかはしける

人しれぬ大内山の山もりはこかくれてしも月をみるかな

〔整定本文〕 大内守護ながら殿上ゆるされぬことを思はぬにしもなかりける時、行幸なりて侍けるに、大宿なる小家にかくれゐて、月のあかゝりければ、丹波内侍のもとへつかはしける

人しれぬ大内山の山もりはこがくれてしも月をみるかな

〔校異〕 〈集付〉○千載集二入（下）〈詞〉○時—比（松・穂・浦・龍・蓬・清・国・内・静・版・群）○大宿なる—大宿○《直》なる（高）、大宿なるに（下・清）、大宿直なる（穂・浦・国・静・版・群）、大宿直な（蓬）、大宿直（内）、太宿直なる（龍）○小家—家（清・群）○かくれゐて—かくれゐて侍に（穂・浦）、かくれゐて侍るに（龍・蓬・清・国・内・静・版・群）○丹波内侍—丹波《後》内侍（高）、丹波の内侍（穂・清）、丹波内□（龍）、丹後内侍（蓬・内）、丹後の内侍（国・版）、丹後《波イ》の内侍（群）〈歌〉○人しれぬ—人しれす（穂・浦・静）、□しれす（龍）、人しれす《ぬ》（蓬）、人しれす《ぬ(朱)》（内）○こかくれてしも—こかくれてしも《のみ》（高・下）、木かくれてのみ（穂・浦・龍・蓬・清・国・内・静・版）、木か《ヒ》くれてのみ《しもイ》（群）

〔現代語訳〕 大内守護であるが殿上を許されないことを（不満に）思わないわけでもなかった時、（一条天皇が）行幸なさいましたが、（その時）大宿直所である小家に隠れるように居て、月が明るかったので、丹波内侍の

もとへ歌を送った

人に知られることのない大内山の山守は、木に隠れてこそ月を見ることです

〔他出〕千載集・雑上・九七八、詞「二条院御時、としごろおほうちまもることをうけたまはりて、みかきのうちには侍りながら、昇殿はゆるされざりければ、行幸ありける夜、月のあかかりけるに女房のもとに申し侍りける」、四句「こがくれてのみ」。続詞花集・八六二、詞「としごろ大内裏をあづかりてまもり侍りけるに、みゆきあるときはたかくるるもほいなくいへり、うへゆるされむと申しけるを、かなはざりければ、大内に行幸なれりける比、女房許へ申しける」、四句「こがくれてのみ」。重家集・三一四、詞「前兵庫頭頼政内殿上したりしに、ひととせ二条院御とき、人しれぬおほうちやまの山もりはこがくれてのみ月をみるかな、とよみてたてまつりたりし事をおもひいでていひつかはしし」。林下集・三三二、左注「この歌は、二条の院御時殿上を申して、人しれぬおほうちやまの山もりはこがくれてのみつきをみるかな、とよみたりしに殿上ゆりたれば、そのころなり」。歌仙落書・五六、詞「年頃大内をまもりけるに、殿上ゆりざりける事を歎きて、月のあかかりけるよ、女房のなかに申入れける」、四句「木がくれてのみ」。治承三十六人歌合・三四四、詞「二条院御時おほ内裏まもりけるに、うへゆるされぬことをなげきて、大内行幸なれりける比、女房の中に申しいれける」、四句「木隠れてのみ」。

〔語釈〕**○大内守護**　大内守護の語を使用する資料は公卿補任。大内守護という役職は正式にはない。また、詞書の「大内守護」は、千載集等の他出文献に見えない。井上宗雄『平安後期歌人伝の研究　増補版』（笠間書院、一九八八年）四章三節参照。**○殿上ゆるされぬ**　→76。頼政は二条天皇の時には殿上を許されていない。**○行幸なりて**　行幸の時期等は不明。**○大宿なる小家にかくれゐて**　「大宿」は大宿直所のこと。大宿直とも。内裏警護の人の詰め所。平安宮内に置かれ、方四十丈、主殿寮の南に位置したが、長和三年に焼亡。頼政当時の状況については不明。**○丹波内侍**　→人名一覧。丹後内侍とする伝本もある。**○人しれぬ**　「人しれぬ」という歌句は平安初期より多数みられ、初句に置くものも多いが、575歌に影響を与えたかと思われる歌に「人しれぬこころのうちにこがく

れて人にしられぬこひもするかな」（躬恒集★・三三四）がある。下二段活用の「知る」は、知られるの意。**○大内山**　宮中、禁中の意。575歌の影響下、院政期から多数詠出された。**○山もり**　→63。山を守る番人。万葉集から見える語で、もとは御料地の番人。古今集には見えず、後撰集に「山守はいはばいはなん高砂のをのへの桜折りてかざさむ」（後撰集・春中・五〇・素性）など三例が見える。**○こがくれてしも月をみるかな**　第四句は「こがくれてのみ」とする伝本が多く、他出資料でもほとんどが「木がくれてのみ」である。「木がくれ」は、流れや月、あるいは鳥などが木に隠れて見えない様を表す一方で、人が木に隠された状態にあること、すなわち沈淪を表す場合があり「君が世にあふさか山のいはし水こがくれたりと思ひけるかな」（古今集・雑体・一〇〇四・忠岑）などの詠歌例がある。月が木に隠れて見えない状況を詠む歌に「妹目之《イモガメノ》　見巻欲家口《ミマクホシケク》　夕闇之《ユフヤミノ》　木葉隠有《コノホゴモレル(カクレテ)》　月待如《ツキマツガゴト》」（万葉集・巻十一・二六六六）、「こがくれておそくいづればありあけの月まちどほにみゆる山ざと」（重之子僧集・一六）、「みちのくのあこやの松に木がくれていでたる月のいでやらぬかな」（夫木抄・一三七三八・読人不知）などがある。月を見る者が木隠れていると詠む575は、月が木隠れているという従来の位置関係を逆転させている。「月をみるかな」は勅撰集では後拾遺集の「いたまあらみあれたるやどのさびしきは心にもあらぬ月をみるかな」（雑一・八四六・清仁親王）、また「かたをかのしばどをあけてやまのはにいまいまいづる月をみるかな」（道済集・二七三）などを嚆矢とし、以後極めて多く詠まれた。ここでは、月は大内山の月、すなわち天皇を指す。「木がくれて」は、詞書の「大宿なる小家にかくれゐて」に対応する。「木がくれ」ているのが頼政であることは、575歌に続く重家との贈答歌群で「木がくれたりし山守」、また林下集に「こがくれてみし夜の月」（三二一）とあるところから明かである。頼政は「山守」らしく、小家に身を隠して天皇を拝していたと考えられる。

〔補説〕　大内守護、また、詠歌による昇殿の問題など、伝記的観点からも注目すべき歌である。大内守護は公式なものではないこと、576歌による昇殿が二条天皇の時であるか否かなどについては、井上宗雄、菊池節子（「藤原清輔伝記考―その二・三の問題点を中心に―」、『国文目白』20、一九八一年二月）の論考、また鈴木徳男『続詞花和歌集新注』

（青簡舎、二〇一一年）補説、芦田耕一「源頼政の内昇殿をめぐって」（『国語国文』、二〇一四年五月）に詳しい。自らを「大内山の山守」と規定し、山守は木に隠れて月を見ている、すなわち天皇の近くにいながら、その存在を知られることもなく月すなわち天皇を見ております、と丹波内侍を通じて哀訴したもの。「木がくれて」は、あるものが木に隠れて見えない様を表す表現として用いられ、沈淪述懐を表す場合は、木がくれる水、鳥などが沈淪する者の比喩であった。古今集の忠岑詠は、仰ぐべき「君が代」と「木がくれた」「石清水」すなわち沈淪する自己、という構図になっている。一方「月」が「木がくれ」るという表現は、月に対する待ち遠な気持ち、あるいは十全には見ることのできないもどかしさを表現するものであった。したがって本来「月」を沈淪する者の比喩とすることはできない。頼政詠は主体が卑賤故に「木がくれて」、高貴な「月」を見るというように逆転させることで、不遇の身と、仰ぐべき対象としての月、すなわち天皇という構図に作り替えた。こうした構図による詠は、頼政詠以後散見する。「わが身さてふるの山辺のこがくれを月のしるべにいでにけるかな」（続後撰集・雑秋上・一〇七三・信実）は、詞書によれば「九月十三夜十首歌合に、おいののちはじめてめしいだされて」詠んだものであり、慈円の「山かげやしげきひばらに木隠れて花と月ともうとく成りぬる」（拾玉集・三四一三）も同様の構想に拠るものである。

（黒田）

返し

いつのまに月みぬことを歎らん光のとけき御世にあひつゝ

〔整定本文〕 返し

いつのまに月みぬことを歎《なげく》らん光のどけき御世にあひつゝ

〔校異〕 ナシ

〔現代語訳〉 返事

一体どんな時に（あなたは）月を見ない（帝の恩沢を蒙らない）ことを歎いているのでしょうか、月の光がのどかに射す（治まる）御代にいるというのに。

〔語釈〉 ○いつのまに 一体どんな時に。五句末の「つつ」と呼応しており、「いつのまにちりはてぬらん桜花おもかげにのみ色を見せつつ」（後撰集・春下・一三二・躬恒）のように、下句と逆接的に繋がる。○月みぬことを歎らん 575歌の「木がくれてのみ月をみる」を受けるはずの歌句だが、月を見ていないと取りなしている。575歌は、主体は月を見ているが、見ていることは知られていない、すなわち帝の恩恵には預かっていないことを含意しているので、その含意を「月みぬ」としたか。○光のどけき御世にあひつゝ 「光のどけき」が治世にかかる例に「みかさやまさしいづる月のくまもなくひかりのどけきよにもあるかな」（従二位親子歌合・一九・顕季）がある。ここでの「光」は、上句から月光とみなす。

〔補説〉 丹波内侍については詳細は不明であるが、頼政が575を託したのであるから、二条天皇の女房とみるのが妥当か。575が不遇を訴えるのに対し、良い御代なのだから、あなたにも良い時が来ますよ、と相手を慰撫する口調である。「解説」参照。 （黒田）

〔整定本文〉 かくてのみ過《すぐ》るほどに、よかはりて、当今の御時殿上ゆるされて、是よりかれより祝歌読てつかはす中に、中宮亮重家がもとよりつかはしける

まことにや木かくれたりし山守の今は立出て月をみる哉

かくてのみ過るほとによかはりて当今の御時殿上ゆるされて是よりかれより祝歌読てつかはす中に中宮亮重家かもとよりつかはしける

まことにや木がくれたりし山守の今は立出《いで》て月をみる哉

〔校異〕〈詞〉○よかはりて―○か《世》はりて（高）、かはりて（下・松）、世かはり（静） ○是よりかれより―是より《ヒヒ》かれより（高）、これかれより（蓬・清・国・内・静・版・群） ○祝歌―よろこひの歌（松・浦）、よろこひ歌（穂）、悦の歌（龍・蓬・国・内・静・版）、悦のうた（清）、祝の歌（群） ○つかはす―仕する（穂） ○つかはしける―つかはす（静） 〈歌〉○月をみる哉―月をみるなる（浦）

〔現代語訳〕 このように（昇殿できないことを嘆いて）ばかりで過ごしている内に、御代が代わって、当今（六条天皇）の時代に殿上を聴されて、この人あの人から慶びの歌を詠んで贈ってきた中に、中宮亮重家の許から言ってきた

なんとまあ本当ですか。（これまで）木陰に隠れて（月を見て）いた山守が、今は晴れがましい場所に出て来て月を見ることですよ。

〔他出〕 重家集・三一四、詞「前兵庫頭頼政内殿上したりしに、ひととせ二条院御とき、人しれぬおほうちやまの山もりはこがくれてのみ月をみるかな、とよみてたてまつりたりし事をおもひいでていひつかはしし」、五句「月をみるなる」。

〔語釈〕 **○かくてのみ過る** 575詞に見える「殿上ゆるされぬ」状況のままで経過したこと。**○よかはりて** 二条天皇が崩御し、六条天皇の御代になったことを示す。永万元年（一一六五）六月二五日践祚。**○当今** 六条天皇↓人名一覧。**○殿上ゆるされて** 仁安元年（一一六六）一二月三〇日昇殿（公卿補任）。**○祝歌** 穂本は「よろこひ歌」、松・浦本は「よろこひの歌」、龍本ほか六本は「悦の歌」として、表記に異なりが見られる。いずれも「慶賀」の意を示す語として通用したものか。底本の「祝」字の旁は「悦」に近い↓309。**○中宮亮重家** 藤原重家↓人名一覧。中宮亮であった時期は、仁安元年四月から嘉応元年（一一六九）正月まで。**○まことにや** 相手に真実かどうかを問う表現。ここでは感嘆の意を籠める。勅撰集では後拾遺集初出で、同集に見える四例をはじめ、贈答歌に用いら

れることが多い。口語的な表現であったと考えられ、勅撰集には七例しか見えない。**○木がくれたりし** 575四句を踏まえる。**○立出て** 「立ち出づ」は晴れがましい場所に出る意。**○月をみる哉** 底本ほか多くの伝本がこの形だが、浦本および重家集では「月をみるなる」である。伝聞「なる」で結ぶこの形であれば、二句以下について初句で「まことにや」と問うたこととなり、構造的に照応する。「月」は天皇を表徴する。

〔補説〕 頼政がかつてわが身の沈淪を述懐する体で用いた「木がくれてのみ月を見るかな」の表現と、「山守に身をなす」趣向をそのまま取り込みながら、頼政の昇進を言祝いでみせた。575が詠まれてから少なくとも二年が経過した時点での詠作であり、575が強い印象を以て人々に記憶されていたことをうかがわせる。（中村）

返し

そよやけにこかくれたりし山守をあらはす月も有ける物を

〔整定本文〕 返し

そよやげにこがくれたりし山守をあらはす月も有ける物を

〔校異〕 〈詞〉○そよやけに―□よやけに（龍）〈歌〉○有ける物を―有ける物と（高）

〔現代語訳〕 返し

そうですよ、ほんとうに。木陰に隠れていた（この）山守（私）を、照らし出し（世に顕し）てくれる月もあったことです。

〔他出〕 重家集・三一五、詞「返し」、二句「かくろへたしり」。

〔語釈〕 **○そよやげに** 「そよや」は、相手の言にそうだよと相づちを打ち肯定する語。「げに」は納得や共感を示す語。和歌の用例は少なく、同時代歌人の行宗・実家・隆信らの家集に、いずれも贈答歌の返歌に用いた例が見えるのみである。**○あらはす**　隠れた物をあらわにする意。隠されたものを月の光が照らし出して明らかにする意で、和歌に用いた例として、「隠耳《シタニノミ》　恋辛苦《コフレバクルシ》　山葉従《ヤマノハニ》　出来月之《イデクルツキノ》　顕者如何《アラハレバイカニ》」（万葉集・巻十六・三八〇三、五句現訓は「あらはさばいかに」）がある。**○月**　六条天皇を譬える。**○有ける物を**　「かはるせも有りけるものをうぢ川のたえぬばかりもなげきけるかな」（新古今集・雑中・一六四八・兼家）のように、「～もあったのに」と逆接の意で用いる例が多いが、ここでは「松風のおとのみならずいしばしる水にも秋はありけるものを」（山家集・二五一）と同様に感嘆の意が籠められていよう。

〔補説〕575の自歌で用い、重家も踏襲した「山守が月を見る」という構図を用いつつ、主客を逆転させて、「月が山守を照らし出す」光景を現出させ、天皇から与えられた恩恵と、それへの感謝を表現することに成功した。

（中村）

同比皇后宮権大夫顕辰もとより悦いひつかはすとて

此春や思ひひらけて九重の雲ゐの桜我ものにせん

〔整定本文〕　同比、皇后宮権大夫顕長のもとより悦《よろこび》いひつかはすとて

此春や思ひひらけて九重の雲ゐの桜我《わが》ものにせん

〔校異〕〈詞〉○皇后宮権大夫―皇后権大夫（穂）、皇后宮権太夫（国）○顕辰もとより―顕辰《長の》もとより（高）、顕長か許より（松）、顕輔長許より（下）、顕長のもとより（穂・浦・龍・蓬・清・国・内・静・版・群）○悦―よろこひ（穂・蓬《（へ）》・国・内・静・版・群）、喜（浦）、祝（下）〈歌〉○思ひひらけて―思ひらけて（浦）、思ひひらけ《くるイ》て（国・版）、おもひひらきて《くるイ（朱）》（内）○我ものにせん―我ものにみん（下）、わか物にみん（龍）、我ものに《と》みむ（高）、わか物とみむ（松）、わか物とみん（穂・内）、我物と見む（浦）、わか物と見む（蓬）、我ものと見ん（清・版）、我物と見ん（国）、

我物とみん（静）、我ものとみむ（群）

〔現代語訳〕　同じ頃、皇后宮権大夫顕長から（昇殿の）慶賀を言ってよこすということで（昇殿を許された）この春はこれまでの憂いが晴れて、（以前のように花が散る庭ではなく）宮中の桜を自分のものとするのでしょうか。

〔語釈〕　**○同比**　前の577・578の贈答の時と同じく、頼政が昇殿を許された仁安元年（一一六六）一二月三〇日頃のこと。「春」とあることから、仁安二年の春のことか。**○皇后宮権大夫顕長のもとより**　底本は「顕辰もとより」だが、顕辰という人物は同時代に確認できないため他本により「顕長」に改め、助詞「の」を補った。顕長は藤原顕長→人名一覧。顕長は出家する仁安二年まで皇后宮（忻子）権大夫の任に就いていた。**○悦**　他本で「よろこひ」とするので、その読みを採用した。ここでは昇殿の祝賀の便り。**○此春や**　頼政が昇殿後初めて迎えた今春のこと。**○思ひひらけて**　「思ひひらく」は憂いや悩みが晴れる意。「ひらく」は開花の意の「開く」の縁語→19。頼政以前には長実の詠作例（散木奇歌集・一一一二）があるのみだが、頼政と同時代に用例数が増加する。ただし、別雷社歌合で詠まれた「神がきにしめゆふ花は諸人の思ひひらくるかざしなりけり」（七〇・通親）に対して、判者俊成が「思ひひらくるなどいへるわたり、えむなることばにしもあらねど」と評しており、和歌らしい優美な表現とは捉えられていなかった。**○九重の雲ゐの桜**　宮中の桜。蔵人を降りた後に詠まれた「やまぶきもおなじかざしの花なれどくもゐのさくらなほぞこひしき」（金葉集・雑上・五二六・惟信）のように、「雲ゐの桜」は昇殿を許された者だけが目にすることのできるものの象徴として詠まれることも多い。「九重」も「雲ゐ」も宮中の意。「九重の雲ゐ」の先例は多くはないが、昇殿を望む折に詠まれた平忠盛の「ここのへのくもゐのさくらおなじくはわがものにてもみるよしもがな」（忠盛集・一〇三）と一首の表現が似通っている。**○我ものにせん**　自分のものとするのだろう。「我ものにす」の初例は伊勢の「鶯に身をあひかへばちるまでもわが物にして花は見てまし」（後撰集・春下・一〇二）で、景物を賞美するあまり常に身近に置いて独占したいと願う心情を表現するのに用いられるが、ここでは頼政が昇殿を許される前に詠んだ「てもかけぬ雲井の花の下にゐてちる庭をのみ我物と見る」(76)を踏まえたもの。伝本の多くは「我ものとみむ」としており、この方が76の措辞とは一致する↓76。宮中の桜を自分の所有物とする「我ものにせん」よりも、あたかも自分のもののように見る「我ものとみむ」の方が、宮中の桜に対する措辞としては適切か。

〔補説〕 頼政が昇殿を許される以前、南殿の桜の花盛りに上達部殿上人が「禁庭花」の心を詠んだ折、頼政は上達部殿上人が賞美する「雲井の花」に対し、地下人の自分はその「花の下にゐて」「ちる庭をのみ我物と見る」と身分の懸隔による悲嘆を込めた歌(76)を詠んだ。顕長はそれを踏まえ、昇殿が許された今春は「九重の雲ゐの桜」を「我もの」として見るのだろうかと頼政の心中を忖度してみせ、頼政の昇殿を言祝いでいる。なお、顕長は保元三年には公卿となっており、76詠作時の「上達部」の内に顕長も含まれていた可能性がある。また、大内守護(575)と称せられた頼政は南殿の桜の管理者とも見なされていた(32～37など)。そのような経緯と、殿上人という正式な立場で宮中の花を賞翫できるようになったことを踏まえ「我もの」と表現したのだろう。 (野本)

かへし

散をのみ待し桜を今よりは雲の上にておしむへき哉

〔整定本文〕 かへし

散《ちる》をのみ待《まち》し桜を今よりは雲の上にてをしむべき哉《かな》

〔校異〕 〈歌〉○待し桜を―待し桜を《もイ》(版・群)、待しさくらを《もイ(朱)》(内)

〔現代語訳〕 返歌

散ることだけを待っていた(宮中の)桜を、(昇殿を許された)今からは宮中で(散るのを)惜しむに違いありません。

〔語釈〕 **○散をのみ待し桜** 579と同じく、かつて頼政が詠んだ「てもかけぬ雲井の花の下にゐてちる庭をのみ我物と見る」(76)を踏まえた表現。地下人であった頃の76では、宮中の桜は手の届かない存在であり、桜が散り敷いた庭だけを「我物」と眺めることができたと詠んでいた。通常心待ちにするのは「さくをまちちるををしむに春くれて花に心をつくしはてつる」(月詣集・二〇七・俊恵)のように桜の開花であり、散るのは惜しまれるが、ここでは76の内容を受け、宮中の桜の「散をのみ待」っていたと表現している。また、「散」は贈歌の「ひらけて」と対応する。**○雲の上にてをしむ** 「雲の上」は宮中を表す。贈歌の「九重の雲ゐ」を受けたもの。昇殿を許されていない頃の「散をのみ待し」に対し、これからは宮中で桜の散るのを惜しむことになる、と喜びを込めて表現した。

〔補説〕 頼政が地下の頃に詠んだ歌(76)を踏まえて昇殿を言祝いだ贈歌に対し、同じく76を踏まえて応答した歌。前の577・578の贈答歌に続き、不遇な時代の自作を踏まえた喜びの贈答歌が配されている。 (野本)

二代みかと昇殿して侍し時三位大進清輔朝臣のもとよりつかはしたりし

立帰り雲ゐの田鶴にことつてん独沢へに鳴につけても

〔整定本文〕 二代のみかどに昇殿して侍し時、三位大進清輔朝臣のもとよりつかはしたりし

立帰り雲ゐの田鶴にことつてん独《ひとり》沢べに鳴《なく》につけても

〔校異〕 〈詞〉○二代―二代の(穂・浦・龍・蓬・清・国・内・静・版・群) ○みかと―御かとに(穂・浦)、御門に(龍・蓬・清・国・内・静・版・群) ○清輔朝臣の―清輔朝臣《不審》の(清)、清輔の朝臣の(国) 〈歌〉○立帰り―立かへり《るイ(朱)》(内)、立帰る(松・国・版・群)、たちちかへる(清) ○鳴につけても―鳴に《と》つけても《なん》(高)、なくに告なむ(松)、なくとつけなん(穂・浦・蓬・国)、鳴とつけなん(龍・静・版・群)、啼と告なむ(清)、なくと《にイ(朱)》つけなん(内)

〔現代語訳〕　二代の天皇に昇殿しました時、三位大進清輔朝臣のもとより遣わしてきた（歌）

繰り返し、雲井の鶴（頼政）に言づけたいと思うことです。（私は）一人（地上の）水辺で泣くにつけても。

〔他出〕　風雅集・雑下・一八四七、詞「おなじ人、高倉院の殿上の還昇をゆるされて侍りけるに、申しつかはしける」、初句「たちかへる」、五句「なくとつげなん」。清輔集・三二六、詞「二条院位におはしましける時、殿上に侍りけるに、世かはりて六条院御時、殿上かへりゆるさるる人のもとへ」、初句「たちかへる」、五句「なくとつげなむ」。

〔語釈〕　○二代のみかどに昇殿して　「二代のみかど」が誰かは頼政集に明示されていない。〔補説〕に示したように公卿補任によれば、頼政は少なくとも六条・高倉の二代の天皇に昇殿したと推定されるが、ここでの「二代」は崇徳・六条か→人名一覧。なお〔補説〕「解説」参照。底・高・下・松本の「二代みかと」に対して、穂本以下の諸本が「二代の御かど（門）に」とする。「の」は省略可と思われるが、「に」は仕える対象を指示するのに必要であり、穂本等によって校訂した。○三位大進清輔朝臣　藤原清輔→人名一覧。応保二年（一一六二）三月六日、二条天皇内昇殿。以後の御代に内昇殿は許されなかった。なお、正四位下で官途を終える清輔の「三位大進」という呼称は、父顕輔の極位（三位）と清輔の官職名に由来する。兼築信行「「三位大進」考―藤原清輔の称をめぐって―」（『国文学研究』一五五、二〇〇八年六月）参照。○立帰り　副詞。繰り返し。清輔が何度も窮状を訴えるさまを示す。なお、「立帰る」とする本文では、「雲ゐの田鶴」を修飾して、還昇して殿上にたち戻る頼政の動作を意味する。〔他出〕に示したように、風雅集・清輔集は「たちかへる」とする。○雲ゐの田鶴　還昇して殿上に戻る頼政を喩えた。「田鶴」→328。○独沢べに　殿上に戻る頼政に対して、独り地下の身として歎く清輔を地上の沢に泣く鶴に喩えた。○鳴につけても　「……につけて（も）」の意は、「対象に関連して、また、対象に触発されて」（角川古語大辞典）、「……につれていつもその度ごとに。それに関連して」（岩波古語辞典）。ここでは、一人泣くたびごとに何度も自分の思いを頼政に言付けたいとの意を示す。なお穂本以下「なくとつげなん」とする伝本が多く、〔他出〕

に示した風雅集・清輔集も「なくとつげなん」とする。その場合は、自分が一人泣いていることを頼政に言付けて殿上にて告げてほしい、の意となる。「なくとつげなん」ならば、「このうたをたてまつらするに、おほせごとのたぶる蔵人につかはす」と詞書する「天つ風空に吹きあぐるひまもあらば沢にぞたづは鳴くと告げなん」（順集・二九六）を参照したか。

〔補説〕　六条天皇の御代に二度目の昇殿を許された頼政に対して、二条天皇薨後、昇殿を許されていない清輔が殿上を思慕する思いを届けてほしいと詠み送った歌。581は582とともに毛詩・小雅・鶴鳴篇に拠る贈答であるが、頼政と女房すむつるとの同じ鶴鳴篇に拠った贈答歌が328・329にある。ところで、当該歌詞書の「二代のみかど」が誰かは問題がある。〔語釈〕に示した清輔集によれば、二条・六条であり、風雅集によると、六条・高倉となり、両集でくいちがう。頼政は、公卿補任の尻付に「仁安元十廿一罷所帯兵庫頭叙正五下。同十二月卅日聴内昇殿（六条院）。——又聴内昇殿。仁安二正卅日従四下（臨時給）。——内院還昇。同三十一廿従四上（大嘗会。院御給）」とあり、仁安元年（一一六六）一二月三〇日六条天皇の内昇殿が確認できる。問題は「又聴内昇殿」「内院還昇」が曖昧に記されていることで、この補任記事について、井上宗雄は「補任に「……内院還昇」とあるのは高倉新帝になっての聴昇殿であろう。その次に、仁安三年十一月大嘗会による叙位（従四位上）が記されているので、二度目の昇殿（新帝昇殿。頼政集五八一、二にも歌がある）は仁安三年十一月以前と思われるが、重家集四一五、六に新帝昇殿を聴されていない贈答歌があり、嘉応元年春の辺の位置にある。その時日ははっきりしないが、仁安三年から嘉応元年頃であろう」（『平安後期歌人伝の研究　増補版』笠間書院、一九八八年、三四三頁）と述べ、二度目の内昇殿は高倉天皇（仁安三年三月二〇日即位）の新帝昇殿と推定する。しかし、菊地節子は頼政昇殿をめぐる実定と頼政との贈答（林下集・三二一・三二二）の左注に「この歌は、二条の院御時殿上を申して、人しれぬおほうちやまの山もりはこがくれてのみつきをみるかな、とよみたりしに殿上ゆりたれば、そのころなり」とあること等を根拠に、二条天皇の内昇殿を推測し、頼政は二条・六条二代の昇殿を許されたとする（「藤原清輔伝記考―その二・三の問題点を中心に―」、『国文目白』二〇、一九八一年二月）。ただし、芦田耕一は左注の「ゆりたれば」を「ゆりざれば」の誤写と考え、やはり六条・高倉とする（「源頼政の内昇殿をめぐって」『国語国文』、二〇一四年五月）。井上前掲書補注は、菊地説を「説得力がある」としながらも、頼政集577詞書に「よかはりて当今の御時殿上ゆるされて」とあることから「少しすっきりしない」と述べる（同書六三七・六三八頁）。このように「二代のみかど」が誰かは資料によりくい違うが、ここでは崇徳・六条と考えておきたい（「解説」参照）。（安井）

かへし

もろともに雲ゐをこふる田鶴ならは我ことつてをなれやまたまし

〔整定本文〕 かへし

もろともに雲ゐをこふる田鶴ならば我《わが》ことつてをなれやまたまし

〔校異〕 〈歌〉○こふる―わふる（高）　○田鶴ならは―たつらは（内）　○我―我か（版）、わか（穂）、われ（内）

〔現代語訳〕 返し

（あなたが）私と同じで本当に雲居を恋い慕う鶴であるならば、私の言づけをあなたは待っていてくれるだろうか。

〔語釈〕 **○もろともに雲ゐをこふる** 「もろともに」は詠作主体が相手と思いを共有していることを示す。頼政は、清輔が殿上を恋い慕う思いは自らも同じであることを示した。**○我ことつて** 清輔の昇殿に関して頼政が何らかの情報を得た場合の、頼政から清輔への伝言。**○なれやまたまし** 「なれ」は清輔。「…や…まし」は迷い・ためらいの気持ちを表す。頼政の身分では、昇殿に関する情報（特に、よい知らせ）が簡単に得られるとは思っておらず、清輔を待たせることになることを念頭にこの表現を用いた。

〔**補説**〕 清輔からの殿上を思慕する思いを述べた詠歌に対して、その思いは共通していることを示し、時間はかかることを懸念しながらも清輔に昇殿に関する知らせをもたらすことを約束した詠歌。なお、595・596にも昇殿をめぐる清輔との贈答歌がある。

（安井）

蓮花王院の執行静賢おなし悦申つかはすとて
木かくれにもりこし月を雲ゐにて思ふことなくいかにみるらん

〔**整定本文**〕 蓮花王院の執行静賢、おなじ悦《よろこび》申つかはすとて
木がくれにもりこし月を雲ゐにて思ふことなくいかにみるらん

〔**校異**〕 〈詞〉○院の―院○《の（朱）にイ（朱）》（内）、院（蓬・静） ○おなし―同く（龍）、おなし比（蓬・清・国・静・版・群）、おなしころ（内） ○悦―よろこひ（松・穂・龍・蓬・清・国・内・静・版・群）、喜（浦） 〈歌〉○月を―月の（清） ○いかに―いかか《にか》（傍記「にか」ノサラニ右側ニ「本ノマヽ」ト傍記）（清）

〔**現代語訳**〕 蓮花王院の執行静賢が、同じ慶賀を（私に）申し送るというので
木に隠れた（地下人だったあなたの）ところに漏れて来た月の光を、（再び昇殿を果した）宮中において、（今）心にかかる事もなく、（あなたは）どんなに（うれしく）見ていることだろうか。

〔**語釈**〕 **○蓮花王院** 後白河院御所法住寺殿の一角に、平清盛が造営・寄進した御堂。長寛二年（一一六四）に供養が行われた。なお現在の三十三間堂は、文永三年（一二六六）供養の再建時のもの。**○執行** 寺社の貫主の下で、実務を担い、管理運営に当たる責任者。**○静賢** →人名一覧。**○おなじ悦** 直前の清輔贈歌（581）と同じく、二代昇殿の慶賀をの意で、高倉天皇への昇殿を指す。「悦」の読みは、仮名書きの本に従う。なお、「おなじ比よろこび」の本文をもつ伝本では、清輔贈答と同じ時期にの意味となる。**○木がくれにもりこし月** 575番歌によって、

「こがくれて」「月をみる」「大内山の山もり」は、頼政の地下述懐の姿を形象化するものとして、歌人仲間に周知されていた。ここは、それを踏まえた表現。**〇雲ゐにて**　二代昇殿を果した宮中においての意。**〇思ふことなく**「思ふこと」は、ここでは悩み、心配、苦衷の意。この度の昇殿によってそれが解消されたというのである。金葉集の「よとともにくもらぬくものうへなればおもふことなく月を見るかな」（秋・二一〇・家経）の影響が認められるが、家経歌は永承四年（一〇四九）内裏歌合において月題で詠まれた作である。

〔補説〕　木隠れで地下、雲居で昇殿を表し、頼政へ昇殿の祝意を伝える。575で周知された頼政の表象「大内山の山守」によって仕立てた歌。（兼築）

返し

木かくれと何歎きけむ二夜まて雲の上にてみける月ゆへ

〔整定本文〕　返し

木がくれと何歎きけむ二夜《よ》まで雲の上にてみける月ゆゑ

〔校異〕　〈歌〉〇二夜―二夜《よ》（高）、ふた夜（国・内・版・群）、ふたよ（穂・龍・清・静）、ふた代（浦）　〇みける―見ける（下）、みけ《る》る（高）みゆ《けイ(朱)》る（内）、みゆ《けイ》る（清）、みゆ《けイ》る（国・版）、みゆる（穂・浦・龍・蓬・清・静）　〇ゆへ―故（浦・清）、□（龍）

〔現代語訳〕　返歌

木隠れ（すなわち地下人）であると、何を歎いていたのだろう。二夜（すなわち二代の御代）まで、こうして（昇殿して）宮中で見た月（すなわち帝）であるのに。

〔語釈〕　**〇木がくれと**　前歌同様、575番歌に発する、頼政の地下述懐を体現する表現。なお『新編国歌大観』は

「木がくれど」に作る。**○何歎きけむ**　今までの歎きが解消された喜びを回想的に表現した。円融院御集に見える同天皇の「むかしよりたえせぬ川のすゑなればよどむばかりもなになげきけん」(三六)は、藤原兼通に圧迫されて逼塞した兼家が、兼通の死を契機に復権し、右大臣となった際に上奏した歌「かかるせもありけるものをうぢ川のたえぬばかりもなげきつるかな」(同・三五)への返歌だが、状況に共通するものがある。二句にこの措辞を置く歌に、「よそなるをなになげきけんあふことのある所とてあはばこそあらめ」(和泉式部集・七二)があり、「ひごろほかにて、はらからのもとにきたるに、ふともえあはで、ことかたにゐたるに」の詞書を付す。また「暁をなになげきけむゆふつゆのおきてのみこそ袖はぬれけれ」(教長集・六七九)は、「毎昼遇恋」の題詠である。いずれも歎いていた状況を解消する新たな状況が生じたことをとらえた表現となっている。**○二夜**　二夜の意と、二代の帝の御代の意とを掛ける。底本を含め「夜」の漢字を当てる伝本が多いが、浦本は「代」を当てる。**○みける月ゆゑ**「みゆる」の異文がある。「みける」は意志的で強い表現といえるが、「みゆる」では描写的で、やや謙退のニュアンスもこもるように読めようか。歌末の「ゆゑ」は言いさした形だが、贈歌の四句を受け「思ふことなし」を略しているのである。

〔補説〕　静賢の贈歌の内容を、きれいに受けて返答している。「木がくれにもりこし月」を眺め、不遇をかこっていた過去を反転し、「木がくれと何歎きけむ」と言い、二代の昇殿を掛詞を用いて、「二夜まて雲の上にてみける月」と直截に表現する。静賢と頼政の関係だが、静賢の父信西と二条天皇との関係は深く、同母兄俊憲も守仁親王の東宮学士を務めた。こうした二条天皇をめぐる人脈上の結びつきが深かったものか。静賢は頼政より二〇歳年少となるが、両者が親密であったことは、後出の贈答歌621・622からもうかがわれる。

（兼築）

右小弁親宗おなし悦申つかはすとて
みか月の出はしめたる雲ゐにはまたおほろけの人は通はす

〔整定本文〕　右少弁親宗、おなじ悦申つかはすとて
みか月の出《いで》はじめたる雲ゐにはまたおぼろけの人は通はず

〔校異〕　〈詞〉○右小弁―右少弁（高・下・松・穂・浦・龍・蓬・清・国・内・静・版・群）○おなし―おなしく（龍）、おなし比（高・蓬・清・内・静・版・群）、同し比（国）○申つかはすとて―申つかはしけるとて（静）〈歌〉○みか月の―見る月の（穂・浦・静）、□る月の（龍）、看月の（蓬・国）、若月の（清・内・版・群）○人は通はす―人は□（通）はす（高）

〔現代語訳〕　右少弁親宗が、同じ喜びを申し遣わすと言って
三日月（六条天皇）が出始めた雲居（殿上）には、やはりまた並み一通りの人は通わないものですね。

〔他出〕　親宗集・一一八、詞「頼政朝臣、代始昇殿ゆるされたるよろこびいひつかはすとて」、三句「雲の上に」、五句「人はおよばず」。

〔語釈〕　**○右少弁親宗**　平親宗→人名一覧。**○おなじ悦**　581～584と同じ昇殿の折の贈答であることを示す→581。
○みか月の出はじめたる雲ゐ　「みか月（三日月・若月）」は、永万元年（一一六五）六月二五日に即位した六条天皇を喩える。長寛二年（一一六四）誕生の六条天皇はまだ幼少であったことから、月齢の若い「三日月」と表現し、しかも即位したばかりであったので「出はじめたる」と詠んでいる。新しい御代がこれから始まるという期待感が込められている。また、「雲ゐ（雲居）」は殿上を示す。一方、「か」と「る」、あるいは「若」と「看」の誤写によって生じたと思われる「見る月」「看月」の本文で解釈した場合は、臣下の者たちが天皇として拝することを「見る」と表現したものと見なされる。「月」を「見る」という表現は、575「人しれぬ大内山の山もりはこがくれてし

も月をみるかな」を始めとする昇殿にまつわる一連の歌においても用いられている。〇**また**　「また」「まだ」二通りの訓み方が考えられる。ここでは前者を採用して「やはりまた」と解釈したが、後者で訓んだ場合は、まだ自分のような並み一通りの身分の人は殿上に通えないのですね、といった自身を卑下する心情の反映が強くなる。親宗は仁安三年（一一六八）二月一九日の高倉天皇践祚に際し昇殿を聴されており（兵範記）、永万元年の時点では従五位下で昇殿を許されていなかった可能性が高い。ここは、親宗がそうした自身の境遇を省みつつも、表向きには頼政の昇殿を寿いだ歌と見なすべきであろう。〇**おぼろけの人**　「おぼろけ」は、並み一通り、通り一遍の意。ここでは、親宗が頼政に対して、幼少で特に補佐が必要な天皇の内裏に昇殿するのですから、あなたはやはり「おぼろけの人」ではないですね、と賛辞を述べている。「おぼろけ」の用例としては、伊勢が在原業平に対して返歌した「おぼろけのあまやはかづくいせの海の浪高き浦におふるみるめは」（後撰集・恋五・八九二）のほか、「おぼろけの人はこえこぬくみがきをいくへしたらんものならなくに」（和泉式部続集・四〇二、詞「くれにこんといひたる男に」）などがある。当該歌では、「月」の縁語として、天上を意味する「雲居」に加えて、霞んだ状態を表す「おぼろ（朧）」という表現が用いられている。

〔**補説**〕　581から続く、二度目の昇殿を祝う贈答歌の三組目。当該歌は平親宗から送られたものである。まだ幼少の六条天皇をしっかり補佐するためには、やはりありきたりの者ではいけないので、しかるべき有能な人物としてあなたが選ばれたのですよ、と頼政を評価している。（鎊）

586

かへし

長夜に出はしめたる月かけにちかつく雲のうへそ嬉しき

〔**整定本文**〕　かへし

長夜《ながき》に出《いで》はじめたる月かげにちかづく雲のうへぞ嬉しき

〔校異〕〈歌〉○長夜—長き夜（国）、なかき夜（松・穂・蓬）、なかきよ（浦・龍・静）

〔現代語訳〕　返し

これから長く続くこの御代、長い夜に出始めた月の光（六条天皇）に近付ける雲の上（殿上）は、本当に嬉しいものです。

〔語釈〕　**○長夜に出はじめたる月かげ**　「出はじめたる月かげ」は、前歌に倣って践祚したばかりの新帝を喩える。「長き夜」は「夜」に「世」を掛け、月の光の輝く時間が長く続くこと、つまり、治世が長いものであることを祈念する表現となっている。一方、同様の表現を用いた先行例としては、後冷泉天皇の威光を月の光に喩えた「長き夜の月の光のなかりせば雲居の花をいかでをらまし」（金葉集・春上・六九・下野）などがある。**○雲のうへ**　前歌の「雲ゐ（雲居）」と同じく、殿上を表す。

〔補説〕　親宗から送られた祝いの歌に対する頼政の返歌。昇殿が許された今回の人事に対する喜びと共に、帝位に就いた六条天皇に対する寿ぎの思いも込められている。　（錺）

正下の加階にて侍し時馬権頭隆信かもとより祝つかはすとて

和歌の浦に立のほるなる波の音はこさるゝ身にも嬉しとそ思ふ

〔整定本文〕　正下の加階にて侍し時、馬権頭隆信がもとより祝つかはすとて

和歌の浦に立《たち》のぼるなる波の音《おと》はこさるゝ身にも嬉《うれ》しとぞ思ふ

〔校異〕〈集付〉○風雅ニ入（下）〈詞〉○馬権頭—右（朱）○馬権頭（内）、右馬権頭（清・国・版・群）○隆信—隆行（国）○祝—悦（龍・清・静）、喜（浦）、よろこひ（穂・蓬・国・内・版・群）○つかはす—云つかはす（浦）、いひつ

かはす（龍・蓬・清国・内・静・版・群）〈歌〉○和歌―□□（龍）○思ふ―思ふ《きく》（高）、思《聞》（下）、きく（穂・浦・蓬・内・静）、聞（松・国・版・群）、き□（龍）

〔現代語訳〕正五位下の加階に預かりました時、馬権頭隆信のところから祝意を送るというので

和歌の浦に立ち上る、すなわち和歌をご愛好のあなたが昇叙なさるという波の音、お噂は、その波に位を越される我が身にとりましても、うれしく思います。

〔他出〕隆信集★・六九、詞「頼政卿、五位の正下して侍りしたび、こえられて申しつかはしし」、五句「うれしかりけり」。隆信集・三二〇、詞「よりまさの卿、五位の正下して侍りしに」、五句「うれしとぞきく」。風雅集・雑上・一八四五、詞「従三位頼政正下五位に叙して侍りける時、そのよろこびいひつかはすとて　藤原隆信朝臣」、五句「うれしとぞきく」。歌枕名寄・八三五八、八三五九左注「右二首、従三位頼政正下五位に叙して侍りける時、悦びいひつかはしける贈答」、五句「うれしとぞきく」。

〔語釈〕**○正下の加階**　正五位下への昇叙。頼政は仁安元年（一一六六）一〇月二一日に、六三歳で正五位下となっている（公卿補任）。**○馬権頭隆信**　藤原隆信→人名一覧。**○祝**　「悦」「よろこび」と作る伝本が多く、風雅集詞書や歌枕名寄左注も「よろこび」だが、今は底本に従う。**○つかはす**　「いひつかはす」と「いひ」を加える伝本が多く、歌枕名寄左注も同様だが、今は底本に従う。**○和歌の浦**　紀伊国の歌枕で、さまざまなレベルで和歌の道を表象する。一首の場面設定とすることで、自身と同様に和歌を愛好する頼政の昇叙を祝う、比喩的な趣向を立てた。**○立ちのぼるなる波の音**　昇叙を、波が立ち、浜に打ち上がる様に比喩した。「なる」は伝聞推定の助動詞で、昇叙の報を聞いた意を表している。**○こさるゝ身**　位を頼政に越えられた自身のこと。波の比喩からこう表現する。隆信は保元二年（一一五七）に従五位上（兵範記一〇月二二日条）となって以降、少なくとも嘉応二年（一一七〇）一〇月までは昇叙しなかった。中村文「藤原隆信年譜　付・その和歌について」（『立教大学日本文学』三八、一九七七年七月）、同『後白河院時代和歌の研究』（笠間書院、二〇〇五年）参照。この歌を詠じた仁安元年に隆信は二五歳、「右

馬権頭」であったが、一〇年に及ぶ自身の沈淪をかこつ思いがこもっていたはずである。〇**思ふ**　「聞く」とする伝本、他出文献が多い。「波の音」との呼応関係では、「聞く」の方がより修辞的だが、今は底本に従う。

〔補説〕　位階を越えられることは、官人にとって一般には屈辱だが、和歌の先達たる年長者の昇叙を寿ぐメッセージとして、比喩仕立てで表現してみせるた。初句から第四句まで景を叙し、最後に心情を出す。いっぽう、隆信自身の長年にわたる沈淪の鬱情も、裏に滲ませている。（兼築）

返し

いかにしてたちのほるらんこゆへしと思ひもよらぬわかのうら浪

〔整定本文〕　返し

いかにしてたちのぼるらんこゆべしと思ひもよらぬわかのうら浪

〔校異〕　〈集付〉同（下）

〔他出〕　隆信集★・七〇、詞「返し」、四句「おもひもよらず」。隆信集・三二一、詞「かへし」。風雅集・雑下・一八四六、詞「返し」。歌枕名寄・八三五九。

〔現代語訳〕　返し

どのようなわけで、（正五位下の位に）立ち上ることができたのだろうか。（まさかあなたの位を）越えるとは思ってもみない、和歌の浦の波、つまり私でしたよ。

〔語釈〕　〇**いかにして**　第二句末の「らん」と呼応し、出来事の理由や原因について疑問を呈する措辞。「いかにしてころものたまをしりぬらんおもひもかけぬ人もある世に」（金葉集・雑下・六四〇・永縁）は、衣裏宝珠の故事にかけた詠。二句切れになる近い時代の作に、「いかにしてうち解けぬらん夜と共にむすぼほれたる中の下紐」（堀河百首・初遇恋・一一八二・肥後）、「いかにしてかきたえぬらんもろともに井手の玉水むすびしものを」（長秋詠藻・三四七）などがある。**〇思ひもよらぬ**　「よる」は「思ひ寄る」に波が「寄る」の意を掛ける。

〔補説〕 隆信詠の比喩表現をそのまま受けて使い、終始叙景で完結した歌に仕立てて、挨拶を返した。「たち」「こゆ」「よら」「うら浪」が縁語となる。自身の昇叙自体が予想外のこととして、謙遜してみせる。なお587・588の配列位置については、中村文「『頼政集』雑部冒頭歌群の構想」（『日本文学』二〇一五年七月）が、頼政が加階よりも昇殿を重要視した結果であると指摘している。（兼築）

加級後ほとなく殿上つかうまつりたるをきゝて少納言すけたかゝもとより祝申つかはすとて

くらゐ山のほるにかねてしるかりき雲の上まてゆかん物とは

〔整定本文〕 加級後ほどなく殿上つかうまつりたるをきゝて、少納言すけたかゞもとより祝申つかはすとて

くらゐ山のぼるにかねてしるかりき雲の上までゆかん物とは

〔校異〕 〈詞〉〇加級―加階（龍・蓬・清・内・静・版・群）、加階汲（朱）（国）〇つかうまつりたる―つかまつりたる（下）〇祝―悦（松・龍・蓬・清・内・静・版・群）、よろこひ（穂・浦）〇つかはすとて―つかはす（静）〈歌〉〇物とは―ものかは（蓬）

〔現代語訳〕 位が上がって後、間もなく殿上いたしましたことを聞いて、少納言資隆のところから慶賀を申し遣わすというので

（あなたが）位山に登る（昇進する）ことで予めはっきりしていました、雲の上までゆく、つまり殿上人までなるだろうということは。

〔語釈〕 **〇加級**　→587。**〇殿上つかうまつりたる**　仁安元年（一一六六）一二月三〇日の昇殿を指す（公卿補任）。

○少納言すけたか　藤原資隆→人名一覧。**○祝**　→577。**○くらゐ山のぼる**　位山は、和歌初学抄・所名・山項に「飛弾　くらゐ山　イヤタカミネアリ、六位のシヤクギ、ル」とあり、八雲御抄でも飛騨国の歌枕とする。現在の岐阜県高山市、北飛騨と南飛騨を分ける山地とされる。但し能因歌枕では美濃国、五代集歌枕では「飛騨　又在信濃」とし飛騨または信濃国、夫木抄では「信乃又美乃」とし信濃または美濃国とする。「くらゐ山のぼる」は位の昇進を登山に例えた表現で、用例は多く、591の重家とのやりとりでも用いられる。「人のかうぶりするところに、ひとにかはりて」と叙爵の際の詠であることを詞書に示す「くらゐ山たかくあふげば万代の雲のうへにぞみえのぼるかな」（赤染衛門集・三九三）のように「雲の上」と用いる例や、「くらゐやまたかねのくもをよそにみてかかる身とだにしられぬぞうき」（広田社歌合・一五一・広季）のように「高嶺の雲」を詠み合わせる例などがある。清輔、重家ら同時代歌人に用例が見え、さほど珍しい表現ではない。**○かねてしるかりき**　三句切れ。以前からはっきりしていた、と予想されていたことを示す。**○雲の上までゆかん物とは**　「ちとせふるくらゐのやまのひめこまつくものうへまでおひのぼらなん」（江帥集・四〇六）とあるように、「雲の上までゆく」は出世し殿上することを指す。

〔補説〕　加階後程なく昇殿した頼政に対して慶賀を述べる挨拶の歌。「位山」と「雲の上」の修辞を効果的に使用し、私は加階の際からその昇殿を予見していたと述べ、殿上の慶びに主眼を置いた祝意を届ける。（藏中）

返し

おきなさひはふ〳〵のほる位山雲ふむ程にいかて成らん

〔整定本文〕　返し

おきなさびはふ〳〵のぼる位山雲ふむ程にいかで成らん

〔校異〕　〈歌〉○はふ〳〵―はう〳〵（下・松・穂・浦・龍・蓬）、はし〳〵（内）、はに〳〵（高）　○雲―○雲（龍）

〔現代語訳〕　返し

老人らしい様子で這い這いしながら登る位山です。雲を踏むほどにどうしてなっているのでしょうか。

〔語釈〕　**○おきなさび**　老人らしくふるまうの意。伊勢物語・一一四段の「翁さび人なとがめそ狩衣けふばかりとぞ鶴も鳴くなる」の例が著名で、堀河百首などにも見える。**○はふ〳〵のぼる**　老人の動作を具体的に述べる。和歌には馴染みにくい身体的表現で「はふはふ」の用例は少ないが、詞書に「屏風の絵に、藤さきたる家に老人たちたる所を」とある「はふはふもくることたえじ梅がえに藤しだりける宿とみつれば」（散木奇歌集・一八一）や「あしのけおこりて」詠じた有房集（四四〇）、堤中納言物語・「虫めづる姫君」の作り物の蛇に添えられた歌（一二）などがある。**○位山**　↓589。**○雲ふむ程にいかで成らん**　589の下句を承ける。「雲ふむ程」は先行例がない表現であるが、聞書集に「雲ふむ山」（一三八）、玄玉集に「雲ふむ峰」（五四四）という表現が見え、「雲ふむ」は高山の表象として定着していたものであろう。殿上後の心境を詠ったものであるところから「らん」は、どうして～しているのだろうという意で解した。尚、和漢朗詠集にも採られる「昇殿是象外之選也　俗骨不可以踏蓬莱之雲」（述懐・七五八・直幹）という句の意を含むか。この摘句は江談抄、保元物語の他、後代の十訓抄、太平記にも見え広く受容され、その詩の全文は本朝文粋巻六に所収される。この摘句を念頭に置いたものと解すれば「いかで成らん」は、ただ単に老齢であるということだけでなく、「昇殿は特別な人だけが選ばれるもので俗人は殿上に雲を踏んでのぼることは許されないと言うではありませんか、なのにどうして私が雲を踏むほどになっているのでしょうか」と凡俗な自身を卑下する謙譲の心も含意する表現となる。

〔補説〕　年老いてからの加階への祝意に対し、贈歌の表現を生かし、高山に登る老人の姿に準えつつ謙遜してみせた返歌である。

（藏中）

おなし悦の時中宮の大盤所よりとて

位山高く成ぬと見しほとにやかて雲ゐにのほる嬉しさ

〔整定本文〕 おなじ悦《よろこび》の時、中宮の大盤所よりとて

位山高く成ぬと見しほどにやがて雲ゐにのぼる嬉しさ

〔校異〕 〈詞〉○中宮の―中宮（龍） ○大盤所―大盤所番イ（朱）（内）

〔現代語訳〕 おなじ昇進の喜びの際に、中宮の大盤所よりということで

位山を昇るあなたの位置が高くなったとみているうちに、続けて雲ゐにまで昇った（昇殿した）嬉しさよ。

〔他出〕 重家集・三一六、詞「この殿上よりさきにかかいをしたりし事をおもひいでて、たれともなくてさしおかす」、四句「やがてくもゐへ」。

〔語釈〕 **○おなじ悦** →589。**○中宮の大盤所** 中宮は二条天皇中宮育子。大盤所は台盤所とも。清涼殿と後涼殿の間、朝餉壺の南側にある。女房の詰め所ともなっていた。女房札はここにかける。重家集によれば、591歌は重家の詠。重家は仁安元年正月四月から嘉応元年正月まで中宮亮であった。重家集では当該歌は575歌による殿上を祝う贈答の直後に位置する。**○位山** →589。「山」「高し」「雲」は寄せ。**○高く成ぬと** （位が）高くなったと。「高くなる」という措辞は、「みるほどにいかにせよとか月かげのまだよひのまにたかくなりゆく」（躬恒集・一〇六）が初例かと思われ、「山が高くなる」という表現は「ゆきふればたかくなりけりすずかやま」（江帥集・三一六）を見る程度である。頼政はこの時、正五位下になった→587。**○やがて雲ゐにのぼる** 「やがて」は、続けてそのままの意。昇進、あるいは殿上の意味をこめて「位山を登り、雲ゐに至る」と表現する→589。また「雲ゐにのぼる」の用例に、「わかのうらに年へてすみしあしたづの雲ゐにのぼるけふのうれしさ」（清輔集・三二四、重家詠、詞「二条院御時、中宮に歌合あるべしとて、殿上ゆるされたりけるよろこび申すとて、しげ家のもとより」）がある。その後清輔、顕昭、重家等

に用例が集中する。なお、頼政集595・603はそれぞれ清輔、顕昭からの贈歌である。

〔補説〕 589歌と同じ時の贈答である。詞書には、大盤所からとして贈られたとあるが、頼政も重家からの歌であることはわかっていたのであろう。（黒田）

592

かへし

のほりにしくらゐの山も雲の上も年の高さにあはすそ思ふ

〔整定本文〕 かへし

のぼりにしくらゐの山も雲の上も年の高さにあはずとぞ思ふ

〔校異〕 〈歌〉○高さに—たかきに（穂） ○あはすそ—あはす○《と》そ（高）、あはすとそ（松・穂・龍・蓬・清・国・内・静・版・群）、あらすとそ（浦）

〔現代語訳〕 返し

（私が）昇った位の山も雲の上も、（私の）年齢の高さには釣り合っていないと思いますよ。

〔語釈〕 **○のぼりにしくらゐの山** →589。**○雲の上** 昇殿を言う。**○年の高さ** 仁安元年とすると頼政は六〇歳を越えている。年高くて卑官であることについては、早く忠岑の長歌に「身はいやしくて 年たかき」（古今集・雑体・一〇〇三）とあり、同時代にも「いかにせん身はいやしくて年たかき人を哀と思ふよもがな」（壬二集・三二一八）などがある。「のぼる」「山」「雲」が縁語。**○あはずとぞ思ふ** 底本「あはすと思ふ」であるが他本により訂した。「あはず」は相応しない、釣り合わないの意味。用例未見。

〔補説〕 頼政の加階、昇殿を祝う贈歌に対して、老齢での昇進を諧謔的に表現した返歌。（黒田）

殿上のことを聞て女房大輔かもとより悦つかはすとて
よそにきく袖にもあまる嬉しさをつゝみあへすや天のは衣

〔整定本文〕　殿上のことを聞て、女房大輔がもとより悦《よろこび》つかはすとて
よそにきく袖にもあまる嬉しさをつゝみあへずや天のは衣

〔校異〕〈詞〉○聞て―ナシ（穂・浦・龍・蓬・清・国・内・静・版）○大輔―太輔（国）○悦―よろこひ（穂・浦・清・群）〈歌〉○つゝみあへすや―包あますや（松）、つゝみあへ《まイ（朱）》すや（内）

〔現代語訳〕（私の）昇殿のことを聞いて、女房大輔の許から慶賀を言ってよこすというので
（あなたの昇殿を）他人のこととして聞く（私の）袖にさえもあふれるほどの嬉しさを、（あなた自身は）隠そうにも隠しきれないのではないでしょうか、（昇殿で身にまとうことになった）天の羽衣の袖にも。

〔他出〕　殷富門院大輔集・一五五、詞「殿上ゆるされたるひとに」、二～四句「そでにもつつむうれしさは身にあまりぬや」。

〔語釈〕　**○殿上**　589詞「加階の後、ほどなく殿上つかうまつりたる」を受けるか。とすれば、仁安元年一二月三〇日の昇殿。**○大輔**　殷富門院（亮子内親王）大輔→人名一覧。**○悦**　→579。**○よそにきく**　「よそ」は自分とは無関係である意。頼政の昇殿を他人の身の上に起こったこととして聞いた意。**○袖にもあまる**　用例は少ない。初例「めにちかき袖にもあまる露のよはおきどころなき心地のみして」（定頼集★・一〇〇）のように、「涙が溢れて袖で押さえきれない」意で用いられる一方で、593と同様に、「嬉しさを袖で覆い隠すことができない」意で用いた例も、「むらさきの袖にもあまるうれしさにたちゐかなづる今日にもあるかな」（文治六年女御入内屏風・二・実定）のように見える。大輔集の本文では当該句は「袖にも包む」であり、千載集・雑中に「還昇して侍りける人のもとにつかはしける」の詞書で入集する、「うれしさをよその袖までつつむかなたちかへりぬるあまのはごろも」（一一五七・

季経）の表現と類似する。**○つゝみあへず**　「つつむ（慎む）」は感情（ここでは喜び）を抑制する意。「覆い隠す」意の「包む」と「衣」が寄せとなる。「あへず」は、最後までしおおせない意。**○天のは衣**　「天人が空を飛ぶときに着る衣」が原義で、和歌にも「そらにとぶあまのはごろもえてしかなうきよのなかにかくものこさじ」（古今六帖・三三二八）、「きみが世はあまのは衣まれにきてなづともつきぬいはほならなん」（拾遺集・賀・二九九・読人不知）のような作例があるが、むしろ「いとどしくつゆけかるらんたなばたのねぬよにあへるあまのはごろも」（後拾遺集・秋上・二三九・佐経）のように、七夕行事と取り合わせて二星の衣とする詠み方が多く残る。また、後拾遺集に「蔵人にてかうぶり給けるによめる」の詞書で入る、「かぎりあればあまのはごろもぬぎかへておりぞわづらふくものかけはし」（雑三・九七八・経任）や、前掲の千載集所載季経歌のように、「殿上人が着る衣」の意で用いた例もあり、593歌はこの意と考えられる。和歌童蒙抄・第六に、前掲古今六帖歌を引いて「天の羽衣とは天人の衣也」とした上で、「殿上人をば天人にたとふるは、其衣を天の羽衣といふ」と注する。八雲御抄・枝葉部・衣食部「衣」項にも「あまのは〈天、又侍臣〉」と見える。

〔補説〕　当該歌は、頼政集と大輔集とで本文に大きな異同がある。大輔集の本文は「よそにきくそでにもつつむうれしさは身にあまりぬやあまのはごろも」（一五五）で、和漢朗詠集・慶賀に入る「うれしさをむかしはそでにつつみけりこよひはみにもあまりぬるかな」（七七三・読人不知）を踏まえて、祝意を示している。一方、頼政集593では、昇殿の喜びは大輔にとっても「袖に余るほど」で、頼政自身には当然「つつみあへぬ」ほど大きなものであろうと述べる。頼政の嬉しさを抑えきれないものとして強調する表現になっており、頼政による改作の可能性が推測される。

（中村）

594

返し

袂をはたちこそかふれうれしさをかさねてつゝむ袖のせはきに

〔整定本文〕 返し

袂をばたちこそかふれうれしさをかさねてつゝむ袖のせばきに

〔校異〕 〈歌〉○せはき―せはき《さ》（高）、せはさ（松・穂・浦・龍・蓬・清・内・静）、狭さ（国・版）

〔現代語訳〕 返し

（私のこの着ている衣の）袂を裁ち直して着替えることですよ。（加階と昇殿による）嬉しさを重ねて包む（には）袖が狭いので。

〔他出〕 殷富門院大輔集・一五六、詞「かへし　よりまさ三ゐ」、二句「ゆたにこそたて」、下句「つつみもあへぬあまのはごろも」。

〔語釈〕 **○たちこそかふれ**　他に用例がない。「裁ちかふ」は「きみのみやはなのいろにもたちかへでたもとのつゆはおなじ秋なる」（後拾遺集・哀傷・五八一・康資王母）のように、「着替える」意で用いられる例が多い。ここでは、布を裁ち直して作り改めた衣服に着替える意と解した。**○袖のせばきに**　用例は少ないが、「ぬきみだる人こそあるらし白玉のまなくもちるか袖のせばきに」（古今集・雑上・九二三・業平）、「はらひかねさこそは露のしげからめやどるか月のそでのせばきに」（新古今集・秋上・四三六・雅経）等がある。末尾「に」はいずれも逆接の意で用いられるが、594については順接の意に解した。昇叙の喜びの大きさを、「袖が狭い」と表現する例に、隆信が四位に叙された折の重家歌「よそにだにうれしときけば紫のころもの袖をせばしとや思ふ」（隆信集・三二四）がある。

〔補説〕 返歌も、大輔集と頼政集との異同が大きい。大輔集の形ならば、「うれしきをなににつつまむ唐衣たもとゆたかにたてといはましを」（古今集・雑上・八六五・読人不知）を踏まえた作となり、「昇殿の喜びを覆い隠せるように袂をゆったりと裁とう」の意となる。一方、頼政集の形では、大輔集本文には見えない「重ねて」の措辞を用いた点が注意される。594の頼政歌が「嬉しさを重ねて」の表現や、衣服を作り直す意の「裁ち替ふ」の語を用いているのは、589・590で示される、「加階の後、ほどなく殿上」した状況と呼応させて、これを明確に示そうと意図したのであろう。結句に贈歌と同じ「天の羽衣」を置く大輔集の形が元来であった可能性が高く、昇叙と昇殿との二重の喜びを強調しようとする頼政の改変かと推測される。なお、594歌は底本では右のごとく詞書と歌で完結するが、浦本では「ほとなく悦をふたゝひして侍し比なり」の左注が付される。この文言は、底本では595歌詞書の一部として「ほとなく悦二度して侍比」と見えるもので、明確に左注の形は取らないものの、文言自体が浦本と同様に「侍し比なり」の形を取る伝本は少なくない↓595〔校異〕参照。

（中村）

ほとなく悦二度して侍比二位大進清輔のもとより
いか計袂もせはく思ふらんくもゐにのほるつるの毛衣

〔整定本文〕 ほどなく悦《よろこび》二度して侍比《はべる》、三位大進清輔のもとより
いか計《ばかり》袂もせばく思ふらんくもゐにのぼるつるの毛衣

〔校異〕 〈詞〉○悦―悦を（穂・浦・龍・蓬・清・国・静・版・群）、よろこひを（内）○侍―侍る（松）、侍し（穂・浦・清・静）、侍りし（蓬・国・内・版・群）○比―比也（浦・「比也」で改行し594の左注扱いとする）、比也（穂・清・「比也」が行末にきて改行しているが左注扱いかどうかは不明）、比なり（版・「比なり」が行末にきて改行しているが左注扱いかどうかは不明）、比なり（蓬・国・静）、ころ也（内）、也（龍）○二位―三位（松・穂・浦・龍・蓬・清・国・内・静・版・群）○清輔の―清輔か（穂・浦・龍・蓬・静）、清輔朝臣か（国）、清輔○《朝臣イ（朱）》か（内）、清輔朝臣（版・群）〈歌〉○くもゐ―くらゐ（下）、位（松）○つる―露《靄ヒ》（龍）

〔現代語訳〕 間を置かず二度慶事がありました頃、三位大進清輔のもとから（度重なる喜びに感情を抑えようにも）どれほど袂も足りないと思っているでしょうか。雲へと上っていく鶴（昇殿を許されたあなた）の衣は。

〔語釈〕 **○ほどなく悦二度して侍比**　間隔を空けずに加階や昇殿等の慶事が二度あった頃のこと。589詞書に見られる「加級後ほどなく殿上つかうまつりたる」と同時期か。歌の「くもゐにのぼる」という表現から、悦びの一つは昇殿であったと考えられる。なお、浦本等「比也」とする本文が多い。浦本では当該部分を594の左注と捉えている。**○三位大進清輔**　藤原清輔→人名一覧。底本「二位大進」だが、他本により「三位大進」に改めた。**○いか計袂もせばく思ふらん**　「袂が狭い」と表現する例に、息子の昇殿に際して詠まれた「うれしさをかへすがへすもつつむべきこけのたもとのせばくも有るかな」（千載集・雑中・一一五六・雅兼）や二条天皇内裏歌会での詠「はるかぜものどけきみよのうれしさははなのたもともせばくみえけり」（重家集・一）がある。それぞれ古今集の「うれしきをなにつつまむ唐衣たもとゆたかにたてといはましを」（雑上・八六五・読人不知）を踏まえており、身に余るほどの喜悦を示すため「喜びの感情を抑え隠す（「つつむ」）にも袂が狭いので包みきれない」と表現する。直前の贈答歌に見られる「袖にもあまる」（593）や「袖のせばきに」（594）と類似した趣向。**○くもゐにのぼる**　雲まで上る意と昇殿する意を掛ける。詠者の清輔自身も昇殿を許された際に「わかのうらに年へてすみしあしたづの雲ゐにのぼるけふのうれしさ」（清輔集・三二四・重家詠）のような「鶴」が「雲居」にのぼる歌を重家から贈られている。**○つるの毛衣**　「毛衣」は羽毛を人の衣に見立てた表現。鶴そのものを詠んだ例や「くものうへにのぼらんまでもみてしがなつるのけごろも年ふとならば」（後拾遺集・賀・四三八・赤染衛門）のように産着を表す場合も多いが、ここでは宮中へ昇る官人の衣を表している。顕季が、蔵人に任じられた息子の初出仕の際に詠んだ「ちよふべきくもゐをさしてすだちゆくつるのけごろもみるぞうれしき」（周防内侍集・六九・顕季詠）のような例がある。

〔補説〕 頼政の昇殿等の慶事を祝し、「ほどなく悦二度」した頼政の喜びの大きさを想像した歌。頼政集では直前に、595と同時期に詠まれたと思しい殷富門院大輔と頼政の贈答（593・594）を載せるが、清輔の贈歌は594の「うれしさをかさねてつゝむ袖のせばきに」と対応するような推量となっている。

（野本）

596

かへし

知けりな雲ゐをおりて鳴たつの立のほるまて思ふ心を

〔整定本文〕　かへし

知《しり》けりな雲ゐをおりて鳴《なく》たづの立《たち》のぼるまで思ふ心を

〔校異〕　〈詞〉○かへし—返事（浦）　〈歌〉○知けりな—しりけるな（静）

〔現代語訳〕　返歌

ご存じだったのですね。雲上から降り立ち鳴く鶴が（再び空へと）飛び立ち上っていくほど希っている（その）心を。

〔語釈〕　**○雲ゐをおりて鳴たづ**　空から地上に降りて鳴く鶴に、殿上を下りて嘆く身を寓意する。四位で殿上を下りた頃「鶴鳴皐」の心を詠んだ「むかしみし雲ゐをこひてあしたづのさはべになくやわが身なるらん」（詞花集・雑下・三五〇・公重）等、同様の発想は多い。先の公重詠のように、毛詩の「鶴鳴于九皐　声聞于天」（小雅・鶴鳴篇）を踏まえ、鶴が鳴く場を沢辺と詠むものもある→329。**○立のぼる**　鶴が空へと飛び立ち上っていく意に、昇殿・昇階する意が掛けられている。頼政集587・588の正五位下に昇叙した際の隆信との贈答でも「立ちのぼる」という措辞が使われている。また、小大進の長歌「…むれたりし　蘆まの田鶴の　さしながら　友は雲井に　たちのぼり　我はさはべに　ひとりゐて　鳴く声空に　きこえねば…」（久安百首・一四〇〇）でも、宮中に上る友とそうではない我が身の対比として「雲井にたちのぼる」田鶴と「さはべにひとりゐて鳴く」田鶴が詠まれている。

〔補説〕頼政の喜びの大きさを忖度し、祝意を示した清輔に対し、地下の頃の苦難を知るからこそ、喜びの大きさも想像できるのですねと返したもの。初句「知けりな」と結句「思ふ」は、いずれも贈歌の「思ふらん」に応じた措辞。頼政集581・582には「二代のみかどに昇殿して侍し時」の清輔と頼政の贈答歌を載せており、そこでも、頼政は清輔を「もろともに雲ゐをこふる田鶴」と表現し、自分と同じように地下の苦悩を抱え、昇殿を望む友として捉えている。（野本）

昇殿の時かれよりこれよりよろこひの歌つかはしけるに前大納言実定のをそくいひつかはしけれはこれより

雲の上を思ひ絶にしはなち鳥つはさおひぬる心ちこそすれ

〔整定本文〕昇殿の時、かれよりこれよりよろこびの歌つかはしけるに、前大納言実定のおそくいひつかはしければ、これより

雲の上を思ひ絶《たえ》にしはなち鳥つばさおひぬる心ちこそすれ

〔校異〕〈詞〉○かれよりこれより―かれこれより（穂・浦・龍）、これかれより（蓬・国・内・静・版・群）、是かれより（清）○よろこひの歌―よろこひの歌とも（穂）、喜の歌とも（浦）、悦の歌とも（龍・蓬・清・内・版・群）、悦の歌共（国）○実定の―実定（蓬・清・国・内・静・版）、実空の（穂）〈歌〉○雲の上を―雲の上（松）○つはさ―翅（下・松・群）、狨（蓬・清・国・版）○おひぬる―おひたる（龍）

〔現代語訳〕昇殿の時、あの人この人から慶賀の歌を送ってきたが、前大納言実定が言ってこなかったので、こちらから、

内裏への昇殿を思い諦めていた放ち鳥（のような私）は、（今回昇殿を聴され、切られていた）翼が（再び）生えた

心地がすることです。

〔他出〕　林下集・三一九、詞「右京大夫よりまさの朝臣殿上したりしころ、申しつかはしたりし」。

〔語釈〕　**○昇殿の時**　林下集の左注に「新院の御くらゐの時のことなり」（三二〇）とあり、仁安元（一一六六）年一二月、六条天皇の治世に内昇殿を許された折（公卿補任）と推定される。芦田耕一「源頼政の内昇殿をめぐって」（『国語国文』二〇一四年五月）参照。**○これよりかれよりよろこびの歌つかはしける**　577詞に「是よりかれより祝歌読てつかはす」と類同する表現が見えて、これらが同一機会の詠であることを示唆する。**○前大納言実定**　藤原実定→人名一覧。**○雲の上**　宮中の意を暗示する。**○思ひ絶にし**　期待するのをすっかりやめていた意。「はるのよのゆめにあふとしみえつるはおもひたえにし人をまつかな（伊勢集・一一七）のように、恋愛関係を断念する場合に用いる例が多い。**○はなち鳥**　放鳥。早く、「嶋宮《シマノミヤ》　勾乃池之《マガリノイケノ》　放鳥《ハナチドリ》　人目尓恋而《ヒトメニコヒテ》　池尓不潜《イケニクグラズ》」（万葉集・巻二・一七〇）の例がある。語義については諸説あり、しばしば歌学書で言及された。喜撰式では「にわとり」の意とし、能因歌枕では「かひてはなちたる鳥」とする（和歌初学抄もこの説）。院政期以降の歌学書では、多く、古今六帖所載の伊勢歌「はなちどりつばさのなきをとふからにくもぢをいかでおもひかくらん」（三一一九。伊勢集・一八九、初句「はまちどり」）を引いて、「かひなどしたる鳥のつばさのなきを放ちてよめる」（俊頼髄脳）、あるいは「はねなどをきりてははなちてかふ鳥」（奥義抄）のように、「羽を切って飼っていた鳥を放す」意（和歌童蒙抄もこの説）、または「羽を切って放し飼いにする鳥」の意と解される。また、「籠に入れたる鳥をはなちたるをいふなり」（色葉和難集）のごとく「放鳥」と解する説もあり、実作において「はなち鳥行へもしらずなりぬればはなれしことぞくやしかりける」（古今六帖・四三三七・はなちどり）のように、「どこへとも知らず遠くへ去る」ものの喩として詠まれることも多い。ここでは、「放つ」の語が持つ、「本来あるべき場所から遠ざけられる」意を響かせるか。**○つばさおひぬる**　羽を切られた「放ち鳥」のごとき自らが、昇殿により羽が復活し、雲の上（宮中）まで飛べるようになった喜びを示す。

【補説】「放ち鳥」は院政期以降の歌学書が盛んに取り上げたゆえか、平安末期には、「もろともになれにしものを放鳥行へもしらぬ中ぞかなしき」（堀河百首・一二二四・遭不逢恋・肥後）、「いづ方へ人の心のはなちどりわがひとりねにかへらざるらん」（殷富門院大輔集・五八）のように作例が見える。597は特に伊勢歌の表現に学んだ形跡が顕著で、同時代の好尚をいち早く取り込んだ作と言えよう。「放ち鳥」の表現について、八雲御抄は「か様の詞よく〳〵心えてよむべし。わが述懐とあらはに見えたる歌也」（正義部）とする。597やこれに先立つ俊頼の恨躬恥運雑歌百首「世中を思ひはなてばはなちどりとびたちぬべき心ちこそすれ」（散木奇歌集・一四四七）等の詠による判断か。

（松本・中村）

かへし

雲の上に千世も八千世もあそふへき鶴は久しき物としらなん

【整定本文】 かへし

雲の上に千世も八千世もあそぶべき鶴《つる》は久しき物としらなん

【校異】〈歌〉○あそふへき―遊へ《ぶ(朱)》き（内）○物としらなん―物とし《なイ》ら南（高）、ものとかし《なイ》らなん（清）、ものとならなん（穂・蓬・内）、物とならなん（静）、物とな《しイ》らなん（浦・国・版）、物となくらん（龍）、内としらなん（下）

【現代語訳】 返し

（あなたはこれから）宮中で千年も八千年も楽しく過ごすことだろう。鶴は命長いものであると知っていただきたいものです。

【他出】 林下集・三二〇、下句「たづはひさしきともとなりなむ」、左注「新院の御くらゐの時のことなり」。

【語釈】 **○千世も八千世も**「ちはやぶるひらのの松の枝しげみ千世もやちよも色はかはらじ」（拾遺集・賀・二六

四・能宣）のように、賀の歌に用いられ、永久に続く時間を表す。**〇あそぶべき** 「遊ぶ」は悠然と楽しんで過ごす意。上句で昇殿のかなった頼政の今後を予祝したと見て、三句切れの歌と解した。**〇鶴は久しき** 林下集では「たづはひさしき」とするが、穂・浦本が「つる」と平仮名で表記するので、「つる」と読んだ。鶴は長寿の瑞鳥とされ、「すみのえのはまのまさごをふむつるはひさしきあとをとむるなりけり」（伊勢集・八五）のように、「久し」の語としばしば取り合わされる。「鶴」と「雲の上」とを取り合わせて沈淪の我が身を表現する作に、「あしたづのひとりおくれてなくこゑは雲のうへまできこえつがなむ」（古今集・雑下・九九八・千里）等がある。昇殿した頼政を「鶴」とする表現は581・582にも見える。頼政が597で自らを「放ち鳥」に譬えたのに対し、実定が瑞鳥である鶴に譬え直し、祝意を籠めたのでもあろう。**〇物としらなん** 林下集の「ともとなりなむ」の形に従えば、昇殿した頼政が宮中の鶴と末永く交誼を結ぶであろうことを予測する句となる。

〔補説〕 松野陽一「林下集について」（『鳥帚 千載集時代和歌の研究』風間書房、一九九五年）、黒田彰子「林下集贈答歌群をめぐって」（『俊成論のために』和泉書院、二〇〇三年）、前掲芦田論考などに指摘されるように、この贈答歌の作者は頼政集と林下集で逆になっている。頼政集のように、贈歌が頼政、答歌が実定の詠と見るのが穏当だが、林下集の形であれば、頼政が実定を鶴に譬えて、末長い親密な関係と引き立てを願った作ということになる。

（松本・中村）

599

祝言のつゐてにもむかし思出られてこそとてかれよりつかはしける

木かくれてみし夜の月のかはらすはおなし雲ちを哀とや思ふ

〔整定本文〕 祝言のついでにも、むかし思出られてこそとて、かれよりつかはしける

木がくれてみし夜の月のかはらずはおなじ雲ゐを哀とや思ふ

〔校異〕〈詞〉○つゐてにも―つひてに（静）〈歌〉○雲ち―雲井（穂・龍・清・内・静・群）、雲ゐ（浦・国・版）、くもゐ（蓬）

〔現代語訳〕（頼政昇殿の）お祝いを伝える折につけても、（昇殿を許されなかった）昔が思い出されてといって、あちら（実定）から遣わした（歌）

木隠れて見たあの御代の夜の月（二条天皇）が変わっていないならば、その時と同じ雲居（殿上）を実際に見て感慨がありますか。

〔他出〕林下集・三二一、詞「おなじきこころよりまさの朝臣のもとへ申しやりし」、二三句「みしよの月をわすれずは」。

〔語釈〕**○祝言** 597詞書に見える頼政昇殿に対する慶賀。なお、和歌における用例はすべてが詞書においてで、「祝言」「社頭祝言」などの歌題、あるいは「左は祝言にこころざし」（嘉応二年住吉社歌合）といった歌合判詞の例に限られ、実際の祝儀あるいは祝儀の言葉の意で用いるのは珍しい。**○むかし** 和歌の内容から、昇殿を許されず頼政が575歌を詠じた折を指す。**○かれ** 藤原実定↓人名一覧。**○木がくれてみし夜の月のかはらずは** 頼政歌575を念頭に置いた表現。昇殿を許されずに小家に隠れて見た月が変わっていないならば。「夜」に、御代の「代」を掛ける。「月」は天皇の比喩で、ここでは二条天皇の皇統の意。二条天皇息六条天皇を示唆する。〔他出〕の林下集「みしよの月をわすれずは」は、木隠れて月（二条天皇）を見た夜の気持を忘れていないならば、の意となる。**○おなじ雲ゐ** 同じ皇統の天皇が治める殿上の意。「雲ゐ」は底本「雲ち」とある。雲路は殿上の中の道、あるいは殿上への道を意味するのだろうが、ここは天皇の住む殿上そのものを意味する「雲ゐ」が適当と考えられるので、校訂した。

〔補説〕597・598に続いて、頼政昇殿をめぐる実定との贈答歌である。実定は、昇殿を祝福する言葉を伝えるに際して、かつて頼政が昇殿を許されなかった折に575歌を詠じたことを思い出しながら、皇位は二条天皇からその子六条

天皇に変わったが、殿上に昇ってみて感慨深かったであろうと問うたのである。（安井）

返し

木かくれてその夜の月になれにしに雲ゐをみては哀とそ思ふ

〔整定本文〕 返し

木がくれてその夜の月になれにしに雲ゐをみては哀とぞ思ふ

〔校異〕 〈歌〉○なれにしに―馴にしも《にイ》（清・国・版・群）

〔現代語訳〕 返し

木隠れたままでその御代の夜のように月（二条天皇）を見ることに馴れてしまっておりましたので、雲居を見て感激しております。

〔他出〕 林下集・三二二、詞「返し」、三四句「なれぬるはくもぢをみても」、左注「この歌は、二条の院御時殿上を申して、人しれぬおほうちやまの山もりはこがくれてのみつきをみるかなとよみたりしに、殿上ゆりたれば、そのころなり」。

〔語釈〕 **○夜** 「代」を掛ける。**○なれにしに** 他に用例は「岩がねのまくらはさしもなれにしになにおどろかす松のあらしぞ」（土御門院御集・七）のみ。ある状態に馴れてしまったことを意味する。当該歌では、地下の身で木隠れたままで月（天皇）を見ることに慣れ親しんでいた、の意。〔他出〕の林下集「なれぬるは」は、馴れてしまった身は、の意か。

〔補説〕 殿上人となった頼政に殿上を見ての感慨を尋ねてきた実定に対して、頼政は、木隠れて行幸を眺めるという境遇から実際に殿上に立ち交じる境遇に変化した喜びを述べ、かつ「二条―六条」と皇統が正当に継承されたことを嘉する。なお、頼政集597～600の二組の贈答歌は、林下集に同じ歌順で配列される（三一九～三二二）。ただし、頼政集では599詞書「祝言のついでにも」によって、597・598と599・600が同じ機会の連続した贈答となるが、林下集では詞書「おなじきころ」（三二一）によって、前者と後者とは少し時間を隔てての贈答であることが示唆されている。

（安井）

601*

（年の内に五位の上下をして正月に四位をして侍る悦つかはすとて）（中宮亮重家）

（あけ衣色をそへにし紫の今一しほやましてうれしき）　＊松本ニヨリ補ウ

【整定本文】　年の内に五位の上下《しやうげ》をして、正月に四位をして侍る悦《よろこび》つかはすとて　中宮亮重家

あけ衣色をそへにし紫の今一しほやましてうれしき

【校異】　◇詞・作者・歌ヲ欠ク（底・高・下）〈詞〉○年の内に―年の内（穂・浦）、年のうち（龍・内・静）　○つかはす―いひつかはす（穂・浦・蓬・清・国・内・静・版・群）、こひつかはす（龍）〈歌〉○色をそへにし―色そへにし（群）

【現代語訳】　年内に正五位下に叙され正月に四位に叙されました、その祝辞を送るということで（添えた歌）　中宮亮重家

（五位の着る）緋色の衣の色が加わっていましたが、（四位の着る）紫（の衣）はより一層増してうれしいのではないでしょうか。

【他出】　頼輔集・七九、詞「入道三品よりまさの卿、兵庫頭と申しし時、秋除目に叙正五位下して、つぎのとしの正月に四品に叙したるよろこび申すふみに」、二～三句「いろをまししにむらさきは」、五句「みにはしむらん」。

【語釈】　**○年の内に五位の上下をして正月に四位をして侍る**　「年の内に」は、ここでは「昨年の内に」の意。「五

位の上下をして」の「上下」は、頼政集587詞書の「正下の加階にて侍し時馬権頭隆信かもとより祝つかはすとて」と同じく、「上下」は「正下」のことであり、正五位下に昇階したと解せる。よってこの詞書は、昨年のうちに正五位下となり、今年の正月さらに四位となった人物がいた、ということを述べている。頼政は仁安元年一〇月二一日に正五位下に叙され、翌仁安二年正月三〇日に従四位下に昇階しており（公卿補任）、601詞書と完全に符合する。ちなみに、叙正五位下以前の頼政は兵庫頭であり、他出に掲げた頼輔集の「よりまさの卿、兵庫頭と申しし時」という記述とも整合する。**○悦つかはす**　頼政の立て続けの叙位に対する祝辞を送る、の意。**○中宮亮重家**　藤原重家→人名一覧。ただし当該歌の詠者は藤原頼輔→人名一覧。〔補説〕参照。**○あけ衣**　前述のとおり、五位に叙された者が着られる緋色の袍のこと。後撰集に「藤原さねきが蔵人よりかうぶりたまはりて、あす殿上まかりおりむとしける夜、さけたうべけるついでに」という詞書の兼輔詠「むばたまのこよひばかりぞあけ衣あけなば人をよそにこそ見め」（雑一・一一一六）がある。藤原真材が蔵人から「かうぶりたまはりて」すなわち五位に叙されたことを踏まえ、夜が明けたら緋色の袍を着たあなたを、遠くから見ることでしょう、という歌意であり、やはり「あけ衣」が叙五位の比喩とされている。**○色をそへにし**　「そふ」は、従五位下から正五位下に昇階して、より濃い緋色の衣を着たことを示す。直前の「あけ衣」と合わせ、詞書の「年の内に五位の上下をして」と対応。**○紫の**　「紫」は、詞書及び初句「あけ衣」との対応からして、四位に相当する衣服（特に袍）の色の比喩とみられる。永暦元年（一一六〇）七月開催の太皇太后宮大進清輔朝臣家歌合・三十一番左における雅重詠「むらさきに色もかはらずあけ衣我がくろかみの白く成るまで」（六二）も、「あけ衣」と対比させた同様の例。**○今一しほや**　さらに一層の意。染色の際に染液に布を一度浸す意の「一入《ひとしほ》」を響かせて、「緋」「紫」の色名と寄せを作る。古今集の宗于詠「ときはなる松のみどりも春くれば今ひとしほの色まさりけり」（春上・二四）と同様の用法。**○ましてうれしき**　五位相当の緋色（の袍）だけでも嬉しかったのに、それに加えて、四位相当の紫色（の袍）までもですから、喜びもなおのことでしょう、と言っている。

〔補説〕　叙位に関わる歌において、衣服の色を比喩としたものは、〔語釈〕に挙げた以外にも、例えば続詞花集に「清輔四位して侍りける時、よろこびいひにつかはすとて」という詞書で入集している重家詠「むさしののわかむらさきのころもではゆかりまでこそうれしかりけれ」（七三九）などがある。当該歌では同様の趣向に拠りつつ、587にあるように、仁安元年（一一六六）一〇月に正五位となったのち、ほぼ二ヶ月という非常な短期間で、五位から四位へと重ねて叙されたことを「今ひとしほやましてうれしき」と、さらに強調して言祝いでいる。ちなみに当該歌を載せる頼輔集では、三〜五句目が「むらさきはいまひとしほやみにはしむらん」となっている。「むらさきは」であれば、続く「いまひとしほや」は最後の「しむらん」に係ることとなる。また「しむ」であれば「沁む」の意に加え、「染む」の意も響いていることとなるので、「あけ衣」「色」「むらさき」といった表現との結びつきが強くなり、より緊密な構成になっていると読むことができよう。

なお、〔他出〕に示したとおり、当該贈答歌は二首とも頼輔集に見出される。重家集には見出されないため、当該歌の作者名「中宮亮重家」は誤りであり、藤原頼輔と頼政との贈答であると判断される（重家とされた事情ないし経緯は不明）。ちなみに頼輔集には、右に引いたその直後に、もう一組の贈答歌が掲載されるが、頼政集には見出されない。

（久保木）

602*

（返し）

（色そへし袖につゝみしうれしさを紫にてはあまりぬる哉）　＊松本ニヨリ補ウ

〔整定本文〕　返し

色そへし袖につゝみしうれしさを紫にてはあまりぬる哉

〔校異〕　◇詞・歌ヲ欠ク（底・高・下）　〈歌〉○色―色を（穂）　○そへし―色そへて（穂）　○つゝみし―匂し（蓬）、

匂ひし（清・国・内・版）

〔現代語訳〕　返し

（正五位下となり）色をいっそう濃くした（緋色の袍の）袖に包み隠してきた（昇階の）うれしさであったけれども、（さらに四位に叙されて）紫（の袍まで着られるようになったの）では、（もう隠しきれずにうれしさが）あふれ出てしまったよ。

〔他出〕　頼輔集・八〇、詞「かへし　入道三品頼政卿」、三句「うれしさの」。

〔語釈〕　**○色そへし**　→601。**○袖につゝみしうれしさを**　「包む」は、感情を抑える意→593・594。ここでは、四位となって着た紫色の袍の袖で、物を包むように、喜びの気持ちを抑えていた、と表現。「を」は逆接の意の格助詞。古今集の敏行詠「白露の色はひとつをいかにして秋のこのはをちぢにそむらむ」（秋下・二五七）などの先例がある。**○紫にては**　「紫」は四位の着る袍の色→601。**○あまりぬる哉**　「あまる」は、何らかの気持ちなどが、程度を越えてあふれ出る、の意→593。当該歌では、五位の朱色ですらうれしかったが、その気持ちは何とか抑えていた、しかし四位の紫色までいただいてしまっては、もう隠しきれずに感情があふれ出てしまった、という感動の高まりを表現。和漢朗詠集の読人不知詠「うれしさをむかしはそでにつつみけりこよひはみにもあまりぬるかな」（慶賀・七七三）を意識するか。

〔補説〕　贈歌における「あけ衣」などの衣服に関する表現の縁で、「袖」「つつむ」といった語を比喩的に用い、立て続けの昇階に対するうれしさを表出している。

なお前歌で示した頼輔集では、三句目が「うれしさの」となっている。「の」を主格と取れば、五位となった時は抑え込んでいたうれしさが、四位になった今はあふれ出てしまった、と、より直接的に表現していることとなろう。

（久保木）

祝言いひつかはすとて
ことはりや雲ゐにのほる君なれは星のくらゐもまさる也けり

〔整定本文〕 昇殿の後四位して侍し時、亮君顕昭祝言いひつかはすとて
ことわりや雲ゐにのぼる君なれば星のくらゐもまさる也《なり》けり

〔校異〕〈詞〉○祝言いひつかはすとて―昇殿の後四位して侍し時亮君顕昭よろこひいひつかはすとて（松・蓬・国・内・静・版・群）、昇殿の後四位して侍し時亮君顕照よろこひいひつかはすとて（穂）、昇殿の後四位して侍し時亮君顕昭よろこひ云つかはすとて（清）、昇殿の後四位して侍し時亮君顕昭悦云つかはすとて（浦）、昇殿の後四位して侍し時亮君顕昭悦云遣すとて（龍）〈歌〉○ことはりや―□わりや（静）○星のくらゐも―星の位に（龍）

〔現代語訳〕 昇殿の後に四位に叙されました時、亮君顕昭が慶賀を言い遣わすといって
もっともなことですよ。雲居に昇るあなただからこそ、星の位も加わるのですね。（昇殿できたことによって、今回の加階があったのでしょう。）

〔語釈〕 **○昇殿の後四位して侍し時、亮君顕昭** 底本にはないが、脱落があったものと見て、他本に拠り補う。601・602と当該歌の詞書の途中まで、おそらく一面分が何らかの原因により抜けていると思われる。頼政が従四位下になったのは、仁安二年（一一六七）正月三〇日。「昇殿」は仁安元年（一一六六）一二月三〇日の六条天皇の内昇殿であろう。昇殿の約一ヶ月後に四位へと加階されたのである。「亮君」は顕昭の呼称↓人名一覧。**○祝言** ↓599。「昇殿の後四位して侍し時亮君顕昭」とある伝本はすべて「よろこび」と続いているが、このままでも解釈可能なので校訂はしない。**○ことわりや** 今回の加階がもっともであるということを言う。ここでは、「雲ゐ（雲居）にのぼる」、つまり殿上に昇るべき人だからこそ星も加わるのにふさわしい、と顕昭が考えているのである。**○雲ゐにのぼる** 昇殿のこと。**○星のくらゐ** 星の位。一般に公卿を指すが、広義には殿上人も含める。宮中において公

卿が列座する様子を、天上の星の並びに喩えた語。「星」と「雲居」が寄せとなる。当該歌以前の詠は、「雲の上にほしのくらゐはのぼれどもこひかへすにはのびずとかきく」（宇津保物語・きくのえん・五五六・兵衛）のみ。後に、承安二年（一一七二）の広田社歌合における「あまくだる神のめぐみのしるしあらばほしのくらゐもなほのぼりなん」（一二三・実国）、治承元年（一一七七）に実定が左大将となった際に俊成から送られた「くものうへやちかきまもりとなりぬればほしのくらゐもうたがひぞなき」（林下集・三七三）と、実定によるその返歌「のぼるべきほしのくらゐのまぢかさにくものうへまでひかりをぞさす」（同・三七五）が見られる。「星の位」と共に「雲居」を詠んだ例は珍しく、六百番歌合・元日宴題の「春くれば星の位に影みえて雲ゐの階にいづるたをやめ」（拾遺愚草・八〇二）がある。**〇まさる也けり**　「まさる」は加わること。この場合は、五位から四位への加階を言う。「位」と詠み合わせた例には、「しらぎくのくらゐやまさるむらさきにはなのたもとぞひきかへてける」（重家集・五〇二・残菊）がある。

〔補説〕　昇殿を果たした上に、引き続いて四位となった際に顕昭から送られた祝いの歌。底本では当該歌の詞書前半部分が脱落していることや、他本において601の作者名が誤っていることなどから、当該歌の作者名にも不審は残るが、これまで和歌に詠まれたのは宇津保物語の一例のみであった「星の位」という珍しい語を使用しているのは、やはり顕昭の詠みぶりとしてふさわしい。顕昭は、天上と宮中を意味する「雲居」との関わりで、五位から四位になったことを「星のくらゐもまさる」と表現し、頼政の昇進を寿いだのである。なお、顕昭と頼政の間には交流があったことが、袖中抄の「頼政卿云」といった記述（「よこほりこせる」項）からもうかがわれる↓260。

（鎊）

返歌

見、えけむ星のくらゐも雲の上にのほりしおりにのほるへしとは

〔整定本文〕 返歌

見えにけむ星のくらゐも雲の上にのぼりしをりにのぼるべしとは

〔校異〕 〈詞〉○返歌―返し《歌イ(朱)》(内)、返し(松・蓬・国・静・版・群)、かへし(清) 〈歌〉○見、えけむ―見、えせぬ《えにけん》(高)、見ええけん(松)、見えにけむ(浦・清)、見えにけん(穂・蓬・静・版)、みえにけむ(群)、みえにけん(龍・国・内) ○雲の上に―こんのうへに(穂) ○のほりしおりに―のほるしおかみ(龍) ○のほるへしとは―のほるへしとは《本ノまゝ》(龍)、かへる《のほる(朱)》へしとは(国)

〔現代語訳〕 返歌

(あなたには)お見通しだったのでしょう。星の位も、雲の上に昇った時に上がるだろうということは。(殿上に昇ってからまもなく、加階があるだろうということは。)

〔語釈〕 **○見えにけむ** 底本「見、えけむ」だが、意味不通につき、他本に拠り校訂。この場合の「見ゆ」は、先のことまで見越していることを言う。「星」が「見ゆ」と詠んだ先行歌には、「あまのがはなみまにみゆるあかほしはくもまにうかぶほかげなるべし」(賀茂保憲女集・一九八)などがある。**○雲の上にのぼりしをりに** 「雲の上」、つまり殿上に昇った時に。この「のぼる」は昇殿の意。**○のぼるべしとは** この「のぼる」は、「星のくらゐも」を受ける。四位に加階する意。前歌では「まさる」とされていたものが、ここでは「のぼる」となっているのは、「星」が夜空に上がっていく様子を映像的に表現したものであろう。「星」が「のぼる」と詠んだ先行例は見当たらず、和歌においてこれらの語を詠み合わせたのは珍しい。

〔補説〕 顕昭から送られた歌に対する返歌。さらに、「星」の繋がりから「見ゆ」という表現を用いて、顕昭は先

のことまで見通していたのだと詠み返す。この歌をもって575から続く昇殿歌群は終了する。（錺）

605

誰ともなくてさしをきたる文をみれは

いかにして野中のし水思出て忘はかりに又なりぬらん

〔整定本文〕 誰ともなくてさしおきたる文をみれば

いかにして野中のし水思出《おもひいで》て忘《わする》ばかりに又なりぬらん

〔校異〕〈詞〉○誰ともなくて―たれ▲ともなくて（龍）○文―色（龍）〈歌〉○忘はかりに―忘るはかりに（松）、忘はかり《ルはかり》に（高）、忘るゝ《イニナシ》はかり《にイ》（群）、わするゝはかり（穂・龍・蓬・清・内・静）、忘るゝはかり（版）、忘るゝ計（国）

〔現代語訳〕 誰と（いう差し出し人の名）も無くて置かれていた手紙を見ると

どうして、野中の清水のように（「本の心を知る人ぞ汲む」などと私を）思い出しておきながら、（再び私を）忘れるようなことに、またなってしまったのだろうか。

〔他出〕 粟田口別当入道集・一四四、詞「東山に侍りしころ、右京権大夫頼政朝臣、たづねまうできて、むかしのことどもわすれがたく、など申してのち、かきたえおともせざりしかば、卯月のころ、たれともなくてさしおかせたりし」。風雅集・雑中・一七八五、詞「東山にすみ侍りけるころ、従三位頼政たづねきてのち、かきたえおとせざりければつかはしける（前左兵衛督惟方）」。

〔語釈〕 **○誰ともなくてさしおきたる文** 「誰ともなくて」は、実際には惟方（寂信）の仕業であったことが、606詞書および他出により判明する。藤原惟方→人名一覧。「さしおきたる文」は、606の「おとし文」にあたる。差出人不明の形で、いつのまにか頼政邸に置かれていた手紙。仲文集の歌「これをだにかたみとおもふにみやこにはかへやしつらむしひしばのそで」（八三）の詞書「仁和寺の御はての日、ものいみにさしこもりてゐたるに、たてぶみにて、ほうしどうじ、けふすぐすまじき御ふみなりとてさしおきたるをみれば、くるみいろのしきしにあやしきてして」に、さし置いてあった文の例が見える。**〇野中のし水**　院政期には一般に、播磨国印南野にある湧水と考えられ、名所と認識されていた。古今集の「いにしへの野中のし水ぬるけれど本の心をしる人ぞくむ」（雑上・八八七・読人不知）の影響が大きい。奥義抄には、めでたい水だったものが後に悪くなり、人もすさめなくなったのを、昔を聞き伝えた者が尋ね、汚げになった水を飲んだと述べて本を知る事とするが、伝聞のため不確実とする。袖中抄は、能因歌枕に「もとのめをいふ」とある条（現行本には見えない）を引き、野中の清水はぬるいが、知る人が汲むように、昔心を尽くして愛した女性が衰えても、元の有様を知っているので、猶も結ぶという本説を記して、歌例を検討する。昔を忘れずに尋ねる表象となっていた。**〇忘ばかりに**　「わするるばかり」の異文が存する。「忘る」は四段活用と下二段活用があるが、他出も底本同様四段活用の形をとっている。

【補説】　惟方の歌。粟田口別当入道集によれば、東山に居住する惟方のもとを訪れた頼政が、その後ふっつり無音となったので、それを詰る一種の悪戯として、差出人不明の手紙に記し、頼政のところへ届けられた歌となる。頼政集では、事情を知らない受取り手の立場から詞書を書き起こし、種明かしは次歌（606）の詞書に詳述する。歌意については、初句の「いかにして」は文脈上、五句の「なりぬらん」に続くが、強い口吻であり、忘れたことを詰っていることになる。すなわち、一度思い出しておきながら、又忘れたことを、表面上強く詰っているのである。「野中のし水」で古今集歌を想起させ、粟田口別当入道集詞書中の頼政の言葉「むかしのことどもわすれがたく」を表すとともに惟方自身を喩え、来訪した頼政は水を汲む人に喩える。

（兼築）

其後誰ともしらて女のしはさこそはと思ひ候ほとに別当入道の大谷にまかりたりしにおとし文やみしそ

れは我しりたりしなりとありしかはかへりてつかはしける

浅かりし野中のし水忘ねはまた夏草を文としらなん

〔整定本文〕 其後、誰ともしらで、女のしわざにこそはと思ひ候ほどに、別当入道の大谷にまかりたりしに、おとし文やみし、それは我したりしなりとありしかば、かへりてつかはしける

浅かりし野中のし水忘《わすれ》ねばまた夏草をわくとしらなん

〔校異〕 〈詞〉〇しらて—もなく《しら》《ヒヒ》て（穂）〇しはさ—しわさ（高・下）、しわさに（松・穂・浦・龍・蓬・清・国・内・版・群）、しはさに（静）〇こそは—こそ（穂）〇思ひ候—おもひ候（下）、思ひ《ふ》（高）、思ふ（浦・龍）、おもふ（穂・内・蓬・静）、思ひし（清・国・版・群）〇別当—▲別当（穂）〇入道の—入道（穂・浦・龍・蓬・清・国・内・静・版・群）〇しりたりし—したりし（松・穂・浦・隆・蓬・清・国・内・静・群・版）〇ありしかは—□りしかは（龍）〈歌〉〇野中のし水—なかのし水を（穂）〇夏草—夏▲草（龍）〇文—文《わく》（高）、分（下）、わく（松・穂・浦・龍・蓬・清・国・内・静・版・群）

〔現代語訳〕 その後、（その歌は）誰のものとも分からないで、（これは）女の仕業に違いないと思っておりましたところ、別当入道（惟方）の大谷の房に伺うと、落とし文は読んだか、それは私がしたのだということなので、帰宅してから送った歌

浅かった野中の清水（浅い関わりだったあなた）ですね。（私は野中の清水、つまりあなたのことを）忘れていないのだから、こうしてまた、（わざわざ深い）夏草をかき分けて訪ねにやって来たのだと、分かって欲しいよ。

〔他出〕 粟田口別当入道集・一四五、詞「さて二三日ばかりありてまうできて、たたうがみのはしにかきておとしてかへりたりし」、初句「あかざりし」、三句「みてしかば」。

〔語釈〕 **〇女のしわざにこそは** 底本「女のしはさこそは」だが、その後に「あれ」あるいは「あらめ」が省略さ

れた形であり、助詞が入らないと不自然なため、他本により校訂した。605歌が無音を詰る内容で、名が書かれていなかったところから、女性からの恨みの手紙と思ったというのである。**○思ひ候ほどに**　ここで「候」が出て来るのは唐突で、「思ひし」が誤写された可能性も考えられる。ひとまず底本のままに解しておく。**○別当入道**　藤原惟方→人名一覧。**○大谷**　惟方は出家後、東山や大原に移り住んだ。高﨑由理「藤原惟方伝」（『立教大学日本文学』五九、一九八七年一二月）、福本良二「寂信隠棲の心境（上）（下）」（『日本文芸研究』三九―三、一九八七年一〇月、三九―四、一九八八年一月）参照。ここでは東山大谷のこと。大谷は今の華頂山麓、円山公園および知恩院辺一帯の古名で、相模集に「大たににいで給ひしに、御おくりのくるまなどの打ちつづきたりしがいみじくあはれにて」の詞書を付し、「あはれきみくものよそにもおほたにのけぶりとならむかげとやはみし」（九二）の詠を載せる。これは、万寿四年（一〇二七）九月一四日に薨去した皇太后（三条天皇后、藤原道長女の妍子）の葬送を詠じたもので、妍子は九月一六日夜に大谷で荼毘に付された（小右記・栄花物語）。**○おとし文**　匿名の文書や書翰を、路上や屋内に落としておくもの。605の「誰ともなくてさしをきたる文」を指す。**○したりし**　底本「しりたりし」だが、理解しにくく、他本により校訂する。**○浅かりし野中のし水**　野中の湧水であるから、「わがためはいとどあさくやなりぬらん野中のし水ふかさまされば」（後撰集・恋三・七八四・読人不知、詞「もとのめにかへりすむときて、をとこのもとにつかはしける」）のように、その深浅が表現されるが、粟田口別当入道集の詞書を斟酌すれば、「野中の清水」に喩えた惟方がその後の無音を詰ったのに対し、私たちの関係が浅いと言い返したことになる。**○また夏草を**　粟田口別当入道集によれば、「卯月のころ」の出来事であったから（→605）、当季に合った表現であると同時に、深い夏草を分けてわざわざ来訪する誠意を強調している。**○わくとしらなん**　底本「文としらなん」だが、「文」は「分」の誤写であろうか。あるいは「ふむ（踏む）」が転じて「文」と表記されたものか。「わく」であれば「分く」と「湧く」が掛かり、「清水」の縁語となる。「ふむ」であっても、「踏む」と「文」が掛かるとも読めるが、やや無理があるか。他本により校訂し、「わく」とした。

〔補説〕 粟田口別当入道集では、落とし文を仕掛けた二、三日後に頼政が訪ねて来て、畳紙に書いた歌を落として行った、つまり頼政は惟方から説明を受けなくても状況を理解し、落とし文のパフォーマンスで返したことになるが、頼政集では、種明かしされて帰宅した後に送った歌だとする。和歌の上句も、粟田口別当入道集では「あかざりしのなかのしみづみてしかば」と相違している。すなわち、経緯、場面の作り方が異なっているのである。どちらが実際に応酬された和歌をより正確に伝えているか、早計には断じ難いが、別当入道集ではこのやりとり（一四四・一四五）に続く和歌の応酬を、続けて一連のもの（一四六～一四九）として収載するのに対し、頼政集ではその前半（一四六・一四七）を夏部145・146に、後半（一四八・一四九）を後出618・619にと、二首ずつ三組に解体し、別々の位置に分載している。こうした現状から、加工の度合いは頼政集のほうが大きいと考え得るかもしれない。（兼築）

女院の百日の御懺法のはてに僧の布施にわらはへのさうそくをしてまいらするにすいかんそうそくをしたしき人に一具つゝしてつかはす中に中宮大進重顕かつかはしたるかことにめつらしく見え侍しかはつかはしたる返しに申ける

をとは川せきいるゝのみか水ほすに人の心は見えける物を

〔整定本文〕 女院の百日の御懺法のはてに、僧の布施に、わらはべのさうぞくをしてまゐらするに、すいかんさうぞくを、したしき人々、一具づゝしてつかはす中に、中宮大進重頼がつかはしたるが、ことにめづらしく見え侍しかば、つかはしたる返しに申ける

おとは川せきいるゝのみか水ほすに人の心は見えける物を

〔校異〕 〈詞〉○女院の百日―女院百日（穂・浦・龍・蓬・清・国・内・静・版・群） ○わらはへの―ナシ（龍） ○さ

うそくをしてーさうすくをして（松）、さうそくを（龍）〇まいらするにーまいらすに（穂）、ナシ（龍）〇すいかんそうそくをーナシ（松・龍）〇したしき人にーしたしき人〳〵（穂・清・内・静）、したしき人々（浦・蓬・国・版・群）〇一具つゝしてー一具〇《つ、》して（穂）、つつみて（松）〇中宮大進重頭ー中宮大進重顕《家》（高）、中宮権大夫《ヒ》進重家（穂）、中宮権大進重家（浦・龍・蓬・清・国・静・版・群）、中宮権大進重家《顕イ（朱）》（内）〇つかはしたるかーつかはしたる（清・国・内・版・群）〇めつらしくーめつらしき《く》《ヒ》（内）〇返しー返事（下・松・穂・龍・蓬・清・国・内・静・版・群）〇申けるー申けり（内）、申遣ける（静）

〔現代語訳〕 女院の百日の御懺法の結願に、僧の布施として、童部の装束を献上（しようと）したところ、水干装束を、親しき人々が、一具ずつ（頼政の許に）送ってきた中に、中宮大進重頼が送ってきた（水干）の（装束）が、とりわけ素晴らしく見えましたので、送った返事に申した（歌）

音羽川は（かつて伊勢が詠んだように、水を）塞き入れるばかりか、（いやそれだけでなく）水を干して（も）、人の心深さは見えるものですね（施入する水干装束のこれほどまでの出来映えから、あなたの心深さがわかりました）。

〔語釈〕 **〇女院の百日の御懺法のはて**　「女院」は、天皇の母后や、太皇太后以下の三后、内親王、女御などの中で、院号を宣賜された人々の総称。頼政の活躍期に「女院」と呼ばれ得たのは、待賢門院（藤原璋子）や上西門院（統子内親王）など、複数名挙げられるが、玉葉の安元元年（一一七五）二月一四日条に「自今夕、建春門院於最勝光院小御堂、被始百ヶ日御懺法、請僧六口云々」、同年五月二七日条に「此日建春門院百日御懺法結願也」とある。一方で、同時代の他の女院が、百ヶ日懺法を行ったという記録は現時点では知られない。また詞書に登場する「中宮大進重頼」は、確かに安元元年前後、時の中宮徳子の中宮権大進であったという点、時期的にも合致する。これらにより、当該歌詞書の「女院」は建春門院のことであり、当該歌は安元元年五月二七日の百ヶ日懺法結願時のものだったとひとまず考えておく。建春門院は平時信女の滋子。仁安三年（一一六八）に院号宣下→人名一覧。「懺《せん》法《ぽう》」は、自己の罪障を懺悔する法式のこと。一般に日数は不定であったか。歌集中の事例としては「懺法おこなひはべりけるにほとけにたてまつらんとて周防内侍のもとに菊をこひ侍りけるにおこせてはべりけるかへりごとに」（後拾遺集・雑六・一一八五詞書）が早いもののひとつ。「はて」は結願の意。**○僧の布施**　懺法を行った僧たちに与える布施。前引玉葉の一四日条の中にも、権僧正公顕をはじめとする「六口」（六人）の僧がおり、それぞれ布施を与えられていたことがわかる。**○わらはべのさうぞくをしてまいらする**　「わらはべ」は、一般名詞としては子供を指すが、ここでは文脈上、寺院での雑役に従事する童子を指していよう。「さうぞく」は装束。僧に対する布施として、僧に仕える童子向けの装束を用意していた、ということ。「まいらす」は謙譲語で、布施を用意した側からの、布施を受け取る「僧」に対する敬意の表明と受け取られるので、ここでは頼政が用意した、と解される。

○すいかんさうぞく　「すいかん」は「水干」で、水に浸した布を日光で乾燥させ、繋ぎ合わせた布のこと。その水干を中心として誂えた装束。**○人々**　底・高・下本「人に」。しかし後続の「一具づゝしてつかはす中に」という一節からすると、「人に」では、頼政の方から、人に、布施を送っていた、ということになり、意が通らない。一方、本文として、浦本ほかの「人々」であれば、人々が、頼政宛に「一具つゝしてつかは」してきた、と解釈でき、文脈的にも整合しよう。よってここは「人々」と校訂した。ちなみに穂本などには「人」という異文もあるが、やはり後続の「一具づゝ」の「づゝ」からすると、複数人であるべきなので、「人々」の方を採ることとした。

○中宮権大進重頼　人名部分は、底本などでは「重顕」、高本では「中宮大進重顕《家》」、穂本では「中宮権大夫《ヒ》進重家」、清本などでは「中宮権大進重家」となっており、一見、藤原重家の誤写かとも思える。しかし嘉応元年（一一六九）正月一一日に、重家は弟の季経に中宮亮の職を譲っていること（公卿補任）、かつそれも「亮」であり、大進（あるいは権大夫）ではなかったこと、などから適切ではない。一方、林下集には「西山のはなをたづね侍しに、みなちりたりしかば、中宮大進重頼がもとへ申おくりたりし」（五一詞書）と、「中宮大進重頼」なる人物が登場している。この「重頼」は藤原重頼→人名一覧。安元元年を挟んだ数年間、中宮徳子の少進、次いで権大進を務めていた。二条院讃岐の夫であり、すなわち頼政の娘婿。当該歌は安元元年、頼政七二歳時の出来事であったから、すでに頼政は舅の立場にあったであろう。よって底本の「重家」や他本の「重顕」は誤りとみられるので、他文献により校訂した。なおこの人名部分、『新編国歌大観』『新編私家集大成』ともに「重家」としている。**〇ことにめづらしく** 重頼から送られてきた水干装束が、頼政にはとりわけ「めづらしく見え」たという文脈。「めづらし」自体は、すばらしいの意もあれば、見なれない、珍奇である、の意もあるが、ここでは好意的に評価している。**〇つかはしたる返しに申ける** 重頼が送ってきた、その返礼の際に頼政が申した、の意。すなわち頼政が当該贈歌の詠者となる。**〇おとは川** 音羽川。山城国西坂本辺りの歌枕。現在の京都市左京区一乗寺・修学院辺りを流れる。**〇せきいるゝのみか** 「せきいる」は塞き入る・堰き入る、で、水の流れを塞ぎ、他の方向へ流すこと。その「せきいる」の「せ」と「いる」に「施入」の「施」すと「入」るとを掛けている。また「のみか」の「か」は疑問意を表す係助詞で、ここで句切れ。単に水干を施入するのみか、いやそればかりでなく、水干自体の誂えがまた見事だった、と言っている。なお608の左注が指摘しているように、直接的には拾遺集に「権中納言敦忠が西さかもとの山庄のたきのいはにかきつけ侍りける」という詞書で入る、伊勢の「おとは河せきいれておとすたきつせに人の心の見えもするかな」(雑上・四四五)に拠っていよう。**〇水ほすに** 「ほす」は干す。布施の「水干」を訓読しつつ、その水干に掛けて、水を塞き入れて流すばかりでなく、水を(堰き止め)干すことによって、という意を込める。なお「水ほす」の用例は少ないが、為忠家初度百首「谷川氷」題の仲正詠に「いはまとぢつゆももらさず谷がはのみづほすものはこほりなりけり」(五〇一)という一首があり、あるいは影響を受けたか。**〇人の心は見えける物を** 前掲伊勢詠の「人の心の見えもするかな」を踏まえた表現。

〔補説〕 建春門院の百ヶ日懺法結願に際し、僧侶に対する布施を頼政が「人々」から取り集めた際の、「中宮権大進重頼」との贈答歌。その重頼は頼政の娘婿で、「人々」もそうした縁者、ひいては一族及びその関係者、だったとみられる。当時七二歳の頼政は、源氏の言わば頭領的立場にいたので、百ヶ日懺法結願のための、源氏からの布施の取りまとめを行っていたのであろう。その頼政の、重頼に対する贈歌は、典拠とした伊勢詠の「おとは河せきいれて」の「せきいれて」に施入の意を込めたところに眼目がある。また頼政詠の「おとは川」は、その施入を含意した「せきいる」と、水干を含意した「水ほすに」とを繋げる役割を負っている。

（久保木）

かへし

音羽川あさき心の見えぬるをせきいるゝ水にかそへさらなん

伊勢かあつたの中納言の山床にたきおとしたる岩に書付たりける歌を思ひ出て読たるにや

〔整定本文〕 かへし

音羽川あさき心の見えぬるをせきいるゝ水にかぞへざらなん

伊勢が、あつたゞの中納言の山庄《床》に、たきおとしたる岩に書付たりける歌を思ひ出《いで》て、読たるにや。

〔校異〕 〈詞〉○かへし―返事（静）〈歌〉○心の―心の《は》（高）、こゝろは（穂・蓬・清・内）、心は（浦・龍・国・静・版・群）○せきいるゝ―せきいるゝ《れし》（高）、せきいれし（松・穂・浦・龍・清・国・内・静）、関いれし（蓬・版・群）○かそへさらなん―か《よ》そへさらなん（高）、よそへさらなん（松・穂・浦・龍・蓬・清・国・内・静・版・群）〈左注〉○伊勢か―○《是は》伊勢か（高）、これは伊勢か（穂・龍・蓬・清・国・内・静・版）、是は伊勢か（浦・群）○あつた―あつた《忠》ゝ（高）、あつた《た》（下）、あつたゝ（松）、敦忠（穂・浦・龍・蓬・清・国・内・静・版・群）○中納言の―中納言之（穂）、中納言（浦・龍・蓬・清・国・内・静・版・群）○山床―山庄（高・松・清・国・版・群）、山荘（下）、桩（浦）、山桩《荘イ(朱)》（内）、山粧（龍・蓬・静）○読たるにや―読たるにや（高）、よみたりけるにや（松・穂・静・群）、読たりけるにや（浦・蓬・清・国・内・版）〈注記〉◇是マテハ前ノ歌ノ注也（高

〔現代語訳〕 返し

音羽川（の水のように）浅い心が（出来映えから）見えてしまったことですよ、塞き入れる水、つまり僧侶に施

入する水干装束としては、数え上げないでほしいものです。

伊勢が、中納言敦忠の山荘で、滝を落としている岩に書き付けた（拾遺集に入集している）歌を思い出して、詠んだのだろうか。

〔語釈〕 **○かへし**　重頼の、頼政に対する返歌。**○あさき心の見えぬるを**　前歌の「人の心は見えける物を」と、前歌の拠った伊勢詠の「人の心の見えもするかな」を踏まえ、さらにかの「安積香山《アサカヤマ》　影副所見《カゲサヘミユル》　山井之《ヤマノヰノ》　浅心乎《アサキココロヲ》　吾念莫国《ワガオモハナクニ》」（万葉集・巻十六・三八〇七）に発する「浅き心」という類型表現をも取り入れている。なお浦本ほか多くの伝本では「あさき心は」となっている。**○せきいるゝ水**　松本ほかほとんどの伝本で「せきいれし水」となっている。他本の場合は過去形となるが、底本の「せきいるゝ」という現在形でも歌意は通じ、贈歌とも対応するので、底本のままとした。贈歌同様、「せきいるゝ」に施入の意、「水」に水干装束の意を含ませる。**○かぞへざらなん**　底本には「かそへさらなん」とあり、「数へざらなん」と解される。ただし松本ほかほとんどの伝本では「よそへざらなん」。その場合、今回の水干装束は、布施としては見なさないで下さい、という意となる。**○伊勢**　平安時代前期を代表する歌人。三十六歌仙の一人。穂本ほかほとんどの伝本では、「伊勢」の前に「これは」を付ける。この贈答歌は、の意であるが、「これは」がなくても、この二首の遣り取りを指していることは容易に判断できるので、底本のままとし、補うことはしなかった。**○あつたゞ**　底本「あつた」。他本により改めた。藤原敦忠（九〇六〜九四三）を指す。三十六歌仙の一人。贈歌で踏まえられていた拾遺集・伊勢詠の詞書中にその名が見える。**○山庄**　底本「山床」。高本ほかにより改めた。**○歌**　贈歌で引いた、拾遺集の伊勢詠を指す。**○読たるにや**　松本ほかほとんどの伝本では「よみたりけるにや」だが、「けり」が無くても意は通じるので、改めなかった。

〔補説〕　贈歌で寄せられた賛辞に対し、古歌を取り入れつつ、また贈歌の表現をも踏まえながら、謙遜気味に返歌している。当該歌に付された左注は、より直接的には贈歌の方に係っていよう。

（久保木）

はしめてあひたる女に正月一日の日子日の松をつかはすとて
けふよりや君に子日の松をこそ思ふためしに人もひくらめ

〔整定本文〕　はじめてあひたる女に、正月一日の日、子日《ねのび》の松をつかはすとて
けふよりや君に子日の松をこそ思ふためしに人もひくらめ

〔校異〕〈詞〉○はしめて―又はしめて（穂・浦・龍）○一日の日―一日の（松）、一日に（静）、朔日（龍）〈歌〉○けふよりや―けふよりは（穂・浦・静）、今日よりは（松・龍・蓬・清・国・内・版・群）○君に―君と（穂・浦・龍・蓬・国・内・静・版・群）、きみと（清）

〔現代語訳〕　初めて関係を持った女に、正月一日の日、子日の松を遣わすというので
今日からは、あなたと寝る日を待つことを思っている例として私は子の日の松を引き、また世間の人も（寝る日を待つということを）引き合いに出して松を引くことでしょう。

〔他出〕　言葉集・一五一、詞「寄子日恋」、上句「けふよりはきみとねのびのこまつこそ」。

〔語釈〕　**○けふよりや**　底本「よりや」の「や」は語調を整える間投助詞と解した。「今日」は詞書より正月一日を指し、新年を迎え改まった気分を示しつつ歌い出す。**○君に子日の松をこそ**　子の日に松を送るのは不老長寿を願って、野外に出て小松を引き、若菜を摘んだ初子の日の習俗に由来する。子の日の松を詠む歌には「子の日するのべにこ松のなかりせば千世のためしになにをひかまし」（拾遺集・春・二三・忠岑）、「めづらしきちよのはじめの子の日にはまづけふをこそひくべかりけれ」（同・賀・二八九・惟方）などがある。春の代表的な歌材の一つで賀歌でも多く詠まれた。609では、詞書から、正月一日当日が初子の日であったことがわかる。また「あひたる女」に対する歌であることから「子」に「寝」を、「松」に「待つ」を掛ける。「君に寝」という詞続きは他例がないが、「人に寝」という詞続きは「ひく人はあまたあれどもあやめぐさわれよりほかの人にねみすな」（江師集・二〇二）な

どが確認できる。また他本に見える「君と寝」という詞続きをもつ用例は少ないが「住吉の松ならねどもひさしくも君とねぬよのなりにけるかな」(拾遺集・恋二・七四〇・清蔭)などがある。ここでは本文は校訂せず底本のままとした。**○思ふためし**「ゆくすゑも子の日の松のためしには君がちとせをひかむとぞ思ふ」(拾遺集・賀・二九〇・頼忠)や「よろづよのためしにきみがひかるればねのびのまつもうらやみやせむ」(詞花集・春・七・赤染衛門)のように、子の日に松を引くことは寿ぎの例として解されていた。これに加え愛する人との共寝を願う意を込める。「思ふためし」の例に「こりぬらんあだなる人にわすられてわれならはさむ思ふためしは」(後拾遺集・雑二・九三一・長能)がある。**○人もひくらめ**「人」は不特定の人を指し、「ひく」に松を引くという意と「思ふためし」として引き合いに出すという意を掛ける。

〔補説〕 正月一日という新年の第一日目に初子の日が重なった年に、子の日の小松を女に贈る際に添えた歌で、後朝の歌かとも考えられる。通常は「千世」や「よろづよ」の「ためし」として引き合いに出され長寿を寿ぐものとして詠まれる子の日の小松引きを、自身が相手との共寝を待つことに重ね合わせ、世間の人も「寝の日」を「待つ」ことを「思ふためし」として松を「引く」だろうと詠む。子日の松は小松であるから、子を願う意も含むか。「けふよりや君に寝の日を待つ」という表現が含まれており主意は恋にあるが、「子の日の松」という景物に主眼を置き雑部の松に関わる歌の中に配列したものかとも考えられる。詠作年次は、正月一日が子の日である仁安二年(一一六七)、同三年(一一六八)、嘉応二年(一一七〇)、承安元年(一一七一)のいずれかの年に限定される。尚、他出に示す言葉集所収歌が題詠であり上句に異同がある点と、恋歌の要素の強い当該歌が雑に配される点は、特に注意されるが、いずれもその事情は明らかではない。 (藏中)

別当入道大谷におはすと聞て四月十日ころにまかりたりしに松に藤の花咲かゝりておもしろかりしかは

610

帰りてつかはしける

松に△残やしけむ藤の花かへる心にかけてしことを

〔整定本文〕 別当入道大谷におはすと聞《きき》て四月十日ころにまかりたりしに、松に藤の花咲か〻りておもしろかりしかば、帰りてつかはしける

松になほ残《のこり》やしけむ藤の花かへる心にかけてしことを

〔校異〕 〈詞〉○まかりたりしに—まかりしに（国） ○藤の花—藤の花の（松・穂・浦・龍・静） ○咲か〻りて—さきか〻り（穂）、咲か〻り（蓬）、咲掛りて（松）、坼か〻りて（清） ○帰りて—帰りし（高）、かへりて後（穂・浦・龍・蓬・清・国・内）、帰りて後（版・群）、帰て後（静） 〈歌〉○松に△—松に猶（高・松・国・版）、松になを（穂・浦・蓬・清・内・群）、まつになを（穂）、□になを（龍） ○かへる—かへり（龍） ○ことを—こと《もの》を（高）、ものを（穂・蓬・国・内・静）、物を（浦・龍・清・版・群）

〔現代語訳〕 別当入道が大谷にいらっしゃると聞いて四月十日ころに参りましたところ、松に藤の花が咲き懸かって趣きがあったので、帰って遣わした歌

松にまだ残っていたでしょうか、藤の花は、（私があなたのところから）帰る心にかけてしまったことであるのに。

〔語釈〕 **○別当入道** 藤原惟方→人名一覧。**○大谷** →606。**○四月十日ころ** 初夏で、通常の藤の花の季節にはやや遅い。大谷は平地部に比べ開花の時期が遅いのであろう。**○松に藤の花咲か〻りておもしろかりしかば** →534。初夏という季節に松に咲き懸かる藤の花に興趣を覚えたことを指す。**○松になほ** 底本は「松に」のみでその下に一字分空白があるが諸本により「なほ」を補った。藤が懸かる「松」に「かへる」の縁語「待つ」を響かせる。**○残やしけむ** 藤の花の現状を問う。**○かへる心にかけてしことを** 「かへる心にかけて」は訪問先を後にする際、松に懸かる藤を心にかけるの意。素晴らしい藤の花に心を残しながら辞したことを表現する。「ことを」は逆接。

多くの本がとる「ものを」の方が逆接の意が明確である。

〔補説〕 季節遅れで見事な花を見せる大谷の松に懸かる藤を讃えた歌。訪問者の立場から、藤を松ならぬ自分の心にかけたがまだ残っているか、と藤への執心を巧みに詠じる。松、藤を取り合わせる詠じ方は534に類似する。（藏中）

返し

藤の花心にかけは又もやとまつことのみそときはなりける

〔整定本文〕 返し

藤の花心にかけば又もやとまつことのみぞときはなりける

〔校異〕 〈詞〉○返し―返事（浦）〈歌〉○まつこと―まつ事（龍・蓬・国・内・版）、松こと（松）、待事（群）○ときは―常葉（穂・浦）、とはき（龍）○なりける―成けり（国）

〔現代語訳〕 返し

藤の花を（どのようであろうかと）心にかけるなら再びも（訪れようか）と（わたしはあなたを）「松」ならぬ待つことばかりがいつものことになっているのです。

〔語釈〕 **○藤の花心にかけば** 610を承け「藤の花」に惟方自身の意を含め、あなたがわたしのことを心にかけるなら、の意を暗に籠める。**○まつことのみぞ** 「待つ」は「藤の花」の取り合わせとなる「松」を響かせる。「のみぞ」という強調表現により、あなたはそれほどではないかも知れないが、と自分の心情との差異を際立たせる。**○ときはなりける** 松の縁語「常盤」によって常であることを示す。「からにしきたつたの山のもみぢばはくれなゐながらときはなりけり」（古今六帖・四〇六四）のように景物を形容する例もあるが、「をしむにはちりもとまらでさくら花あかぬ心ぞときはなりける」（後拾遺集・春下・一四〇・通宗）のように人の心情に用いる場合も見える。ここでは待つという行為の持続を常緑の松に重ね合わせた表現。

〔補説〕「藤」と「懸く」、「松」と「常盤」という詞の繋がりをなめらかに連接した縁語仕立ての一首。訪問後の挨拶に対して詠まれた、再訪を期待しているという意の返歌。松に懸かる藤に魅せられ強い執着を見せた頼政の贈歌に対し、待つという行為を強調し、まるで恋歌であるかのような詠みぶりの歌で応じる。心が通い合う二人の親密な交流が窺われる。自然景としては常緑の松に藤が懸かっていたものが、あなたの心に藤がかかり、私は待つことが常になっている、というずらしの構造が一首を支える。（藏中）

従下なることをなけき侍る比よめる

思ひきや雲のかけはしおりしより下かしもまてあらん物とは

〔整定本文〕従下なることをなげき侍る比よめる

思ひきや雲のかけはしおりしより下がしもにてあらん物とは

〔校異〕◇詞ヲ欠ク（内）〈詞〉○従下―位下（龍）○侍る―侍ける（国）〈歌〉○下かしも―しもか下（松・穂・浦・龍・国・静・版・群）、しもかした（蓬・内）、しもかしも（清）○まて―にて（高・下・松・穂・浦・龍・蓬・清・国・静・版・群）○あらん物とは―あらむ物と（か）は（浦）

〔現代語訳〕従下であることを嘆いておりました頃に詠みました

思ったでしょうか。殿上を降りてから自分が下の下の位のままでいるとは。

〔語釈〕○**従下** 従下は従四位下、従五位下など。頼政は保延二年四月に六位蔵人を辞して殿上奉仕を解かれた。以後平治元年正月に従五位上になるまで二十年以上従五位下であったので、この間のことかと思われる。○**思ひき**

や　→454。○**雲のかけはし**　「雲のかけはし」には、桟道、雲、殿上、鵲の橋などの意味があるがここでは宮中の階段を言う。「かぎりあればあまのはごろもぬぎかへておりぞわづらふくものかけはし」（後拾遺集・雑三・九七八・源経任）が殿上の意味で歌われた初例か。以後多くの詠歌例がある。○**下がしもにて**　底本「下がしもまて」とあるが、他本により校訂した。下の下の状態で。頼政詠以前に和歌に用いた例を見ない。源氏物語に「かの下が下と、人の思ひ捨てし住ひなれど」（夕顔）という用例が見える。詞書の「従下」に対応する意か。底本「しもまて」に従えば、殿上を降りてからは「下の下」という所まで下がってしまったことに対する詠嘆の意味になる。

〔補説〕「従下」がいつの時期を指すのか確証はないが、蔵人を解かれて以後、従五位下のまま二十余年を過ごした時期が、頼政の失意が最も深かったものと考えて、その時期に措定した。但し、配列の点からは、572・573辺りの位置が妥当だと思われ、なぜこの位置に置いたのか不審である。四句を底本の「下がしもまで」を「下がしもにて」と校訂したのも、失意の期間の長さを考慮したものである。また「雲のかけはしを降りる」ことを詠んだ初例である源経任詠が蔵人を解かれて殿上を去る悲しみを詠んだものであることも参考になろう。「下がしもにて」という措辞は和歌では後世の用例を見るのみであり、その一部は九品に由来する表現である。612の場合もあるいは「従下」という語に対応させているのかもしれない。（黒田）

613

述懐　敦頼住吉歌合

いたつらに年もつもりの浜におふる松そ我身のたくひ成けり

〔整定本文〕　述懐　敦頼住吉歌合

いたづらに年もつもりの浜におふる松ぞ我身のたぐひ成ける・

〔校異〕〈詞〉○敦頼住吉歌合—敦頼住吉の歌合に（龍）〈歌〉○年も—年も《を》（高）、としを（清・国）、年を（蓬・

内・版・群）○浜―浜《浦》（下）○成けり―成けり《る》（高、「り」の左傍にミセケチ）、なりけり《る》（下）、成ける（龍・国・静）、也ける（版・群）、なりける（松・穂・浦・清・内）

〔現代語訳〕　述懐　敦頼住吉歌合

無為に年も積もり、津守の浜に生えている松こそが我が身と同じようなものでありますよ。

〔他出〕　続古今集・雑下・一七五六、詞「住吉社歌合に」、三句「うらにおふる」、五句「たぐひなりける」。

〔詠出機会〕　住吉社歌合・述懐・九番右勝・一一八、三句「うらにおふる」、五句「たぐひなりける」→会記一覧。

〔語釈〕　**○述懐**　「じゅっかい」あるいは「しゅっくわい」。心に思うことを述べる意。613は住吉社頭での歌合であるため、住吉社に因む津守の浜、松によせて思いを述べた。**○敦頼**　藤原敦頼→人名一覧。**○いたづらに**　無為に。○年を重ねることについて言う→235。**○年もつもりの浜**　齢を重ねて。「積」に「津守の浜」を掛ける。「津守」の詠歌例はほとんど「津守の浦」で、「津守の浜」とする歌句は頼政詠以外に未見である。なお住吉社歌合では「津守の浦」である→316。**○松ぞ我身のたぐひ成ける**　松こそが我が身と同じようなものであるよ。係り結びのため底本五句末の「けり」を他本により校訂した。「たぐひなりける」という歌句は初例か。同時代に惟方の「ながきよをなきあかしつるこゑきけばしかぞ我が身のたぐひなりける」（粟田口別当入道集・七七）がある。

〔補説〕　住吉社歌合述懐題の詠。判詞には「としもつもりのうらにおふるといひて、まつぞわがみのなどいへる、いとよろしくみゆ」とあり、「つもり」を介して二文脈を形成し、松に我が身を喩える趣向を評価して勝としている。津守の浜で歳月を送る老松が頼政と二重写しになり、しみじみとした述懐歌となっている。なお歌合では「津守の浦」と詠んでおり、家集に収める際に「津守の浜」へ変更したと思われる。

（黒田）

別当入道大谷を人〳〵かへて出られにけると聞てそこにともきかさりしにほの〳〵おはする所を聞付て
誰ともなき文をさしをかれ侍にし

おほつかな谷よりいつる鶯の《も》そこにありとはきかする物を

〔整定本文〕 別当入道、大谷を人にかくれて出られにけると聞て、そこにともきかざりしに、ほの〳〵おはする所を聞付《ききつけ》て、誰ともなき文をさしおかれ侍にし

おぼつかな谷よりいづる鶯もそこにありとはきかする物を

〔校異〕 〈詞〉○大谷―大宮（蓬）、大宮《谷イ(朱)》（内）○人〳〵かへて出られにける―人〳〵にかへておしれ《にかくれて出られ》にける（高）、人〳〵かへておられにける（下）、人にかへて出られにける（松・穂・浦）、人に隠て出られける（龍）、人にかくれて出られにける（蓬・清・版・群）、人にかくれて出ら《レ》んにける（静）、人にかくれ《へてイ(朱)》て出られにける（内）、人にかくれて出られにけり（国）○聞て―聞に（松・穂・浦）○そこにとも―そことも（穂・浦・龍・蓬・清・国・静・版・群）、ことも（内）○文をを―文を（高・下・松・穂・龍・蓬・清・国・内・静・版・群）、ふみを（浦）○さしをかれ―さしおかれ（高）、さしをかせ（松・浦・蓬・清・国・内・版・群）、さしおかせ（穂・龍・静）○侍にし―侍し（穂）、侍しに（浦・龍・蓬・清・国・内・静・版）〈歌〉○鶯の《も》―鶯も（下・国・版・群）、黄鳥も（松）、うくひすも（清）、鶯も《の》（高）、鶯の（浦・静）、うくひすの（穂・龍・蓬）、うくひすの《もイ(朱)》（内）○ありとは―有とは（松）

〔現代語訳〕 別当入道（惟方）が（隠棲していた）大谷（の地）を、他人に知られないようにお出になったと聞いて、「どこそこに（居る）」とも聞かなかったが、それとなくいらっしゃる場所を聞き及んで、（差出人を）誰とも（記さ）ない（こんな）手紙を（入道が隠遁する地に）思わず置いてしまった

もどかしいことですよ。谷から出る鶯だって、その場所、すなわち谷の底に居るとは（鳴いて）聞かせ教えるものですのに（あなたはどうして、その場所に居ると教えてくれなかったのですか）。

〔**語釈**〕 **○別当入道**　藤原惟方→人名一覧。**○大谷**　→606。**○人にかくれて**　底本「人〱かへて」では意不通なので、他本に拠り校訂した。**○ほの〲**　ほのかに。「聞付けて」に掛かり、惟方の居場所について噂を仄聞したことを示す。**○聞付けて**　聞き及んで。**○誰ともなき文を**　底本「誰ともなき文をを」だが、「を」は衍字と見て、他本に拠り校訂した→73・605。**○さしおかれ**　「さしおく」は置く意→73。「れ」は自発と解した。「さしおかせ」とする伝本が優勢で、使役の「せ」を用いたこの本文に従えば、頼政は何人かに頼んで惟方の隠棲場所に手紙を置かせたことになる。内容的にはこちらが妥当とも思われるが、意が通るので校訂しなかった。**○侍にし**　「侍しに」とする本文が優勢だが、「侍にし」の本文の方が、頼政のさしおいた手紙の内容が614であると解釈しやすい。○おぼつかな　初句切れ。「おぼつかなし」は対象の状況が不明確であるゆえに生じる不安な心情を示す。ここでは惟方の様子が知られないもどかしさを、詠嘆的に示す。**○谷よりいづる鶯も**　底本「谷よりいづる鶯の《も》」のミセケチ訂正結果に従って本文を訂した。「も」は「〜さえも」の意。「谷」は惟方の隠棲地「大谷」を示す。「うぐひすの谷よりいづるこゑなくは春くることをたれかしらまし」（古今集・春上・一四・千里）に拠る。頼政は「谷より出づる」の措辞を為忠家初度百首でも「ちりのこる花のにほひのしるべにはたによりいづるあらしをぞする」（六二八・谷風）と用いている。**○そこ**　「（谷の）底」と「其処」を掛ける。

〔**補説**〕 行き先を知らせることなく姿を隠してしまった惟方に対し、惟方の居住していた「大谷」の地名にちなんで古今集歌を引用しつつ、恨んで見せた。「谷から出た鳥」については、詩経・小雅に「出自幽谷　遷于喬木　嚶其鳴矣　求其友声」（伐木）と見え、また、和漢朗詠集には「鶯未出兮遺賢在谷」（鶯・六三）の詩句が入る。あるいは、こうした詩句を意識したか。

（中村）

すなはちかへりことはなくてほとへてかれよりつかはしたりし
こたへせぬ深山かくれの山顔は思ふ心をしらすや有らん

〔整定本文〕 すなはちかへりごとはなくて、ほどへてかれよりつかはしたりし
こたへせぬ深山がくれの山彦の思ふ心をしらずや有らん

〔校異〕 〈詞〉○すなはち―則（龍）、すなはちは（浦・清・国・版）、別は（穂） ○かへりことは―かへりことも（静）、返事《も》（穂）、返ことも（浦）、返事も（龍）、かへる事も（蓬）、かへる事も《は(朱)》（内） ○つかはしたりし―つかはしける（内） 〈歌〉○山顔は―山彦は（下）、山ひこは（松）、山彦は《の》（高）、山彦の（国）、山ひこの（浦・龍・静）、やまひこの（穂・蓬・内）、山彦の《ハイ》（版）、山彦の《はイ》（群）、やまひこの《はイ》（清）

〔現代語訳〕 すぐに返事はなくて、しばらく経って、彼（惟方入道）の方から遣わした
返事をしない、山奥深く隠れ住む山彦（のような私）の、思っている心中を、（あなたは）知らないでいるだろうか（いや、わかっていますよね）。

〔語釈〕 **○すなはち** 「すなはちは」とする浦・清・国本等の本文の方が、惟方入道から返歌がなされるまでに時日を経たことが明確になるが、底本のままで意は通るので校訂しなかった。**○かれ** 藤原惟方→人名一覧。**○こたへせぬ** 頼政にすぐに返歌しなかったことを、「山彦」に擬えて表現した。「山彦」を用いた作は万葉集から見え、「打ちわびてよばはむ声に山びこのこたへぬ山はあらじとぞ思ふ」（古今集・恋一・五三九・読人不知）のように、「こたへぬ」と取り合わされる例が多い。**○深山がくれ** 「吹く風と谷の水としなかりせばみ山がくれの花を見ましや」（古今集・春下・一一八・貫之）のごとく、早くから用いられた語。ここでは、「ゆきかへる春をもしらず花さかぬみ山がくれのうぐひすのこゑ」（拾遺集・雑春・一〇六五・公任）と同様に、籠居する身の上を表現する。**○山彦の** 底本「山顔は」。「山顔」は「山彦」の誤と見て他本に拠り訂した。「山彦」に続く助詞は、「は」とする伝本（底・

下・松）と、「の」とする伝本（穂・浦・龍・蓬等）がある。「山彦」は山で起こる反響現象を指す語で、「彦」が男性を示すこととも併せて、「深山がくれの山彦」の表現により、他人に知られることのない地に隠棲した惟方自身の表徴としている。呼べば応えるはずの山彦が返事をしなかったのは、「思ふ心」があったからだ、世間から身を隠すようにして暮らす自分の気持はわかっているだろう、と惟方が頼政に問い返した歌である。当該箇所を「山彦は」とすると、これを受ける述語は「知らず」となり、頼政が惟方を思いやる心を、山彦である自分（惟方）は知らないでいるのだろうかの意となる。616の頼政歌を勘案しても、「思ふ心」は惟方の気持を指すと見るのが穏当なので、「山彦の」と校訂した。**〇しらずや有らん**「や」は反語。私が居場所を教えなかったのは、探さないでほしいという気持からだということは、あなた（頼政）もわかっていることだろう、と同意を求めている。

〔補説〕「深山がくれ」の語は、同時代歌人の作にも、「老いはててみやまがくれにすむまでもわかのこころのうせぬかなしさ」（教長集・九六五・静蓮詠）のように、隠遁生活を表すのに用いた例がある。（中村）

返し

こたへはそそこともきかむ山彦の思ふ心はいかゝしるへき

〔整定本文〕 返し

こたへばぞそこともきかむ山彦の思ふ心はいかゞしるべき

〔校異〕〈歌〉〇こたへはそ―こたへはす（松）

〔現代語訳〕 返し

応答してくれてこそ、（あなたが）其処（に居る）とわかるでしょう。（呼んでも答えない）山彦（のようなあなた）の気持は、（私は）どうやって知ることができるでしょうか。

〔語釈〕 **○そこともきかむ** 「きかむ」の「む」が係助詞「ぞ」の結びで、二句切れとなる。「聞く」は聞いて知る、判断する意。「そこ」は「其処」に「(谷の)底」をひびかせる。**○山彦の** 頼政はこれ以前にも「山彦」を用いて、「やまびこのこたふばかりにましぞなくきぎのこずゑにえだうつりして」(為忠家初度百首・六七三・梢猿)と詠んでいる。

〔補説〕 「山彦」と「そこ」を取り合わせて用いた歌に、「鶯の谷のそこにてなく声はみねにこたふる山びこもなし」(古今六帖・二五、躬恒集・三六一にも)がある。614～616の一連の贈答は、「鶯の声」と「(谷の)底」を詠み込む歌から始まっており、両者ともにこの古今六帖歌を意識しつつ贈答した可能性が考えられるが、躬恒歌では「沈淪して山に潜む鶯」と「その嘆きに応えようとしない山彦」が別の存在として想定されている点が、当該贈答歌と異なっている。(中村)

むかし今のことをつく〳〵とおもひつゝくるに哀なる事もましりてや侍けむ

色〳〵に思ひあつむることの葉に泪の露のをくもありけり

〔整定本文〕 むかし今のことをつく〴〵とおもひつゞくるに、哀なる事もまじりてや侍けむ

色〳〵に思ひあつむることの葉に泪の露のおくもありけり

〔校異〕 〈詞〉○つく〳〵と―つく〳〵(穂・浦・国・群)、つら〳〵と(下) ○哀なる事―あはれ《(ら)》○《なる》こと(浦)、あはれこと(穂)、哀と(龍) ○ましりてや侍けむ―ましりや侍りけん(松)、ましりて侍けん(穂・浦・龍・蓬・清・国・静・版)、ましりて侍りけん(内)、ましりて侍りけむ(群) 〈歌〉○露の―露も(松) ○をくも―おくも(蓬・静)、置も(国・内・版・群) ○ありけり―ありけん(静)

〔現代語訳〕 昔から今までのことをしみじみと思い続けていたところ、(その中には)心を打つような悲しいことも

まじっていたのでしょうか

様々に、あれこれと巡らせた思いを反映した詠草、そのかき集めた言葉の葉には、涙の露が置くものもあることだ。

〔語釈〕 **○むかし今のこと** 「延喜御時やまとうたしれる人をめして、むかし今の人のうたたてまつらせ給ひしに～」（貫之集・八一九詞書）のように、漠然とした過去と現在を指す場合もあるが、ここでは「～ゆきのはれまなきに、むかしいまのこともおもひいでられて、ものあはれなるほどに～」（出羽弁集・一〇詞書）などと同様、詠者が体験した過去から今現在までの出来事や思い出のこと。歌の内容から推測すれば、昔今の和歌を介してのやりとりを指しているのだろう。**○つくゞとおもひつゞくる** 「つくづくと」はしみじみと物思いに耽る様であり、「おもひつゞく」はその物思いが長期に渡り継続することを表す。「つくづくと」「思ふ」内容は、「ひたすらにのきのあやめのつくづくとおもへばねのみかかるそでかな」（後拾遺集・恋四・七九九・和泉式部）のような恋情の場合もあれば、「つくづくとおもへばかなしあかつきのねざめも夢をみるにぞ有りける」（千載集・雑中・一一三九・殷富門院大輔）のような述懐、「風たちてあかしのうらに日ごろになりて、なみのおとたえず、つくづくと思ひつづけてよめる」という詞書を持つ「藤衣袖はあかしのうらなれやかへる涙ぞ時ぞともなき」（散木奇歌集・八一三）のような肉親の死に対する哀惜の念など様々である。ここでは過去から今までを回想し述懐の思いに浸る様を表している。**○哀なる事** しみじみと人の心を打つような事柄や言葉のこと。「女のもとに～あはれなることどもを、あるをとこのいひおこせて侍りければ」（拾遺集・雑春・一〇七四詞書）のような恋情の訴えもあるが、多くは「出羽弁がおやにおくれてはべりけるにきゝて身をつめばいとあはれなることなどいひつかはすとてよみはべりける」（後拾遺集・哀傷・五五六詞書）のような哀悼や「ことありてあづまのかたへまかりけるみちに、京よりあはれなることども申しおくれりける消息の返事に」（続詞花集・七一九詞書）のような流罪に処された人物への哀惜など、人生の重大事に際して用いられている。**○まじりてや侍けむ** 浦本以下、諸本の多くは「まじりて侍りけむ」。疑問の係助詞「や」と過去推量の助動詞「けむ」により、詠作状況を具体的には記していない。あるいは、家集編纂の段階で記憶が不確かであったたか。私家集における同様の例は少なく、増基法師集（三六詞書）や道成集（一四詞書）に見られる程度である。**〇色〳〵に** 様々に。「思ふ」に接続することで、様々に思いを巡らすことを表す。「よとともにひとのつらさにからにしきいろいろにのみおもひおるかな」（為忠家後度百首・六六八・寄錦恋・為盛）など。また、「いろいろにそむるしぐれにもみぢばはあらそひかねてちりはてにけり」（詞花集・冬・一四三・家成）のように草木の葉が色づくことにも用いられ、ここでは三句の「（言の）葉」の縁語になっている。**〇思ひあつむることの葉** 「思ひあつむ」は、あれこれと物思いをすること、思いを巡らせること。和歌の用例は僅少で、頼政集以前には好忠の長歌に「…なよ竹の　ながきよなよな　おもひあつめ…」（好忠集・二七七）と見られる程度である。「ことの葉」は「言葉」のことだが、「ことならば事のはさへもきえななむ見れば涙のたぎまさりけり」（古今集・哀傷・八五四・友則）のように和歌の詠草を指すことも多い。詞書には示されていないが、和歌の「ことの葉」「あつむる」から、過去の詠作等を取り集め、見ながらの追想であることが想像される。**〇泪の露** 「泪の露」は涙滴を露に喩えた表現で「霜がれの草枕には君こふる涙の露ぞ置きまさりける」（貫之集・四五五）など和歌にはよく見られる措辞。

〔補説〕 過去から現在までの、その時々の思い反映した詠作をとりまとめていた際の述懐。この歌の前後には、不遇の身を嘆く述懐歌（612・613）や隠遁した惟方との贈答（614〜616、618・619）、鳥羽院崩御後の懐旧詠（620）が並ぶ。昇殿を許されていた過去と不遇な今、二条天皇のもとで活躍したが今は隠遁生活を送る惟方、鳥羽院在世時の「むかし」と世を渡る道を「ふみたがへ」てしまった今など、過去と現在の境遇の懸隔が示されており、当該歌の「むかし今」の「哀なる事」にはこれらも含まれているのだろう。詞書の「むかし今のことをつく〴〵とおもひつゞくるに」が和歌の上句、「哀なる事もまじりてや侍けむ」が下句と対応している。上句は過去の詠作をとりまとめるという内容であるが、「色〳〵」「あつむ」という「（ことの）葉」の縁語によって木の葉を集めるイメージが引き出され、下句の葉上に「露」が「おく」という情景へと展開し、「哀なる」歌を発見し涙した状況を比喩的に示してい

る。　（野本）

別当入道こと有て後とふらひ申事もなくて過にけるをのほりて程へて後山里のさひしさいかゝなと申つ
かはしたる返事に

さひしさをとふへきこと、思ひける人の心をことしそへぬる

〔整定本文〕 別当入道こと有《あり》て後、とぶらひ申事もなくて過にけるを、のぼりて程へて後、山里のさびしさいかゞ
など申つかはしたる返事に

さびしさをとふべきこと、思ひける人の心をことししりぬる

〔校異〕 〈詞〉○とふらひ―訪（浦）　○なくて―な○《く》て（下）　○のほりて―のほらて（松・穂・龍・蓬・清・国・内・静・版）、のほら《りイ》て（浦）　○山里のさひしさ―山里のさひしさは（松）、山里のさひし▲さ（龍）、山里さひしき（蓬）、山里のさひしき（清・国・版）、山里○《の（朱）》さひしき（内）、山里さひし（静）　○返事に―返し（浦）　〈歌〉○こと、―ことに（松）　○ことしそへぬる―ことしそへ《しり》ぬる（高）、ことし知ぬる（下・松・浦・蓬・清・内・版・群）、ことししりぬる（穂・国・静）、ことししる哉（龍）

〔現代語訳〕 別当入道が流罪となった後、安否を尋ねる事もなくて時が過ぎてしまったが、（別当入道が）帰京して月日が経った後、「山里の寂しさはいかがでしょうか」などと贈った（文の）返事に
（山里の）寂しさを尋ねてくれるはずだと思っていたのに、（こんなに時が経ってから尋ねてくる）人（あなた）の心を今年知ったのでした。

〔他出〕 粟田口別当入道集・一四八、詞「この返事にそへたりし」、五句「ことししりぬる」。

〔語釈〕 **○別当入道**　藤原惟方→人名一覧。**○こと有て**　惟方が二条天皇親政派として後白河院と対立し、永暦元

年（一一六〇）解官され、長門国に配流となったことを指す。左遷や流罪等の重大事を詞書等では「ことありて」と朧化することが多い。「ことありて播磨へまかりくだりけるみちより五月五日に京へつかはしける」（後拾遺集・雑三・九九四詞書）の「ことありて」も、花山院を射た罪などで隆家が出雲権守に左遷されたことを表している。**○のぼりて程へて後**　惟方が長門国から召還されたのは永万二年（一一六六）三月。頼政集の詞書では、惟方の配流以後音信が途絶えていたように記されているが、粟田口別当入道集では「東山に侍りしころ、右京権大夫頼政朝臣、たづねまうできて、むかしのことどもわすれがたく、など申してのち、かきたえおともせざりしかば」という状況で、当該歌を含む三組の贈答歌が交わされている→145。**○山里のさびしさいかゞなど申つかはしたる返事に**　山里に住む惟方の様子を尋ねた頼政の文に対する返事。「山里は冬ぞさびしさまさりける人めも草もかれぬと思へば」（古今集・冬・三一五・宗于）など、山里は人の訪れも稀な寂しい場所として捉えられていた。粟田口別当入道集（二四四詞書）によれば、当時惟方は東山に住んでいた→145。なお、粟田口別当入道集では頼政からの「ほととぎすかたらふころのやまざとは人とはずともさびしからじな」（粟田口別当入道集・一四六、頼政集145）に対する返歌に添えて当該歌を贈ったことになっている。**○さびしさをとふべき**　「ゆふされば松風さびし山ざとの秋の暮をも問ふ人もがな」（後葉集・一九三・為業）や「はなもかれもみぢもちらぬ山ざとはさびしさをまたとふ人もがな」（山家集・五五七）のように山里では人の来訪や音信が心待ちにされた。**○人の心をことししりぬる**　「人」は頼政を指す。底本「そへぬる」だが他本の多くは「しりぬる」とする。底本本文では頼政の心を惟方が添えることになってしまい歌意が通らないため、他本により改めた。山里の私（惟方）を思いやってくれるはずだと期待していたが、これほど年月が経ってから尋ねてくるとは、あなたの思いの程がわかりました、と皮肉をこめて答えたもの。「ことし」と取り立てて言うことで、頼政からの音信が無かった期間の長さを強調している。

〔補説〕　詞書では「とぶらひ申事もなくて過にける」「のぼりて程へて後」と惟方の配流から召還後の今に至るまで、頼政が無沙汰を重ねてきたことが強調されているため、惟方歌は長年の頼政の無沙汰を詰る歌のように捉えら

れる。なお、粟田口別当集では詠歌事情を異にする→145〔補説〕、619〔補説〕。（野本）

かへし

さひしさはさやは有しと人しれす歎しことはことしのみかは

〔整定本文〕 かへし

さびしさはさやは有《あり》しと人しれず歎《なげき》しことはことしのみかは

〔校異〕 〈詞〉○有し—ありし（松・穂・浦・龍・清・静）、あらし（内）○ことし—今年《こ》（静）

〔現代語訳〕 返し

（配流時のあなたの）寂しさはそのようであったでしょうか（比べようもないほどだったでしょう）と、誰にも知られず（私が）嘆いていたのは今年だけでしょうか。

〔他出〕 粟田口別当入道集・一四九、詞「たちかへり申したりし」、初句「さびしさを」。

〔語釈〕 **○さやは有し** そのようであっただろうか、いや違っただろう。「有し」は618詞書の「こと有て後」に対応する。山里の「さびしさをとふべき」と詠んだ惟方に対し、配流時の寂しさは山里住まいの今の寂しさ以上であっただろう、と惟方の境遇を思いやっている。「さやは有《あら》じ」ととる場合は、「山里での寂しさはそのよう（配流時のよう）ではないだろうか、いや同じくらい寂しいだろう」と惟方を思いやったものと捉えられる。**○ことしのみかは** 惟方の「ことしりぬる」を受けた表現。惟方を思いやって嘆いていたのは今年だけではない、と反論する。

〔補説〕「人の心をことしりぬる」と長らく音沙汰のなかった頼政を詰る惟方に対し、便りは送らなかったものの「人知れず」あなたの寂しさを思いやり嘆いていたのは「ことし」だけではない、配流時も帰京後もずっとあなたのことを思っていたのだ、と友情と真心を訴えている。頼政集145〔補説〕の通り、粟田口別当入道集では三組一連の贈答歌が頼政集では夏部（145・146）と雑部（605・606、618・619）に分割して収められている。粟田口別当入道集では、頼政の「ほととぎすかたらふころのやまざとは人とはずともさびしからじな」（一四六、頼政集145）に対する返歌「ほととぎすかたらふことをやまがつはみやこの人とおもはましかば」（一四七、頼政集146）に「さびしさをとふべきこととおもひける人のこころをことししりぬる」（一四八、頼政集618）が添えられ、頼政の返歌（一四九、頼政集619）が続き、「郭公のやってくる夏は人が訪れなくても寂しくないでしょうね」という頼政に対し、惟方はまず「都人（あなた）と語り合いたい」と返し、加えて「あなたなら訪ねてくれるはずだと思っていたのに、なぜ来てくれないのか」という不満を訴えたことになる。それに対し、頼政は「いつもあなたのことを思いやっていた」と訴え返しており、行き違いがあったものの最後には互いの友情を確認しあう展開となっている。贈答が交わされた時期は惟方召還後であり、頼政の無沙汰もそれほど長い期間ではない。一方頼政集では、惟方の配流に関する情報は当該贈答で初めて示され、さらに音沙汰の無かった期間が配流以来の数年に及び、詠歌状況や歌の「ことし」が持つ意味はより重くなる。（野本）

鳥羽院かくれさせ給て後歌林苑にて人〳〵懐旧といふ心をよみ侍けるによめる

むかし我なかめし月の入しより世にふる道はふみたかへてや

〔整定本文〕　鳥羽院かくれさせ給て後、歌林苑にて人〳〵懐旧といふ心をよみ侍けるによめる

むかし我《わが》ながめし月の入《いり》しより世にふる道はふみたがへてや

〔校異〕〈詞〉○よみ侍ける―読侍し（浦）〈歌〉○我―わか（龍・蓬・国・内・版・群）○ふみたかへてや―たかへてや（浦）

〔現代語訳〕鳥羽院が崩御なさって後、歌林苑で人々が懐旧という心を詠みました時に詠んだ（歌）
昔私が眺めた月（のような鳥羽院）が山の端に入って（お隠れになって）から、（夜の暗がりで迷うように）この世を生きていく道を誤ってしまったのか。

〔詠出機会〕歌林苑歌会→会記一覧。

〔語釈〕**○鳥羽院** →人名一覧。**○かくれさせ給て** 鳥羽院は保元元年（一一五六）崩御。**○懐旧** 古今六帖に「むかしをこふ」の分類が、和漢朗詠集に標目「懐旧」があり、堀河百首にも見える。「対月懐旧」「山寺懐旧」「寄風懐旧」のように複合題として詠まれる場合もあった。過去を懐かしみ、しみじみと慕いしのぶ思いが主意となる。遠い昔を詠むこともあるが、自身の過去を振り返る例が多い。**○むかし我ながめし月の入しより** 初句の「我」を、龍本などでは「わか」と仮名書きにするのでそれに従う。頼政集241では、月光を「世をふる道」を歩む際の道案内としたい、と詠む。歩むべき道を示すものと描かれる月が、当該歌では鳥羽院の比喩ともなっている。なお、頼政集575においては、月は二条天皇の比喩である→585。仕えた院の崩御により月光が消えて暗くなり、迷う、とする発想は、鳥羽院崩御一年前にあたる、近衛天皇崩御時の寂然法師詠「いかばかり心のやみにまよふらん月かくれにし雲のうへびと」（唯心房集・七五）にも見られる。**○世にふる道はふみたかへてや** 「ふる」は「（世に）経る」の意だが、「古（道）」も掛かる。「嵯峨の山行幸絶えにし芹川の千代の古道跡はありけり」（後撰集・雑一・一〇七五・行平）を踏まえて、途絶えがちにはなっているが本来通るべき正しい道、顧みられなくなったかつての正しい在り方として歌ったものか。俊頼の恨躬恥運雑歌百首「わぶか山よにふるみちをふみたがへまどひつたよふ身をいかにせん」（散木奇歌集・一四二七）の影響が見られる。この俊頼詠は、住吉社歌合嘉応二年での堀河詠「よをわたるみちをたがへてまどふかないづれのかたにゆきかくれまし」（二十番右・一四〇）に対する俊成の判詞に「かの俊頼朝臣のわぶるやまよにふるみちをふみたがへとよめるにぞ、ききなれたるここちすれど」と引かれるように、よく知られていた。俊頼詠の歌林苑への影響については、木下華子「後世への影響―俊恵・歌林苑をめぐって―」（『俊頼述懐百首全釈』風間書房、二〇〇三年）参照。**〇てや**　完了「て」に疑問の係助詞「や」がつく。末尾をこの形で言いさす歌は稀である。余韻が醸成されている。

〔補説〕　詞書の「鳥羽院かくれさせ給て」という語句を根拠に、崩御の年に詠まれた歌と確定することはできない。平家物語「二代后」で、「鳥羽院御晏駕の後は、兵革うちつづき、死罪流刑、闕官停任常におこなはれて、海内もしづかならず、世間もいまだ落居せず」と後に描かれる歴史認識と重なる内容が読み取れる。多賀宗隼『源頼政』は官途、内乱などの頼政の伝記的事項を当該歌の背景として指摘する（四二・四三・六九頁など）。ただし、歴史的事項と結びつける読み方には慎重となる必要がある。なお、当該歌は簗瀬一雄によって、歌林苑が保元元年（一一五六）からあった証左として用いられてきたが、疑義もある。　（北條）

621

宝厳院になへてならぬ桜ありと聞て静賢とおろし枝をこひにつかはしたるにことしはえあらし明春たはむと申たる返事によめる

たのむとも又こん年の春まては梅のえまたし残なきみは

〔整定本文〕　宝荘厳院になべてならぬ梅ありと聞《きき》て、執行静賢におろし枝をこひにつかはしたるに、ことしはえあらじ、明春たばむと申たる返事によめる

たのむとも又こん年の春までは梅のえまたじ残《のこり》なきみは

〔校異〕　〈詞〉○宝厳院―宝荘厳院（穂・浦・龍・蓬・清・国・内・静・版・群）○なへて―並て（清）○桜―桜《梅歟》（高）、梅（松・穂・浦・清・国・内・静・版・群）、桜《梅イ》（蓬）○静賢と―《執行》静賢と《に》（高）、執行静賢に（穂・浦・龍・蓬・清・国・静・版・群）、執行静賢に《とイ（朱）》（内）○おろし枝―おなし枝（蓬・清・国・内・版）○たはむ―たはん《へイ（朱）》（内）○よめる―ナシ（龍）〈歌〉たのむとも―頼《む（朱）》とも（内）○年―年《（春）》（国）

〔現代語訳〕　宝荘厳院に並々ではない梅があると聞いて、執行静賢におろし枝を求めに（使いを）遣わしたところ、今年は差し上げることはできない、来年の春与えようと申してきた返事に詠じた（歌）

あてにしても、再びやって来る年の春までは梅の枝を待つことができないでしょう、齢の残り少ないわが身は。

〔語釈〕　**○宝荘厳院**　長承元年（一一三二）一〇月七日、鳥羽上皇御願により白河に建立。嘉応二年（一一七〇）九月一三日宝荘厳院詩歌合、承安二年（一一七二）三月一九日白河尚歯会和歌など、詠歌の場ともなった。底本は「宝厳院」と誤っており、校訂した。**○梅**　底本「桜」とするが、和歌は諸本すべて「梅」であり、「梅」と校訂した。**○執行静賢に**　底本「静賢と」とあるが、「と」は不審。「に」に校訂した場合、「に」とする伝本はすべて「執行」を有するので、「執行静賢に」と校訂した。静賢→人名一覧。**○おろし枝**　挿し木するために切った枝。「中院にありける紅梅のおろしえだつかはさんと申しける、またのとしの二月ばかり、花さきたるおろしえだにむすびつけて、皇太后宮大夫俊成もとにつかはして侍りける」（千載集・春上・三〇詞書・定房）などの例がある。**○ことしはえあらじ、明春たばむ**　静賢の言葉。「た（賜）ぶ」はここでは、下位者へ給付する意。静賢は実際は謙譲語を用いたのであろうが、頼政の立場から表記した。今年与えることができず、明春まで待たせる理由ははっきりしないが、「いつぞや八重桜をつぎきにせばやと仰のさぶらひしが心にかかりて、このみやの御辺にめでたきやへざくらのさぶらふをこひうけて、このはるおろしえだにしてさぶらふなり、当時もねはさして候へども寒にはかれもぞし候とて不進候、明春必可進候也」（露色随詠集・四六八詞書）や、「やどの梅うす紅のおろしえだねをまつほどの色やかれなん」（新撰六帖・二二四四・こうばい・信実）などの例を参照すると、当該歌でも季節と梅の根付きの状態を勘案したものか。**○梅のえまたじ**　「え」は「梅の枝」と「えまたじ」を掛ける。

〔補説〕　宝荘厳院の寺務を司っていたと思われる静賢に、梅のおろし枝を求めたものの、来春まで待つよう申し送ってきたことに対する返歌。「残なきみは」という表現から晩年の詠と思われる。なお頼政と静賢との関係については584〔補説〕参照。

（安井）

返歌

色も香も心にふかく染つれは梢はるかに君そみるへき

〔整定本文〕 返歌

色も香も心にふかく染つれば梢はるかに君ぞみるべき

〔校異〕 〈詞〉〇返歌―返し（蓬・清・国・内・静・版・群）〈歌〉〇心―梢（松）

〔現代語訳〕 返歌

（あなたは）梅の色も香も心に深く染めていらっしゃるので、梅の梢がはるかにのびゆく様をあなたは見るはずです（あなたも長生きしますよ）。

〔語釈〕 **〇色も香も心にふかく染つれば** 頼政が宝荘厳院の梅を「なべてならぬ」と評価したことを捉えて、あなたは梅の色も香も深く心に染めている（梅の花に傾倒している）と述べた。**〇梢はるかに** 「はるかに」は「おとは山けさこえくれば郭公こずゑはるかに今ぞなくなる」（古今集・夏・一四二・友則）のように空間の広がりを意味する例が早いが、平安末期になって「千とせまでをりてみるべきさくら花こずゑはるかにさきそめにけり」（千載集・賀・六二一・堀河院）、「…松のちとせの　はるばると　こずゑはるかに　さかゆべき…」（千載集・雑下・一一六三・堀河）のように、時間的な永続性を表現し、繁栄を意味する例が現れる。当該歌もそのような一首で、頼政の長寿を願うもので、「はるかに」の「はる」に梢が「張る」の意が掛かる。

〔補説〕 命の残り少ない身は来春まで待てないと言ってきた頼政に対する静賢の返歌。頼政が梅の花の色香をよく心得ていることから、梅が遥か先まで生き延びるのと同じように頼政の齢も末永くあると寿ぐ形で返歌した。

（安井）

とし老たる人の五月十日比に盧橘のありけるをとなりなる人のもとへつかはすとておりひつのたて紙に
書付てつかはしける

橘は花のさくまて有けるに老ぬる身こそとまるましけれ

〔整定本文〕とし老たる人の五月十日比に盧橘のありけるをとなりなる人のもとへつかはすとて、をりひつのたて
紙に書付てつかはしける

橘は花のさくまで有けるに老ぬる身こそとまるまじけれ

〔校異〕〈詞〉〇盧橘—花《盧(朱)》橘（内）、花橘（浦・龍・蓬・静）、花たちはな（穂）　〇おりひつ—おも《り(朱)》ひ《ヒ》つ（内）、おもひつ（蓬）〈歌〉〇身こそ—身▲▲《こそ》（龍）

〔現代語訳〕年老いた人が、五月十日ころに盧橘があったのを隣の人のところへ遣わすというので、折櫃に添えたたて紙に書き付けて遣わした歌

橘（の実）は花が咲くまで残っていたというのに、老いてしまった（私の、実ならぬ）身こそ留まることはあるまいと思うことです。

〔語釈〕　**〇とし老たる人**　頼政自身のことを指す。自身を第三者的に造型し、贈答のテーマである老若の対比を際立たせる。**〇五月十日比**　盛夏の候。詠歌内容から、詞書に花と実の共存する時期として特に取り立てて示したもの。**〇盧橘**　金柑などのことで花たちばな、橘と同じ植物を指すものであろう。ここでは後述のように花ではなくその果実を言う。「橘花」は和漢朗詠集の夏部の標目に見え、その冒頭に所収される白居易「盧橘子低山雨重　棕櫚葉戦水風涼」（二七二）が著名。「隣家盧橘」「盧橘夜香」のように歌題にも使用される語である→154・155。枕草子・三五段・「木の花は」に「四月のつごもり、五月のついたちのころほひ」という時期に、葉、花、実の共存する景が描かれる。橘は郭公と取り合わせ、また五月五日の薬玉にも使用し、この季節を代表する風物である。その

実は、例えば、とりかへばや物語に「つゆ橘、柑子やうものも見入れず、つきかへしなどしたまふを」とあるように、柑子同様、食用とされた。**○となりなる人**　頼政集48詞書に「となりなる所」という表現があり、実家を指すことから、ここでも実家のことか。実家は久安元年（一一四五）生、建久四年（一一九三）没で頼政とは四〇歳近く年が離れる人物で、頼政集では「むかひなる所」「むかひの中将」とも言われている。**○をりひつのたて紙**　「をりひつ」は薄板を折り曲げて作った小箱で、形は四角・六角などさまざまである。食べ物を入れるのに用いることが多い。「たて紙」は「立紙」「竪紙」と記すが、横長の全紙を用いたものを指すか。具体的には橘の果実を入れた折櫃を覆った紙、もしくは折櫃に添えた手紙のことか。**○橘は花のさくまで有けるに**　「橘」は果実のことで、花が咲く時期まで木に残っていることを言う。**○老ぬる身**　「とし老たる人」のこと。「身」は上句の表現を承けて橘の「実」から引き出された語として機能している。年老いた自分自身を指す表現で「はなのいろとりのこゑとはさておきつおいぬる身をばたれかをしまむ」（行宗集・二〇二）、「やへやへの人だにのぼるくらゐ山老いぬるみにはくるしかりけり」（清輔集・四二〇）などの用例がある。**○とまるまじけれ**　同表現は他例なし。やがて次世代の実となる花の開花時期まで木に留まった橘の実に対し、自分自身はそれほど長くはこの世に留まらないだろうと老いの心境を述べる。

〔補説〕　五月十日ごろ、橘を贈った際に添えた挨拶の歌。詠歌内容から花の中に残る橘の実を折櫃に入れて贈ったものかと考えられる。この果実はこれから育ちゆく若い緑色のものではなく、成熟した果実のことである。語釈にも示したように枕草子・三五段の「四月のつごもり、五月のついたちのころほひ、たちばなの葉の濃く青きに、花のいと白う咲きたるが、雨うち降りたるつとめてなどは、世になう心あるさまにをかし。花の中より黄金の玉かと見えて、いみじうあざやかに見えたるなど、朝露に濡れたるあさぼらけのさくらにおとらず」（木の花は）の描く情景が想起される。花の咲く時期になお木に残っている橘の果実と自身とを比較し、老残の我が身はこの世にとどまるまいと嘆く。橘の花は昔の人を思い出させる懐旧の花としてその香を詠じることが多いが、ここでは、花と共存する橘の果実を贈るという特定の詠作の場に即して、その「実」を「老ぬる身」に重ね合わせて詠じた。平家物語などにより頼政の歌として知られる「埋木の花さく事もなかりしに身のなるはてぞかなしかりける」の述懐的な響きに対し、嘆老の想いが強く感じられる。（藏中）

返し

時過て猶さかりなる橘をおる人の身によそへてそみる

〔整定本文〕 返し

時過て猶さかりなる橘ををる人の身によそへてぞみる

〔校異〕 ナシ

〔現代語訳〕 返し

本来の時節を過ぎて一層勢いの盛んなさまである橘（の実）を、（この花を）折った人の身に準えてこそ見ることです。

〔語釈〕 **○時過て猶さかりなる橘** 頼政から贈られた、盛りの時節を過ぎてなお勢いのある橘の実のこと。うつほ物語・内侍のかみ巻の五月五日の節会を評した箇所に「菓物などの盛りにはあらぬほどなれど、わづかに時過ぎたるものなどのあるなむ、いと労ある」、「花橘、柑子などいふものは、時過ぎて古りにたるもめづらしきも、一つに交じるなむいとをかしき。そこにますものなくなむ」とあるように、この季には時節を過ぎた橘が見られ、賞美された。**○をる人の身** 贈り主である頼政のことを指す。**○よそへてぞみる** 橘の実と頼政の身とを引き比べ重ね合わせて見るの意。

〔補説〕 「となりなる人」からの返歌。贈られた橘を頼政の身を象徴するものとして捉え、その齢を重ねてますま

す意気盛んなさまを寿ぐ挨拶の歌。　（藏中）

小侍従尼に成にけると聞てつかはしける

我そまつ出へき道にさきたて丶したふへしとは思はさりしを

〔整定本文〕小侍従尼に成にけると聞てつかはしける

我ぞまづ出《いづ》べき道にさきだて丶したふべしとは思はざりしを

〔校異〕〈集付〉○玉葉集二入（下）〈詞〉○尼に―たに《尼歟》（穂）○成にける―成にけり《るイ(朱)》（内）、成にけり（浦・龍・蓬）、なりにけり（静）、なりけり（穂）〈歌〉○出へき道に―出へき道に《をイ》（版）、出へきみちに《をイ(朱)》（内）、出《いる》へきみちに（下）、出へきみちを《に》（清）、出へき道を（松）○さきたて丶―さきたて《ちて》丶（下）

〔現代語訳〕小侍従が尼になったと聞いて遣わした歌

私が先に出て行くべき道に（あなたを）先に行かせて、（私が）その後を追うことになろうとは、思ってもいなかったのに。

〔他出〕玉葉集・雑五・二四六八、詞「小侍従かざりおろしぬとききてつかはしける」、二句「いるべき道に」。

〔語釈〕○**小侍従**　→人名一覧。○**出べき道**　出家を指す表現。迷いを断ち切って仏門に入る、出離の道をいう。長秋詠藻に収められた崇徳院の長歌（五八二）に「…たどるたどるも　くらき世を　いづべき道に　いりぬれば…」とあるのが当該歌に先行し、やはり出家する意味で詠まれている。その他は、土御門院御集の「世をしのぶ心のうちのあなねずみやすくいづべき道もあるらし」（三五四）のみである。玉葉集では「いるべき道」となっているが、「出づ」も「入る」も意味する方向性は同じである。また、「入るべき道」は、慈円の厭離百首における雑の最初の歌「山ふかみわれもいるべきみちなれどさきだつ人はうらやまれけり」（拾玉集・六五一）が当該歌と特に表現が類似する他、いくつかの用例が見られる。**〇したふべし** この場合の「したふ（慕ふ）」は、「さきだて丶」に続くことから、先に行った人を追う意。「先立つ」「慕ふ」を共に用いた歌は少なく、哀傷歌の「おもへただざらでもいそぐみちに又さきだつ人をしたふならひは」（新和歌集・四八三・蓮生）や、「野径月」題の「月はなほ遠さとをのにさきだちて行かたしたふ有明の空」（壬二集・二五一二）などが見られる程度である。**〇思はざりしを** 思っていなかったのに。「つひにゆくみちとはかねてききしかどきのふけふとはおもはざりしを」（古今集・哀傷・八六一・業平）など、用例は多い。ほぼすべて結句に置かれる。

〔補説〕 小侍従が出家した際に、頼政が小侍従へ送った歌。小侍従の返歌である626の内容からも、頼政はかねてから、年長の自分の方が先に出家をすると小侍従に話していたのであろう。しかし、結果的に小侍従が先に出家を遂げたので、まさか自分が後れをとるなんて、と驚いているような詠みぶりである。頼政が出家したのは、尊卑分脈では治承三年（一一七九）六月、公卿補任では同年一一月とされている。よって、小侍従が出家したのはそれ以前ということになるが、小侍従集には、高倉天皇に出仕していた治承三年正月七日、前年に生まれたばかりの皇子（後の安徳天皇）を寿ぐ歌（一一一）が収められることから、それ以降のことである。一方、親盛集には、治承三年三月末、後白河院が石清水八幡宮に十日ほど参籠した際に小侍従と別れを惜しむ贈答歌（二三、二四）が、小侍従集には出家に際して俊成と頼輔から送られた歌（一六四、一六六）が収められるほか、忠度集にも同時の歌（八九）が見られ、小侍従は出家して石清水に籠っていたことがわかる。そこから、森本元子は、小侍従の出家を治承三年の正月から三月初旬の間と推定する（『私家集の研究』明治書院、一九六六年）。また、石清水八幡宮の境内には多くの宿坊が建てられていた痕跡が残るが、石清水祠官系図の「小侍従局」項には「当山中谷椿坊者。昔小侍従之坊也。号款冬坊云々。此草多前栽植置之故也。墳塔垂井在之云々」と記されており、小侍従は椿坊という宿坊に住していたらしい。

（銹）

返し

をくれしと契りしことを待ほとにやすらふ道も誰ゆへにそは

【整定本文】 返し

おくれじと契りしことを待《まつ》ほどにやすらふ道も誰ゆゑにぞは

【校異】〈歌〉○をくれしと―をくらしと（松） ○誰ゆへにそは―たれかゆへそは（龍）

【現代語訳】 返し

（君より）後にはならないよと約束した（あなたの）言葉を（あてにして）待つ間に、（私が）立ち止まっていた（出家の）道も、いったい誰のせいなんでしょうね。（それはあなたのせいですよ。）

【語釈】 **○おくれじと契りしこと** 「おくる（後る）」は、後になる意。この場合は、出家は自分の方が先にするよ、と頼政が小侍従に約束していた言葉のことを指す。「後れじと契る」は、宇津保物語の長歌に「…うきもつらきも　もろともに　ふちにもせにも　おくれじと　ちぎりしものを　いつのまに…」（きくのえん・四九四・母君）とある例が最も早く、他に数例が見られる。このうち、出家を意味する用例としては、公任が出家した際、道長に対する返歌として詠んだという「おくれじと契り交して著るべきを君が衣にたち後れける」（栄花物語・巻二十七・ころものたま・二九七）がある。**○待ほどに** 待つ間に。「ありあけの月のひかりをまつほどにわが世のいたくふけにけるかな」（拾遺集・雑上・四三六・仲文）などの先例のほか、「契りしことを待ほどに」という形では、「はるこばとちぎりしことをまつほどにけさうぐひすのこゑをききつる」（道済集・一二〇、詞「としへてとたのめし人に、正月一日」）がある。**○やすらふ道** この場合の「やすらふ」は、立ち止まる、たたずむ意で、小侍従が踏み出すべきかどうかためらっていた出家の道について言っている。「ねがはくはしばしやみぢにやすらひてかかげやせまし法のともし火」（新古今集・釈教・一九三一・慈円、詞「述懐歌の中に」）など、和歌での用例は多い。「やすらふ道」という表現は、法華経の化城喩品を詠んだ「やまのはにやすらふ道のしるべしてゆくすゑてらせありあけの月」（範宗集・六八〇）があるのみだが、この場合はためらう意。**○誰ゆゑにぞは**　誰のせいでしょうね。「ぞは」は、疑問の表現を受けて詠嘆の意を込める助詞。「うきつつもかくてややまむこぐふねのふなでしこともなにゆゑにぞは」（伊勢集・四三一、詞「伊づに人のながされたるに」）、「しろたへのころもかたしきかすがのにわかなつみしもたがためにぞは」（古今六帖・二三二〇）などの例がある。「誰ゆゑにぞは」の形では、堀河百首の詠である「あはいとをよりもあはせぬたまのをのかたこひすらくたれゆゑにぞは」（続後撰集・恋四・九〇〇・基俊）が唯一の他例であるが、堀河百首の本文は結句が「たれ故ぞそも」となっている。

〔補説〕　小侍従の返歌。出家の知らせを聞いて頼政が送ってきた前歌に対して、心ならずも私の出家が遅れてしまったのは、いったい誰のせいでしょうね、と切り返した。そこには、あなたがなかなか出家しないから、私も出家をためらっていたのですよ、という思いが込められている。この贈答歌では、出家に関わる動作を「道」を中心として「出づ」「先立つ」「慕ふ」「後る」「待つ」「やすらふ」という一連の言葉を用いて表現している。なお、恋部の536・537は、頼政と小侍従が恋愛関係を持った最初期の贈答歌であるが、そこで頼政は「いかばいきしなばおくれじ」（537）と詠んでおり、出家に際してもお互い同様の思いであったことが当該歌からうかがわれる。この贈答をもって小侍従に関連する歌は終了するが、頼政集において二人の交渉がその始まりと終わりを併せて記録されていることはやはり特筆され、頼政と小侍従の深い関係が読み取れるようになっている。（鋳）

627

帥中納言顕時卿子四人昇殿させられたるよしきゝて

雲ゐまてみなのほるなるたつの子はいかなる巣より立初にけん

〔整定本文〕　帥中納言顕時卿、子四人昇殿せられたるよしきゝて

雲ゐまでみなのぼるなるたづの子はいかなる巣より立初《たちそめ》にけん

〔校異〕〈詞〉○させられ—せられ（蓬・静）、せさせられ（高・松・穂・浦・清・国・版・群）、○せられ《せさ（朱）》、をさせられ（龍）〈歌〉○のほる—のほり（穂）○なる—なり《ヒル》（穂）、なり《ル》（高）○初に—初（下・国・版・群）、はしめ（松・穂・浦・龍・清・内・静）、始（蓬）○けん—ける（松）

〔現代語訳〕帥中納言顕時卿の、子息四人が昇殿なさったことを聞いて

雲の居る大空、すなわち宮中殿上に皆昇ると聞く鶴の子たちは、いったいどのような巣から巣立って行ったものなのでしょうか。

〔語釈〕**○帥中納言顕時卿**　藤原顕時→人名一覧。**○子四人**　顕隆の子息として尊卑分脈は行隆（母藤原有業女）・盛方（母平忠盛女）・盛隆（時光。母藤原信輔女）・有隆（母信輔女）の四人を掲出する。**○昇殿せられたる**　底本「昇殿させられたる」で、「昇殿せさせられたる」とする本も多いが、蓬・静本の示す合理的な形に校訂した。「られ」は尊敬の助動詞。昇殿はここでは内昇殿のことであり、五位の者または六位蔵人が宣旨を受け清涼殿の殿上の間に名が記した簡が掲げられ、天皇に近侍することを許されること。昇殿者は天皇の代替わりごとに定められた。**○のぼるなる**　「なる」は伝聞の助動詞の連体形。**○たづの子**　鶴は和漢朗詠集（管弦・四六三）にも取られて著名な白氏文集「五絃弾」を典拠として、親が子を想う表象となったが、それを踏まえ、顕時の子どもたちを表現した。和歌に詠まれた語句としては、元輔集に載る七夜祝いの歌「たづの子の雲井にあそぶよはひこそ空にしらるる物には有りけれ」（五五）などが見える。**○いかなる巣**　鶴の巣を持ち出し、優れた子どもたちを輩出した顕時の家を比喩する。**○立初にけん**　「たちはじめけん」とする本が多い。「たちそめにけん」の形の用例は見えず、「たちはじめけん」だと拾遺愚草・上の建保四年後鳥羽院百首に「今ぞおもふいかなる月日ふじのねの峰に煙の立ちはじめけん」（一三七一）の作がある。いずれにしても、巣立ったのだろうか、の意味となる。鶴の雛が巣立ち雲居へ昇ることを、子が昇殿を果たすことに喩えた作例は、寿永百首家集の一つ親宗集に、「五条三位入道子侍従定家、昇殿ゆ

るされたるときききてよみて遣す」の詞書を付し藤原定家の昇殿を祝った「あしべよりすだちそめたるひなづるの雲井しりぬときくぞうれしき」（一一七）があり、「立初にけん」の本文も妥当であることを徴することができる。

〔補説〕　顕時の子息四名全員が昇殿を果たした時期について中村文は、『後白河院時代歌人伝の研究』（笠間書院、二〇〇五年）「藤原盛方」の章において、「二条天皇時代であった可能性は十分考えられる」とする（三〇三頁）。四人のうち最年少と考えられる有隆は、二条天皇が受禅した保元三年（一一五八）八月一一日に六位蔵人（極﨟）となり、同年これを去って従五位下に叙された（蔵人補任）。

父の顕時も、同年八月一〇日に左大弁のまま後白河天皇の蔵人頭を兼ね、一一日に譲位にともない、改めて二条天皇の蔵人頭に就任している（保元四年四月九日まで在任）。その時点で行隆・盛方・盛隆は既に五位になっていたから、おそらく当該歌の慶事は、二条天皇の御代はじめの頃の出来事と考えるのが妥当であろう。なお頼政の子仲綱も、有隆と同時に六位蔵人（三﨟）となり、八月二三日にこれを去り従五位下に叙されている（蔵人補任）。頼政は顕時と姻戚関係があり（祖父頼綱の姉妹が、顕時の父長隆の母）、中村文は「祝意を表したのはごく自然」とするが（前掲書・二八四頁）、仲綱と同時に六位蔵人となった有隆について、頼政は当然注目したことであろう。（兼築）

返歌

引つれて雲ゐにのほるたつの子は三熊野に住しるしとをしれ

くま野につかうまつれる人なりけれはよまれたるにや

〔整定本文〕　返歌

引《ひき》つれて雲ゐにのぼるたづの子は三熊野に住《すむ》しるしとをしれ

くま野につかうまつれる人なりければ、よまれたるにや

〔校異〕〈詞〉○返歌―返し《歌イ(朱)》（内）、返し（蓬・静・版・群）、かへし「返歌」（朱）（国）、かへし（清）〈歌〉○三熊野―三熊○《野》（下）○とをしれ―とそしれ《をイ(朱)》（静）、とそしれ（版）〈左注〉○まつれる―まつれる《(る)》（松）

〔現代語訳〕返歌

率き連れて雲居、すなわち殿上に昇る鶴（私）の子たち（の慶事）は、三熊野に住む霊験であると理解してください。

熊野に奉仕してきた人なので、（このように）詠まれたのであろうか。

〔語釈〕**○引つれて** 和泉式部の「ひきつれてけふはねの日のまつにまたいまちとせをそのべにいでつる」（後拾遺集・春上・二五）は、子の日の小松引に「率き連れて」を添えた作だが、引率しての意となる。すると、主語は詠者（顕時）自身ということになる。**○たづ** 鶴はここでは、詠者自身の意となる。白氏文集「五絃弾」の典拠により、子を想う親を含意する。**○三熊野** 熊野三山、本宮・新宮・那智を指す。「みくまのの浦のはまゆふももへなる心はおもへどただにあはぬかも」（拾遺集・恋一・六六八・人麿。原歌は万葉集・巻四・四九六）など多くの作例がある。**○住** 鶴の巣が熊野に在ることになるが、寓意される顕時や子息たちの居所は都であるから、熊野三山との因縁が深いことを述べているのだろうが、やや分かりにくい表現といえる。そのため、左注が付されたのであろう。**○とをしれ** 五句末にこの措辞を置く作は、高遠の夢中に賀茂の神が託宣した「ゆふだすきかくるたもとはわづらはしゆたげにとけてあらむとをしれ」（拾遺集・神楽・五八八）などがある→49。**○熊野につかうまつれる人** 藤原顕時→人名一覧。顕時は甲斐守在任中の久安年間に八代荘を熊野本宮に寄進するなど、熊野との関わりの深い人物であった。補説参照。

〔補説〕前歌の補説で述べたように、この贈答が二条天皇の御代はじめ頃のことであったとすれば、顕時も蔵人頭に就任して、自身を「引つれて雲ゐにのぼる」と表現するのに相応しい。さて顕時は返歌で、この栄誉は三熊野の霊験と表現している。顕時と熊野の関係だが、祖父の為房は永保元年（一〇八一）九月に熊野へ参詣し（為房卿記）、熊野詣に関する制度の整備を行ったとされる人物であった。五味文彦「上皇の熊野御幸について」（『国宝熊野御幸記』二〇〇九年、八木書店）参照。その後、この勧修寺一族は、盛んに熊野御幸を行う白河院や鳥羽院の近臣として活躍する。顕時については、康治二年（一一四三）から久安六年（一一五〇）正月まで甲斐守に在任（本朝世紀・公卿補任ほか。当時は顕遠と名乗った）の間、久安年中に、同国八代郡に所在する八代荘を鳥羽院の院庁下文をもって熊野本宮に寄進した（長寛勘文）。その後、久寿元年（一一五四）正月二三日には顕時男の盛隆が甲斐守となっている（兵範記）。ところが、八代荘をめぐっては、応保二年（一一六二）に国司藤原忠重が同荘を停廃する事件が起こる。その処置をめぐって熊野権現と伊勢大神宮とが同体か否かの論議が惹起、長寛勘文において顕時は非同体説に左担した。この混乱への対処もあってか、長寛二年（一一六四）正月二一日に、顕時が大宰権帥を辞した替として盛隆が、再び甲斐守となっている（公卿補任）。以上の経緯からも、顕時と熊野との間に浅からぬ関係があったものと推察できるが、なお詳細については後考を俟ちたい。（兼築）

629

少副入道空仁と申歌よむもの侍るを年比き丶にたり侍にかれにき丶てたかひにいかてあひみてしかなとおもひけるほとに歌林苑にて人丸か影供し侍ける日あひて歌よみなとして後ほとへていひつかはしける

音にのみき丶きかれつ丶過〳〵てみきな我みき其後はいかに

【整定本文】 少副入道空仁と申歌よむもの侍るを、年比き丶、わたり侍に、かれもき丶て、たがひにいかであひみてしがなとおもひけるほどに、歌林苑にて人丸が影供し侍ける日あひて、歌よみなどして後、ほどへていひつかはしける

音にのみき丶きかれつ丶過《すぎ》〳〵てみきな我みき其後《のち》はいかに

【校異】 〈詞〉○少副入道―少別当（穂・浦・龍・蓬・内・静）、少輔別当（清・国・版・群）○侍るを年比―侍るを

とし比（松・群）、侍るを《と申》年比（高）、侍ると年比（浦・龍）、侍ととしころ（穂）、侍をと申比（清）、侍をと申ころ（国・版）、侍と申ころ（蓬・静）、侍○《を(朱)》と申《しイ(朱)》ころ（内）　○きゝにたり―きゝに《わ》たり（高・下）、聞わたり（穂・龍・蓬・清・国・内・静・版・群）、きゝわたり（浦）　○侍に―侍る（清・国・版・群）　○かれに―かれに《も》（高）、かれも（穂・浦・龍・蓬・内・静）、かれら（松・清・国・版）、かれ（群）　○あひみてしかな―相みん（龍）　○人丸か影供―人丸の影供（浦）、人丸影供（龍・蓬・内・静）　○し侍ける―し侍る（龍）　◇「きゝて～歌林」マデヲ欠ク（松）

〔現代語訳〕　少副入道空仁という歌詠む者がございますことを、長年聞いておりましたところ、あちらも聞いて、お互いになんとかして逢い見たいことよと思っていたところに、歌林苑で人丸の影供をしました日に逢って、歌を詠みなどして後、しばらくして言い遣わした歌

噂にだけ、聞き、聞かれして、長らく時を経過して、逢ったよ、私は（あなたに）逢った。その後はどのように（お過ごしか）。

〔語釈〕　**○少副入道空仁**　→人名一覧。**○きゝわたり侍に**　底本は「きゝにたり侍に」とあるが「に」と「わ」の字形類似による誤写と考えられるため校訂した。**○かれも**　底本は「かれに」とあるが意をとり他本により校訂した。**○歌林苑にて人丸が影供し侍りける日あひて**　二人が出会ったのは歌林苑で人丸影供がおこなわれた当日であったことを示す→会記一覧「歌林苑影供会」。**○歌よみなどして後**　中村文は「歌よみなどし」を人丸影供歌会そのものではなく歌林苑という空間で起こった「初対面を喜ぶ両者の興に任せた詠作合戦」（『後白河院時代歌人伝の研究』笠間書院、二〇〇五年）と解する。二人が歌林苑歌会で同席したことは間違いないが、「歌よみ」は歌会の場で詠作したことを指すとも解され、二人が「歌よみなどし」た具体的状況は不明。**○音にのみきゝ**　噂にだけ聞いて、の意。**○きゝきかれつゝ過〳〵て**　「きゝきかれつゝ」は頼政を主体とした表現。「聞く」に対して受身の「聞かる」を配し、わたしがあなたのことを聞き、あなたにわたしのことが聞かれるの意。その状態が長く続いてきたことを指す「過〳〵て」は、詞書の「年比きゝわたり侍に」に対応する。**○みきな我みき**　同語反復である「みき」

は「我」の動作の強調表現。積年の望みが叶った喜びをストレートに相手に伝える。ただし、「みきな」の主体を空仁とする解も成り立ち、その場合は「みきな」は「あなたは私に逢ったよ」の意となり、「みきな我みき」は、頼政と空仁双方の動作を表す句となる。**〇其後はいかに** 相手に対する口語的な問いかけ。これからの関係の展開に期待する様子が窺える口吻である。詞書の「ほどへて」と呼応する。

〔補説〕 逢うことを希求しながら長らく叶わなかったこと、そしてその対面が叶った喜びを述べ、相手に対面後の動静を問う挨拶の歌。同語反復による言葉遊び的な趣向を凝らし、恋歌的な詠みぶりは出会いの喜びの大きさを表す。

（藏中）

返し

こひ〳〵て見きわれこえき其後は忍ひしそかぬる君はよに

〔整定本文〕 返し

こひ〳〵て見きわれみえき其後《のち》は忍びぞかぬる君はよにあらじ

〔校異〕 〈歌〉〇こえき―こ《見》えき（高）、見えき（松・清・内・静・版）、みえき（穂・龍・蓬・国）、みえね（群）、見ゝ《え》き（浦）〇忍ひしそ―忍ひ〳〵そ（下）、忍ひ〳〵《ヒヒ》そ（高）、忍ひそ（松・国・静・版・群）、忍そ（浦・龍）、しのひそ（穂・蓬・清・内）〇君はよに―君かよに（下）、君はよ《さ》に○《あらし》（高）、君はよにあらし（松・穂）、君はよに《ふイ》あらし（浦）、君はさ《かよイ(朱)》にあらし（蓬・清・国・静・版・群）、君はさにあらし（内）、君はよえ《本ノまゝ》あらし（龍）

〔現代語訳〕 返し

恋しい恋しいと思って、（わたしはあなたに）逢った、わたしは（あなたに）見られた、その後は（恋しい思いを）堪え忍ぶことができません、あなたはまさかそのような状態ではないでしょう。

〔語釈〕**○こひ〳〵て**　629で「過〳〵て」と表現する時間が、相手を恋しく思う時間であったことを言い、慕わしい感情を恋愛感情として表現する↓371・469。**○見きわれみえき**　底本「こえき」とあるが「こ」は「み」の誤写と考えられるため校訂した。629の「き丶きかれ」「みきな我みき」を承けた表現。「われ」は空仁のこと。「見き」により空仁が頼政を、「われみえき」により、空仁が頼政に見られた、すなわち頼政が空仁を見たことを示し「見る」ことが相互に行われたことを表現する。「見る」と「見ゆ」を使い分けることによって双方が互いに相手を認識し合ったことが示される。ただし、「みゆ」を右記のように受身ではなく可能と解すると、わたしは見た、わたしはあなたを見ることができた、という空仁自身の動作の強調表現ともとれる。629を「みきな我みき」を頼政の動作の強調と解すると630の解釈はこちらのほうが適当か。**○忍びぞかぬる**　底本は「忍ひしそ」とあるが、意不通により「忍ひそ」と校訂した。「忍びかぬ」に強調の「ぞ」が加わった形で頼政に対する堪え忍び難い思いを言う。同句を用いる先行例に「おきゐつつしのびぞかぬる秋の夜は君とだにせしあきのねざめは」（和泉式部続集・二二六）がある。**○よにあらじ**　底本は「よに」のみで欠脱があるため他本により「あらじ」を補った。まさかあるまい、という意を表す「よにあらじ」の用例は、物語の会話や心中思惟の箇所に見られる口語的な表現。他本のとる「さに」で解すと、「さ」は自身の心情を指し、それに対してあなたはそのような状態ではないでしょうと述べたものとなる。629詞書に「ほどへて」とあることを考えると、あてこすりのニュアンスも帯びるか。

〔補説〕629に呼応して恋歌の形で相手に対する自身の思いを詠じる。「其後」すなわち対面後の様子を尋ねられた返歌として、対面までの慕る思いと対面後の抑え難い心情とを述べ、逢ったことで一層慕る思いを詠う。629同様、恋歌めかしたやりとりを楽しむ風情が窺える。

（藏中）

上達部殿上人あまた大内の花みられ侍しに三位大進清輔文をかきてさしつかはしたるを見侍れは

朝夕になれしむかしの百敷を花の袂にみるそ露けき

〔整定本文〕 上達部殿上人あまた大内の花みられ侍しに、三位大進清輔、文をかきてさしつかはしたるを見侍れば

朝夕になれしむかしの百敷を花の袂にみるぞ露けき

〔校異〕 〈詞〉○殿上人―殿上（龍）○さしつかはしたる―さ《申》しつかはし《す》たる（高）、申《さしイ（朱）》つかはす○《したるイ（朱）》（内）、申つかはす（蓬・静）、申遣（龍）〈歌〉○百敷を―百鋪を（高）、百敷《ヒヒ》や（国・版・群《ヒヒ》）、百しきや（清）、も《ヒ》ゝしきや（内）○袂―袂《便り》（高）、便（下）、つかひ（松）、たより《つかひイ（朱）》（内）、たより（穂・浦・龍・蓬・清・国・静・版・群）

〔現代語訳〕 上達部や殿上人がたくさん、大内裏の桜を御覧になりました時に、三位大進清輔が消息を書いてよこしたのを見ましたところ

朝に夕に馴れ親しんだ昔日の（その）内裏を、（華やかな）花見の衣の袂で見るのこそ涙ぐまれることだ。

〔語釈〕 **○上達部殿上人** 「上達部殿上人」が大内で花見を行ったことは、76・86・95にも見える。**○大内の花** ↓32。**○三位大進清輔** 藤原清輔↓人名一覧。**○なれしむかし** 「雲の上になれし昔をけふさへにおもへばとしのおほくへにける」（為仲集・一四）、「くものうへになれしむかしのこひしさにあめのしたにもすみぞわづらふ」（行尊大僧正集・二二五）のように、「雲の上」と取り合わせて、「かつて宮中に親しく仕えたこと」を意味する例がある。ここでも「百敷」と取り合わせて、天皇に近侍して宮中に親しんだ昔を示す。**○百敷** 宮中。**○花の袂** 「夏ごろもはなのたもとにぬぎかへて春のかたみもとまらざりけり」（千載集・夏・一三六・匡房）のごとく、春着る華やかな着物の意で用いられる。ここでは「たづねきてたをるさくらのあさ露に花のたもとのぬれぬ日ぞなき」（千載集・春上・五三・雅定）と同じく、桜に惹かれる心情を含意するのであろう。「花のたより」とする本文が優勢で、これに従うならば、「花見をするついでに宮中を見る」意となる。花を手だてとする訪問を「花のたより」と表現した例に、「年をへて花のたよりに事とはばいとどあだなる名をや立ちなん」（後撰集・春中・七八・兼見王）がある。**○露**

けき　涙ぐんでいることを示す。

〔補説〕　清輔が「朝夕百敷に馴れていた」昔とは、応保二年（一一六二）に昇殿を許されて以後、二条天皇の内裏歌壇で指導的立場にあった時期を指すと見て誤りなかろう。つまり、631は二条天皇没後の某年に交わされた贈答と推定される。華やかな着物を身につけ久しぶりに内裏を訪れた清輔は、過ぎ去った栄光の時代と現在の境遇とを交々思い合わせて、その複雑な心情を昔日を知る頼政に書き送ったのであろう。この折の花見が、多くの上達部殿上人の加わる会であったことが、清輔の屈折をいっそう強めたものと思われる。（中村）

かへし

馴にけんむかしを忍ふ袖の上おつるはなもや露けかるらん

〔整定本文〕　かへし
馴《なれ》にけんむかしを忍ぶ袖の上おつるはなもや露けかるらん

〔校異〕　〈歌〉○上―上に（高）、上に（下・松・浦・龍・蓬・国・内・静・版）、うへに（穂・清・群）○はなもや―はなとや（下）◇下句ヲ欠ク（内）

〔現代語訳〕　返し
（宮中に）親しくお仕えしたという、その昔のことを思い出す（あなたの）袖の上（を、私も思いやることです）。（涙にくれるあなただけではなく、袖の上に）散り落ちる花びらまでも露に湿りがちなことでしょうか。

〔語釈〕　**○馴にけん**　馴れ親しんだとか言う。「けん」は伝聞。清輔の消息に「朝夕に馴れし昔の百敷」とあったことを受ける。**○忍ぶ**　懐かしく思う意の「偲ぶ」の表記が適切である。**○露けかるらん**　「らん」は現在推量。

〔補説〕　二条天皇内裏に親しく仕えた日々を思い涙する清輔の心情を、思いやった頼政の歌。美しい内裏の桜も、清輔の複雑な心境を理解して涙しているだろうと述べて、やさしく慰撫している。三句「袖の上」は、そのまま「落つる花」に続いて、「あなたの袖の上に散る花」の文脈を形成すると見るのが穏当だが、三句で短く句切れて、「涙に濡れたあなたの袖については私も知っている」と頼政の心情を差し挟んだと解して現代語訳を施した。

（中村）

岡崎の三位やまひにわつらひて出家のよしをきゝてとふらひつかはすとてよめる

三とせまて君にさきたつ身なれともまことの道に入をくれぬる

〔整定本文〕 岡崎の三位、やまひにわづらひて出家のよしをきゝて、とぶらひつかはすとてよめる

三とせまで君にさきだつ身なれどもまことの道に入《いり》おくれぬる

〔校異〕 〈詞〉○岡崎の―岡崎（浦・龍・蓬・内・静）○やまひに―やよひに（清・国・版）○とてよめる―とて（穂・浦・龍・蓬・静）、とて《よめるイ（朱）》（内）〈歌〉○さきたつ―まつたつ（静）○入をくれぬる―入をくれぬ□（龍）

〔現代語訳〕 岡崎の三位が病に苦しみ出家したということを聞いて、見舞いを送るというので詠みました

三歳もあなたに齢先立つ私ですのに、仏の道に入り遅れてしまいました。

〔語釈〕 **○岡崎の三位** 藤原範兼→人名一覧。範兼は長寛元年一月に従三位になっている。**○やまひにわづらひて出家のよし** 殷富門院大輔との贈答でも「れいならでだいじなりときこゆるほどに、つかはしたりし」（殷富門院大輔集・一七五）とあり、病による出家と思われる。**○三とせまで君にさきだつ身なれども** 頼政の生年については諸説あるが、範兼が出家時五九歳（嘉承二年生）であったので、頼政は六二歳（長治元年生）ということになる。年齢について「さきだつ」という措辞を用いる例は見えないが、出家の時期について「さきだつ」と詠む例に「人づてにきくはまことかさきだちてとはれし道に君もいりぬと」（隆信集・九一五）、「さきだたむと思ひし道をいままで

におくれてけふはとはるべしやは」（同・九一六）などがあり、年齢と出家の先後を対置した趣向になっている。

○まことの道に入おくれぬる　当該歌以外には使用例をみない。「まことの道に入る」という措辞は、上東門院の出家に際して詠んだ「きみすらもまことのみちにいりぬなりひとりやながきやみにまどはん」（後拾遺集・雑三・一〇二六・選子）があるのに拠る。

〔補説〕　頼政にとって範兼は母方の従兄弟にあたる。頼政集には、範兼家歌会の詠、贈答が複数納められているが、大雪にまつわる贈答（302・303）ではどちらが尋ねようかとの範兼の問いに、自分が行くと答え、雑部の巻頭歌は、大治五年範兼が六位蔵人になった時のもので、範兼の昇進を喜びつつ身の不遇を嘆く頼政と、その気持ちに寄り添おうとする範兼の贈答となっている。歌人としての交流も深く、頼政との贈答では歌学者であった範兼の影響が認められる詠も多い。血縁であり、歌人仲間でもあった範兼の出家、それも病によるものであってみれば、三歳年長の頼政にとっては「先立たれる」寂しさ以外のものではなかったであろう。そうした二人の関係を考えると、頼政の昇殿に関わる歌群に範兼の詠が見えないのは極めて不可思議である。

（黒田）

返し

よはり行ひつしのあゆみ近けれは磯の入ぬる道をしら南

〔整定本文〕　返し

よわり行《ゆく》ひつじのあゆみ近ければいそぎ入ぬる道としら南《なん》

〔校異〕　◇詞・歌ヲ欠ク（蓬）〈歌〉○よはり行―かはり行（内・群）○ひつしのあゆみ―ひつしのあつみ（内）○磯の入ぬる―いその入りぬる（松）、いそきいりぬる（穂）、いそき入ぬる（浦・龍・清・静・群）、いそき《のイ》入ぬる（国・版）、いそき《のイ》入ぬる（内、朱）○道を―みちと（穂・清・内）、道と（浦・龍・国・静・版・群）

〔現代語訳〕返し

弱り行く私は、（死地に赴く羊の歩みごとく）死が近いので、いそぎ入った仏の道なのだとしってほしいのです。

〔語釈〕○よわり行　「よわり行」という措辞は虫の声、風の音などが弱くなり、季節の移ろいを表現するという詠み方が多く、自らの衰えを詠む例は虫に自らの老いを重ねた「うき世には秋はてがたによわり行く我が身に似たる虫のこゑかな」（久安百首・秋・一三四七・小大進）を見る程度である。○ひつじのあゆみ　屠所に赴く羊の歩みで、死に近づくことを意味する表現だが、ここでは「死」の同義語として使用している。大弐高遠集に見える「けふもまたむまのかひこそふきつなれひつじのあゆみちかづきにけり」（三八四）に拠る措辞。高遠歌は奥義抄、和歌童蒙抄にも見え、千載集に入集した。もと仏典に拠る表現。和歌童蒙抄に「摩耶経云、譬栴陀羅が牛をかひてほふるところにいたる。あゆむごとに死地近づくが如し。人の命又かくの如しと云々。此栴陀羅と云はわらはなり。このしと云は羊也。往生要集に、屠所に到る羊のさらに死にちかづき、小水に遊ぶ魚、日々に命を滅するがごとしと云々」と見える。○いそぎ入ぬる　急いで入った。底本「磯の入ぬる」だが意を取りがたいので他本により校訂した。○道としら南　（仏の）道であると知ってほしい。底本「道を」に従えば、あなたも仏の道を知って欲しい、の意になり、贈歌とかみ合わないので他本により校訂した。

〔補説〕突然の出家に驚く頼政に、自らの状況を「死」が近いからと、和歌故実をもって語ったもの。病による出家であったためか、動揺はあったようで、殷富門院大輔との贈答でも「いさやまだこころのみづもすみやらで花のころもはぬぐなばかりぞ」（殷富門院大夫集・一七八）と詠じている。

（黒田）

同入道のもとより筆をつかはすとてつ、み紙に書つけて侍る
やる方に筆に涙そこほれぬる我あらはこそ事もかはさめ

〔整定本文〕　同入道のもとより、筆をつかはすとてつ、み紙に書つけて侍る
やる方に筆に涙ぞこぼれぬる我あらばこそ書《かき》もかはさめ

〔校異〕　〈詞〉○書つけて―かきつけ（穂）、書付（浦・龍・静）、書つけ（蓬）、書つけ○て（朱）（内）　○侍る―侍ける（松・穂・浦・龍・蓬・清・国・内・静・版・群）　〈歌〉○こほれぬる―こほれける（穂・浦）　○我―われ（松・穂・浦）　○事も―書《かき》も（高）、書も（松・清）、かきも（穂・浦・龍・蓬・国・内・静・版・群）、中も（下）

〔現代語訳〕　同じ入道のもとから、筆を送るといってきたその包み紙に書き付けてありました
筆を送ろうと思うあなたを思うにつけても涙がこぼれかかります。私が生きていれば（この筆を使って、言葉を）書き交わすこともあるでしょうが（それはおそらくもう叶わないことなのです）。

〔語釈〕　**○同入道**　藤原範兼→人名一覧。**○やる方に**　筆を送る方（頼政）に。範兼歌以前に使用例のない歌句である。**○筆に涙ぞこぼれぬる**　送ろうとする筆に涙がこぼれかかる。初句の「やる方」を承け、避けがたい死を前にした思いの涙が送ろうとする筆にこぼれかかる様をいう。**○我あらばこそ書もかはさめ**　私が生きていればこそ手紙を書き交わすこともあるだろうが。「あり」に生きているの意味をこめ、同じくそれが叶わないことを詠んだものに「まちかねてたへずなりなむいのちをも我あらばこそあはれともみめ」（二条院讃岐集・六六）がある。「書きかはす」は手紙のやりとりをすることで、和歌における詠歌例は635歌以前には未見。後世の用例に「たか中にかきかはしてか春は又かへりまちみる雁の玉つさ」（後土御門院御集・三一三）がある。なお底本は「事」だが、あるいは「言」の意かとも思われる。「ことをかはす」は後世の詠歌例に、「みるがうちはおもひもあらじ筆の跡のうつし人にて言もかはさず」（雪玉集・七五五八）がある。

〔補説〕 死を覚悟した範兼が頼政に筆を送った際の歌。範兼は形見として頼政に筆を送ったのであるが、もはやこの筆をもって手紙を書き交わすことのできない悲しみを詠むところに、範兼と頼政の交情がしのばれる。（黒田）

636

かへし

こほるらん涙にたくふ水くきを我其のまへにうけてこそみれ

〔整定本文〕 かへし

こぼるらん涙にたぐふ水ぐきを我目のまへにかけてこそみれ

〔校異〕 〈歌〉○我―わか（穂・蓬） ○其のまへに―其《目の》まへに（高）、めのまへに（松・清・国）、目のまへに（浦・蓬・内・静）、めの前に（龍）、目の前に（版・群） ○うけて―う《か》けて（高）、かけて（下・穂・浦・龍・蓬・清・国・内・静・版・群）

〔現代語訳〕 返し

あなたが流した涙が偲ばれる筆の跡を、（今）私は目の前において、心を込めて見ています。

〔語釈〕 **○こぼるらん涙にたぐふ水ぐきを** あなたが流した涙が偲ばれる筆の跡を。「こぼる」、「涙」「水ぐき」また、五句の「かく」は縁語。「たぐふ」は多義だが、ここでは、「あかつきのあらしにたぐふかねのおとを心のそこにこたへてぞきく」（千載集・雑中・一一四九・西行）の如く、あるものがあるものと一体化するの意。範兼の流す涙が、筆の包み紙に書かれた文字と共にあるように思われるのである。範兼の筆跡の向こう側にその涙が幻視されるの意。**○我目のまへにかけてこそみれ** 私は目の前にあなたの筆跡を置き、心をこめて見ています。「水ぐき」を筆跡と解した場合、見ているのは範兼の筆跡であり、それを目の前に置いて、心を込めて見ている、という意味になろう。底本の「うけて」に従うならば、「（涙を）浮けて」で、頼政もまた涙ぐみつつ範兼の筆跡を見ている、という意味になるが、四句との関係から校訂した。

〔補説〕　形見として筆を送ってきた範兼に対しての返歌。「水ぐき」をどのように解するかという点でやや難解な一首である。語釈では「筆跡」と解したが、これを「筆」と解する余地もあるように思われる。635歌では「筆に涙がこぼれかかる」と言っており、涙は筆と直接関わっている。これを直接的に636歌と関わらせると、「あなたの涙とともにある水ぐき」であるから、送られた筆を意味することになろう。下句は、その筆を「かけてこそみれ」と言うのであるから、心を込めて見ている、あるいは筆を何かに掛けて見ている、という解になろう。ただその場合、頼政の悲しみの中心が筆という即物的なものに限定されるので、むしろ、筆に添えられた筆跡に、範兼の思いを読み取ったと解するのが妥当かと考える。　（黒田）

　有女のもとへ山のはに月いらんとするほと書たるあふきをつかはすとて

山のはに入なんとする月かけを我によそへて哀とも見よ

〔整定本文〕　有女のもとへ山のはに月いらんとするほど書《かき》たるあふぎをつかはすとて

　山のはに入《いり》なんとする月かげを我によそへて哀とも見よ

〔校異〕　〈歌〉○哀とも―あはれとも（穂・龍・蓬・内・静）、あは《は》（ら）れとも（浦）、あはれとそ（松）　○見よ―思（松）

〔現代語訳〕　ある女性のもとへ山の端に月が沈もうとしている様子を描いた扇を贈るということで

山の端に入ろうとする月を（今にも寿命の尽きそうな）私と思ってかわいそうなものとご覧になって下さい。

〔語釈〕　**○有女**　未詳。頼政集528・529で頼政と歌を交わす「ある女」と同一人物か。頼政集には、山里に帰された「あひしりける女」（330詞書）「あひかたらひ侍し女」（490詞書）など、朧化しながらも同一人物を指していると思しい例が見られる。**○あふぎをつかはす**　袖中抄では「なにしおはばたのみぬべきをなぞもかくあふぎゆゆしとなづけそめけん」（古今六帖・三四四五・あふぎ）を引き、「顕昭云、昔は扇を人にとらするをば、忌む事にてありければ、ゆゝしとは詠みそめたるなり」と説明する。扇は帝寵を失った班婕妤を連想させるため、男女間での贈答は不吉とされたという。ただし、顕昭が「昔」と断っていることに加え、朱雀院大和に師輔が扇を贈った際の「おもひには我こそいりてまどはるれあやなく君や涼しかるべき」（後撰集・恋三・七八二）のような恋歌もあることから、頼政集の詠歌状況が異例というわけではないだろう。**○山のはに入なんとする月かげ**　「山のは」は山の稜線のこと→210。「あかなくにまだきも月のかくるるか山のはにげていれずもあらなむ」（古今集・雑上・八八四・業平）など、山の端に沈む月を惜しむ歌は多い。また、山の端に入る月は「山のはにいりぬる月のわれならばうきよのなかにまたはいでじを」（後拾遺集・雑一・八五七・為善）のように出家遁世に擬えられたり、「月の山のはにいらむとするを見てよみ侍ける」という詞書を持つ「ながむれば月かたぶきぬあはれわがこのよのほどもかばかりぞかし」（後拾遺集・雑一・八六六・深覚）のように、寿命が残り少なくなった様とも重ね合わされた→208。頼政集ではこの贈答の前後に範兼の出家（633〜636）や惟方との故院追想（639・640）、素覚夫妻の死（641・642）に関する贈答が並び、死を暗示させるような配列となっている。**○我によそへて**　和歌の用例は僅少だが、頼政集518にも一例見られる→518。「よそふ」は、二つの異なる事物を重ね合わせ、一方をもう一方に擬えるもの。越の国の人に贈った「雨降れば北にたなびく雨雲を君によそへてながめつるかな」（貫之集・八〇四）のような例がある。**○哀とも見よ**　神仏や思い人などの同情や憐憫、共感を希求する措辞。白山権現に祈った「としふともこしの白山わすれずはかしらのゆきをあはれともみよ」（新古今集・神祇・一九一二・顕輔）や「寄名所恋」題で詠まれた「身をすてばあはれともみよさる沢のいける世にこそなさけなからめ」（忠度集・七五）など、老齢や死など「あはれ」な我が身の様を具体的に表すものも多い。

〔補説〕　ある女性に山の端に沈む月を描いた扇を贈り、この月を私と思って「哀」と見てほしいと呼びかけた歌。山の端の月に命が尽きそうな我が身を重ね合わせ、相手の憐憫を期待する。頼政集528・529には、物越しに一晩中語り合った「ある女」との贈答が載るが、あるいは山の端に「入る」月にことよせて、より女に近い場へ「入る」ことを期待したものか。屏風歌ではあるが、山の端に「入る」月と女の居る室内に入れず「外」に居る我が身を対比した「山の端にいりなんとおもふ月みつつ我はとながらあらんとやする」（貫之集・三三〇）のような例もある。

（野本）

かへし

千世までと君によそへてみる月そ山のかけていらすもあらなん

〔整定本文〕　かへし

千世までと君によそへてみる月ぞ山のはかけていらずもあらなん

〔校異〕　◇詞・歌ヲ欠ク（松）〈歌〉○よそへて―かそへて（穂・浦・龍）○月そ―月そ《を》（高）、月を（穂・浦・龍・蓬・清・国・内・静・版）○山の―山のは（高・下・穂・浦・龍・国・静・版・群）、やまのは（蓬・内）、やまの端（清）○いらす―いれす（穂・浦・静）、入す（龍・蓬・清・国・内・版・群）

〔現代語訳〕　返し

（この絵は）千代までも（変わらないもの）とあなたに擬えて見ている月ですよ。（ですからこの絵のように）山の端を目指して入らないでほしい（死なないでほしい）と願っています。

〔語釈〕　**○千世までと君によそへてみる月**　「しらゆきはふりかくせどもちよまでに竹のみどりはかはらざりけり」（拾遺集・雑賀・一一七七・貫之）など「千世まで」は賀歌によく見られる表現。頼政の長寿を予祝し、それと重ね合わせて、永遠不変の月を見ていると詠む。贈歌の「月かげを我によそへて」に対応する。**○山のはかけていらずもあらなん**　底本は「山のかけて」とするが、字数が足りないため、高本等により「山のはかけて」と改めた。「山のはかけて」の用例は頼政以前に見られないが、「かけて」は「わたのはらやそしまかけてこぎいでぬと人にはつげよあまのつり舟」（古今集・羇旅・四〇七・篁）の例のように「〜を目指して」の意と解した。下句の表現は「あかなくにまだきも月のかくるるか山のはにげていれずもあらなむ」（古今集・雑上・八八四・業平／伊勢物語・八二段）に拠ったもの。贈歌の「山のはに入なんとする」に対応する。

〔補説〕 命の残り少ないことを訴え、「哀」を期待する頼政に対し、長寿を祈念する内容で返歌したもの。「千世まで」「君によそへて」といった賀歌に見られる表現や伊勢物語を踏まえた「いらずもあらなん」など、頼政を重んじる姿勢にも見えるが、恋愛的な要素を排除し、贈歌の「哀」への期待を巧みにはぐらかしている。また、贈歌を女の居る空間に「入る」ことを期待するものと捉えれば、返歌では「いらずもあらなん」と「入る」ことを婉曲に断っていると解せる。なお頼政集528・529の贈答でも伊勢物語の趣向や表現が用いられている。（野本）

別当入道山さとにおはする所にたつねまかりたりしにむかしのことゝもなとかたりつゝ哀つきせてかへりての後かれより故院の北山の車なとのみおもかけにこそ立しかとて

有しよの君やかたみにとまるらん待えしまゝにむかしおほえし

〔整定本文〕 別当入道山ざとにおはする所にたづねまかりたりしに、むかしのことゞもなどかたりつゝ、哀つきせでかへりての後、かれより故院の北面の車などのみおもかげにこそ立《たち》しかとて

有《あり》しよの君やかたみにとまるらん待《まち》えしまゝにむかしおぼえし

〔校異〕 〈詞〉○たつねまかりたりしに—宿まかり□□に（静）、宿まかりたりしに（群） ○むかしのことゝも—むかしのことも（松） ○かたりつゝ—かはりつゝ（松） ○かへりての後—かへりて後（下）、帰て後（清、内〈「後」は朱で補入〉、版・群）、帰りて後（国）、帰て（穂・蓬）、帰りて（浦、補入）、かへりて（龍・静） ○故院—古院（松・

静）、藤院《故(朱)》（内）○北山―北山《面》（高）、北面（松・穂・浦・龍・蓬・清・国・静・版・群）〈歌〉○有しよの―有し世の（高・下・蓬・清・国・内・版）、ありし世の（松・静）、有し夜の（群）○待えしま丶に―待《先見》えしま丶に（高）、まつみしま丶に（松・穂・龍）、先みしま丶に（蓬・国・内・群）、先見しま丶に（版）、まつ見しま丶に（清・静）、先みしまえに（浦）○むかしおほえし―むかし覚て（龍）

〔現代語訳〕 別当入道が山里にいらっしゃる所にお訪ね申し上げたところ、昔の事々などを語りながら切なる思いも尽きることないままに帰宅した後、あちらから故院の北面の車などばかりが面影に立ったことでしたがといって

（鳥羽院が）御在世の折のあなたの姿がよすがとしてとどまっているのでしょうか。（あなたを）待ちに待って会うことができたと同時に（鳥羽院に出仕していた）昔が思い出されたことです。

〔語釈〕 **○別当入道** 藤原惟方→人名一覧。**○山ざとにおはする所** 惟方と頼政との贈答を載せる145・618では、惟方が召還された後に住む東山を「山ざと」と記している。ここも同じく東山か。**○むかしのことゞも** 詞書後半の「故院」以下の文意から、惟方と頼政が鳥羽院に出仕していた頃のことを主とする話題であろう。**○故院** 鳥羽院→人名一覧。**○北面の車** 底本・高・下本「北山の車」、その他の諸本は「北面の車」とするが、ともに不詳。ただし、鳥羽院御所の「北面」は頼政も出詠する歌会が催されるなど（鳥羽院北面会、159・347）、「北面」の方が可能性が高いため校訂した。当該歌に「車」に関係する詞があってもよさそうだが、たとえば和歌初学抄「秀句」の「車」の項目（「ヤル　カク」以下三一語を収載）には当該歌に使用する詞は見えない。しかし、「しばぐるまおりたちぬればほととぎすなけどもえこそとまらざりけれ」（有房集・八三）のような例があり、「とまる」が「車」の縁として用いられていると考えてよいであろう。**○有しよの君やかたみにとまるらん** 「有しよ」は鳥羽院の御代。「君」は頼政。「かたみ」は、昔を思い出すよすがで、惟方が目にした現在の頼政の姿。「とまる」は失われたものが何らかの形で眼前にとどまっていること。鳥羽院在世の昔と変わらない頼政の姿が、惟方にとってその昔を思い出すよす

がとなったというのであろう。**○待えしまゝに**　あなたを待って会うことができたと同時に。「待ち得（う）」は、「寄卯花恋」題の「よひよひに待ちえし袖のおもかげをかきねにのこすにはのうのはな」（隣女集・二三七三）のように、待ちに待ってようやくそれが叶う意。底・高・下本以外は「まづ（先）み（見）しまゝに」とし、それだと、まっさきにあなた（頼政）に会ったと同時に、の意。

〔補説〕　惟方は、頼政に会った途端に鳥羽院に仕えた昔が思い出されたと表現する。この贈答によって二人の交流が鳥羽院出仕時代に形作られたことが示唆される。なお681・682にも鳥羽院出仕時の光信との贈答歌がある。

（松本・安井）

かへし

世もかはり姿もあらぬ君なれは我もむかしの形とそ見し

〔整定本文〕　かへし

世もかはり姿もあらぬ君なれば我もむかしの形見とぞ見し

〔校異〕〈歌〉○世もかはり―夜もすから（龍）　○形―形見（高・松・静）、形み（下）、かたみ（穂・浦・龍・蓬・清・国・版・群）、かた見（内）

〔現代語訳〕　返し

（鳥羽院の御世から）御世も変わり、（鳥羽院の御世から）姿も変わったあなただから、（変わりばえのしない）私のことをも昔を思い出すよすがとご覧になったのでしょう。

〔語釈〕　**○世もかはり**　治天の君が鳥羽院から後白河院に替わったことをいう。**○姿もあらぬ君**　「姿もあらぬ（ず）」は、「上陽人」と題した「まゆずみもすがたもあらずなりゆくをいかにかはらぬなみだなるらん」（広言集・

九三）のように、以前とは姿がまったく異なったものになる意。出家した惟方を指す。惟方は永暦元年（一一六〇）三月十一日配流時に出家した（公卿補任）。**○むかしの形見とぞ見し**「形見」は底本のみ「形」とするが、639「かたみ」に照応していると考えられるので、校訂した。「むかしの形見」は鳥羽院時代を思い出すよすがとなる頼政のことで、頼政は鳥羽院時代から変わっていないことを示唆する。「見し」の主語は惟方。

【補説】頼政は、「～もかはり～もあらぬ」という表現で治世も惟方の姿も変わったと述べ、だから変わらない頼政自身を「むかしの形見」と見たのでしょう、と返した。治世の変転とその中で立場を変えざるを得ない人（惟方）に対して、変わらない人（頼政）を対置させた。

（松本・安井）

少輔入道素覚とし比のつまにをくれて歎くときゝてとふらひつかはすとて
程もなきかしらの雪を待なから先に消るを哀とそ思ふ

【整定本文】少輔入道素覚とし比のつまにおくれて歎くときゝて、とぶらひつかはすとて
程もなきかしらの雪を持ながら先に消《きゆ》るを哀《あはれ》とぞ思ふ

【校異】〈詞〉○とふらひ―とふらひに（静）〈歌〉○待なから―持なから（高・下・蓬・清・国・版・群）、もちなから（松・穂・浦・龍・内・静）○哀とそ思ふ―哀とそ思ふ《きく》（高）、あはれとそきく（穂・浦・龍・蓬）、あはれとそ聞（静）、哀とそきく《思イ》（清）、あはれとそきく《思ふイ(朱)》（内）、哀とそ聞《思ふイ》（版）、哀とそきく《とふイ》（国）

【現代語訳】少輔入道素覚が長年連れ添った妻に先立たれて歎いていると聞いて、（弔問のため）見舞いに遣わすということで

（私の方こそ）何ほども残っていない頭の雪（白髪）を持っているのに（年をとっているのに）、（あなたの奥様の方が私より）先に消えてしまったのをお気の毒だと思うことです。

〔語釈〕 **○少輔入道素覚** →人名一覧。**○とし比のつま** 源俊頼女の新少将→人名一覧。**○程もなき** 「かしらの雪」すなわち白髪を修飾し、白髪が短くわずかであることとともに、わずかな雪がすぐに消えるように余命がわずかであることをいう。短かくわずかであることをいう例に「のちおひのつのぐむあしのほどもなきうきよのなかはすみうかりけり」（好忠集・四三六）がある。また時間的な短さをいう例に、「ほどもなきあさがほにおく露の身のなにうきことを思ひしるらん」（散木奇歌集・一二四七）などがあり、無常・はかなさを表象する。**○かしらの雪** 白髪。「雪」と「消る」が縁語。**○持ながら** 底本「待ながら」とあるが、意不通により校訂した。主語は頼政と解した。「めづらしきひかりさしそふさか月はもちながらこそちよもめぐらめ」（後拾遺集・賀・四三三・紫式部）のように、「もち」を「望月」に掛けて「盃」「月」の縁語として詠まれることが多い。平安末期に至って、「藤の花うつれるかげをもちながらしづえを浪の何とをるらん」（林葉集・一七八）、「名にたてる月をば軒にもちながら心にかかる君が宿かな」（林葉集・五〇九）、「さくらばなかかるにほひをもちながら人におとれる身とおもひける」（重家集・三二七）といった、「盃」「月」に必ずしも関わることがなく、「〜を持っているのに〜」という形の用例が現れた。頼政歌も同様で、頼政自身がはかなく消える雪（白髪）を持っているのに、素覚の妻が先立ったことを詠じた。「ながら」は逆説。**○先に消る** 命を露や雪など消えやすいものに喩えたり、比較したりして、それらはかないものより先に死ぬ、あるいは誰かより先に死ぬことを表現する。「朝がほを折りてみんとやおもひけん露よりさきにきえにけるみを」（和泉式部続集・一九四）などのように詠まれる。

〔補説〕 歌林苑などで交流のあった素覚が妻を亡くし、それを見舞った頼政の歌。わずかな白髪の残る頼政自身が先に死なず、素覚の妻が先立ってしまったことに対して哀悼の意を表した。

（安井）

返し

末の露もとの雫はけふならす浮世の上とみるそかなしき

　其後ほともなく入道うせ侍りにける

〔整定本文〕 返し

末の露もとの雫はけふならず浮世の上とみるぞかなしき

　其後ほどもなく入道うせ侍りにける

〔校異〕 〈歌〉○けふならす―けふならむ（穂）〈左注〉○ほとも―ほと丶（下）、程（龍）○入道―入道も（高）、入道に（穂）○うせ侍りにける―うせ侍《り》にける（高）、うせ侍りにけり（蓬）、うせ侍にけり（浦・国・内・静・版・群）、失侍にけり（清）、うせ《侍》にけり（穂）、うせ侍けり（龍）

〔現代語訳〕 返し

末の露と根元の雫は遅速があってもともにはかなく消えるという例は、今回の私の身の上の出来事（妻の方が先に消えたこと）だけではなく、つらい世の中における道理の上のことだとして観るのは悲しいことです。

　その後、ほどなく入道も亡くなりました。

〔語釈〕 **○末の露もとの雫** 「すゑのつゆもとのしづくや世中のおくれさきだつためしなるらん」（新古今集・哀傷・七五七・遍昭）を指す。草木の葉末に宿る露と根元にかかる露は、遅速の差はあってもいずれはともにはかなく消える意の歌で、人に後れあるいは先立つこの世の無常の喩えとして用いる。ここでは、素覚と素覚妻の命を喩え、妻が先に死んだが、すぐに自らも死ぬであろうことを表現する。**○けふならず** 夫婦など親しい間柄にも死に遅速があるのは今回に限ったことではない、との意。初二句を承けながら、四句「みる」に掛かる。**○浮世の上とみる** 親しい間柄にも死に遅速があることを世の中の道理として観じる意。**○其後ほどもなく入道うせ侍りにける**

642の左注。「入道」は素覚➡人名一覧。月詣集に、新少将（月詣集では「をば新少将」とするが誤写か）が亡くなり、その翌春奈良へ下った折の素覚の歌（九八八）と、奈良に下った翌日に素覚が没し、そのつらさを述べる素覚息伊綱の歌（九八九）が載る。また、没した素覚が寂蓮詠「行かへり浦づたひするさよ千鳥明石もすまもかぜや寒けき」（寂蓮法師集・四五）を評価していたことを伝える、伊綱と寂蓮の贈答歌（寂蓮法師集・八〇・八一、同・三三二・三三三）がある。しかし、素覚の没年については最終事跡である承安二年（一一七二）一二月広田社歌合より後としかわからない。なお「ほどもなく」の語は、641初句「程もなき」と呼応させて、贈歌と答歌の関係を緊密にするために左注に記したか。

〔補説〕妻に先立たれた悲しみを見舞う頼政に対して、素覚は、遍昭歌を本歌として、妻と自分とで遅速はあってもいずれ自分もはかなくなることを述べ、夫婦の死に遅速があることを浮世の道理と観じる悲しみを詠じて返した。

（安井）

643

九月廿日あまりのほとに天王寺にまいりて侍しに伊賀入道為業かもとよりてこもりて侍けるかかく聞て
つかはしたりし

君こすは誰にみせまし津の国のなには渡りの秋のけしきを

〔整定本文〕九月廿日あまりのほどに、天王寺にまゐりて侍しに、伊賀入道為業がもとより、こもりて侍けるが、
かく聞てつかはしたりし

君こずは誰に見せまし津の国のなには渡りの秋のけしきを

〔校異〕〈詞〉○もとよりて―もとよりて《ヒ》（高）、もとより（穂・浦・龍・蓬・国・内・静・版・群）、許より（松・清）
○かく―かく《と》（高）、かくと（穂・浦・蓬・清・国・内・版・群）

〔現代語訳〕 九月二十日過ぎの頃、天王寺に参っていたのですが、伊賀入道為業のもとから、籠もっておりましたが、（頼政が）来たと聞いて、よこしました。
（心ある）あなたが来なければ誰に見せたらよいでしょうか、津の国の難波あたりの秋の景色を。

〔語釈〕 **○九月廿日あまりのほど** いつの年かは不明。寂念出家は保元三年（一一五八）以降。**○天王寺** 大阪市天王寺区にある寺。正式名称は四天王寺。聖徳太子創建の寺として平安初期より参詣する者が多く、業平集（一〇四～一〇六）に「天王寺へまゐりて」とする歌群があり、勅撰集では後拾遺集以降、天王寺に関わる詠が見られる。さらに平安末期より往生信仰の寺として多くの参詣者を集めた。**○伊賀入道為業** 寂念↓人名一覧。**○もとより** 底本「もとよりて」は意不通のため他本により校訂した。**○こもりて侍けるがかくと聞て** 為業が天王寺に籠もっていたのだが、頼政が天王寺に来たと聞いて。**○君こずは誰にみせまし** 「君こずは誰に見せましわがやどのかきねにさける槿の花」（拾遺集・秋・一五五・読人不知）の初二句をそのまま使ったもの。**○津の国のなには渡りの秋のけしきを** 津の国の難波周辺の秋の景色を。「こころあらむ人にみせばやつのくにのなにはわたりのはるのけしきを」（後拾遺集・春上・四三・能因）に拠る。

〔補説〕 643から656まで天王寺に関わる贈答歌群が続く。天王寺はもと聖徳太子創建の寺であるが、院政期以降、西門を極楽浄土の東門とし、ここから西方極楽浄土に往生しようとする往生信仰の寺として多くの参詣者を集めた。また、親盛集に見える「鹿声遠聞　天王寺御幸時会」（四四）、「旅宿月　天王寺御幸時会」（四七）と題する詠は、後白河法皇主催のものと思われる（松野陽一『鳥箒』Ｖ歌人考、風間書房、一九九五年）。643は、周知の歌をつなぎ、季を春から秋に変えて、頼政の天王寺参詣を喜ぶ気持ちを伝えようとしたものであろう。特に能因詠によることで、「心ある」頼政こそが天王寺という場を共有するにふさわしい人であることを伝えようとしたもの。

（黒田）

返し

心ある君ましけれはともにこそ難波わたりのけしをはみめ

〔**整定本文**〕 返し

心ある君ましければともにこそ難波わたりのけしきをばみめ

〔**校異**〕 〈歌〉○ともにこそ—▲《と》もにこそ（龍） ○けしをはみめ—きしきをは《も》みめ（高）、けしきをはみめ（下）、けしきをもみめ（松・穂・浦・蓬・清・国・内・静・版）、気色をもみ□（龍）、気色をも《は》みめ（群）

〔**現代語訳**〕 返し

心あるあなたがいらっしゃるのですから、（あなたと）一緒にこそ難波あたりの景色を見ましょう。

〔**語釈**〕 **○心ある君** 情趣を解するあなた。「心あり」には多様な意味があり、恋歌に用いられる場合もあるが、能因の「心あらむ」詠以後、「心」は情趣を解する、の意で、能因詠の「心あらむ」から「心ある人」、又は逆に「心なし」として用いられるようになった。「これやこのこころあるひとのながむべきなにはわたりのはるのあけぼの」（六百番歌合・一一三・春曙・兼宗）、「心ある人いかばかりおもふらん秋の山辺の夜半の鹿の音」（俊成五社百首・四四五）などの詠がある。**○ましければ** いらっしゃるので。和歌の用例は未見。**○ともにこそ** 一緒に。「ともにこそ花をも見めとまつ人のこぬものゆゑにをしきはるかな」（後撰集・春下・一三八・雅正）があるが、用例は多くない。**○けしきをばみめ** 「けしきをもみめ」とする本文が優勢である。「けしきをばみめ」は「けしき」が強調されるが、後掲雅正詠の如く「ともにこそ…もみめ」の方は「ともにこそ」が強調される。

〔**補説**〕 寂念の歌が、「心ある」あなた以外に難波の秋の情趣を解する人はいない、というのに対し、あなたこそが「心ある」人であり、私はそのあなたと共に難波の秋を見ることこそを望んでいるのだ、と返す。贈答の鍵となるのが「心ある」、「ともにこそ」という言葉で、難波の秋の情趣をわかり合える友の存在と、時間を共有できる喜

びが主題となっている。（黒田）

645

又女房大輔かまいりたりけるかかくと聞ていひつかはしたりし

底きよみむすふ亀井の水すみて心のあかをすゝき果ぬる

〔整定本文〕 又女房大輔がまゐりたりけるが、かくと聞ていひつかはしたりし

底きよみむすぶ亀井の水すみて心のあかをすゝぎ果《はて》ぬる

〔校異〕 〈詞〉○女房大輔か―女房大輔（松・穂・浦・龍・静）○まいりたりけるか―まかりたりけるか（穂）、まいりたりけるに（龍）○かくと聞て―方へ（穂）○いひつかはしたりし―つかはしたりし（龍・蓬・内・静）〈歌〉○底きよみ―庭清み（蓬）○すゝき果ぬる―すゝき果つる（松）、すゝきはてつる（穂・浦・龍・蓬・清・国・内・静・版・群）

〔現代語訳〕 また、女房大輔が（天王寺に）参詣していたところ、このように（頼政も天王寺に参詣した）と聞いて言い遣わした（歌）

水底まで清らかなので手にすくい上げる、その亀井の水は澄んでいて、心の垢をすっかりとすすぎ落としたことですよ。

〔語釈〕 **○女房大輔** 殷富門院大輔→人名一覧。**○かく** 643詞書と同じく、九月二〇日過ぎに頼政が天王寺に参詣したことを指す。また、643・644における為業との歌の贈答も指すか。**○底きよみ** 水底まで清らかなので。水が澄んでいて、底まで清らかに見通せることをいう。「白河のしらずともいはじそこきよみ流れて世世にすまむと思へば」（古今集・恋三・六六六・貞文）、「そこきよみながるる河のさやかにもはらふることを神はきかなん」（拾遺集・夏・一三三・読人不知）など、水が澄んで清らかな様子を示す表現である。**○むすぶ** 掬ぶ。水を両手のひらを合わ

せてすくい上げること。「袖ひちてむすびし水のこほれるを春立つけふの風やとくらむ」（古今集・春上・二・貫之）など、和歌での用例は多い。**〇亀井**　天王寺にある井泉の名。金堂の中にある青竜池の水が引かれて、太鼓楼の右に位置する水盤からあふれ出ている。人々はその水で手などをすすぎ、身を清めた。これを詠んだ和歌は「よろづよをすめるかめゐのみづはさはとみのをがはのながれなるらん」（後拾遺集・雑四・一〇七一・弁乳母）など平安期から見られるが、その中でも広く知られた一首が、上東門院彰子が長元四年（一〇三一）九月の天王寺参詣時に詠んだ「濁りなき亀井の水をむすび上げて心の塵をすすぎつるかな」（栄花物語・巻三十一・殿上の花見・三四五）である。栄花物語によれば、「二十九日に還らせたまふついでに、亀井の水のもとに寄らせたまひて、御覧ずるほどに思しめしける」として彰子詠があり、その直後に「と仰せられたりけんも、げにいとをかしくこそ」と評されている。この彰子詠は、金葉集三奏本（五二五）、続詞花集（四六八）、新古今集（釈教・一九二六）に採られるなど、平安末期から鎌倉初期にかけて注目された。当該歌がこの歌を踏まえていることは明らかである。**〇心のあか**　心の垢。心の中の汚れ、すなわち罪障を意味する。仏教語として経典に多く見られる「心垢」を訓読したものであろう。無量寿経では、水は「開神、悦体、蕩除心垢」するものであり、「修己潔体、洗除心垢」することの重要性が説かれる。「心の垢」は、「あさごとにはらふちりだにゐるものをこころのあかはすすぐよもなし」（行尊大僧正集・五七、詞「経ばこのちりの、あしたごとにゐるを見て」）など、行尊の歌に二例見られるのが最も早く、治承二年（一一七八）の別雷社歌合では、「述懐」題で「みたらしや清きながれにいぐしたて心のあかをいかですすがん」（一二八・俊恵）、「御手洗の清きながれにすすがれて心のあかは残らざらなん」（一四〇・資隆）の二首に詠まれている。なお、当該歌では「閼伽《あか》」が「井」の寄せとなっている。**〇すゝぎ果ぬる**　すっかりとすすぎ落としたことだよ。「ぬる」は完了の助動詞「ぬ」の連体形。

〔補説〕　643から続く天王寺関連詠の三首目。先に天王寺に参詣していた殷富門院大輔が、頼政がやって来たことを聞いて詠み送った歌。前述のように、栄花物語等に引かれる上東門院彰子詠を踏まえつつ、天王寺の亀井の水はす

つきりと罪障を洗い流し、極楽往生を願う心を清める働きがあるのですよ、とその効能を説いている。（錺）

返し

手にむすふ亀ゐの水は西の海もわたす心をすゝめさらめや

【整定本文】 返し

手にむすぶ亀ゐの水は西の海もわたす心をすゝめざらめや

【校異】 ◇詞・歌ヲ欠ク（蓬・清・内・版）〈歌〉○西の海も―面《西歟》の海も（高）、にしの海を（龍）、西の海に（静）○すゝめさらめや―すゝかさらめや（穂・浦・龍・静）◇前歌ト次歌ノ間ニ詞・歌ヲ朱デ補入シ、末尾ニ「塙本」ト注記（国）

【現代語訳】 返し

手にすくい上げる亀井の水は、（仏が）西方浄土へ続く海をも渡す心をいっそう促さないことがあるでしょうか。（きっと促すことでしょう。）

【語釈】 **○西の海** 西方の海。この場合は、西方浄土へと続く海のことをいう。当時、天王寺の西門の目の前には海が広がっており、海の向こうに沈みゆく夕日を拝して極楽往生を願う日想観を行なうために多くの人々が参詣した。天王寺における日想観を詠んだ歌として、同時代の後白河院京極の「おいののち天王寺にこもりゐて侍りける時、ものにかきつけて侍りける」と詞書にある「にしのうみいる日をしたふかどでしてきみのみやこにとほざかりぬる」（新勅撰集・釈教・六二三）が見られ、天王寺における「西の海」は日想観を強く思わせる語となっている。また、金葉集には「屏風絵に天王寺西門に法師のふねにのりて西ざまにこぎはなれいくかたかきたるところをよめる」という詞書の「あみだぶととなふるこゑをかぢにてやくるしきうみをこぎはなるらん」（雑下・六四七・俊頼）

もあり、天王寺西門が西方浄土へ向けた出発点として機能していたことがわかる。**〇わたす心**　「わたす」は済度の意で、仏あるいは菩薩が衆生を救い、悟りの世界へ導くこと。この場合は、仏の力で迷える衆生を導き、彼岸へと渡すことである。つまり、「わたす心」とは、仏や菩薩が衆生を西方浄土へと往生させようとする救いの心をいう。「たれもみなわたすこころをはしとしてかみなきみちにすすむなりけり」（教長集・八七五・増進仏道楽）の例がある。**〇すゝめざらめや**　反語表現。促さないことがあろうか、いや促すことだ。「すすむ（勧む・奨む・薦む）」は、他動詞で下二段活用。他に働きかけて、促すこと。当該歌では、仏あるいは菩薩が衆生を西方浄土へ送り渡そうとする心がいっそう亢進する意を表す。なお、「すゝがざらめや」という他本の本文を採ると、「亀井の水」が衆生の心を濯ぐ意となる。

〔補説〕　頼政の返歌。殷富門院大輔の前歌に呼応し、亀井の水が極楽往生を願っている自身の心にも効能があるに違いない、と詠む。頼政が日想観を行うために天王寺へ参詣したことは、当該歌から明らかであろう。前歌で触れた栄花物語（巻三十一・殿上の花見）でも、長元四年（一〇三一）における上東門院彰子の天王寺参詣の記事に「西の時ばかりに、天王寺の西の大門に御車をとどめて、波の際なきに西日の入りゆくをりしも、拝ませたまふ。何の契にかも残りてと、めでたくこそ」とあり、当時の人々が西方浄土に最も近い場所として天王寺を目指したことが知られる。（錺）

647

このことを伊賀入道聞ていひつかはしける

西の海に渡す心の月の舟亀ゐよりこそ澄はのぼらめ

〔整定本文〕　このことを、伊賀入道聞《きき》て、いひつかはしける

西の海に渡す心の月の舟亀ゐよりこそ澄《すみ》はのぼらめ

〔校異〕〈詞〉○聞て―聞（浦）〈歌〉○澄はのほらめ―澄は《ヒ》のほ《ル》らめ（高）、澄《はイ》のほる《イニナシ》らめ（群）、澄のほるらめ（松・国・版）、すみのほるらめ（穂・龍・蓬・清・静）

〔現代語訳〕このことを、伊賀入道が聞いて、言い送ってきた歌

西方極楽浄土へと済度する、私の道心を乗せた月の船は、他ならぬまさにこの亀井から、清らかに澄んで昇り、出航していくことでしょう。

〔語釈〕○このこと　頼政と大輔が交わした贈答（645・646）。○伊賀入道　藤原為業、寂念→人名一覧。○西の海に渡す心の　大輔に頼政が送った646歌の表現を受ける。句がまたがるが「心の月」は、「へだてなき心の月はむらさきの雲とともにぞ西へゆきける」（基俊集・八七）、「おもひしる心のつきしすみゆかばさりともにしへいらざらめやは」（宝篋印陀羅尼経料紙和歌・五）と歌われるように、自身の道心を含意している。○月の舟　月を舟に見立てる表現は、人麻呂歌集歌「天海丹《アメノウミニ》　雲之波立《クモノナミタチ》　月船《ツキノフネ》　星之林丹《ホシノハヤシニ》　榜隠所見《コギカクルミユ》」（万葉集・巻七・一〇六八）など、万葉に三例（他二例は巻七・一二九五、巻十・二二二三）見えるが、一二世紀の作例には「つきのふねくもにかくるるゆふぐれはわたせも見えぬかつらがはかな」（粟田口別当入道集・一五八）、「つきのふねあまのかはべにさしのぼりくものなみわけよをわたるかな」（中御門大納言殿集・七）が検索できる程度である。万葉集の表現摂取と言えるが、当該歌が「九月廿日あまりのほど」（643詞書）の詠であってみれば、有明月の頃であり、実際に舟のように見える月を想起して作っているものと思われる。○亀ゐ　大輔・頼政の贈答で核となった亀井を持ち出したもの→645。○澄はのぼらめ　「すみのぼるらめ」の本文をもつ伝本が多いが、解釈は可能なので、底本のままとした。係助詞「は」が付く位置によって、強調される部分が相違する。底本本文だと、「澄む」が特に強調されることになる。また、推量の助動詞が「む」か「らむ」かでも差異が生じる。「すみのぼるらめ」の本文だと、「今、澄んで昇っていることでしょう」の意となる。「のぼる」は、月が昇る意に、舟が遡航する、あるいは都へ向かって出航する（当該歌の場合は浄土へ出発する）の意が掛けられている。なお「澄」は「ゐ（井）」と縁語になる。

〔補説〕　天王寺における寂念・大輔・頼政の、社交挨拶の和歌応酬中の一首で、寂念から頼政へ送られたもの。上東門院の歌を踏まえた、頼政への大輔返歌の表現を受けて、「西の海もわたす」ものは「舟」であると連想、万葉集の「月の舟」に「心の月」を絡めて仕立てた。九月下旬、有明月の頃であることからも、「月の舟」の表現は適切である。「海」「渡す」「のぼる」は、「舟」と縁語を形成する。亀井を持ち出すのは頼政と大輔の贈答を受けたからだが、「澄む」は645頼政歌から取り、縁語としている。頼政と大輔との贈答は、おそらく頼政から寂念へと披露されたのであろう。このように前歌の表現を織り込むことで、和歌の社交が成立するのである。（兼築）

かへし

我心亀ゐにすめと西へ行月の舟にそのりうつりぬる

〔整定本文〕　かへし
我心《わがこころ》亀ゐにすめど西へ行《ゆく》月の舟にぞのりうつりぬる

〔校異〕　〈詞〉○かへし―返し歌（内）、返歌（松・穂・浦・龍）〈歌〉○うつりぬる―うつりぬれ（内）、帰《移イ》りぬる（群）、かへりぬる（蓬）、「帰りぬる」（清・国・版）

〔現代語訳〕　返し
私の心は、亀井に住んで澄んでいたけれど、西の極楽浄土の方へ行く月の舟に、もう乗り移ってしまいましたよ。

〔語釈〕　**○すめど**　「住め」と「澄め」を掛ける。**○西へ行月の舟**　「月の舟」↓647。月は西へ渡っていくので、比喩としても明快である。**○のりうつりぬる**　「のりかへりぬる」の本文を持つ伝本が存する。「のりかへる」では意味不明で、「すむ」との対応から「うつる」と表現したと解するのが妥当である。変体仮名の字母で示せば、「宇川」が「可部」に誤写された可能性が想定できるだろう。「うつる」は「西へ行く舟」の縁語となる。「のりうつる」は、和歌には珍しい表現だが、六百番歌合の寄遊女恋で顕昭が舟君を詠んだ「あしまわけ月にうたひてこぐふねにこころぞまづはのりうつりぬる」（一一四一）がある。

〔補説〕 頼政の返歌。寂念の贈歌を受け、自分の「心」はもうその「月の舟」に乗り込んだと言い、一刻も早く西方極楽浄土へ往生したい思いを抱いていることを、大袈裟に強調してみせた。気のおけない歌人同士の、親しい応酬といえる。（兼築）

又これより入道のもとへつかはしける
もろともにいさ、はゆかん極楽のかとむかひなる所なりけり

〔整定本文〕 又これより入道のもとへつかはしける
もろともにいざ、はゆかん極楽のかどむかひなる所なりけり

〔校異〕 〈歌〉○かとむかひなる―かとむかひな《す》る（高）、かとむかひする（下・穂・浦・龍・蓬・清・国・内・静・版）

〔現代語訳〕 またこちらから入道の許へ贈った（歌）
（私と）一緒に（あなた、寂念も）さあ、それならば行きましょう。（何しろここ四天王寺の西門は）西方極楽浄土の（東門）と門同士が向かい合っているところなのですよ。

〔語釈〕 **○又** 頼政が一首前の648に続けて、もう一首、寂念に対して詠みかけたことを示している。**○これより** 頼政から。**○入道** 寂念→人名一覧。**○もろともにいざ** 「もろともに」は、一緒に、揃って、の意。「いざ」は「さあ」と呼びかける意の感動詞。後撰集の朝忠詠「もろともにいざといはずはしでの山こゆともこさむ物ならなくに」（恋五・九六二）以来、定型的に「もろともにいざ〜」と二語を合わせて詠む場合が多い。当該歌の場合は、

寂念による前歌を承けて、頼政と寂念で、さあ一緒にと、頼政が呼びかけている。**○さはいかん**　それならば行こう、の意。「さ」は、寂念の647歌で、心を西方極楽浄土に向かわせる、と言ってきたことを指している。**○極楽の**「極楽」について、直前の贈答歌では「西」と間接的に表現していたが、当該歌では直接的に表現している。拾遺集の仙慶詠「極楽ははるけきほどとききしかどつとめていたるところなりけり」（哀傷・一三四三）など、用例は少なくない。**○かどむかひなる所なりけり**「かどむかひ」は大変珍しい表現。当該歌のほかは、この天王寺歌群中の653で、やはり頼政が用いているのみ。ただし行尊大僧正集には「天王寺西門にて」という詞書の「へだてなくにしへゆくべきしるしにはむかへるかどにまづといりぬる」（三五）とあり、この「むかへるかど」を踏まえていようか。また梁塵秘抄には「極楽浄土の東門《とうもん》は　難波《なには》の海にぞ対《むか》へたる　転法輪所《てんぽふりんしよ》の西門《さいもん》に　念仏する人参れとて」（二七六）という今様が見える。「転法輪所」は天王寺のこと。これによって、極楽浄土の東門と天王寺の西門とが向かい合っていたという認識が、当時存したことが知られる。こうした例から、当該歌の「かどむかひなる所」についても、ここ天王寺の西門は、極楽浄土の東門と、門同士向かい合っているところ、と解されよう。なお「かどむかひなる」の「なる」は、下本ほか多数の伝本において「する」となっている。その場合は「門向かいしている」の意となるが、断定の助動詞「なる」でも意は通じるため、底本のままとした。「所なりけり」は、前項で引いた仙慶詠からの摂取であろうか。

〔補説〕　天王寺の西門が西方極楽浄土への出立地と見なされていたことについては、新勅撰集の「天王寺の西門にてよみ侍りける」という詞書の郁芳門院安芸詠「さはりなくいる日を見てもおもふかなこれこそにしのかどでなりけれ」（釈教・六二二）などからも窺える。またその西門が極楽の東門と向かい合っていたと認識されていたことについても、〔語釈〕で述べたとおりである。当該歌の「門向かひ」という表現は大変珍しく、かつ凝縮されたものと言えるが、それも上述のような認識が広く共有されていたからこそ、用い得たのであったろう。

（久保木）

650

返し

沖津浪君先たてゝ清海の舟出いそかんものゝかとより

〔整定本文〕 返し

沖津浪君先だてゝ清海《きよき》の舟出いそがんにしのかどより

〔校異〕 〈歌〉○君―君（岩）（国） ○清《キ》海―清海（高）、青海（下）、清き海（松・清・国・内・版・群）、よき海（穂・浦）、よきのうみ（龍）、清きうみ（蓬）、きよき海（静） ○ものゝかと―ものゝ《にしの》かと（高）、にしのかと（穂・清）、西のかと（浦）、西の門（龍・蓬・国・静・版）、にしの門（内・群）

〔現代語訳〕 返し

沖津浪を立てて、あなたを（案内人として）先に行かせて、（その先に西方極楽浄土がある）清らかな海への船出を急ごう。（天王寺の）西の門から。

〔語釈〕 **○返し** 寂念の返歌。**○沖津浪** 沖に立つ浪。古今集の伊勢による長歌「おきつなみ　あれのみまさる　宮のうちは　としへてすみし　いせのあまも　舟ながしたる　心地して…」のように、荒い波という認識があった。**○君先だてゝ** 「君」は頼政。「先立てゝ」は、先に行かせる意の他動詞。続詞花集の「遠尋山花」題で詠まれた俊成（顕広）の「面影に花のすがたをさきだてていくへこえきぬ峰の白雲」（春下・五〇）など、特に頼政の同時代、好んで用いられた表現。頼政自身、359でも詠んでいる。当該歌では「浪」「船出」とともに用い、あなた（頼政）を言わば水先案内人にして、と言っている。なお「先立てゝ」の「立て」には、沖津浪を立てる、の意も含まれる。**○清海の** 下本「青海の」、松本ほか「清き海の」、穂本ほか「よき海の」といった異同がある。極楽に向かう船であれば、異同の中でも多数派の「清き海の」の方が、歌意としてもより整合しよう。ただし「清き海」という用例は当該歌以外には見当たらない。**○舟出いそがん** 主語は寂念。頼政のあとに続いて、急ぎ舟出しよう、という。

○にしのかどより　底本「もの、かとより」。頼政以前では、嘉言集の「ある人の、ゐ中へくだるに」という詞書に基づく「なげけどもものかどでのゆゆしきにつれなきかほもつくるなるかな」（五八）という一首が孤例である。一方、穂本ほかでは「にしのかと」とある。頼政の贈歌との対応からすれば、「西の門」の本文の方が適切なため、校訂した。

〔補説〕　天王寺の西門と西方極楽浄土の東門とが向かい合っていたと言っても、当然海で隔てられているわけである。よって、例えば金葉集の「屏風絵に天王寺西門に法師のふねにのりて西ざまにこぎはなれいくかたかきたるところをよめる」という詞書の俊頼詠「あみだぶととなふるこゑをかぢにてやくるしきうみをこぎはなるらん」（雑下・六四七）という一首もあるように、船出をして向かわなければならず、かつそれは険しい航路であった。当該歌の初二句「沖津浪君先だてゝ」は、そのように荒い沖津波の立つ航路であるから、年配者であり経験を積んでいる頼政に先導してもらいたい、という気持ちを込めての表現かとも思われる。その海は、上掲俊頼詠では「くるしきうみ」（苦しみの絶えない世の中を喩えた「苦海」という仏教語を和語化したもの）とされているが、当該歌では「清海」と表現している。　（久保木）

651

其後入道のほりぬと聞て暁におひてつかはしけるわたのへのにて舟にのるところにてそよみ侍りける

都へは我はいそかすなはの海のかなたの岸へゆかまほしさに

〔整定本文〕　其後《のち》入道のぼりぬと聞《きき》て、暁におひてつかはしける、わたのべにて、舟にのるところにてぞよみ侍りける

都へは我はいそがずなはの海のかなたの岸へゆかまほしさに

〔校異〕　〈詞〉○わたのへのにて―わたのへにて《ヒヒ》《の》（高）、わたのへにて（下・松・群）、わたのへの（龍）、わたへの

（蓬・清・国・内・静・版）　○のるところ―のる所（松・穂・龍）、乗所（浦・蓬・清・国・内・版・群）、のり所（静）
○よみ―み《よイ》（群）、見（穂・浦・龍・清・静）、み（蓬・国・内・版）〈歌〉○都へは―都へは《か》（高）、都へか（穂・浦・龍・清・国・静・版）　○かなた―かなた《（たな）》（松）　○ゆかましさに―ゆかまほし□に（龍）、ゆかましものを（静）

〔現代語訳〕　その後、入道が都にのぼったと聞いて、暁に追って遣わした（私の歌を）、渡辺で、舟に乗るところで（入道が受け取って）読みました（その私の）歌に

都へは私はいそぎません。難波の海のずっとむこうの岸へ行きたいと思いますので。

〔語釈〕　**○入道**　寂念→人名一覧。**○おひてつかはしける**　入道のあとを追いかけて使いを遣わしたことを指す。**○わたのべにて**　底本「わたのへのにて」とある。淀野のように水辺の地名に野が下接する例があることから或いは古くは「わたのべの」と言われたかとも考えられるが、他例が確認できないため校訂した。「わたのべ」は摂津国の歌枕。現在の大阪市中央区天満橋周辺。旧淀川（現、大川）河口に開けた地で、頼政配下の渡辺党の本拠地→323。**○舟にのるところにてぞ**　「ところ」は時点、場所のどちらでも解釈できる。詞書に「暁におひて」とあることから、ここでは、早朝出立した使者がぎりぎりで入道が舟出する前に到着し頼政の歌が無事に届いたという緊迫した情景と解した。「ぞ」で意味を強める。**○よみ侍りける**　入道が頼政からの文を読みましたの意。他本の「み侍りける」によると、入道が頼政からの文を見ましたの意となる。**○我はいそがず**　650で頼政を先達にして西門からの「舟出いそがん」と歌いながらも、今、ひとりで都に向かおうとしている寂念に対して、自分は都へは急がない、と詠じる。**○なはの海**　難波の海のこと→96。**○かなたの岸**　彼岸。到り着くべき仏教的な悟りの境地。四天王寺の西門から西方浄土へ通じるという考えにより、都へ向かう舟出をする寂念に対し、頼政の心は、都ではなく彼岸へ向かうことを望んでいると詠じた。

〔補説〕　651・652は643詞書で示される天王寺詣を終えた寂念が都に戻る際のやりとり。651は頼政の作で、都に戻り行く寂念に送り届けたもの。詞書によれば寂念は「わたのべ」の舟着き場でこれを見た、という状況となる。都へ帰

る寂念に対して自身は「なはの海のかなたの岸」を希求する心を持っていることを明確に示す。（藏中）

652

返し

かの岸へゆかまほしさは我もあれは都のかたはいそかれぬかな

〔整定本文〕 返し

かの岸へゆかまほしさは我もあれば都のかたはいそがれぬかな

〔校異〕 ナシ

〔現代語訳〕 返し

彼岸へ行きたい気持ちは（あなた同様に）私もあるので、特に都の方へと、はやる心はないことですよ。

〔語釈〕 **○かの岸へゆかまほしさは** 651の下句をそのまま承ける。**○我** 寂念↓人名一覧。**○都のかた** ↓327。「住吉の岸見えぬまでなみ寄れる都の方も忘れぬるかな」（栄花物語・第三十一・殿上の花見・三五四・小弁）のような詠じ方もあるが、ここでは「かの岸」と「都のかた」を引き比べる。**○いそがれぬかな** 自ら進んで行こうという気持ちではない。

〔補説〕 通常、「みやこの方」は旅中の人の心から離れないものであるが、ここでは頼政同様に西方浄土を志向する心の方がまさっていることを詠む。（藏中）

ことはといふ歌うたひ念仏所にて夜もすから歌うたひきかしといふ朝経よみなとせしを伊賀入道聞て興に入て我門といふ催馬楽うたひなとして忘かたくしておもひ給ふことをかとむかひなとよみ侍しことなとを出られけるにやのほりて後入道のもとより歌三首をよみてつかはしたりける

行安くつとめてゐたるこくらくの門むかひこそ思ひてらるれ

〔整定本文〕 ことぢといふ歌うたひ、念仏所にて夜もすがら歌うたひ、きりじといふ、朝、経よみなどせしを、伊賀入道聞て興に入て、我門《わかかど》といふ催馬楽うたひなどして、忘がたくしておもひ給ふことを、かどむかひなどよみ侍しことなどを思ひ出《いで》られけるにや、のぼりて後、入道のもとより、歌三首をよみてつかはしたりける

行《ゆき》安くつとめてゐたるごくらくの門《かど》むかひこそ思ひでらるれ

〔校異〕〈詞〉○ことは―ことは《ち》（高）、ことち（穂・浦・龍・蓬・清・国・内・静・版・群）、言葉（松）○歌うたひ―歌（一字分アキ）たひ（下）○歌うたひ―歌うたひて（穂・浦・龍・蓬・国・内・静・版・群）、歌謡て（清）○きかし―きりし（穂・浦・蓬・清・国・内・静・版・群）、きらし（龍）○朝―あさ（松・穂・浦・龍・蓬・清・国・内・版・群）○興―けう（下・蓬・清・内・静・版）、けふ（松・穂・浦・龍）、けう《興(朱)》（国）○我門―我心（浦）、わか門○《へいらんイ(朱)》といふ（内）○催馬楽―催馬楽《サイハラ(朱)》（国）○うたひなとして―かたらひなとして（内）○おもひ給ふ―おもふ様の（松）○かとむかひなと―かとむかひと（穂・浦）、門むかひと（龍・清・国・内・静・版・群）○出られける―思いてられける（穂・浦）、思ひいてられける（蓬・内）、思出られける（清）、思ひ出られける（国・版・群）、おもひ出られける（静）○のほりて後―のほりて彼（松）○歌三首を―歌三首（龍・蓬・清・国・内・静・版・群）○つかはしたりける―つかはしける（内）〈歌〉○つとめてゐたる―つとめてゐ《い》たる（高）、つとめていたる（穂・龍・清・静）、つとめて至

る（松）　○思ひてらるれ―思ひてらるれ《出けれ》（高）、おもひ出けれ（蓬・群）、おもひいてけれ（清・内）、思ひいてけれ（静）、思ひ出けれ（国・版）

〔現代語訳〕「ことぢ」という歌うたいが念仏所で一晩中歌謡を歌い、「きりじ」という（者）が、朝、経を読みなどしたのを、伊賀入道は聞いて面白がり、「我門」という催馬楽を歌いなどして、（その経験を）忘れ難いこととして思っていらっしゃったのを、（私が四天王寺において）「門向かい」などと（歌を）詠んだことなどを思い出されたのだろうか、帰京して後、伊賀入道の許より、歌三首を詠んで贈ってきた

往生しやすく、（念仏に）勧めておりました、極楽の門向かい（にあるという四天王寺）こそ、思い出されることですよ。

〔語釈〕　**○ことぢ**　底本「ことは」だが、655に「ことぢ」と見えるので、他本に拠り校訂した↓人名一覧。**○歌うたひ**　歌謡にすぐれた者。四天王寺で活動する女性芸能者か。**○念仏所**　念仏を唱える場所。「四天王寺縁起」や「天王寺誌」（一八世紀初頭に成立。棚橋利光編『四天王寺史料』清文堂、一九九三年）には記載がないが、『又続宝簡集』所収「御室御所高野山御参籠日記」久安五年四月三日条に「申刻到窪津、秉燭天王寺、以北念仏所為宿所」（『大日本古文書』家わけ第一高野山文書之四）と見え、その存在が確認できる。**○きりじ**　底本「きかし」だが、654に見える「きりじ」はこの人物を指すと考え、他本に拠り校訂した↓人名一覧。**○朝**　「ことぢ」が一晩中歌謡を歌い、朝になって「きりじ」が経を読んだと解して現代語訳を付した。管見の伝本はすべて「朝」または「あさ」だが、経を読むことに優れた「きりじ」を「あま（尼）」と表現していた本文が、「あさ」と誤写された可能性も考えられる。**○伊賀入道**　寂念↓人名一覧。**○我門**　催馬楽の曲名。歌詞は「我が門に　我が門に　上裳の裾濡れ　下裳の裾濡れ　朝菜摘み　夕菜摘み　朝菜摘み　朝菜摘み　夕菜摘み　我が名を知らまくほしからば　御園生の　御園生の　御園生の　御園生の　菖蒲の郡の　大領の　愛娘と言へ　弟娘と言へ」である。天王寺の西門が極楽の東門に接しているという場所柄から、題目に「門」の字の入る当該曲が連想されたか。「ことぢ」「きりじ」の二人の芸能者を、

歌詞に見える「愛娘」「弟娘」に見立てて詠み掛けたとも考えられる。**〇かどむかひなどよみ侍し**　↓649。**〇思ひ出られける**　底本「出られけるにや」では意不通である。他の伝本は表記は区々ながら、「出られける」の上に「思ひ」「おもひ」を有するものが多い。ここでは国・版・群本の表記に従って校訂した。**〇行安く**　用例の少ない表現だが、新和歌集に「ゆきやすき道と知りぬる心こそやがて浮世のほかにすみけれ」（三九〇・普往生観・頼観）、「行きやすき道にも人をさきだててあとをたづぬる程ぞかなしき」（四七一・蓮生）のように見える。蓮生の歌は、その母の念仏臨終を聞き知った信実からの哀悼の歌に答えたもので、「易行」たる念仏による往生を「行安し」と表現したものと思われる。**〇つとめてゐたる**　「つとめていたる」とする伝本も少なくない。ここでは底本本文に従い、「念仏に専心していた」意と解したが、「つとめていたる」の本文に就くと、「つとめて」も詞書の「朝」を反映して「早朝」の意を含むこととなり、「ことぢ」「きりじ」の声わざを堪能した早朝の心境を「極楽に至った」と言いなしたものと解せる。その場合、「行安く」も念仏により極楽往生が平易に叶う意ではなく、「なるほど、極楽の門向かいだけあって、〈極楽の境地〉にもこんなにたやすく到れることだ」と戯れて言った表現となる。

〔補説〕　帰京の後も四天王寺行を忘れ難く思う寂念が頼政に贈った三首中の一首。四天王寺を表現するのに頼政が用いた、「極楽の門向かい」の語をそのまま詠み込み、楽しかった旅の経験を反芻し共有しようとする姿勢が読み取れる。（中村）

思ひてや秋のきりしかのちのこゑ立ゐにつけて忘やはする

〔整定本文〕
思ひ出《いづ》や秋のきりじがのりのこゑ立《たち》ゐにつけて忘《わすれ》やはする

〔校異〕　〈歌〉〇思ひてや―おもひ出や（下・松）、おもひ出や《やれ》（高）、思ひいつや（群）、思やれ（浦・清）、思ひやれ

（静）、思ひやれ《出やイ》（国・版）、おもひやれ（穂・龍・蓬）、おもひやれ《出や(朱)》（内）　○秋のきりしか―秋のきりしか《の》《ヒ》（高）、秋のきりしの（穂・浦・龍・清・静・群）、あきのきりしの（蓬）、秋のきりしの《いつの日きりのイ》（国・版）、秋のきりしの《いつのかきりのイ(朱)》（内）　○のちのこゑ―の《法》《ヒ》のこゑ（高）、のりのこゑ（穂）、法のこゑ（浦・龍）、法の声（蓬・清・国・内・静・版・群）

〔現代語訳〕

（あなたは）思い出しますか、秋に聞いた「きりじ」の経を読む声を。日常のあれこれにつけて、忘れることができるでしょうか（いやできません）。

〔語釈〕　**○思ひ出や**　底本「思ひてや」だが、思い出を共有しようと頼政に呼びかける初句切れの表現と見て、他本に拠り校訂した。**○秋のきりじ**　「きりじ」は女性芸能者の名↓人名一覧。この四天王寺行が九月二十日余の出来事であることを反映し、「秋の霧」を映像的に喚起する表現。**○のりのこゑ**　底本「のちのこゑ」だが、「きりじ」が経（法《のり》）を読んだことを受けると解し、他本に拠り校訂した。**○立ゐ**　立ったり座ったりするような日常の動作。帰京後の生活を示す。「霧」と「立ち」が縁語。「秋霧」と取り合わせた作に、「秋ぎりのはるる時なき心にはたちゐのそらもおもほえなくに」（古今集・恋二・五八〇・躬恒）、「秋ぎりのたちゐにつけてまちしかどあふみのうみの心ちせしかな」（祐子内親王家紀伊集・二九）がある。

〔補説〕　経を読むことが芸能の一つであったことについては、柴佳世乃『読経道の研究』（風間書房、二〇〇四年）に詳しい。「きりじ」も四天王寺に住する女性芸能者だったのだろう。

（中村）

すみのほるよるのことちは松風を聞心ちして身にそしみにし

〔整定本文〕

すみのぼるよるのことぢは松風を聞《きく》心ちして身にぞしみにし

【校異】◇歌ヲ欠ク（松）〈歌〉○しみにしーしみける（清・国・版）、しみける《にし》（群）

【現代語訳】

澄んで（高く空に）響く、（夜の琴ならぬ）夜の「ことぢ」（の歌声）は、松を吹き渡る風を聞いているような気分がして、身に沁みて感じられたことですよ。

【語釈】○すみのぼる　頼政集では263・647に見えるが、いずれも澄んだ光の月が空高く昇る意で用いる。楽器の音が冴えて高く響く意に用いた作に、「ことのねは月のかげにもかよへばやそらにしらべのすみのぼるらん」（金葉集・雑上・五四三・越後）等があり、人の歌声の美しさを述べるのに用いた例も、「おもしろしもののねよりも月かげにあさくらしもぞすみのぼりける」（為忠初度百首・五二三・月前神楽・忠成）のように、数は少ないが存在する。ここでは「ことぢ」の歌声の素晴らしさを示す。○よるのことぢ　653詞に見える、「ことぢ」が一晩中歌ったことを受ける。「ことぢ」は女性芸能者の名→人名一覧。李嶠百詠「風」題に見える、「松声入夜琴」の詩句を意識した表現か。○松風を聞　前掲の百詠詩句や、これを歌題とする「ことのねに峯の松風かよふらしいづれのをよりしらべそめけん」（拾遺集・雑上・四五一・斎宮女御）の作による、琴の音と松風の響きを似通うものとする詠み方を踏む。

【補説】女性芸能者の歌声を「すみのぼる」と表現した例は、更級日記の中の足柄山で出会った遊女を描写した箇所に、「声すべて似るものなく、空にすみのぼりて、めでたく歌をうたふ」と見える。（中村）

返事三首を一首にかきて

琴のねもきかしかのかも立聞し我ことをさへ我そ忘ぬ

【整定本文】返事、三首を一首にかきて

琴のねもきりじがのりも立聞《たちきき》し我《わが》ことをさへ我《われ》ぞ忘《わすれ》ぬ

〔校異〕〈詞〉○返事―返歌（高・下・松・穂・浦・蓬・清・国・内・静・版・群）▽三首返歌に（龍）〈歌〉○きかしかのかも―きか《り》《ヒ》しかのか《り》《ヒ》も（高）、きりしかのかも（松）、きりしかのちも（穂）、きりしかのりも（蓬・国・静・版・群）、きりしか法も（浦・龍）、きりしかのりも《かさりしかもイ(朱)》（内）

〔現代語訳〕返事、三首（分の返歌）を一首に（まとめて）書いて

「ことぢ」の歌声も、「きりじ」の（読む）経も（覚えていますが）、立ち聞いていた私自身のことまでも、私の方は忘れておりませんよ。

〔語釈〕**○琴のね**「ことぢ」の歌声。**○きりじがのりも** 底本「きかしかのかも」では意不通。654の「きりじがのりのこゑ」を受けた表現と見て、他本に拠り校訂した。

〔補説〕「きりじ」「ことぢ」の芸能を側近くで堪能したのは寂念だけであり、頼政はそれを立ち聞いたのみであったらしい。二人の芸能の素晴らしさを忘れられないと詠み贈ってきた寂念に対し、頼政は自分が立ち聞くだけであったことも忘れられないと皮肉ってみせた。（中村）

有人のもとに千鳥をつかはすとて申つかはしける

是をみよ人もさこそはつまこふる春のきゝすのなれる姿を

〔整定本文〕有人《ある》のもとに千鳥をつかはすとて申つかはしける

是をみよ人もさこそはつまこふる春のきゞすのなれる姿を

〔校異〕〈詞〉○もとに千鳥を―もとよりちとりを（穂）、もとより千鳥を（浦・蓬・静）、許より千鳥を（龍）、もとより《にきしイ》千鳥を（国・版）、もと《にきしイ(朱)》より千鳥を（内）、もとにきしを（清・群）○申―いひ（穂）

〔現代語訳〕ある人のもとへ千鳥を贈るということで申し遣わしました

これをご覧ください。人もそのように愛する者を恋い慕い（命を失うでしょう）、妻を恋い慕った春の雉のなれの果ての（この冬の千鳥の）姿を（私だと思ってご覧ください）。

〔他出〕 殷富門院大輔集・二〇二・よりまさ三ゐ、三句「つまごひに」、五句「なれるすがたよ」。

〔語釈〕 **○有人** 未詳。頼政歌の内容からすると女性か。**○千鳥をつかはす** 清・群本には「雉をつかはす」とあるが、底本以下多くは「千鳥」とする。清本等は歌の「雉」に引かれた改変の可能性もあるため校訂はしなかった。なお、業平集（九）や実方集（五八、七一）など、贈答品としての雉の例は多いが、千鳥を贈る例は他に見られない。**○是をみよ** 後撰集の「物いひける女に、せみのからをつつみてつかはすとて」という詞書をもつ「これを見よ人もすさめぬ恋すとてねをなくむしのなれるすがたを」（恋三・七九三・重光）に拠る表現。贈った品物を見るように促す。**○つまこふる春のきゞす** 「春ののにあさるきぎすのつまごひにおのがありかを人にしれつつ」（拾遺集・春・二一・家持）以来、春の雉は配偶者を恋い慕うものとされ、「あきのしかはるのきぎすにあらなくにのべにたつまのこひしきやなぞ」（江帥集・二七九）のように秋の鹿と並び称されることもあった。なお「つまこふる」は、「春のきゞす」を修飾するとともに「さこそは」を受ける。**○なれる姿を** なれの果ての姿を。前掲後撰集歌（七九三）に拠る表現。目の前の事物に、恋の物思いによって衰弱し果てた我が身の姿を重ね合わせ、思いの深さを訴えている。

〔補説〕 冬の鳥である千鳥を、春の雉が恋の苦悩に苛まれた果ての姿と言い表し、鳥の名に言寄せた恋歌のような趣向で仕立てて、相手の反応をうかがったもの。一首の構造は後撰集「これを見よ人もすさめぬ恋すとてねをなくむしのなれるすがたを」（恋三・七九三・重光）に拠る。後撰集歌が、蝉の抜け殻に激しい恋情によって死に至る我が身の果てを想像させるのに対し、頼政は、春の野で妻を恋い慕っていた雉と相手を恋い慕う我が身を重ね、さらに雉のなれの果ての姿（贈り物の千鳥）に、恋の物思いによって命の尽きる頼政自身の姿を重ね合わせている。なお、清輔集には「人のもとより千鳥をおこすとてよめりける」という詞書をもつ「これをみよ春のきぎすのわれもさぞ

つまこひかねてなれるすがたを」（四三五）という頼政歌と同想の歌が見られるが、関連や先後関係は不明。（野本）

返し人にかはりて　女房大輔
我はたゝかりの憂世と哀なる春のきゝすのなれるさまにも

【整定本文】 返し、人にかはりて　女房大輔
我《われ》はたゞかりの憂世ぞ哀なる春のきゞすのなれるさまにも

【校異】 〈歌〉○憂世と―憂世と《そ》（高）、浮世そ（松・国・版・群）、うき世そ（穂・浦・龍・蓬・清・内・静）

【現代語訳】 返歌を、ある人に代わって　女房大輔
私はただ、（雁ではありませんが）かりそめのこのつらい世が悲しく思われます。春の雉のなれの果ての（千鳥の）姿を見るにつけましても。

【他出】 殷富門院大輔集・二〇三、初句「とにかくに」、四句「はるのきぎすを」、五句「みるにつけても」。

【語釈】 **○返し、人にかはりて**　頼政から千鳥を贈られた「有人」に代わっての返歌。**○女房大輔**　殷富門院大輔↓人名一覧。**○かりの憂世ぞ哀なる**　底本「かりの憂世と」だが、その場合三句目で切れず、下句を受ける部分が歌中に無くなってしまうため、松本等により校訂した。「かりの憂世」は儚くつらい現世の意。「かりの世」「憂世」の例は多いが、組み合わせた例は「春の野にあさなく雉なれのみかかりの浮世は誰もかなしな」（御室五十首・七五八・寂蓮）など僅かしかない。「往還りここもかしこも旅なれやくる秋ごとにかりかりとなく」（後撰集・秋下・三六二・読人不知）や「なにごとの忍びがたさに初雁のうき世中にまたかへるらん」（散木奇歌集・一四五九）のように「雁」と「仮」を掛けた例は多く、ここでも「仮」に「雁」を響かせている。**○春のきゞすのなれるさま**　贈歌の「春のきゞすのなれる姿」を受けた表現。贈答品の千鳥を指す。

〔補説〕 鳥にかこつけて恋情を訴えてきた頼政に対し、私は「かりの憂世」を「哀」と思うだけで、この千鳥を見ても心を動かされることはないと切り返す。春の猟鳥である「雉」や冬の「千鳥」と鳥の名に言寄せてきた頼政歌に対し、同じく秋の「雁」の名を出して応じる。春の野で鳴いていた雉が今はこのような骸になっている、と命の儚さや世の無常に歌の主題をずらし、頼政の恋の訴えをはぐらかしている。（野本）

和歌政所に人〳〵あつまりて侍しに隣なりけるおきなたひ〳〵によはれけれはまいりて人なみ〳〵にましろひ侍るにある宮はらの女房二三人を引物の遊にすへておなしく連歌しなとして今よりはなかく知人にせんなと申かたらひて夜もやう〳〵明方に成にしかはまかり帰りて後二三日はかり有て一人かもとへ

つかはしける

君にあひて帰りにしよりむかしせし恋にさにたる物をこそ思へ

〔整定本文〕 和歌政所に人〳〵あつまりて侍《はべり》しに、隣なりけるおきなたび〳〵によばれければ、まゐりて人なみ〳〵にまじろひ侍るに、ある宮ばらの女房二三人を引物《ひきもの》の内にすゑて、おなじく連歌しなどして、今よりはながく知人《しる》にせんなど申《まうし》かたらひて、夜もやう〳〵明方に成《なり》にしかば、まかり帰りて後、二三日ばかり有《あり》て一人がもとへつかはしける

君にあひて帰りにしよりむかしせし恋にさにたる物をこそ思へ

〔校異〕 〈詞〉 ○和歌政所に―和歌政所に（高）、和歌所にて（穂）、和歌所に（浦・龍・蓬・清・国・静・版・群）、和歌○《政イ（朱）》所に（内） ○あつまりて―集《ヒ》て（清） ○侍しに―○《ヒよもすから歌読連歌なとして遊ひ》侍しに（高）、夜もすから歌よみ連歌なとしてあそはれ侍しに（浦）、よもすから歌よみあそはれ侍しに（松・穂・龍・静・版・群）、夜もすから歌読連歌なとしてあそはれ

連歌なとしてあそはれ侍しに（国）、終夜歌読連歌なとして遊はれ侍しに（清）、夜もすから歌よみ連歌なと丶てあそは《ひイ(朱)》れ侍しに（蓬）、夜もすから歌よみ連歌なと丶てあそはれ侍しに（内）○たひ〳〵に—たひ〳〵（高・松・穂・浦・龍・国・静・版・群）、度〳〵（蓬・内）、度々（清）○よはれけれは—よはれりけれは（下）○ましろひ侍るに—ましろい侍て（穂）○遊—ゆ《うち》（高）、内（松・穂・浦）、うち（龍・蓬・清・国・内・静・版）、うち《あそひ》（群）○連歌しなと—連歌しなと（高）、連歌《し》なと（浦・蓬・清・内・静・版）、連歌なと（群）○やう〳〵—漸（清）、漸〳〵（内）○成にしかは—成しかは《ヒ》（龍）○一人か—一人□（高）〈歌〉○恋—恋《恋》（高）

〔現代語訳〕　和歌政所に人々が集まりました時に、その隣に住む翁（私）が何度も呼ばれたので、参上して他の人々と同じく（和歌などを詠じて）仲間に加えていただきましたが、ある宮に仕える女房二三人を引き物の内に座らせて、（女房たちがするのと）同じように連歌をしなどして、今からは永く親しい友となろうなどと睦まじく語り申し上げて、夜も次第に明け方になってしまったので、退出して家に帰って後、二三日くらいして（女房のうちの）一人の許へ遣わした（歌）

あなたに逢って帰ってきた時から、昔した恋に似た物思いをすることです。

〔他出〕　殷富門院大輔集・一六三、詞「ひとびとよもすがらあそびあかして、二日ばかりありて　よりまさ三ゐ」、初句「きみにあかで」。

〔語釈〕　**○和歌政所**　俊恵の白河の坊である歌林苑を指すと考えられる。頼政集の当該例は、従来から歌林苑研究において指摘され、頼政集伝本のうち内閣文庫本が「和歌政所」とあることが注意されてきたが、実は底・高・下・松本の系統の本文が「和歌政所」であったことが確認できる。俊恵の「和歌政所」については他に、『歌苑連署事書』に「俊恵法師歌林園月次に云々／俊恵をばときの人和哥政所と申けり。その在所に歌林園と号する事ありけるにや」とある例、澄憲の永万二年七月『和歌政所一品経供養表白』に「号之和歌政所定有所以哉」とある例が知られている。簗瀬一雄『俊恵研究』（加藤中道館、一九七七年）参照。**○侍しに**　底本と高・下本以外の諸本は、

「夜もすがら歌よみ連歌などしてあそばれ侍しに」（松・穂・龍・静・版・群本による）とする（ただし高本はこの語句を補入記号で傍記）。諸本は上記の語句があることによって、詞書の以下の部分で、頼政が呼ばれた理由が和歌・連歌が達者なためであり、その仲間に入ってともに詠じるべき人物であったことが明確に示される。しかし、底本のままでも意味が通じないわけではなく、校訂はしなかった。**〇隣なりけるおきな**　頼政のこと。自らを、高貴な場にそぐわない隣に住む滑稽な老人に見立てて「おきな」と述べた。翁と滑稽さとの関連は、舞楽「二の舞」の老爺と老婆の滑稽な舞、新猿楽記に登場する「目舞之翁體」が滑稽な所作の芸であると考えられること、宇治拾遺物語「鬼に瘤とらる、事」の翁の鬼を笑わせる滑稽な舞など数多くみられる。あるいは伊勢物語に登場する「馬の頭なる翁」の造型なども意識するか。なお頼政邸は歌林苑の所在と同じ白河にあった↓23・474。**〇人なみ〳〵にまじろひ侍るに**　「人なみ〳〵に」は、自らを世間一般の人々よりも劣るものと見なしながら、ある事柄については世間の人々と同等であるとの気持を表す。「まじろふ」は普段とは異なる場に仲間入りをする意。続歌仙落書の序に「仙洞歌どころのまじはりをゆるされて、人なみなみにたちまじろひ侍りしほどに」とある例は当該例に近い。**〇ある宮ばらの女房二三人**　女房の一人は〔他出〕により殷富門院大輔と判明するので、「ある宮ばら」は亮子内親王↓人名一覧。亮子内親王の女房歌人としては大輔の他に、中納言・新中納言・新少納言・尾張が知られる（森本元子『二条院讃岐とその周辺』、笠間書院、一九八四年）。**〇引物の内**　「引物」は壁代・帳・几帳等、布を引いたり垂らしたりして屋内の隔てとするもの。歌語としてはほとんど用いないが、頼政に「月のいるねやにあげたるひきものをおろすとみするよはのうき雲」（為忠家後度百首・四三〇・閨中月）がある。なお底本「引物の遊」とあるが、意味不通により校訂した。**〇おなじく連歌しなどして**　「おなじく」は、女房二三人とともに頼政も連歌をしたことを示すが、底本と高・下本以外の諸本は、前述したように「和歌所に人々あつまりて夜もすがら歌よみ連歌などしてあそばれ侍しに」（龍本による）とあるので、「おなじく」はそれを受けて、集まった人々がするのと同じように頼政も女房たちと連歌をした意となる。**〇知人にせん**　本来なら身分的な格差があってこの場に出てくるには相応しくない自分（頼政）だが、親しい間柄になりたいという希望を述べた。**○一人**　殷富門院大輔↓人名一覧。**○恋にさにたる**　恋に似ている、の意か。「さ似る」は、似るの意で、「さ」は接頭語とされる（森本元子『殷富門院大輔集全釈』、『日本国語大辞典　第二版』）。他に知られる用例に、石山寺所蔵大唐西域記長寛元年（一一六三）点本の「語-言雖異 大《オホムネ》同印-度文-字礼-儀頗《ル》相参《サニタリ》類」があるが、『訓点語彙集成第三巻』（汲古書院、二〇〇七年）では「サニタリ（存疑）」として上記の例のみ挙げ、和訓「サニタリ」が誤りの可能性を示唆する。和歌の用例では、「さいふべきやうありし女に」と詞書する「ことごとに心はなりてしかすがのわが身にいとふことぞさにたる」（匡衡集・八八）が管見に入る唯一の例であり、院政期頃に短期間だけ使用された語か。

〔補説〕　歌林苑における歌人たちの交流の具体的な様子を示して興味深い。なお、殷富門院大輔と連歌との関連については、殷富門院大輔集の「こじじゆうにはじめてたいめんして、よもすがられんがなどしあかして、かへるとて」と詞書する贈答（一五九・一六〇）、また「みかはのないし、かすがへまゐられけるついでにたいめんして、きんなかのじじゆうもぐして、びはひき、れんがなどよもすがらしあかして、かへりてつかはしし」と詞書する贈答（二一九・二二〇）や、「女房大輔にはじめてあひて、うたよみ連歌などして、あくるあしたにつかはしける」と詞書する忠度集歌（八三）など、大輔が初めての対面の折に連歌を楽しんだ例があり、当該頼政集の例も頼政だけでなく大輔の方も連歌に積極的であったものと思われる。

（安井）

660

返し

我はいさむかしをしらすあかさりし名残はそれにはしめてそ思ふ

〔整定本文〕　返し

我はいさむかしをしらずあかざりし名残はそれにはじめてぞ思ふ

〔校異〕〈歌〉○むかしを―むかしを《も》（高）、むかしも（松・穂・浦・龍・蓬・清・国・内・静・版・群）○それに―それに《もイ》（清・国・版）、それに《もイ(朱)》（内）、それと（松）

〔現代語訳〕 返し

（昔した恋に似ているといわれても）私はさあ、その昔の恋を知りません。しかし、（恋に似ているという）ともに過ごした別れ際の心残りの気持は先夜の会合で初めて思い知りました。

〔他出〕 殷富門院大輔集・一六四、詞「返し」、初二句「すぎにけるためしはしらず」。

〔語釈〕 **○むかしをしらず** 頼政歌「むかしせし恋にさにたる」を受けて、頼政の経験した昔の恋に似ているかどうかなど私には分からない、と応じた。なお、殷富門院大輔集では初二句「すぎにけるためしはしらず」とあり、「我はいさ」によるためらいの感情を表現せずに、頼政の過去の恋のことなど知りません、と応じたことになる。**○あかざりし名残** 林下集の実定と隆信の贈答歌（一四二・一四三）や、寂蓮法師集の為業と寂蓮との贈答歌（三四六・三四七）のいずれも答歌に用例があるが、ともに過ごして別れた際の心残りの気分をいう。**○それ** 「あかざりし名残」の原因、すなわち、和歌政所で明け方まで過ごしたこと。

〔補説〕 頼政が大輔との会合について、恋に似た物思いをしていると言ってきたのに対して、それを否定しながら、歌恋と同様の別れがたい名残の気分というものを先夜の会合で知ったと返した。贈歌の意図をややずらしながら、歌林苑という場での交遊のすばらしさを評価してみせたものである。（安井）

これきゝて今ひとりの女房さとにいふ事をいま〳〵しかりてさ文字をはきかしといひけれはよみなをさめといひて

かくしあらははやそ□なましそのかみの恋にはさにぬわか思哉

〔整定本文〕 これきゝて、今ひとりの女房、さにといふ事をいま〱しがりて、さ文字をばきかじといひければ、

よみこそなほさめといひて

かくしあらばはやぞけなましそのかみの恋にはさにぬわが思《おもひ》哉

〔校異〕 〈詞〉○これ—これ《そを》(高)、これを(群)、是を(松)、これ《そイ》を(清)、それを(穂・浦・龍・蓬・静)、それ《こイ》を(国・版)、それ《是イ(朱)》を(内) ○ひとり—独(清) ○さとに—さとに《さにたると》(高)、さにと(松・龍)、さになと(穂)、さにると(浦)、さにたると(蓬・清・国・内・静・版・群) ○いま〱し—いま〱し《ヒヒヒ》—いま〱《はイ(朱)》し(内)、いまひまし(蓬・静)、いまひま《はイ》し(清)、いまひま《はしイ》し(国・版) ○さ文字をは—さもしをは(穂)、さりしをは(蓬)、さりしおは(静)、さりし《文字(朱)》をは(内) ○よみなをさめ—さらはよみこそなをさめ(穂・龍・清・内・群)、さらは読こそなをさめ(浦・蓬・国・静・版) 〈歌〉○はやそ□なまし—はやそけなまし(高・下・松・穂・浦・龍・蓬・清・国・内・静・版・群) ○そのかみ—ことのかみ(下)、当初(松) ○わか思哉—わか物おもひ《おもひ哉イ》(龍)

〔現代語訳〕 これを聞いて、もう一人の女房が、「さに」という表現を感心しないことだとして、(「恋にさにたるの)「さ」の文字は許容しますまいよ、と言ったので、詠み直そうと言って(こう詠んだ)

こんなことなら早く退散してしまえばよかったかしら。(そんな風に考えるにつけても)昔の恋とはそんなに似ていない私の(今の)思いですよ。

〔語釈〕 **○これ** 「これを」「それを」とする伝本が多いが、意が通るので校訂しなかった。頼政が大輔に贈った659歌を指す。**○今ひとりの女房** 大輔が頼政から贈られた歌を見せた相手で、主家を同じくする同僚女房と見られる。659番詞書に見える、「ある宮ばらの女房二三人」の中の別の一人の意か。**○さにと** 底本「さとに」。「今ひとりの女房」は、「さ文字をば聞かじ」として、頼政の詠んだ659四句「恋にさにたる」の表現が穏当でないことを批判しており、底本の本文では意が通らない。他本の「さにと」「さになと」「さにると」「さにたると」等の本文は、いずれであっても解釈が成り立つが、本文系統がもっとも近い松本に従って校訂した。**○いま〱しがりて** 気に染

まないことを態度に示して。**○さ文字**　659四句「恋にさにたる」の「さ」の字。**○きかじ**　「聞く」は受け入れる、納得する意。打消意志の助動詞「じ」を用いて、「さ似たり」の表現が受け入れがたいことを強く表明する。**○よみこそなほさめ**　「なほさめ」の「め」は已然形で、上に係助詞「こそ」を置く形が文法的には妥当なので、他本に拠り校訂した。**○かくしあらば**　「このようであるならば」の意で、「和我保里之《ワガホリシ》　安米波布里伎奴《アメハフリキヌ》　可久之安良波《カクシアラバ》　許登安気世受杼母《コトアゲセズトモ》　登思波佐可延牟《トシハサカエム》」（巻十八・四一二四・家持）のように万葉集から見える。661と同様に「こんなことなら」の意で用いた例も、「余能奈可波《ヨノナカハ》　古飛斯宜志恵夜《コヒシキシエヤ》　加久之阿良婆《カクシアラバ》　烏梅能波奈尓母《ウメノハナニモ》　奈良麻之勿能怨《ナラマシモノヲ》」（巻五・八一九・三依）のように見える。**○はやぞけなまし**　底本の四字目は「ひ」のようにも見えるが、歌意不通により、他本で校訂した。「けなまし」は万葉集から見えるが（巻十二・二八九六）、ここは業平の「白玉かなにぞと人の問ひし時露とこたへてけなましものを」（新古今集・哀傷・八五一）を意識した表現であろう。**○そのかみの恋**　「そのかみ」には、「そのかみの人はのこらじはこざきの松ばかりこそわれをしるらめ」（後拾遺集・雑五・一一三〇・中将尼）のように、「自分が経験した過去」の意で用いる場合と、「みかさやまさしてきにけりそのかみのふるきみゆきのあとをたづねて」（玄玄集・一四四）のように、歴史上の過去を指す場合とがある。ここでは、659・660で話題となっている頼政がかつて経験した恋愛を指すと同時に、「けなまし」の表現と関わらせて、伊勢物語・第六段に描かれる業平の恋を指すか。**○さにぬ**　女房の批判を受けて、「さ」を「それほど」の意で用いて詠み直した。

〔補説〕「ある宮ばらの女房」たちと文芸の場で同座し、興趣の余韻を恋文めいた和歌に託して贈ったところ、別の女房が切り返してきた。「今ひとりの女房」は頼政が用いた「さにたる」の語の「さ」が表現として穏当でないとしたのだが、「さ」が「ほんの少し」の意を添える辞とするならば、「昔の恋にちょっと似ているって、それどういうことよ」と、わざと咎め立ててみせたものか。もちろん、親密な感情が根底にあっての言語上の戯れであり、頼政の方もこれに応じて「こんなことになるなら」と大げさに嘆いてみせているのである。頼政は「早々に退散しておけばよかった」と恐懼する体を取りつつ、「けなまし」の表現を用いて、「そのかみの恋」の措辞に自分がかつて経験した恋愛だけではなく、歴史上著名な業平と高子の恋をも重ねて想起させる、老練な応酬を見せている。

（中村）

662

かへし

なとやさはさにると聞しいにしへをいとひけるさへ今は恋しき

〔整定本文〕　かへし

などやさはさにると聞しいにしへをいとひけるさへ今は恋しき

〔校異〕　〈歌〉○さにると―さにかと（内・静）　○いとひけるさへ―いとひけるさ《さ》へ（下）

〔現代語訳〕　返し

どうしてそれならば、（あなたが連歌の場での愉しさの余韻と）「似ている」と（おっしゃったと）聞きました昔（の私たち二人のこと）を、（あなたが）嫌がって避けたとかいうことまで（含めて）、今（の私に）は恋しいのでしょうか。

〔語釈〕　**○などやさは**　→65。連体形で終わる二句「さにると聞し」に掛かると見ることも文法的には可能だが、頼政の答えを聞いた女房が、「どうしてそれならば私は「さ似る」と聞いたのでしょう」と問いかけることは、状況と整合しないので、「今は恋しき」にかかると解する。「さは」は661で頼政が現在とかつての心情が相違していると述べたことを指す。**○さにると聞しいにしへを**　頼政が女房たちと同座した後の昂揚を、かつて経験した恋愛感情に似ていると詠んだ（659）ことを受ける表現。**○いとひける**　「厭ふ」は「嫌い避ける」意。「ける」は伝聞の過去。頼政が661歌で659歌を撤回し退散しようとした姿勢を指す。「今ひとりの女房」を避けたことを、662作者の女房が聞いたという状況なのであろう。**〇今は恋しき** 恋しく思っている主体は当歌の詠者。この措辞を用いた清輔の、「ながらへば又この比や忍ばれんうしとみしよぞ今は恋しき」（新古今集・雑下・一八四三）は同時代にもよく知られた作だったが、659・660の贈答の相手である大輔にも、「なほざりのそらだのめとてまちし夜のくるしかりしぞいまは恋しき」（千載集・恋五・九四五）の作が見えて注意される。

【補説】 頼政が「昔の恋に似ている」とした言を大仰な身ぶりで撤回してみせたのを受け、「この愉楽に満ちた現在にも擬されるべき過去の二人の間柄」は、頼政が撤回しようとしたことまで含めて、恋しく思い出されるものだと、再度切り返してみせた。当歌の作者は大輔と考えるのがよいだろう。

（中村）

663

あひしりて侍る女わつらふ事有けるか久しくやさりけれはひのにこもりて日比になる由を聞ておほつかなに人〱つかはすとてつかはしける

あかねさす日の出る方に妹を、きて明れは山のはをそなかむる

【整定本文】 あひしりて侍る女、わづらふ事有《あり》けるが、久しくやまざりければ、ひのにこもりて日比になる由を聞《きき》て、おぼつかなさに人〱つかはすとて、つかはしける

あかねさす日の出《いづ》る方に妹をおきて明《あく》れば山のはをぞながむる

【校異】 〈詞〉〇有けるか―ありけるに（龍）〇やさり―やまさり（松・穂・浦・龍）、をこたらさり（高・蓬・版）、おこたらさり（静・群）〇ひのに―ひのみ（穂）〇なる由を―なりぬるを（高）、なりぬるよし（穂）、成ぬるよしを（浦・龍・清・版・群）、なりぬるよしを（蓬・国・内・静）〇おほつかなに―おほつかなさ（高）、おほつかなさに（下・松・穂・浦・龍・蓬・清・国・内・静・版・群）〇人〱―人（高・蓬・内・静）、人に（松・清・版）、人を（浦・国・群）、ナシ（穂）〇つかはしける―申つかはしける（高・松・穂）、申遣し侍ける（浦）、申つかはし侍ける（蓬・

清・国・内・版・群）、申つかはし侍りける（龍）〈歌〉〇日の出る方に―日のつる方に（松）〇明れは―あはれは（穂・浦・龍・内）、哀は（蓬・国・版）

〔現代語訳〕 言い交わしていました女が、病気になることがあったが、長らく治らなかったので、日野に籠もってかなりの日数になるということを聞いて、心配なので人々を行かせるということで、遣わした（歌）

（茜色に美しく輝く）日の出る方角（である日野）に愛しい人を置いて、夜が明けるごとに（あなたのいる方角の）山の端を眺めることだよ。

〔語釈〕 **〇あひしりて侍る女** 恋人関係にありました女性。**〇久しくやまざりければ** 意不通により、本文を校訂した。**〇ひのにこもりて** 日野は山城国宇治郡日野、現京都市伏見区東部、山科盆地南部。日野は日野氏の本拠地。**〇人〳〵つかはす** 見舞いの人を複数行かせるのは大仰なようだが、源氏物語桐壺巻に、帝が「若宮の御恋しさのみ思ほし出でつつ、親しき女房、御乳母などを遣はしつつありさまを聞こしめす」と気遣う用例があり、同様に心配のあまり病状を尋ねる使者をしきりに送った状況と理解して底本のままとした。**〇あかねさす** 「日」を導く枕詞。**〇日の出る方に** 「日の」には日野を掛ける。日野は京から東南にあたる。**〇妹をおきて** 「妹」と心ならずも離れた場所に暮らして↓352・494。**〇明れば** 夜が明けると。詞書に、病気が長く治らないとあり、日が出るごとに毎日女を思っていることを示す。なお「哀れは」の異同がある。「哀れは」で歌意を取ると、「しみじみ嘆かれることには、山の端を眺めている」となる。

〔補説〕 地名「日野」を詠み込んだ点に趣向があり、日が昇るごとにその方角の地にいる相手に思いを馳せて眺めるという発想の先行歌には、太皇太后宮甲斐の詠「くればまづそなたをのみぞながむべきいでむ日ごとにおもひおこせよ」（詞花集・別・一八三、詞「大納言経信、大宰帥にてくだり侍りけるに、俊頼朝臣まかりければいひつかはしける」）がある。

（北條）

大夫公俊恵か坊にかた丶かへにまかりたり夜雨降侍しに坊主のもとよりいひつかはし侍りし
月もれとまはらにふける屋の上にあやなく雨やたまらさるらん

【整定本文】 大夫公俊恵が坊にかた丶がへにまかりたり、夜、雨降侍しに、坊主のもとよりいひつかはし侍りし
月もれとまばらにふける屋の上にあやなく雨やたまらざるらん

【校異】 〈詞〉○かた丶かへに―かたくかへに（内）○まかりたり―まかりたる《り歟》《ヒ》（高）、まかりたる（下）、罷りたりし（松）、まかりたりし（穂・浦・龍・蓬・清・国・内・静・版・群）○雨―雨の（穂・浦・龍・蓬・清・国・内・静・版・群）○もとより―かたより（国）○いひつかはし―いひつかはして（穂・龍）、云つかはして（浦）〈歌〉○屋の―ねやの（高・龍・静）、闌の（蓬・清・版・群）、闌の《闌（朱）》（国）、闌の《屋イ（朱）》（内）○たまらさるらん―たまらさ□□ん（静）

【現代語訳】 大夫公俊恵の僧坊に方違えに出かけました。夜、雨が降りましたので、坊主（俊恵）の許から言い遣わしました（歌）
月の光が漏れるようにとまばらに葺いてある屋根の上に、（今夜は）あいにくにも、雨は防げないことでしょうか。

【他出】 楢葉集・八六九、詞「（だいしらず）」、三四五句「ねやの内にあやなくあめのとまらざるらむ」。

【語釈】 **○大夫公俊恵** 大夫公は俊恵の通称→人名一覧。**○坊** 僧坊。**○坊主** 僧坊の主。俊恵を指す。**○月もれとまばらにふける** 「はりまぢやすまのせきやのいたびさし月もれとてやまばらなるらん」（千載集・羇旅・四九九・師俊）を踏まえた表現。また、「すぎのいたをまばらにふけるねやのうへにおどろくばかりあられふるらし」（後拾遺集・冬・三九九・公資）も当該歌と表現が似通っており、その影響もあると思われる。俊恵は、寝室の屋根が荒れ果てて隙間だらけになっていたのを、月の光を漏れるようにわざとまばらに葺いてあるのだと、冗談めかして詠んだのである。同様の趣向は、「いたまより月のもるをもみつるかなやどはあらしてすむべかりけり」（詞花集・雑上・

二九四・良暹）などにも見られる。**〇屋**　屋根。他本には「ねや（寝屋）」「閨」とする本もあるが、どちらでも解釈は可能である。**〇あやなく雨やたまらざるらん**　「あやなく」は、不条理なさま。困ったことに。「もみぢばのあめとふるなるこのまよりあやなく月のかげぞもりくる」（後拾遺集・秋下・三六二・白河天皇）のように、道理が通らないような状況を言うのに用いられる表現。また、「たまる」は、雨や風などを遮って屋内に入らないようにする意。「雨やたまらざるらん」は、今頃は雨を防げないことでしょうか、と言っている。「雨」が「たまらず」と詠んだ例には、「すすぶるるみつのかやのいたびさしひさしくなりてあめもたまらず」（国基集・一三四）などがある。当該歌は、本来雨を凌ぐためのものである屋根の上で雨水が遮られることなく、雨漏りしているであろう現状を、「あやなし」と表現している。

〔補説〕　俊恵が、僧坊の寝室の屋根が隙間だらけであったことを弁明する歌。「月もれとまばらにふける」というのはおそらく口実であろうが、雨漏りのために難儀しているであろう頼政の状況を気遣っている。隆信集には、俊恵の白河の僧坊について、「おなじ所を、人人、雨たまらずとて、くれといふ物をとぶらひて、ふかせんとせしに、おそくつかはししかば、かれより」との詞書の「つれづれとあれゆくやどをながむればくれまつ程ぞひさしかりける」（八三四）という俊恵歌に対し、隆信は「あれまさるやどにすむらん月影をくれまちつけてとはんとぞ思ふ」（八三五）と応えた例がある。また、俊恵自身も「木葉をば閨の板まにとどめおきて独もりくる初しぐれかな」（林葉集・五九六）と、寝室の隙間から漏れる時雨を詠んでもいる。こうした俊恵の僧坊の荒れ具合は周知のところだったようである。（鎊）

返し

主からそ思ひしらる丶雨のもる閨の板まの月のゆへかも

〔整定本文〕 返し

主《ぬし》からぞ思ひしらる丶雨のもる閨の板まの月のゆゑかも

〔校異〕 〈歌〉○思ひしらる丶―おもひしらかは（内） ○閨の板まの―ねやの板まを（龍）、ねやのすきまの（静） ○月のゆへかも―月のゆへか《と》も（高）、月ゆへとも（穂）、月のゆへとも（浦・蓬・清・国・内・静・版）、月のゆゑとは（龍）

〔現代語訳〕 返し

（この家の主人である）あなたの人となりを、おのずと理解しましたよ。雨が漏れる閨の屋根を葺いた板の隙間は、月の（光を見る）ためなのですね。

〔語釈〕 **○主から** 「主」は主人の敬称。ここでは、俊恵→人名一覧。「～から（柄）」は、「人柄」「国柄」のように、その性質や品格を表す接尾語で、「か」は後に濁音化した。この場合は、俊恵の性格をいう。「主《ぬし》から」の用例は、「ぬしからに春もさびしき山里と思ひもしらぬよぶこどりかな」（拾玉集・五一七）のみ。「主《あるじ》から」は、「わがやどのさくらはかひもなかりけりあるじからこそ人もみにくれ」（後拾遺集・春上・一〇二・和泉式部）などの先行例もある。**○思ひしらる丶** 「思ひ知る」は、理解する。悟る。「る丶」は、自発の助動詞。**○閨の板ま** 「板間」は、屋根を葺く板の隙間。「閨の板間」から月を見るという趣向は、先行例が散見される。「山の端に入るまで月をながめ見んねやの板間もしるしありやと」（源氏物語・手習・七七四・薫）などの他、後拾遺集には以下の贈答歌がある。清仁親王は月の夜に「いたまあらみあれたるやどのさびしきは心にもあらぬ月をみるかな」（雑一・八四六）と定頼に送ったのに対し、定頼は二・三日後の雨の降る日に「あめふればねやのいたまもふきつらんもりくる月はうれしかりしを」（同・八四七）と返した。俊恵の贈歌は、この定頼歌と同様に、雨が屋根の隙間から漏れることを承知しながらも月を賞することを第一に考えたのである。当該歌の「閨の板間」という表現は、この後拾遺集の贈答を念頭に置いたものとも推察される。**〇月のゆゑかも**　「月のゆゑとも」とする本文が他本に多く見られるが、校訂しなくても解釈は可能である。

〔補説〕　頼政の返歌。寝室の屋根に開いたままの板の隙間が、月を見るためのものであったのか、と俊恵の歌により合点が行った旨を詠む。頼政は、俊恵の歌を受け、その風流心を認める形で返歌した。おそらくは屋根の隙間のせいで雨に濡れる羽目になったであろう状況でも、恨み言ではなく、俊恵のユーモアを汲み取って返したのはさすが頼政である。（鋳）

南殿の花ゆかしかりける人にみせて後よりなかきしる人にせんなと契てのち久しくをとつれ侍らさりしかは霜月廿日あまりのほとにいひつかはしける

こん春は雲ゐの春を待つれてなれぬゆへ有しこと、かたらむ

〔整定本文〕　南殿の花ゆかしがりける人にみせて、後よりながきしる人にせんなど契てのち、久しくおとづれ侍らざりしかば、霜月廿日あまりのほどにいひつかはしける

こん春は雲ゐの花を待つれてなれゆゑ有《あり》しこと、かたらむ

〔校異〕　〈詞〉〇みせて―みせ（浦）　〇なと―〇と《な(朱)》（内）、と（浦・浦・蓬・静）　〇契てのち―ちきりて《後》（群）、ちきりて（浦・蓬・国・内・版）、契て（龍・清）　〇霜月―霜月〇《のイ(朱)》（内）〈歌〉〇こん―こむ（群）、こん《このイ》（高）、来ん《このイ》（蓬・内）、此《こん》（浦）、この（穂・静）、此（龍）　〇春は―春の《は》（浦）、はるの《はイ(朱)》（内）、春の（龍・蓬・清・国・静・版）、はるの（龍）　〇春を―花を（松・浦・龍・清・国・内・静・版・群）、はなを（穂・蓬）　〇つれて―つれ（下）、つけて（松・

浦・龍・清・国・内・静・版・群）、付て（穂・蓬）○なれぬ―なれぬ（高）、なれ（松・穂・浦・龍・蓬・清・国・内・静・版・群）○ゆへ有し―ゆく《へ》ありし（浦）、ゆかし（龍）○ことゝ《ヒ》―ことし《と》（高

〔現代語訳〕 南殿の花を見たがった人に見せて、これから永く付き合う相手にしようなどと言い交わした後、久しく訪れもしなかったので、霜月二〇日過ぎの頃に言い送った。

今度来る春にこそは、宮中（南殿の）の花の咲く機会を（あなたと）待ち迎えて、一緒に（花よ、あれは）お前が原因で起きた出来事だったのだよと、（一年前の思い出をともに）語り合うことにしようよ。

〔語釈〕 **○南殿の花** 南殿は紫宸殿で、ここでは左近の桜の意→34。頼政が大内守護として内裏を管理し、南殿の花を見に来る人々と交流したことは、32〜37、73〜74などの贈答に見えた。**○ゆかしがりける人** 恋部530・531は、「南殿の花ゆかしがりて見せよ」と言ってきた女との贈答である。あるいはこの女性か。**○後よりながきしる人にせん** これを機会に、今後末永い交際をしようということ。**○霜月廿日あまりの頃** 陰暦一一月下旬で、花の時節からは九か月ほどが経過していることになろう。**○こん春は** 霜月の時点で、これからやって来る春をとり立て強調する。「この春」とする異同が目立つが、そちらだと、今年の春、すなわり過ぎた春を意味することになる。あるいは、それでも間近に来る春のことを言ったとも解しうるか。**○雲ゐの花を** 底本「春を」だが、初句と「春」が重畳する。また、返歌に「花」が詠まれているので、贈歌にも「花」が無いと嚙みあわない。変体仮名の字母を考えると、「波奈」と「波留」の誤写も想定できる。題詠ではないので、歌病を考慮する必要もないわけだが、同語を避けるのが自然と考え他本により校訂する。**○まちつれて** 「まちつけて」とする異同がある。「待ち連る」は、人を待って一緒に、同行しての意となるが、和歌に詠まれることは稀で、「旅衣あさたつ人をまちつれてともにやこえんさやの中山」（南朝五百番歌合・九四五・弁内侍）が見出される程度だが、当該頼政歌においてこの意に解すること不可能ではなく、底本のままとした。なお「待ち付く」の場合は、人や機会などを待って迎えるの意で、和歌の用例には古く「待ちつけてもろともにこそかへるさの浪より先に人の立つらん」（貫之集・三八四）があるものの、

一二世紀後半にいたるまであまり多くは詠まれない。頼政と同時代になると、「ならひありて風さそふとも山ざくらたづぬるわれをまちつけてちれ」（山家集・八四）など徐々に詠まれるようになっていく。**〇なれゆゑ有しこと** 底本「なれぬゆへ有しこと」とあり、「慣れぬ故有りし事」すなわち「（自分が）女性との交際に不慣れのせいで起った事」と、無音の言い訳をしていることになる。それではあまりに白々しく、厚顔であるうえ、返歌に「なれゆゑと」とあるので、他本により校訂した。「なれ」は相手に親しく呼び掛ける語だが、相手の女を言うのか、花を言うのか、分かりにくい。女なのだけれども、花に擬えているのかもしれない。ここでは、返歌の内容から花と解しておく。また、「有しこと」の範囲も、花を見せたことで懇ろになり交際を約した春の出来事のみを言うのか、その約束が長い無沙汰により反故にされていた経緯までを含むのかも、両様に解し得る。返歌の内容も考え、花に対して、無音にいたる経緯を含めて、責任転嫁しているものと考えておく。

〔補説〕 和歌に大きな異同が生じており、底本に代表される系統では「来ん春は雲居の春を待ち連れて汝ゆゑありし事と語らん」、松・浦・龍・清・国・内・静・版・群本などでは「この春の雲居の花を待ち付けて汝ゆゑありし事と語らん」となっている。整定本文はこれを混態させた格好となってしまった。内容は、南殿の花をめぐって関係を結んだ女性への贈歌であり、恋の要素が強い。530・531の贈答を交わした相手との後日談のようにも読める。「後よりながきしる人にせん」という約束を破り、無沙汰したことを歌では不問にして、花に責任を転嫁しつつ再び関係を結ぼうと誘っているのである。ひどい男だが、その不誠実をわざと露呈してみせる意図も、どこか感じられる。

（兼築）

返し

なれゆへと雲ゐの花のかこたれは散にちりてやにけんとすらん

〔整定本文〕 返し

なれゆゑと雲ゐの花のかこたれば散《ちり》にちりてやにげんとすらん

〔校異〕 〈歌〉○すらん―す□ん（静）

〔現代語訳〕 返し

お前（花）のせい（で、関係ができることになった）などと、（あなたに）宮中の花が恨みを言われたら、（花は）どんどん散りに散って、逃げようとすることでしょうか（私もそうですよ）。

〔語釈〕 **○なれゆゑ** 前歌の「なれゆゑ有しこと」を受ける。「なれ」は花に親しく呼び掛ける語。**○かこたれば** 「かこつ」は、そのせいにする、口実にする、また恨みを言う、愚痴をこぼすの意がある。ここでは前者にとる。「れ」は受身の助動詞の未然形。仮定条件の接続助詞が下接している。**○散にちりてや** 動詞を重ね、さんざんにその行為、動作を行うことを強調する表現。「あひにあひて物思ふころのわが袖にやどる月さへぬるるかほなる」（古今集・恋五・七五六・伊勢）や、「おもふことみなつきねとてあさのはをきりにきりてもはらへつるかな」（後拾遺集・誹諧・一二〇四・和泉式部）などが参考となる。**○にげんとすらん** 「逃ぐ」は不快な所から遁れ去ることを言うが、和歌の用例では業平の「あかなくにまだきも月のかくるるか山のはにげていれずもあらなむ」（古今集・雑上・八八四）が著名で、他に「ふるゆきもしたににほへるむめの花しのびににげて春はきにけり」（麗花集・冬・七九・中務、詞「十二月、春のせちぶしたるとし、むめの花を見て」）などがある。

〔補説〕 頼政の臆面もない、不誠実な内容の贈歌に対して、自分のせいにされたら花もたまったものではない、どんどん散ってあなたに見られないようにすると言っているのである。それは、頼政の誘いに対して、自分も拒否するという意思表示にもなっている。また、花のおかげなどとあなた（頼政）は思っているのね、という非難でもあろう。強い言い方だが、それは頼政にとっても想定内の返歌であったろうし、女性も本気で怒っているのかどうかは分からない。あくまでも和歌の上での応酬であることを、忘れてはなるまい。（兼築）

かさきの三位入道のもとにかへに瀧のかた書てその滝の下よりまことの水をおとしつきたりとをくてこれはた、おなし水の落たるやうに見えしをみてまかり帰てつかはしける

うつ、にもかへにもおなし滝をみてねても覚ても忘られぬ哉

〔整定本文〕 をかざきの三位入道のもとに、かべに滝のかた書て、その滝の下よりまことの水をおとしつぎたり。とほくてみればたゞおなじ水の落たるやうに見えしをみて、まかり帰《かへり》てつかはしける

うつゝにもかべにもおなじ滝をみてねても覚《さめ》ても忘られぬ哉

〔校異〕 〈詞〉○かさきの―おかさきの（高）、岡崎の（穂・浦・清・国・版・群）、岡崎（龍・蓬・静）、岳崎ノ（内、「ノ」朱）○かた―かたを（松・蓬・国・内・版・群）○かきて―かきたる（龍）、おきて（静）○これは―こ《み》《ヒ》れは（高）、みれは（穂・浦・龍・蓬・清・国・内・版・群）、見れは（静）○まかり―かり（静）

〔現代語訳〕 岡崎の三位入道の邸には、壁に滝の有様を描いて、その滝の下から本当の水を落とし継いである。遠くから見ると、全く同じ水が滝から落ちているように見えたのを見て、家に帰りましてから、歌を送りました

実際にも、壁に描かれた絵でも、同じ水が流れているように見える滝を見てからは、（壁ではないけれど）夢にまでその滝を見て、（そのすばらしさが）寝ても覚めても忘れられないことですよ。

〔語釈〕 **○をかざきの三位入道**　藤原範兼→人名一覧。底本「かさき」だが、範兼第が岡崎にあったことにより校

訂した。**○おとしつぎたり**　壁に描かれた滝水の落下点から実際の水を流し始める、の意。**○とほくてみれば**　底本の「とをくてこれは」は意不通のため校訂した。**○うつゝにもかべにも**　「うつつ」は現実、実際、「かべ」は、「壁」と「夢」を重ねる。（水を）実際にも、壁に描かれたものとしても。「壁」に「夢」の意があることを生かして、現実にも夢にも、の意味を重ねて下句に続ける。「うつつにも夢にも」という歌句は万葉集「現毛《ウツツニモ》　夢毛吾者《ユメニモワレハ》　不思寸《オモハザリキ》　振有公尓《フリタルキミニ》　此間将会十羽《ココニアハムトハ》」（巻十一・二六〇一）以来のもの。「かべ」に「夢」の意があることについては、その典拠は未詳ながら、和歌色葉に「かべとは俗云、あだゆめなり」とあり、色葉和難集は祐盛説として、七宝宮殿の壁の説を引く。早い用例は、「うたたねのうつつにもののかなしきは昔のかべをみればなりけり」（兼輔集・六二）、「ねぬ夢に昔のかべを見つるよりうつつに物ぞかなしかりける」（後撰集・哀傷・一三九九・兼輔）、「まどろまぬかべにも人を見つるかなまさしからなん春の夜の夢」（後撰集・恋一・五〇九・駿河）など、後撰集時代のものである。**○ねても覚ても**　眠っている時も目覚めている時も。「やど見ればねてもさめてもこひしくて夢うつつともわかれざりけり」（後撰集・哀傷・一三八八・読人不知）、「ありしよのねてもさめてもわすれねばゆめうつつともかはらざりけり」（季経集・九三）など、夢、うつつと併せ詠む例がある。

〔補説〕　東山岡崎にあったと言われる範兼の邸には、滝を描く壁画と、それを受ける水流があり、それを見た頼政が意匠のすばらしさを褒めつつ、「壁」が「夢」の異称でもあることを踏まえて、そのすばらしさは夢にも見るほどだと感想を述べたもの。

（黒田）

返し

夢の世にかへより落る滝のいとを君か心にかけゝりやさは

〔整定本文〕　返し

夢の世にかべより落《おつ》る滝のいとを君が心にかけゝりやさは

〔校異〕〈歌〉○世に―世に《門》（高）、うちに（蓬・清）、うちに《よイ》（国）、うちに《よイ（朱）》（内）、中に（静）、内に《よイ》（版）、よに《うちイ》（群）○かけゝり―かけける（龍）、かけゝる（静）

〔現代語訳〕 返し

はかない現世で、壁から落ちる滝の白糸を（まるで美しい夢のように）あなたの心に留めたのでしょうか、それでは。

〔語釈〕 **○夢の世に** はかない現世で。「夢のうちに」とする本文によれば、夢の中で、の意になる。**○かべより落る** 壁に描かれた滝から落ちる、の意と、夢から流れ出る、の意を重ねる。その場合、滝水の造型そのものが、はかない現世での営みであるとの謙辞を含意するか。**○滝のいとを** 滝から落ちる水を→103。**○心にかけゝりやさは** 「かく」は「いと」の縁語。この縁語を使った歌に「みにこともいふ人もやあるとたきのいとを心にかけてくらすころかな」（出羽弁集・六六）がある→611。「やさは」は、疑問の「や」に連語「さは」を続けた形。平安中期頃から「けふやさは」、「これやさは」、「などやさは」などの句が多く使用される。

〔補説〕 自邸の意匠が夢に見るまでの強い印象を与えたことを、（滝の）糸、（心に）かくる、という縁語を踏まえて返歌したもの。初句を「夢の世に」で始め、そうした意匠も所詮ははかない現世での夢のごときものだ、と言い、そういう現世であるが、あなたがこの意匠に心を留めてくれたことが嬉しい、と控えめな喜びを伝えたもの。

（黒田）

あひしりて侍る女房二月廿日比に大宮に候よしを聞ていひつかはしける
春なから秋の深山に入人は紅葉を恋て花をみしとや

〔整定本文〕 あひしりて侍る女房、二月廿日比に大宮に候よしを聞《きき》ていひつかはしける
春ながら秋の深山に入人《いる》は紅葉を恋て花をみじとや

〔校異〕 〈詞〉〇廿日―廿《十》日（高）、十日（穂・浦・龍・蓬・清・国・静・版・群）、十《廿イ（朱）》日（内）〈歌〉〇入人は―入ひとは（高・下）、いる人は（松・穂・清・内・静）、いる人や（龍）、ゐる人そ（浦）

〔現代語訳〕 互いに知っております女房が、二月二十日ころに大宮のところにお仕えしているということを聞いて言い遣わした歌
春であるのに秋の深山ならぬ大宮のところに入る人は、紅葉を恋しく思い花を見るまいというのでしょうか。

〔語釈〕 **〇あひしりて侍る女房** 「あひしりて侍る女」の例は663に既出。**〇二月廿日比** 春の花の季節。「十日」とする伝本が多い。**〇大宮** 藤原多子→人名一覧。**〇春** 詠作時の季節で詞書では「二月廿日比」とする。**〇秋の深山** 長秋宮（秋宮）の訓読語である「秋の宮」を掛ける。「秋の宮」は、中宮・皇后・皇太后、またはその殿舎の意の歌語。同様の例に、詞書に初めて皇后宮（令子内親王）のもとに参上し琴を弾いた折りの詠であることを示す「うれしくもあきのみやまの秋風にうひことのねのかよひけるかな」（金葉集・雑上・五四二・美濃）や、長らく大皇太后宮大進であった清輔が昇進を望む「吹きあぐる風もあらなむ人しれぬ秋のみ山の谷のふる葉を」（清輔集・四一三）などがある。**〇入人** 「女房」のこと。深山に入るという表現は隠棲することをイメージさせ、ことさらに大袈裟に言いなしている。**〇紅葉を恋て花をみじとや** 花は季節から「桜」であろう。恋しく見る対象として紅葉と花を対比する。紅葉が多子のところを指し、「大内の花守」であったことから花が頼政自身を指す。

〔補説〕 春の花の季節に大宮のもとへお仕えしていて頼政に逢おうとしない女房に対して、「秋の宮」という語を

用いて春の花と秋の紅葉を対置するような枠組みで詠じた歌を送ったもの。671から女房は既に大宮のもとにいるという状況であることがわかる。152詞書に「大宮に小侍従候と聞て」とあるところから、おそらく女房は小侍従であろう。花を見る、花を見せるというやりとりは二人の間で繰り返され、二人の間では「花を見る」という措辞は逢瀬に繋がる表現でもあった。（藏中）

671

返し

あたにみしはなのつらさに春なから秋のみ山を出そわつろふ

〔整定本文〕 返し

あだにみしはなのつらさに春ながら秋のみ山を出《いで》ぞわづらふ

〔校異〕 〈歌〉○わつろふ―わつらふ（高・松・穂・浦・龍・蓬・清・国・内・版・群）、わつろ《ら》ふ《ヒ》（下）、はつらふ（静）

〔現代語訳〕 返し

（以前に）いい加減なものと見た花（ならぬあなた）の冷淡さのせいで、春であるけれど秋の深山（大宮のところ）を出かねるのです。

〔語釈〕 **○わづらふ** 底本「わつろふ」。他本により校訂した。**○あだにみしはなのつらさ** 桜花は「あだ」なものとされ「あだなりと名にこそ立てれ桜花年にまれなる人も待ちけり」（古今集・春上・六二・読人不知）のように詠まれた。「あだにみし」の先行例は「あだに見しにはのさくらはちらずしてしめのさかきの色かへてけり」（輔親集・二一〇）のみ。表向きは以前に見た移ろいやすい花の素っ気ない感じを表すが、真意は、以前に逢った時の男の薄情なさまを表現するところにある。**○春ながら秋のみ山を出ぞわづらふ** 670を承け、「秋のみ山」は「秋の宮」の掛詞である。ここではさらに「秋」に「飽き」が響き、季節は春だが飽きられた自分にふさわしい「飽き」ならぬ「秋」の深山を出るのがためらわれるという女の心境を込めるか。「わづらふ」からは、「出づ」という自分の動作を押し留めるものが花の辛さ、すなわち男の過去の行いであり、「出づ」ことが女にとってたやすい行為ではないことが感じられる。

〔補説〕かつての頼政の薄情な態度故に逢うことにとまどいを見せるというポーズで詠み返した女の歌。深刻な雰囲気ではなくやりとりを楽しむ風が窺え、小侍従が大宮のもとに伺候していた時のやりとりである152・153と類似した状況が考えられる。（藏中）

如渡得舟

彼岸を願ふ心やしるるからんうれしくよする法の舟哉

〔整定本文〕如渡得舟
彼岸《かのきし》を願ふ心やしるるからんうれしくよする法の舟哉

〔校異〕〈詞〉○如渡得舟―如渡得舟《船》（浦）

〔現代語訳〕如渡得舟
極楽往生を願う（私の）心がはっきりとしているのだろうか。嬉しいことに（彼岸に渡ろうとする私の許に）漕ぎ寄せる仏法の舟だよ。

〔詠出機会〕未詳

〔語釈〕○如渡得舟 「渡りに舟を得たるがごとし」と訓むか。明題部類抄には慈円の「法問《ママ》百首」の題として「如《ことし》ニ渡《わたるにえたるが》得レ船《ふねを》」（渡るに船を得たるがごとし）の読みが見える（宗政五十緒他編『明題部類抄』新典社、一九九〇年）。海などを渡ろうとしたところ、折よく舟を得たようなものだ、の意。法華経・薬王菩薩本事品のうち、釈迦が宿王華菩薩に対し法華経の無限の功徳を説いた箇所に見え、この経が衆生の苦悩を去り願いを満たすことの譬えとして挙げられる。同題の詠は、田多民治集・拾遺愚草・拾玉集・千五百番歌合（寂蓮詠）に見える。田多民治集では「薬王品、如渡得船」題歌「かの岸にわたりの舟ののりをえてとりわづらはすみなれ棹かな」（一九〇）に、「この経をえたることは、わたりに舟をえたるがごとしといふ心なり」の左注が付される。**〇彼岸** 到り着くべき仏教的な悟りの境地。ここでは「極楽浄土」の意で用いる→652。**〇願ふ心** 用例は少なく、「その国を忍ぶもぢずりとにかくにねがふ心のみだれずもがな」（散木奇歌集・九〇二）、「つゆときえばれんだいのにをおくりおけねがふ心をなにあらはさん」（山家集・八五二）のように、極楽浄土への往生を庶幾する心情の表現に用いる。**〇しるからん**「著し」は他から見て明白である意。**〇法の舟** 衆生を極楽浄土に運ぶ仏教を舟に喩えた表現で、「彼岸にこのたびわたせのりの舟うまれてしぬる古郷の河」（拾遺愚草・一六八四）のように用いられる。

〔補説〕「如渡得船」の経の句をそのまま和歌に置き換えたように見えるが、当該句は薬王品中では法華経の大いなる功徳の譬喩として用いられている。672は「岸―寄す―舟」の語の連関により、人々を乗せて極楽へと運ぶ舟のイメージを強く想起させることで、仏法への賛嘆を表現した。（中村）

人丸影供のまへにて一品経供養ひと丶せられ侍しに勧持品の心を

けふこそはあれつゐは仏と思ふをはしらてや我を恨かほなる

〔整定本文〕 人丸影供のまへにて一品経供養ひとひとせられ侍しに、勧持品の心を

けふこそはあれつひは仏と思ふをばしらでや我を恨みがほなる

〔校異〕〈詞〉〇人丸―人丸の（松・国）、人麿（群）〇ひと丶―ひとひと（高）、人ひと（穂・浦）、人々（蓬・静・群）、人〳〵（清・国・版）、ひととせ（下）〇せられ侍しに―せられし侍しに（清・国）、せかられし侍しに（浦）

▽「勧持品の心を人丸影供に一品経供養人々せられしに」（龍）

〔現代語訳〕 人丸の肖像の前で一品経供養を人々がなさいました時に、勧持品の心を（あなたについて）今日という日は（授記せず）そのままであるが、最後には仏（になる）と（私は）思っているのに、（あなたは）そのことを知らないで、私を恨む様子をしていることだ。

〔詠出機会〕 人丸影供一品経供養歌会↓会記一覧。

〔語釈〕 **○人丸影供** ↓629。**○一品経供養** 法華経の各品の章句や偈頌を素材に、人々が分担して和歌を詠む行事。和歌が残る例としては、東三条院のために催されたものや（続古今集・釈教・七七二・公任）、後冷泉天皇時代に皇后宮で行われたもの（千載集・釈教・一二〇七・国房）等が早い。頼政と同時代には、重保・政平・俊恵らが催したことが知られる。**○ひとひと** 底本「ひと丶」では「自分が人とともに（一品経供養を）行った」の意となり、尊敬表現を含む述語「せられ侍し」とそぐわないので、他本に拠り「ひとひと」と校訂した。表記は高本に従った。どのような人々であるかは未詳。**○勧持品** 法華経二十八品のうち十三番目の巻。釈迦が叔母憍曇弥（摩訶波闍波提、母摩耶夫人の妹）と釈迦の出家以前の妻耶輸陀羅に対して、悟りの完成を予言したことが語られる。**○けふこそはあれ** 他に用例がない措辞で、「けふこそあれ」も「けふこそあれはるはかすみのたつた山みどりをこめてすぎしもりなり」（千五百番歌合・六一二・宮内卿）が見えるにすぎない。673においては「けふ」と「つひ」が対比し、「つひ」には仏となるとしているので、「けふ」は「まだ仏になっていない」ことを初句で示すと解釈しうる。「けふこそは」の下に「さても」等が省略されていると考えられる。初句切れではなく、「こそ」の係り結びが下に続くと見て、逆接の意と解した。**○我を恨がほなる** 勧持品の冒頭において、八千人の僧が授記を得るが、この時立ち上がって釈迦の顔を見つめる憍曇弥に対し、釈迦は「何故憂色、而視如来。汝心将無謂、我不説汝名、授阿耨多羅三藐三菩提記耶」と語る。673はこの場面を表現したもので、「我」は釈迦を指す。「恨み顔」は「恨んでいる様子」の意で、勧持品の「何故憂色、而視如来」の章句を受ける。

【補説】　勧持品の経旨歌としては、法華経を受持する菩薩たちが誓願を表明する偈の一節、「我不愛身命　但惜無上道」が取り上げられることが多く、「うへもなきみちをもとむる心には命も身をもをしむものかは」（田多民治集・一八〇）等の作が残る。673と同様に、憍曇弥に対する成仏の予言を素材とする経旨歌も、特に平安末期には多く、「あまぐものはるるみそらの月影にうらみなぐさむをばすての山」（山家集・八八六）「うらみけるけしきやそらにみえつらんをばすて山をてらす月かげ」（千載集・釈教・一二四四・敦仲）等が見られるが、頼政の歌はエピソードの概要を示すのではなく、一首全体が釈迦の憍曇弥に対する語りかけの内容となっている点が特異である。（中村）

674

化城喩品

かりのやにしはしやすむるしるへあれはつゐに誠の道にきにけり

【整定本文】　化城喩品

かりのやにしばしやすむるしるべあればつひに誠の道にきにけり

【校異】　〈歌〉○かりのやに―かりのやま（高）、かりにやに（穂）、かりに屋に（浦）、かりにもや（龍）、かりみやに（蓬・静）、かりのみやに（清・国・内・版・群）　○しはしやすむる―ししやすむる（群）　○道にきにけり―道にきえけり《ときゝけりイ》（龍）

【現代語訳】　化城喩品

実際には存在しない建物（を現出させ、そこ）で休息させ心を安らかにした案内者が居たので、（我々も）最後には仏道の悟りに到り着くことができたのだったなあ。

【詠出機会】　未詳

【語釈】　○化城喩品　法華経の第七品で、法華経七喩の一つ、「化城の喩」が説かれる。「化城の喩」は、人跡未踏の密林を行く旅人が行路の長さに倦み疲れ恐れるのを見た案内者が、気力を賦活しようと神通力を使ってその途次に都城を作りなし、旅人に休息と安穏を与えることで、無事に目的地まで引率しえたことを語るもので、仏が方便力をもって衆生を導き困難を乗り越えて悟りに至らせることの喩とする。「化城喩品」を題とする歌では、「くらきより暗きにながく入りぬとも尋ねて誰にとはんとすらん」（発心和歌集・三二）のように、「従冥入於冥、永不聞仏名」の箇所も取り上げられるが、674と同様に、化城の喩の趣旨を詠む例が多く、早い例として、後拾遺集の「こしらへてかりのやどりにやすめずはまことのみちをいかでしらまし」（釈教・一一九二・赤染衛門）がある。**〇かりのや**　「仮」は「真」に対して一時的な間に合わせである意。下句の「誠の道」と対照する。「仮の屋」は、仏が衆生を真の悟りに導く方便として用いる小乗の悟りを、案内者が旅人のために仮に作りなした建物（化城）に喩えたのを、さらに和語に移し替えた表現。前項に掲げた赤染衛門歌のような「仮の宿り」や、「かりのやどにたとふるのりをあふげどもしばしやすめぬ身のうれへかな」（拾遺愚草・二九三五）のような「仮の宿」の語で表現されることが多い。**〇やすむる**　下二段活用の「休む」で、休息させる、心を安らかにさせる意。**〇しるべ**　道案内をする人。**〇誠の道**　仏道。ここでは、大乗の悟りを指す↓633。

〔補説〕　化城の喩の内容をそのまま和歌に移した作のように見えるが、経旨を客観的に和歌に移しただけの赤染衛門歌等と比較すると、化城喩品中の悟りに導かれた衆生に身をなして詠む点に特徴があると言えよう。ただし、こうした詠み方は、慈円が安元二年（一一七六）四月以前に詠んだとされる、「かりのやにしばしやどれとをしへしは心ありけるみちしるべかな」（拾玉集・九四）にも見られる。この慈円歌は「道しるべ（案内者）」が衆生を悟りに導くことを詠む点でも674と共通しており、注意される。

（中村）

やさしき方にはあらて申かたらひける女のもとより雪の降たりけるあしたにつかはしたりし

675

朝戸明てまたれやせましけさ雪にとふへき人の有身成せは

〔整定本文〕 やさしき方にはあらで申かたらひける女のもとより、雪の降《ふり》たりけるあしたにつかはしたりし

朝戸明《あけ》てまたれやせましけさ雪にとふべき人の有《ある》身成《なり》せば

〔校異〕 〈詞〉○雪の降たりける—雪のふりたる（龍）○つかはしたりし—ナシ（龍）〈歌〉○けさ—今朝の（松・浦・龍・蓬・清・内・静）、けさの（穂・国・版）、降（群）○雪に—雪（穂）、雪の（蓬・清・国・内・版・群）○とふへき人の—つもれはくれに（蓬・清・内）、積れは暮に（国・版）○有身成せは—ある身成けり《せは》（龍）、身なりせは（静）、ふみ分てこそ（蓬・清・内）、踏分てこそ（国・版）

〔現代語訳〕 恋愛めいた方面ではなくて互いに言葉のやりとりをしていた女のもとから、雪の降った朝送ってきた（歌）

朝戸を開けて、思わず待ったことでしょうか。今朝の（降り積もった）雪によって、訪ねてくれるはずの人がいる身でありましたなら。

〔語釈〕 **○やさしき方にはあらで申かたらひける女** 恋愛めいた方面ではなくて、言葉のやりとりをしていた女性。頼政集562詞書にも「とし老て後、むかひわたりなりける女を、やさしきさまにはあらで申かたらひて後つかはしける」とあり、以下567までその女性との贈答が続く。675の女性もこの「むかひわたりなりける女」と同一人物か→562。**○雪の降たりけるあした** 雪の積もったことを契機とした和歌のやりとりは古来より多く、頼政集302・303にも見られる。**○朝戸明てまたれやせまし** 「朝戸明て」は朝、戸を開けること。「朝扉開而《アサトアケテ》 物念時尓《モノオモフトキニ》 白露乃《シラツユノ》 置有秋芽子《オケルアキハギ》 所見喚鶏本名《ミエツツモトナ》」（万葉集・巻八・一五七九・文忌寸馬養）など万葉以来用例が見られるが、特に「あさとあけてながめやすらんたなばたはあかぬ別のそらをこひつつ」（後撰集・秋上・二四九・貫之）など、男を見送り物思いに耽る女のふるまいとして詠まれることが多い。ここでは「ゆかなくにわれくらんかとあさとあけてあはれわぎ

もこ待ちつつをらん」（古今六帖・一三七三）を踏まえ、恋人の来訪を待つ女の姿を想像させる。また、「山家雪朝」題で詠まれた「朝戸あけてみるぞさびしきかた岡のならのひろはにふれるしらゆき」（千載集・冬・四四五・経信）以降、朝戸を開け降り積もった雪を眺めるという趣向が増加し、頼政と同時代には「あれまさるまばらのやどはあさとあけてみねともみゆるにはのしらゆき」（殷富門院大輔集・一〇三）などと詠まれている。**〇けさ雪に**　他本の多くは「けさの雪」とする。底本のように助詞「の」を省略する例は「あやしくも夜のまの風のさえさえて今朝雪しろし庭のあさぢふ」（後鳥羽院御集・一三六九）など、「雪」の後に形容詞が続く場合に限られるが、このままでも意は通じるため校訂はしなかった。**〇とふべき人の有身成せば**　蓬・内本では676と同じ下句になっており、清・国・版本では675と676の下句が入れ替わっている。「とふ」は来訪の意。「ものへまかるとて人の許にいひおき侍ける」という詞書をもつ「いづかたへゆくとばかりはつげてましとふべき人のある身とおもはば」（後拾遺集・雑二・九二四・和泉式部）の下句と類似する措辞。

〔補説〕　雪が降った朝、歌人たちは歌を贈り交わし、雪を賞美する心を分かち合った。雪は「あとたえてとふべき人もおもほえずたれかはけさの雪をわけこん」（千載集・雑下・一一七〇・定頼）のように人の来訪を妨げるものでもあるが、一方で、頼政と同時代には「にはのゆきふままをしくやおもふらんとはですぐべきここちこそせね」（唯心房集・一三二、詞「ゆきのあした人のもとより」）や「今朝はもし君もやとふとながむればまだ跡もなき庭の雪かな」（長秋詠藻・二七二）などのように、雪が降ったからこそ共に雪を愛でるために訪ねていきたい（あるいは訪ねてほしい）と望むものも多い。675の場合、訪ねてくれる人がいたならば待っているのに、自分にはそのような人もいない、と言ってみせることで、頼政の来訪を暗に促している。

（野本）

（返し）

（朝戸あくるほとにはゆかし降雪のつもれは暮にふみ分てこそ）　＊高本ニヨリ補ウ

〔整定本文〕　返し

朝戸あくるほどにはゆかじ降雪《ふる》のつもれば暮にふみ分《わけ》てこそ

〔校異〕　◇詞・歌ヲ欠ク（底・下）〈歌〉○ほとには—ほと○《に》は（内）、程たに（松）　○降雪の—ふる里《雪イ》の（龍）、けさの雪の（群）　○つもれは暮に—つもれはくれに《とふへき人の（朱）》（内）、とふへきひとの（清）、とふへき人の（国・版）　○ふみ分てこそ—ふみ分てこそ《有身なりせは（朱）》（内）、ある身なりせは（清・国・版）

〔現代語訳〕　返し

朝戸を開ける頃には訪ねていきますまい。降る雪が積もるので、夕暮方に（その雪を）踏み分けてこそあなたを訪ねたいと思っています。

〔語釈〕　**○朝戸あくるほどにはゆかじ**　贈歌の「朝戸明てまたれやせまし」を受けた表現。**○つもれば暮にふみ分てこそ**　清・国・版本では676と675の下句が入れ替わっている。雪が積もったならば、あえて夕暮れ時に積もった雪を踏み分けてあなたを訪ねよう、の意。「ふかくしもたのまざるらむ君ゆゑに雪ふみわけてよなよなぞゆく」（詞花集・雑上・三二八・好忠）や「ふりつもるゆきふみわけてくる人はこころざしさへふかきなりけり」（広言集・六四）のように、積もった雪を踏み分けて訪ねることで思いの深さや愛情を示そうとしている。

〔補説〕　頼政の来訪を期待する贈歌に対し、上句では「ゆかじ」と拒否したように見せかけながら、下句で「朝戸あくるほど」ではなく「暮」に訪ねようと、女の希望に応えている。贈歌には「朝戸明て」「待」「とふべき人」といった恋歌めいた表現がちりばめられていたが、頼政も、男が女のもとへ通う時間帯である「暮」を指定し、わざわざ積もった雪を「ふみ分て」訪ねようと、あたかも恋人のような立場で返歌している。頼政集562～567の一連の贈答でも、女とは「やさしきさまにはあらで申かたら」う関係であったが、恋の風情を漂わせた趣向や表現が用いら

れている。　（野本）

ひとりのみあかしくらすころ大夫公俊恵かもとよりとふらひつかはして侍ける文に

身をつめはいか丶はすらん独ねてかたしく袖のさゆる霜夜を

〔整定本文〕ひとりのみあかしくらすころ、大夫公俊恵がもとよりとぶらひつかはして侍ける文に

身をつめばいかゞはすらん独《ひとり》ねてかたしく袖のさゆる霜夜を

〔校異〕〈詞〉○つかはして侍ける文に—つかはし侍ける文に（静）、つかはしける（龍）〈歌〉○身をつめは—身をつめは《て》（松）、身を《にイ》つめは（龍）、身をつめん《はイ(朱)》（内）、身をつめん（蓬）○かたしく—かたしき（内）、かた敷（蓬・国・版・群）、片敷（松）○さゆる霜夜を—寒る霜よを（松）、さゆる霜夜を《に》（高）、さゆる霜よに（穂）、さゆる霜夜に（浦・蓬・清・国・内・静・版）、さゆる霜夜に《をイ》（群）、さゆる霜夜は《をイ》（龍）

〔現代語訳〕ひとりだけで日々を過ごす頃、大夫公俊恵のところから見舞いに遣わしてきました文に

身を抓り自分のことのように考えてみると、一体どのようにしているのかと思われることです。独り寝をして、片方だけを敷く袖が冷え冷えとする霜夜を。

〔語釈〕**○ひとりのみあかしくらすころ**　頼政が一人で暮らしている時期を指す。**○大夫公俊恵**　俊恵→人名一覧。**○とぶらひつかはして**　「とぶらひ」は見舞いのことで俊恵が頼政に見舞いの文を遣わしたことを示す。頼政集332・641の各詞書では「とぶらふ」「とぶらひ」が弔意を含む意味で用いられているが、ここでは同居していた妻の死といった、弔意の対象についての明徴がないことから単なる見舞いと解した。**○身をつめば**　身をつむ→496。「みをつめばあはれなるかな歎きつつひとりやねぬるかかるしもよに」（嘉言集・一四二）や「身をつめばあはれとぞ思ふ岡のべに霜がれたてるつまなしの木は」（林葉集・六九七）のように、孤独な様を思い遣る例がある。特に後者

は俊恵の作で、妻を亡くし寂しく一人で暮らしている老いた男性の姿が連想され、当該歌と発想上の類似がある。

○いかゞはすらん　一体どのようにしているだろうかと頼政の身を案じるさま。**○かたしく袖のさゆる霜夜**　かたしく→478。衣の片袖のみ敷いて寝ることは独り寝を意味する。「かたしく袖」の用例は海人手古良集（四二）、実方集（一九八）など、平安初期から見え院政期以降に増える。「神かぜもかばかり身にはしまじかしかたしくそでのさゆるよなよな」（紀伊集・七八）、「よもすがらかたしくそでのさゆるかなよしのの山に雪つむならん」（前右衛門佐経仲歌合・一〇・源縁）のように、冬の夜の独り寝の寒さを詠む例は多い。また「あふことのとどこほるこそわびしけれさゆるたもとはとけばとけなん」（実方集★・一一五、詞「しのびて物いひける人の、袖のさゆるかととひたりければ、をとこにも、えあはざりければ」）のように恋心を主情とする先行例も見られる。「さゆる霜夜」は長能集（一二三）、相模集（二七二）や「さむしろにおもひこそやれささの葉にさゆるしも夜のをしのひとりね」（金葉集・冬・二九八・顕季）などに見え、冬夜の表現として定着していた。677では、重畳する「かたしく袖」「さゆ」「霜夜」により、袖の涙の凍てつく冷えさびた独り寝の夜のイメージをわきあがらせている。

〔補説〕　時期の特定はできないが、俊恵が、一人で暮らしている頼政のことを見舞った和歌。両者の親しい間柄を窺わせる。頼政のことを我が身のこととして考える俊恵の姿勢が表出しているが、大袈裟に深刻ぶって見せているようにも感じられなくはない。（松本・藏中）

678

返し

偽の身をはえつましつむならは独はねしと思ひやら南

〔整定本文〕　返し

偽の身をばえつまじつむならば独《ひとり》はねじと思ひやら南《なん》

〔校異〕〈歌〉〇ねしと―ねしを（龍）

〔現代語訳〕返し

本当の私ではない身を抓ることはできないでしょう。（それでもあなたが私を心配し）身を抓って我が身のこととして考えてくださるのならば、（あなたと同様）一人では寝ていないだろうと、（私のことを）思い遣ってください。

〔語釈〕**〇偽の身をばえつまじ**「偽」は真実ではないという意。「いつはりの」に続く言葉は「なき世」「ある世」「ことのは」「涙」などが常套で「身」に接続する先行例はない。当該歌では「偽の身」は私ではない身の意。上句は、私自身ではない身を抓っても私の身を抓ることにはならない、すなわち私（頼政）の気持ちを他の人（俊恵）が私になりかわって知ることはできない、の意。**〇つむならば**　もし身をつむのであるなら、と本来、我が身の思いを代わりに感じることはできないことを前提としつつ、それでもなお、という気持ちを含む。**〇独はねじと思ひやら南**「思ひやら南」は頼政が俊恵に対してあつらえ望む表現。自身のことを、「（あなたと同様に）独り寝はしないだろう」と思い遣って欲しいと俊恵に望む。一人では寝ていない俊恵が身を抓むのであるなら同じように私も独り寝はしていないと思い遣って欲しいと詠じてみせた。「独はねじ」は「たかしまやゆるぎのもりのさぎすらもひとりはねじとあらそふものを」（古今六帖・四四八〇）に見える表現で、これにより近江国の歌枕である万木の杜が鷺を詠む名所となる契機となった。同歌は枕草子・三八段「鳥は」に引かれ、頼政にもこれに依拠した「ともとてやゆるぎのもりの雪をみてあらそふさぎのしづらかすらん」（為忠家後度百首・四七八）という一首がある。この万木の杜の鷺は正治初度百首の後鳥羽院の作（九五）などに景物として詠まれるが、「ひとりはねじ」に着目し鷺に準えて独り寝を詠む例として「いはねどもひとりはねじとおもふかなゆるぎのもりのさぎならなくに」（有房集・二九二・しのぶこひ）がある。このような背景をもつ「独はねじ」ではあるが、当該歌では万木の杜や鷺との関係を明確に読み取ることができないため、現代語訳には反映させていない。

〔補説〕上句は俊恵歌「身をつめばいかがはすらむ」を承け、私の気持ちはあなたにわからないであろうが、本当に私を心配し、我が身のこととして考えてくれるのであればの意。下句で「独り寝はしていないあなたがもし身を抓るのであれば、あなたのように私も独り寝はしてはいないと思い遣ってください」と、独り寝する頼政を案ずる俊恵に対して、あなた同様、わたしも独り寝はしていないと思って欲しいと返信をしてみせる。初句「偽の」が一首全体の情趣を形成している。語釈に掲げた古今六帖歌を本歌として解すると、妻争いをする鷺のイメージを借りて、頼政が男としての虚勢を張って強がって見せた返歌となる。そのような解釈も可能であるが、ここでは「独はねじ」を語義のまま解釈するに留めておく。

（松本・藏中）

甲斐大進為碁もとに故帥大納言集を尋につかはしたりし折しも大事なる所労有て人してかゝせてつかはしける

はかなさを誰かは君にかたらましむかしの跡を尋さりせは

〔整定本文〕甲斐大進為基もとに、故帥大納言集を尋《たづね》につかはしたりし、折しも大事なる所労有《あり》て人してかゝせてつかはしける

はかなさを誰かは君にかたらましむかしの跡を尋ざりせば

〔校異〕〈詞〉○為碁―為基（高・下・松・穂・浦・龍）、為基か（蓬・清・国・内・静・版・群）○もとに―もとに《より》（高）、もとより（蓬・清・国・内・静・版）、もとより《にイ》（群）○尋に―たつね（内）○つかはしける―遣はしけるに（龍）

〔現代語訳〕甲斐大進為基のもとに、故帥大納言集を求めに使いを遣わしたが、ちょうどその折に（為基は）重篤な病があって別の者に（消息を）書かせて遣わしてきた

（死にそうで）頼りない心持ちを誰があなたに語るでしょうか（語らないでしょう）。（あなたが）昔の筆跡を探し求めてくださらなかったならば。

〔語釈〕　**○甲斐大進為基**　高階為基→人名一覧。甲斐大進という称は、甲斐権守に、中宮あるいは皇太后宮などの大進を兼ねていたことによるか。**○故帥大納言集**　源経信の家集。「故帥大納言」は経信のことで、「題は帥大納言えらびまうさる」（高陽院七番歌合）、「為御使向帥大納言亭」（中右記・嘉保元年七月六日）のように、経信の通称として用いられた。経信集は三系統に分類されており、Ⅰ系統は二十一代集成立以後の編纂とされ、Ⅱ・Ⅲ系統の成立は経信没後まもなくと早く、Ⅱ系統は経信の遺族、Ⅲ系統は経信女による編纂とされる（新編私家集大成「経信」解題、冷泉家時雨亭叢書『平安私家集十』『平安私家集十二』解題参照）。Ⅲ系統本にのみ奥書が存し、それによると、時俊（経信孫、基綱男）の言として、経信集は経信女が遺草を尋ね出して作ったとあり、嘉承元年（一一〇六）、平治元年（一一五九）、永暦元年（一一六〇）の本奥書を記す。このうち平治元年奥書は清輔によると推測されている。外題は「帥大納言集」（Ⅱ系統、書陵部本）、「経信卿家集」（Ⅱ系統、時雨亭文庫本）、「大納言経信集」（Ⅲ系統）、「大納言経信卿集」（Ⅰ系統）等とあり、頼政は「帥大納言集」あるいは「故帥大納言集」と題する一本を披見したかと思われる。**○大事なる所労**　為基が重篤な病であること。**○むかしの跡**　「故帥大納言集」に同じ。「むかしの跡」を用いる歌には、長柄橋（拾遺集・雑上・四六八・清正）、竜門寺（千載集・雑上・一〇三九・清輔）など伝説的な名所について詠む例、「おやのはかにまかりて」（千載集・哀傷・五九五・修範）、「さがのに大納言忠家がはかの侍りけるほどに」（新古今集・哀傷・七八五・俊忠）など自らの親の墓所について詠む例、「おなじ人（定頼室の御おば）の御てのありけるを見給ひて」（定頼集・一〇二）、「花山僧正のしふ見るべきことありてかりたりけるに、ときはの入道のふでのあとにてありければ、あはれそふ心ちしてかへしけるついでに」（唯心房集・一七）など親や血縁者の筆跡を見て詠む例、「ひじりのあとをたたんことをなげきて」（千載集・釈教・一二二五・慈円）など仏教の法流の祖を思って詠む例などがある。

〔補説〕　経信集を求めに使者を遣わしてきた頼政に対して、為基は、自らの病の重篤なことを吐露することができた喜びを詠じたのであろう。為基と頼政との関係については具体的に知られないが、為基は大治五年（一一三〇）

殿上蔵人歌合に範兼と同座しており、頼政は範兼を通じて為基を知ったのであろうか。（安井）

かへし

ありなしをかつはかたみに聞やとてむかしの跡も尋ぬ計そ

〔整定本文〕　かへし

ありなしをかつはかたみに聞《きく》やとてむかしの跡も尋ぬ計《ばかり》ぞ

〔校異〕〈歌〉○跡も―跡を（龍・国・版・群）、あとを（穂・浦・蓬・清・内・静）　○尋ぬ―たぬ（清）

〔現代語訳〕　返し

（故帥大納言集の）ありなしのご返事（お元気でいらっしゃるのかどうかのご返事）を、互いに聞けるだろうかと思って、昔の筆跡（故帥大納言集と昔からの知己であるあなたの消息）をも尋ねてみたのです。

〔語釈〕　**○ありなし**　あるかないか。いるかいないか。当該歌では、経信集の有無に託けて為基が健在でいるかどうか、ということ。**○かたみに聞やとて**　頼政と為基は以前から交遊があったのであろう。経信集を求める消息を遣わしたのは、互いの消息を知るためだというのである。

〔補説〕　頼政は為基の病が重篤であることを予め知って、経信集の借覧に託けて病床を見舞おうとしたのであろう。為基歌の「むかしの跡」（経信集）を承けて、「むかしの跡」に経信集の意と昔からの交遊関係の意とを重ねて返歌した。（安井）

鳥羽院に侍し時光信かもとよりさくらの花をつかはして
みなもとはおなし梢の花なれはにほふあたりのなつかしき哉

【整定本文】 鳥羽院に侍し時、光信がもとよりさくらの花をつかはして
みなもとはおなじ梢の花なればにほふあたりのなつかしき哉

【校異】 〈詞〉○侍し―侍し《さふらひ》（高）、さふらひし時（松・穂・浦・蓬・清・国・内・静・版）、さふらひしとき（龍）
○さくらの花―桜花（群）〈歌〉○なつかしき―あつかしき（静）

【現代語訳】 鳥羽院に仕えていた時、光信のもとから桜の花をよこして
（あなたと私は）皆、元々は同じ梢から分かれた花なので、花の咲くあたりは（この花と同じく）慕わしく思われます。（同じ源氏の一族ですので、華々しい活躍をされているあなたのことが慕わしく思われます）

【他出】 言葉集・二四二、詞「頼政朝臣、鳥羽殿にさぶらひけるに、宿所ちかぢかなりけるに、花のえだにつけてつかはしける　源光信」、初句「みな人は」、三句「はななれど」。

【語釈】 **○鳥羽院に侍し時**　鳥羽院→人名一覧。光信が土佐国配流になる大治五年（一一三〇）以前、あるいは康治二年（一一四三）の召還以後、光信が没する久安元年（一一四五）までの詠。頼政の鳥羽院祗候について詳細は不明だが、頼政集には院の死を嘆く述懐歌（620）や鳥羽院北面会での詠作（159・347）が収められている→620。**○光信**　源光信→人名一覧。**○みなもとはおなじ梢の花**　「みなもとは」は元々は、始原は、の意。氏の名の「源」を掛ける。「藤壷の花は理劣らじとみなもとさへも開けたるかな」（栄花物語・巻三二・歌合・三七七・倫子）などのように「みなもと」に氏名を掛ける例は以前から散見される。ここでは、多くの桜も元を辿れば一本の桜から分かれたものと詠むことで、光信と頼政も同じ祖先（源頼国）から枝分かれした同族であることを示している。**○にほふあたりのなつかしき哉**　桜の花咲くあたりに心惹かれることを表す。鳥羽院のもとで活躍する頼政を花に喩え、同じ祖

先を戴く者としての親しみを示したもの。

〔補説〕　桜に言寄せて、同じ源氏一族の頼政への親近感を示したもの。この贈答について多賀宗隼は、忠盛・清盛の伊勢平氏興隆時代における同族意識の発露と捉えている（『源頼政』吉川弘文館、新装版一九九〇年）。また、光信の子・光重が源仲正の猶子となったのはこの贈答の前後とも推測されている（保立道久『義経の登場』日本放送出版協会、二〇〇四年）。

（野本）

返し

けにやみなもとは一の花なれは末〳〵成と思ひはなつな

〔整定本文〕　返し

げにやみなもとは一《ひとつ》の花なれば末〴〵成《なり》と思ひはなつな

〔校異〕　〈歌〉○けにやみな―けふやみな（蓬・清・内・静・群）

〔現代語訳〕　返し

（おっしゃる通り）まさに、皆もともとは同じ一つの花から分かれたものなので、分かれた末（の花）だと見捨てないでください。（遡れば同じ祖先を戴く身ですので、血縁としては遠い者だからと私のことを見限らないでください）

〔他出〕　言葉集・二四三、詞「返し」。

〔語釈〕　○げにやみなもとは一の花なれば　光信の「みなもとはおなじ梢の花」を受けて強く賛意を示す。「皆もともと」の意の「みなもと」に、贈歌と同じく氏の名である「源」を掛ける。○末〴〵　同じ花から分かれた子孫の花、の意。「みなもと」の対となる語。同じ源氏一門といっても頼国男・頼綱の孫である頼政と、頼国男・国房の孫にあたる光信では、系譜上は遠い関係にあることを喩える。○思ひはなつ　見捨てる、見限るの意。「ささがにのいとすぢならばあらぬみのをくものよそにはおもひはなちそ」（重之集・一八六）や「世中を思ひはなてばはなちどりとびたちぬべき心ちこそすれ」（散木奇歌集・一四四七）などの例がある。

〔補説〕「みなもとはおなじ」と同じ源氏一門としての紐帯を確認してきた光信の言葉を受け止めた上で、系譜上は遠い関係になる私を見捨てないでほしい、と答えた歌。白河院に近侍し活躍した光信だが院の死後失脚する。一方頼政は、平治の乱により為義・義朝の源氏が没落した後、美濃源氏などの諸勢力を吸収・再編し、源氏の代表としての地位を確立したという（保立道久『義経の登場』日本放送出版協会、二〇〇四年）。（野本）

敦頼入道西の宮にて歌合し侍しに海上眺望の心を

わたつ海の空にまかへて漕舟の雲の絶まのせとへ入ぬる

〔整定本文〕敦頼入道、西の宮にて歌合し侍しに、海上眺望の心を

わたつ海を空にまがへて漕《こ》ぐ舟の雲の絶《たえ》まのせとへ入ぬる

〔校異〕◇歌ヲ欠ク（穂）〈詞〉○西の宮にて―西○《の（朱）》宮にて（国）○心を―心をよめる（高・松・穂・龍・蓬・清・国・静・版）、心を読る（浦）、こゝろをよめる（内・群）〈歌〉○わたつ海の―わた津海の《を》《ヒ》（浦）、わたつ海を（清・国・内・版）、わたつうみを（龍・蓬）、わたり海を（静・群）○せとへ入ぬる―せとに入ぬる（国・版・群）、せとにいりぬる（清）、せとへいるかな（静）

〔現代語訳〕敦頼入道が、西宮で歌合をしました時に、海上眺望の心を

大海原をまるで空と重なり合っているかのように見て、その間を漕ぎ行く舟が、雲の切れ目の瀬戸へ入って行ったことだよ。

〔詠出機会〕広田社歌合・海上眺望・二番右持・六二、初句「わたつうみを」、三句「ゆくふねも」、五句「せとに

いりぬる」→会記一覧。

〔語釈〕 **○敦頼入道** 藤原敦頼→人名一覧。**○西の宮** 摂津国の広田社。現在の広田神社（兵庫県西宮市大社町）である。224では「つもりよりひろたへ渡るあき人の今夜の月をめでざらめやは」と歌中に詠み込まれている。**○海上眺望** 海上をはるばると眺め渡した情景を詠む題意。広田社歌合で三題のうちの一つとして設題されたものが初例か。同題は、林葉集に「すみよしにしほゆあみて侍りし時、海上眺望といふ事を」（一〇〇二、一〇〇三）という詞書が見られるほか、いくらかの場で詠まれた形跡が確認できる程度である。広田社歌合における同題の詠は、千載集に「けふこそはみやこのかたの山のはもみえずなるをのおきに出でぬれ」（雑上・一〇四六・実家）、「はりまがたすまのはれまにみわたせば浪は雲ゐのものにぞありける」（同・一〇四七・実宗）、「はるばるとおまへのおきをみわたせばくもゐにまがふあまのつり舟」（同・一〇四八・頼実）の三首が採られる。また、近似した「海上遠望」題も、例はごく少ないが、詞花集に「新院位におはしましし時、海上遠望といふことをよませ給けるによめる」の詞書で、百人一首に採られた「わたのはらこぎいでてみればひさかたのくもゐにまがふおきつしらなみ」（雑下・三八二・忠通）が見える。万代集には「保延元年内裏歌合に、海上眺望といふ事を」の詞書で「浄見方なぎたるあさに見わたせばはるけきものはしほぢなりけり」（三三〇二・教長）が入るが、正しくは「海上遠望」で、忠通詠と同時のものか。**○わたつ海を空にまがへて** 底本「わたつ海の」では意が通らないので、他本により「わたつ海を」と校訂する。ここでの「まがふ」は、海と空の見分けがつかないように錯覚する意。詠作主体は、その境目を漕ぎ進む舟を遠望している。頼政は71でも「天津空ひとつにみゆるこしの海の波を分ても帰るかり金」と同様の状況を詠む。広田社歌合では、「おきつうみやしほぢにそらのまがふかなくもにやなみのたちかかるらん」（八九・重保）が類似した詠み方である。「空にまがふ」の表現例には、「世に知らぬ心地こそすれ有明の月のゆくへを空にまがへて」（源氏物語・花宴・一〇五・光源氏）、「いかにせんむろのや島にやどもがな恋のけぶりをそらにまがへん」（千載集・恋一・七〇三・俊成）がある。**○雲の絶まのせとへ入ぬる** 「せと（瀬戸・迫門）」は、両岸が迫り海が狭くなっている場所。

「雲」を島影に、舟が進み行くその「絶ま」を「瀬戸」に見立てた表現。「瀬戸」と「舟」とを詠み合わせた作は、「おほしまやせとのしほあひをこぐふねのかぢとりあへぬ恋をするかな」（恵慶集・二五四）が初例で、「みなと川夜ふねこぎいづるおひかぜに鹿のこゑさへせとわたるなり」（千載集・秋下・三一五・道因）など、海辺の景を描く歌にしばしば詠まれている。当該歌では最後を「入ぬる」で締め括ることで、舟がまさに見えなくなった瞬間を描く。

【補説】 広田社歌合における「海上眺望」題の一首。海がまるで空と一体となったような青一色の世界を漕ぎ進む舟を詠んだ、雄大な叙景歌である。空と海を同化させた中に舟を詠む一首の構成は、「そらの海に雲の浪たち月の舟星の林にこぎかくる見ゆ」（拾遺集・雑上・四八八・人麻呂）を念頭に置いたものであろう。広田社歌合では、左方の実定詠「むこのうみをなぎたるあさにみわたせばまゆもみだれぬあはのしまやま」（六一）と番えられた。判者の俊成は、「右又、そらにまがへてゆくふねも、といへるこころふかくかすめるここちして、くものたえまのせとにいりぬらんほどもおろかなる心およびがたくして勝劣不分明、よりて為持」と、勝敗の判断を回避しつつも当該歌を評価している。（錺）

同歌合に述懐をよめる

思へたゝ神にもあらぬえひすたにしるなる物を人哀を

【整定本文】 同歌合に述懐をよめる

思へたゞ神にもあらぬえびすだにしるなる物を人の哀《あはれ》は

【校異】 ◇詞ヲ欠ク（穂・内）〈詞〉○同歌合に述懐をよめる―同歌合述懐をよめる（松）、おなし歌合に述懐を読る、（浦）、おなし歌合に述懐をよめる（蓬・清・国・静・版・群）、述懐の心をおなし歌合に（龍）〈歌〉○えひすたに―ゑひすかた（穂・浦）、ゑひすたに（龍）○人哀を―人ノ哀を（下）、人のあはれを（龍）、人の哀《は》を（高）、人のあ

はれは《を（朱）》（内）、人の哀は《をイ》（版）、人の哀は（松・国）、人のあはれは（穂・浦・清・静・群）、人のあわれは（蓬）

〔現代語訳〕 同じ歌合で述懐を詠んだ歌

（夷神よ、）どうか思いやってください。夷神でもない（同じ「えびす」である）東国の武人でさえ、理解するそうなのに。他人の悲しみは。

〔詠出機会〕 広田社歌合・述懐・二番右勝・一二〇、五句「もののあはれは」→会記一覧。

〔語釈〕 **○同歌合** 前歌の詞書を受ける。広田社歌合。**○述懐** →613。**○思へたゞ** →423。**○神にもあらぬえびすだに** 「えびす」は、「えみし」の転で、東国の武士。勇猛果敢で、情趣や悲哀を解さない者と見なされた。当該歌では「夷神」の意を重ねる。かつて広田社の境外摂社であった、現在の西宮神社（兵庫県西宮市社家町）は、夷神信仰で知られる。梁塵秘抄の四句神歌に、「関より西の軍神」として「西の宮」が挙げられており、武勇を司る神として信仰を集めたが、後に商売繁盛の神とされていく。歌合で、判者俊成は、「えびす」を詠んだ当該歌に、「右歌はことかはりあらぬすがたのうたのことばづかひなどいとをかしくこそきこえ侍れ、これは閭巷《リヨカウ》の郢曲《エイクキヨク》のなかに、えびすだにもののあはれしるなりとうたふ歌の侍るなるべし、かれをひきて、神にもあらぬえびすだに、といへるうたのすがたいとをかしくきこえ侍るなり、ただしことすこし俗にちかくや侍らん、されど神の御なもかかりて侍れば以右かつと申し侍るべし」と評しており、郢曲の「えびすだにもののあはれしるなり」を踏まえた表現であることがわかる。「えびす」と「あはれ」を詠んだ詠は、他に「長月の有明の空のけしきをばおくの夷もあはれとやみむ」（久安百首・一一四九・兵衛）、「えびすこそ物のあはれはしるときけいざみちのくのおくへ行かなん」（拾玉集・一七七）が見られる程度であり、いずれも、「えびす」でも最低限の「あはれ」は解すると詠む。「えびす」自体を詠んだ例も少ないが、広田社歌合の述懐題に、「よをすくふえびすの神のちかひにはもらさじものをかずならぬ身も」（二六四・安心）が見える。**○しるなる物を** 理解するというのに。「しる（知る）」は、理解する。「なる」は伝聞の助動詞。**○人の哀は** 底本「人哀を」だが、他本に拠り「の」を補う。また、末尾は「を」でも解釈は可能だが、四五句末に「を」が連続してしまうので、「は」に校訂した。「人の哀」は他人の悲しみであるが、夷神の視点では、詠作主体の悲しみを指すことになる。用例は、「あきはぎのしたばの色をみるときぞ人のあはれはおもひしらるる」（九条右大臣集・五三）が初見。以後、「つくづくと思へばかなしいつまでか人のあはれをよそにきくべき」（新古今集・哀傷・八三九・兼実）など、哀傷歌を中心に広く詠まれた。なお、俊成自筆本の歌合証本では結句「もののあはれは」となっている。詠作主体の悲しみに特化すべく、頼政は「人の哀は」と改めたのではないだろうか。

〔補説〕広田社歌合における「述懐」題の一首。広田社と縁の深い「えびす」を詠み、同じ「えびす」である東国の武人さえ、他人の悲しみを知るというのに、夷神は私の悲しみを理解してくれないのか、と述懐する。歌合では、左方の実定「さりともとまつをたのみて月日のみすぎのはやくもおいぬべきかな」（一一九）と番えられた。述懐歌に夷神を詠み込んだ巧みさを評すと共に、神の名が詠まれていることもあり、俊成は頼政作を勝とした。（鎊）

おなし心を

常に我ねかふ方にしますと聞神をたのむは此世のみかは

〔整定本文〕おなし心を

常に我《わが》ねがふ方にしますと聞《きく》神をたのむは此世のみかは

〔校異〕〈歌〉〇方にし—う《か》たにし（浦）〇ますと—ますそ（高・下）

〔現代語訳〕同じ心を

常に私が、（往生を）願う方角（西方）に鎮座されていると聞く西宮の神を頼みとするのは、この世のことのみであろうか。（いや、往生もまた頼みとするのだ）

〔詠出機会〕未詳

〔語釈〕 **○おなじ心を** 前歌684の歌題「述懐」を受ける。**○常に我** 「我」の読みは、仮名表記をとる他本すべてが「わが」とあるのに従う。なお、浦本を底本とする『新編国歌大観』は検索上の読みを「つねにわれ」とする。**○ねがふ方** 極楽浄土への往生を願う意を表現した。すなわち西方を意味する。**○ますと聞神をたのむ** 西方に鎮座する神は、当該歌の前に配される広田社歌合への出詠歌683・684を受けると、やはり広田社の神を指していると読める。683詞書には「西の宮」の語句もある。「神をたのむ」の措辞は直截的だが、「雲の上に心をかくる身にしあればあまくだります神をたのむぞ」（経盛集・一二四）、「いままでになどしづむらんきぶねがはかばかりはやき神をたのむを」（千載集・神祇・一二七〇・実重）の作例がある。なお経盛歌は賀茂社、実重歌は貴布禰社において昇殿や任官を願い、柱に書き付けられたものという。西方極楽浄土への志向を強く願うというのである。**○此世のみかは** 現世の利益を願うだけではないことを、反語で言表する。この措辞に古い例は見えず、「あさましやまことのみちもわすられぬきみがつらさはこの世のみかは」（重家集・二七二）、「しなばやとおもふさへこそはかなけれ人のつらさはこの世のみかは」（風雅集・恋五・一三三五・大輔）などはいずれも恋歌であるが、末句に置かれる点が共通する。なお金刀比羅本平治物語に見える「あづまぢをにしへむきゆく人みればうらやましきはこの世のみかは」（伏見源中納言師仲）の表現とも一脈通じるものがある。

〔補説〕 述懐の題詠とするが、極楽往生を願いつつ、神祇の要素を絡めた内容である。一見すると、これで述懐の題意が満たされているのか疑問にも思われるが、西宮に祈願することは現世での立身のみではないと言い、西に付けて往生をも願うというのだから、これでよいのだろう。伊呂波字類抄によれば広田の本地仏は阿弥陀であり、神仏習合・本地垂迹の背景をもつか。安井重雄「道因勧進『住吉社歌合』『広田社歌合』の詠歌の性格」（『和歌文学研究』九五、二〇〇七年一二月）参照。あるいは歌合のための擬作、準備作の一首であった可能性もあるか。

（兼築）

年比かたらひ侍ける女みやこに住うかりけんおとこにくしてあつまの方へまかりける日ことさらに形見
にもせんときならしたる物ひとつこひけれはつかはすとて
とにかくに我身になる、物をしもはなちやりつることそ悲しき

〔整定本文〕 年比かたらひ侍ける女、みやこに住うかりけん、おとこにぐしてあづまの方へまかりける日、ことさらに形見にもせんと、きならしたる物ひとつこひければ、つかはすとて
とにかくに我身になる、物をしもはなちやりつることぞ悲しき

〔校異〕 〈詞〉○侍ける女—侍る女（龍）○みやこに—みやこや（浦）、都や（松・浦・龍）、宮こや（蓬・静）、宮古や（清・国・内・版・群）、みやこ（高）○住うかりけん—住うかり（穂）○くしてあつまの方へまかりける日こと—ナシ（静）○日ことさらに—○《日イ（朱）》（内）、ことさらに（蓬）○せんときならしたる——せん○《と（朱）》ならしたる（内）、せんきならしたる（穂・龍・蓬・静）〈歌〉○しも—して（浦）○やりつる—やりつ、《ぬるイ》（龍）、やりつ、（穂）

〔現代語訳〕 何年も関係を結んでおりました女が、都に住むのが辛くなったのだろう、男と一緒に東国へ下向する日、たって（私の）形見にしたいと、着馴らしたものを一つ所望してきたので、（それを）送るというのに添えて
（貴女と衣と）いずれにせよ、私の身体に馴染んだものを、（二つながら）いま手放してしまったことが、ひどく悲しく思われるよ。

〔語釈〕 **○年比かたらひ侍ける女** 具体的な相手は未詳だが、何年にもわたって関係を結んできた女のこと。675詞書にもこうした意の「かたらふ」の用例が見える。**○みやこに住うかりけん** 「みやこや」と、疑問の係助詞の形をとる本が多い。都を住み侘びるとの状況は、伊勢物語の東下り章段（第九段など）を連想するが、教長集の七七番歌詞書「京やすみうかりけん、ゐなかなるやまでらへまかるみちに（後略）」が、よく似た表現といえよう。

○きならしたる物ひとつ　頼政着用の衣のこと。**○とにかくに**　副詞の「と」「かく」に格助詞「に」が下接した連語だが、ここで「と」「かく」は、女と衣とを指す。**○我身になる〻物**　年来の関係を結んだ女と、着馴らした衣との双方が、頼政の身体に慣れ親しんだものとして示唆されている。**○はなちやりつる**　惜しいものを、手の届かないところへ、思いきって擲ってしまったという、強い感じをともなう表現である。三句末の「しも」と呼応し、その感はさらに強められている。「放ちやる」を詠む歌は珍しく、他には覚一本平家物語の競に見える（源平盛衰記ほかにも）、頼政男仲綱の詠「恋しくはきてもみよかし身にそへるかげをばいかがはなちやるべき」（二五）が古い例として挙げられる程度である。極めて強い表現と言える。**○ことぞ悲しき**　末句をこの形とする歌は平安前期から見え、一二世紀にも数多く詠まれている。常套的な表現だが、頼政も335・358に用いている。

〔補説〕　女との別離に際してのやりとりを劇的に描く。別の男と東国へ下る女が、頼政の形見として衣を求めたのは、頼政への思いが断ちがたいことを意味し、送る衣に添えた和歌も、もちろん女の喪失を嘆いてみせている。多分に演出的であり、頼政自身を好き者として、かなり美化しているのではないだろうか。男とともに東国へ下る女には、小野小町のイメージが重ねられているのかもしれない。（兼築）

687

返し

はなたる〻かたみはたくふから衣心しあらはなれもかなしき

〔整定本文〕　返し

はなたる〻かたみはたぐふから衣心しあらばなれもかなしき

〔校異〕　〈歌〉○かたみはたくふ―かたみにたくふ（浦）、形見にたくふ（松）、かたみはたくふ《我身になる〻》（高）、我身に《形見イ》なる〻《たくふイ》（清）、我身になる〻《形見にイたくふイ》（国）、我身になる〻《かたみにたくふイ（朱）》（内）、我身になる〻《形見にたくふイ》（版）、わか身になる〻《かたみにたくふイ》（群）、わか身になる〻

（穂・龍）、我身になるゝ（蓬・静）○から衣―物唐衣（蓬）○かなしき―かなしき《や》（高）、かなしや（浦・龍・蓬・清・国・内・静・版・群）、かなし哉（穂）、悲しや《ヒ》（松）

〔現代語訳〕 返し

（あなたに）手放される形見としては、私と同じ立場の美しい衣。もしも心があるならば、（衣よ）お前も（私と同じように、お別れが）悲しいことだろう。

〔語釈〕 **○かたみはたぐふ** 「かたみは」を「かたみに」とする本があり、また「わがみになるゝ」と、全く違う形の本も多い。「たぐふ」は、並べるの意。「わがみになるゝ」の本文の場合だと、頼政に捨てられる我が身に馴れることになる、の意となろう。**○から衣** 中国風の衣の意だが、ここでは頼政から贈られた衣の美称である。**○心しあらば** 「心あらば」の句形は「夏山になく郭公心あらば物思ふ我に声なきかせそ」（古今集・夏・一四五・読人不知）など多く認められるが、強意の「し」をともなう形は、応和二年の内裏歌合に常陸内侍が出詠した「ほととぎすこころしあらばさみだれのいつかまつよはとくもなかなん」（二）を掲げることができる。**○なれ** 「から衣」を擬人化し、二人称で親しく呼び掛けたものだが、衣の「狎れ」を掛け、縁語仕立てとなる。**○かなしや** 「かなしや」と、疑問を表す係助詞の文末用法で結ぶ形との異同を生じている。「や」の本文だと、疑問を添える意となる。

〔補説〕 女の返歌だが、大きな異同が生じた。「はなたる、わがみになる、からごろも」の本文では、「（あなたに）手放される、私の身に（これから）馴れることになる（やはりあなたが手放した）美しい衣よ」と訳することができる。ただその場合、「なるゝ」と、下句の縁語「なれ」とが、やや同心病的に響くけれども、題詠歌では無いので、問題とするに足りないか。

頼政集の雑の巻軸、すなわち本集全体の巻軸が、なぜ686・687の贈答歌なのであろうか。本集雑部の構成は、「未整備で雑纂的な側面を残しており、全体を一貫する原理は見出しにくい」（中村文「『頼政集』雑部冒頭歌群の構想」『日本文学』二〇一五年七月）と言われるとおり、全体の配列構成が理解しにくい。しかし、これほどの規模の自撰家集であれば、末尾で編纂に関する所懐を述べたり、関連の歌を置くなど、何らかの終結感が措置されてもよいはずである。しかし、本集のこの終わり方に、そうした配慮は感じられない。685まで、曲折はありながら神祇や往生への希求といった、雑部の終末に相応しいテーマが顕現してきたところに、この贈答歌が置かれる意味が分からない。乱丁など、物理的な事情さえ考えたくなるところだが、頼政という歌人の性格を考えると、むしろ敢えて恋的なものを持って来て集を閉じてみせることで、読者の意表をついているようにも見える。すなわち、未整備のまま放置、あるいは書誌的な事故が生じたということではなく、これは七〇歳を過ぎた個性的な老歌人による、計算され尽くしたパフォーマンスなのではあるまいか。予定調和的に家集を閉じるのではなく、いわば期待の地平を裏切ることで、本集を非凡なものに仕上げようとしたのかもしれない。結局、この問題に現時点では解決を与えることはできない。だが頼政集においては、恋部以外にも、さまざまな女性との交流、交情を示す歌や贈答が、随所に配されていた。雑部もまたそうであった。頼政の人生にとって、女性との関係はどのような意味があったか、いや、意味を持たせようとしたのか。そのあたりにこの巻軸の問題を解く鍵が隠されているのではないか。

（兼築）

解説

一、伝本

『頼政集』の写本は、現在三十数本の伝存が確認されている。早く川瀬一馬・森本元子が『頼政集』伝本について検討し、一つの系統に帰せられ、三類に分類できることを指摘した。(1)稿者もこの分類に学びつつ、穂久邇文庫本など数本の伝本の検討を通して、Ⅱ類三種に分類する次のような試案を提示した。(2)

Ⅰ類　高松宮本・桂宮本・下冷泉家本

Ⅱ類　甲種　(ア)穂久邇文庫本・松浦静山本

(イ)龍門文庫本

乙種　蓬左文庫本・内閣文庫本・ノートルダム清心女子大学本・群書類従本

その後、二十本ほどの伝本を閲覧調査する機会に恵まれたが、分類に関しては見解に変更がないので、ここでも右の分類試案によって記すこととする。以下、1・2において分類の指標について略述し、4において本書で底本および校合に用いた伝本について簡単な書誌を付すこととしたい。(3)

なお、以下で引用する和歌の本文は、『頼政集』については、特に断らない限り、本書注釈の〔整定本文〕に従って、歌番号を算用数字で示し、その他の歌集については、『新編国歌大観』に拠り、歌番号を漢数字で示した。

1　奥書

『頼政集』は奥書を持つ伝本と持たない伝本に大別でき、さらに奥書も次の二種類に分かれる。

本書が底本とした宮内庁書陵部蔵桂宮本は、次の奥書を有する。

元暦元年七月十二日以左大丞自筆本書写畢自九日始之同十二日終功于時服薬日也

この奥書を「元暦奥書」と呼ぶことにする。元暦奥書を持つ伝本がⅠ類本である。元暦元年（一一八四）は頼政の死の四年後にあたる。当時の「左大丞」すなわち左大弁は藤原経房である。下冷泉家旧蔵本や肥前嶋原松平文庫蔵本にも元暦奥書がある。

元暦奥書を有する伝本群としばしば対立する本文を持つのがⅡ類乙種の伝本群である。このグループでは、本文の後ろに、次のような記述が見られることが多い。もっとも長い記述を持つ国立国会図書館本を以て示そう。論述の都合上、記述内容によって記号を付してある（Aは返り点や送り仮名がない伝本も多い）。

A　清和《ノ》一泒（流）源家《ノ》祖産得《ス》頼円天下《ノ》奇歌詠直《タヽニ》登《ル》三位任射声親結《クフ》　九重《ノ》知文経武緯并《セ》二於此《ニ》一義膽忠肝更《ニ》有《ン》レ誰《カ》成敗論《ス》レ
功《ヲ》同二婦女死生一處《ス》義是《レ》男児欲《シテ》レ除《ント》二巨蠹《ヲ》一身先《ツ》殞《ケク》長使二英雄《ヲ》一泪更《ニ》垂《ル》歳在《テ》二治承《ニ》一凶焔盛《ンニ》　宇河褒々《シテ》　幾《クカ》　僵《ス》レ尸《ヲ》時　臻《イタツテ》二壽
永《ニ》一旧冤復《ス》泉下欣々《トシテ》　想展《ヘン事ヲ》レ眉《ヲ》不三啻《タヽニ》　皇恩《ノ》酬二戦没《ヲ》一兼《テ》修《メ》二仏叓《ヲ》一助二冥資《ヲ》一蓮華儼尒《タリ》　東濃地古栢依然《タリ》　蜀相祠石馬鉄衣
生気凛《タリ》　黄鸝碧草后人悲《ム》四絃《ノ》演史談《ニ》二陳跡《ヲ》一三尺《ノ》成童激《ス》二壮思《ヲ》一有レ客謁レ予《ニ》題二畫像《ニ》一長吟賛巻還《テヘス》　之

B　右／蓮華寺殿正三位源氏頼圓大禅定門肖儀《ヲ》／置《ク》二于　密巌院《ノ》常住《ニ》一
永享三年（1431）三月廿有四日／前南禅比丘惟肖得巌書

C　右二帖為《メニ》二濃州山縣《ノ》郡蓮華寺常住《ノ》一奉《ル》二／當住青陽軒昌慶書記《シ》一者也
延徳三年（1491）八月五日　　法眼紹永
住山叟昌桂寄進焉

D　不《ル》レ許《サ》二門外他借受用一之旨衆評如件

明応第二《（1493）》〈癸巳〉林鐘吉日

傳衣院　敬教判

承隆寺　敬達判

蓮華寺住山　昌桂判

E　公卿補任云

従三位源頼政〈治承二年十二月廿四日　叙従三位〉

故兵庫頭従五位上仲正一男　母

年々白河院判官代保延二年四月十七日補蔵人同六月十三日従五位下女御〈道子御給〉仁平三年二月二日被聴美福門院昇殿久寿二年十月廿二日兵庫頭保元三年二月二日聴院昇殿〈御即位日未給捕進狂人賞〉同四年正月廿八日従五位上〈去年御即位年給〉正月参河介仁安元年十月廿一日罷所帯職兵庫頭叙正五位下同十二月卅日聴内昇殿〈時兵庫寮功六条云々〉又聴内昇殿仁安二年正月卅日従四位下給之内院還昇同三年十一月廿日従四位上〈大嘗会院御給〉嘉応二年正月十四日右京大夫承安元年十月廿六日正四位下〈院御給〉安元二年二月五日罷所帯職以男仲綱申叙正五位下治承二年十二月廿四日従三位同三年十一月廿八日出家同年五月廿六日薨同謀反之党類被梟首訖

F　△清和天皇―貞純親王―経基〈六孫王〉

―満仲〈多田新発意〉―頼光〈正四位下摂津守〉―頼綱〈多田三河守〉

―仲正〈兵庫頭〉―頼政〈右京大夫大内守護〉―仲綱〈伊豆守〉

―女〈二条院讃岐〉

―頼行―女〈宜秋門院丹後〉

（元暦奥書）元暦元年七月十二日以左大丞自筆本書写畢従九日始而同十二日終功時服薬日也

右近衛権少将藤原〈在判〉[4]

G　于時元亀二（1571）季三月十八日書初廿六日写訖陸奥岩城郡飯野平重隆入道明徹所持本写筆云々（印）

H　延宝三（1675）〈乙卯〉九月書之　　伊長二十六歳

旧稿ではこれを「延徳等奥書群」と称したが、Aは頼政を称賛する漢文、いわゆる「賛」で、Bはその跋、Eは『公卿補任』から頼政の官途を抜き書いたもの、Fは摂津源氏の簡略な系図である。いわゆる「奥書」以外の種々の要素を含んでいるが、本稿でも便宜的に「延徳等奥書群」と呼ぶことにする。静嘉堂文庫本（一〇四―四一）のように、ABCの後に、

I　以右奥書本於濃州借筆写留之尤焉馬謬繁多也以證本可加挍正而已

永正三（1506）年春二月日　　諫議大先（夫）藤原

と記す伝本や、名古屋市蓬左文庫蔵本のようにCDABの順序で記している伝本など、「延徳等奥書群」の形態は様々で、伝来の経緯を考える際の手がかりになろうかと思われる。

なお、Bに見える「惟肖《いしょう》得巌《とくがん》」は臨済宗燄慧《えんね》派の僧で延文五年（一三六〇）生。応永二十八年（一四二一）に南禅寺の第九十八世住持となり、間もなく同寺雙桂軒に隠棲した。絶海中津・義堂周信に学び、漢詩文にすぐれて、『東海璚果《けいか》集』を残した。永享九年（一四三七）に七十八歳で没した。

ところで、右に挙げた国会図書館蔵本では、延徳等奥書群のA～Fの後に元暦奥書が記されている。また、国立公文書館内閣文庫蔵本では、延徳等奥書群をCDABFEの順で記した後に元暦奥書を置く。これとは逆の形態を示すのが国立歴史民俗博物館蔵高松宮旧蔵本で、元暦奥書の後に延徳等奥書群がCDBAの順で記されている。

これらの伝本には多くの傍記やミセケチ訂正が見られるが、例えば、高松宮旧蔵本の本文では、本行に記される本文が桂宮本ほかのⅠ類本と一致し、傍記やミセケチ訂正で示される本文は蓬左文庫本などのⅡ類乙種と一致する。つまり、一つの伝本に元暦奥書と延徳等奥書群が記されるのは、対立する本文を持つ伝本群により比校した結果と考えることができる。森本元子の指摘の通り、『頼政集』は基本的には一系統に帰すが、Ⅰ類とⅡ類の間で本文上の大きな異同が認められる箇所が少なくない。これを対校しようとする動きがⅠ類・Ⅱ類の双方に必然的に生じたものと考えられる。

『頼政集』には、穂久邇文庫蔵本、宮内庁書陵部蔵松浦静山旧蔵本（『新編国歌大観』「頼政集」底本）、阪本龍門文庫蔵本（『私家集大成　中古Ⅱ』「頼政Ⅰ」底本）のように、元暦奥書も延徳等奥書群も持たない伝本がある。『頼政集』の伝本の多くが江戸期の書写であるのに対し、これら三伝本はいずれも室町時代に書写された古写本で、その重要性は言を俟たない。これらがⅡ類甲種で、本文的には三本ともⅡ類乙種とほぼ同類である。

阪本龍門文庫本は「文明十三年十月廿三日書写畢／永禄六年九月十二日筆終者也」の奥書を有する。この奥書の後半部分について、川瀬一馬が「言継という自署は明記していないが、筆蹟上、言継の自筆であることは些かの疑問もない」とし、「伝本の遡源的探求上注意すべき[5]」伝本であると述べて以来重視されてきた。しかし、三十本に余る伝本を調査してみると、川瀬自身が「本文が異相を示している」と述べるごとく、特に詞書の記し方等において、龍門文庫本のみが独自である場合が少なくない。例えば、417番歌詞書で他本が「被妨人恋　院殿上会」であるのに対し、龍門文庫本のみが「被妨人恋といふことを院殿上御会に」とするような異同は、枚挙に暇がない。和歌の本文においても、83番歌の五句は、桂宮本他が「花をみる哉」であるのに対し、龍門文庫本のみが「桜をぞみる」となっている。龍門文庫本が由緒の明確な古写本で尊重すべき本文を持つのは確かだが、『頼政集』のもっとも古い形態を残しているとは判断することはやや躊躇われる。龍門文庫本は本文的には穂久邇本・松浦静山本に近いものの、Ⅱ類甲種の中でも孤立した位置づけとせざるを得ず、書写系統を考察する際の取り扱いには慎重であるべきかと思われる。

2　本文の異同、および、欠脱状況と歌順

『頼政集』における本文の異同には様々なパターンがあるが、Ⅰ類とⅡ類の間で対立する例が多い。例えば、3番歌は桂宮本では、

めづらしき春にいつしか打とけて先ものいふは雪の下水

で、Ⅰ類の伝本はすべて五句が「雪の下水」であるが、Ⅱ類の伝本群では「鶯のこゑ」（表記は穂久邇本・松浦静山本による）となっており、分類の指標となる。なお、この歌は嘉応二年実国家歌合の「立春」題の作で、歌合本文では五句は「雪の下水」である。

これに対し、Ⅰ類とⅡ類乙種とが同じ本文で、Ⅱ類甲種と対立する例も数は少ないが見受けられる。例えば、585番歌は桂宮本の本文では、

みか月の出はじめたる雲ゐにはまたおぼろけの人は通はず

である。その初句はⅠ類では「みか月の」、Ⅱ類甲種では「見る月の」だが、Ⅱ類乙種は「若月の」となっており、「みかづきの」と読ませたと考えられる。このようにⅡ類本の内部で甲種と乙種の本文が対立することが間々ある。

本文上の対立から導かれるⅡ類三種の分類は、欠脱状況や歌順の異同とも対応する（巻末「頼政集諸伝本歌順対照表」参照）。欠脱状況では、Ⅰ類本は共通して13番歌を欠いている（高松宮本のみ14番歌題の下に小字で補入している）。

また、601番から603番詞書の途中までを欠き、603番歌を、

祝言いひつかはすとて

ことはりや雲ゐにのほる君なれは星のくらゐもまさる也けり

の形で収載する点も共通する。一方、Ⅱ類甲種の三本は共通して153番歌の下句を欠く。また、Ⅱ類乙種の内、蓬左文庫本・ノートルダム清心女子大学本・内閣文庫本および版本は共通して646番歌を欠いている。

歌順においても、Ⅰ類本には共通して94・95・92・93、240・239、408・409・407の配列が見られる。一方、387～392においては、Ⅰ類とⅡ類乙種の伝本群、および龍門文庫本が392・387・388・389・390・391の歌順となっている。

3　本書の方針

『頼政集新注』で桂宮本を底本とした理由の一つは、現在、活字で読むことのできる『頼政集』(『群書類従』『私家集大成』『新編国歌大観』)が、いずれもⅡ類の伝本を底本としていることにあった。特に、広く流布している『私歌集大成』は龍門文庫本を、『新編国歌大観』は松浦静山旧蔵本を底本としており、ともにⅡ類甲種の本文である。注釈においても、川田順「頼政集評釈」(『源三位頼政』所収、春秋社、一九五八年)は『群書類従』に拠っているようであり、小原幹雄・錦織周一『源三位頼政集全釈』(笠間書院、二〇一〇年)は『私家集大成』に拠っている。このような状況にあって、Ⅰ類本の本文を提示することにも意味があろうかと考えたのである。

もう一つの理由は、逆説的な言い方になるが、Ⅰ類本の本文がⅡ類本に較べて、より妥当でない面を持っていたことにある。その傾向は特に人名の表記等において顕著で、Ⅱ類本においては「実定卿」(二五〇)、「顕長」(五七九)と正しく表記されるのに対し、Ⅰ類本では「実重卿」「顕辰」と誤って記されるなど、伝写の間に本文が相当

傷んだのではないかという印象を抱かせる箇所がまま認められる。同様のことは和歌本文においても見て取れる。「霞隔関路」題で詠まれたとする7番歌で比較してみよう。

こゝら行末こそ見えね山城のこはたの里をかすみこめつゝ（Ⅰ類、桂宮本）

宇治路行末こそ見えね山城の木幡の関を霞こめつゝ（Ⅱ類、松浦静山本）

初句はⅠ類本の「こゝらゆく」では意が通らず、四句の「木幡」と対応させるには、京と宇治を結ぶ「宇治路」とするのが妥当である。また、「霞隔関路」の題意を満たすには、「木幡の里」よりも「木幡の関」が適切であり、「関」の縁語として「籠め」の表現も生きてくる。このように、Ⅱ類本の本文でなければ意が通らない、あるいは、Ⅰ類本に較べてⅡ類本の本文の方が歌の作意を読み取りやすいという例は少なくない。

しかしながら、意が通る本文を持つ伝本を底本として選択すれば、より妥当でない本文を持つ伝本群は「正しい本文」の陰に隠れてしまうだろう。我々が頼政の作意を理解できていないだけなのかもしれないのに、「意味が通らない」という理由でⅠ類本のテキストを捨て去ってしまってよいのかという疑問が拭い去れなかった。輪読会の中には、桂宮本を底本とすることに関して、本文の整定に際し混態本文を作り出すことを避けられないとして、反対する意見もあった。文献学の立場からすれば、そちらの方がずっと正当な態度と言える。結局、我々は桂宮本を底本とし、意味が通る限りは底本本文を校訂せず、校訂はしないがⅡ類本の本文が和歌解釈においてより妥当だと考えられる場合には両説を併記するという方針を取ることにした。

Ⅰ類本・Ⅱ類本のどちらの本文に就くべきかについては、未だに答えを出しえていない。Ⅰ類本とⅡ類本の本文が大きく対立することに加えて、頼政歌の構想や趣向を十分に読み取りきれないことが、本文整定の問題を難しくしている。今後も各伝本の本文を精緻に比較検討して妥当な本文を探る必要があるが、次のような例は、二つの類の関係を考える上で示唆するところが大きい。

桂宮本ほかⅠ類本では607番詞書に「中宮大進重題」という人名が見えるが、これがⅡ類本では「中宮権大進重家」と記されている。「中宮大進重題」という人物は存在が確認できず、頼政と交遊の深かった「重家」の誤写と考えたくなるが、重家は中宮大進を勤めていない。頼政の女二条院讃岐の夫に、高倉天皇中宮徳子の権大進を勤めた藤原重頼という人物がいるが、607・608の贈答は親密な中にも互いを尊重する歌いぶりで、607番詞書の人名はこの重頼と見てよさそうである。本来「重頼」であった本文が、伝写の過程で「重題」と誤写される可能性は高いが、「重家」に変化していくことは想定しにくい。自然発生的な出現を考えにくい「重家」の本文は、「重頼」が「重題」となって何人を指すのかが理解できなくなった折に、『頼政集』中にも見える著名な歌人重家の名を宛てて本文を整備しようとしたゆえに生じたのではあるまいか。

Ⅰ類本の表記の方が妥当である例は、629番詞書「少副入道空仁と中歌よむもの侍るを」においても認められる。空仁の呼称は、Ⅰ類本では「少副入道空仁」だが、Ⅱ類本では「少別当空仁」(乙種のうち、ノートルダム清心女子大学本・国会図書館本と版本は「少輔別当入道」)と記される。空仁は俗名大中臣清長、『和歌色葉』「名誉歌仙者」に「神祇少副入道空仁」と見える。在俗時には神祇少副に至っており、その呼称としては「少副入道」が正しいと考えられる[6]。あるいは、伝写の過程で「少副」の字体が不明瞭になるなどした際に、「小別当」と呼ばれた惟方を思い起こすなどして「少別当」の字を宛て、本文を合理化したのではないだろうか。

また、4番歌は桂宮本では、

遠村霞　　　　歌林苑会

ほのかにもこずゑはみえし古郷を思ひやらるゝ朝霞かな

で、Ⅰ類本における歌題はすべて「遠村霞」だが、Ⅱ類本では「古郷霞」である。この歌は歌題が「遠村霞」であることによって「歌林苑十首会」の詠と認定することができる。Ⅱ類本の歌題「古郷霞」は和歌本文に「古郷」の語を用いるところから作り出されたのではないか。

Ⅰ類本の本文が相当に傷んでいて、妥当でない箇所が少なからず見受けられることは否定できない。しかし、前項でふれた3番歌の五句や右に挙げた事例を勘案すると、Ⅱ類本は傷んだⅠ類本の本文を合理的に立て直そうとして作られ、それゆえに「正しい本文」を呈している面があるのではないかという疑念を捨て去ることもまたできないのである。

4　底本および校合本の概要

本書で用いた底本および校合本について、書誌を簡単にまとめておく。

Ⅰ類本

①宮内庁書陵部蔵『源三位頼政集』（五一一・一五、桂宮本）　底本

写本　袋綴　二冊。江戸初期写。紙表紙（薄茶色）。二六・六×二〇・六cm。両冊ともに表紙左肩に題簽（子持罫あり）を貼り「源三位頼政集　上（下）」と墨書。料紙楮紙。端作「源三位頼政集上」。和歌一首一行書き。傍記も本文と同筆か。巻頭に「圖書／寮印」印（朱文）を捺す。奥書　元暦奥書。

②国立歴史民俗博物館蔵高松宮家旧蔵『源三位頼政集』（H―六〇〇―五六六、元函架る―二八九）

写本　袋綴　一冊。江戸前期写。紙表紙（褪色した縹色）。二七・三×二〇・〇cm。表紙左肩に題簽（素紙）を貼り、「源三位頼政集」と墨書。料紙はごく薄い楮紙で裏映りが甚だしい。端作「源三位頼政集上」。和歌一首一行書き。

傍記は本行と同筆。墨付最終丁ウラに「幸／仁」印（朱文、後西天皇第二皇子、有栖川宮家第三代当主幸仁親王所用）、裏表紙見返しに「明暦」印（朱文、第一一一代後西天皇所用）を捺す。奥書　元暦奥書＋延徳等奥書群（ＣＤＡＢ）。

＊「本云」として元暦奥書、「他本云」として延徳等奥書群を記す。

③大山紗弥佳蔵下冷泉家旧蔵『源三位頼政集』

写本　袋綴　一冊。江戸中期写。紙表紙（茶褐色乃至錆色）。二七・五×一八・七㎝。外題ナシ。表紙左肩に題簽の跡あり。料紙楮紙。端作「源三位頼政集上」。和歌一首一行書き。本文とは異筆と思われる朱墨の書入あり。一丁オモテに「冷泉府書」印（朱文、下冷泉家所用）を捺す。奥書の後に、家集に見えないが撰集に入る頼政歌を列挙したかと見られる歌群を付載する。奥書　元暦奥書。

④肥前嶋原松平文庫蔵『源三位頼政集』（松一一三五一四七）

写本　袋綴　一冊。江戸前期写。紙表紙（灰緑色雷文繋牡丹唐草文様の空押あり）。二七・二×二〇・〇㎝。表紙左肩に題簽（素紙）を貼り、「頼政集」と墨書。料紙はごく薄い楮紙で裏映りが甚だしい。端作「源三位頼政集上」。和歌一首一行書き。巻末に「尚舎源忠房」印（藍墨文）、「文庫」印（白文、二印とも江戸初期の大名松平忠房所用）を捺す。奥書　元暦奥書。

Ⅱ類甲種

⑤穂久邇文庫蔵『頼政集』（二一二一三〇六）

写本　列帖装　一冊。室町末期写。紙表紙（料紙と共）。一九・五×一七・五㎝。表紙中央に「頼政集」と直書。料紙薄手鳥の子に雲英を引く。端作「源三位頼政集」。和歌一首二行書き。巻頭右下に「□頼舎記」印（朱文）を捺す。奥書ナシ。

⑥宮内庁書陵部蔵松浦静山旧蔵『源三位頼政集』（五〇九―八）

写本　列帖装　一冊。室町期写。紙表紙（藍紙に金銀切箔・砂子等を撒く、宝唐草文様の空押あり）。二五・〇×一八・〇cm。表紙左肩に題簽（布目に墨流し）を貼り、「源三位頼政集全」と墨書。料紙薄手鳥の子。端作「源三位頼政集」。和歌一首一行書き。巻頭に「圖書／寮印」印（朱文）、「平戸藩／蔵書」（朱文）、「子孫／永宝」印（朱文）の三印を、巻末に「楽歳堂／図書記」印（朱文、以上三印、平戸藩主松浦静山所用）を捺す。奥書ナシ。

⑦阪本龍門文庫蔵『頼政集』（二―三　一四五―二）

写本　袋綴（現在は裏文書を示すためか、料紙の各葉を伸ばし開いて、右端を四ツ目で綴じた形態に改装する）二冊。永禄六年（一五六三）山科言継写。紙表紙。上冊二二・七×一八・五cm、下冊二四・五×一九・九cm。両冊とも表紙左肩に「頼政集上（下）」と直書。料紙は薄手楮紙。端作「源三位頼政集上（下）」。和歌一首一行書き。両冊とも端作の下に「龍門文庫」印（白文）を捺す。奥書「文明十三年十月廿三日書写畢／永禄六年九月十二日筆終者也」。

Ⅱ類乙種

⑧名古屋市蓬左文庫蔵『源三位頼政家集』（一―一四）

写本　袋綴　一冊。江戸中期写。紙表紙（横目渋引）。二五・一×一八・七cm。表紙左肩に題簽（金泥にて霞・山等を描く）を貼り、「頼政家集全」と墨書。料紙楮紙。端作「源三位頼政家集上」和歌一首二行書き。本文の後ろに「源三位頼政家集」と墨書し、その後ろに奥書を記す。巻頭に「尾府内／庫圖書」印（朱文）、「蓬左／文庫」印（朱文）を捺す。奥書　延徳等奥書群（ＣＤＡＢ）

⑨国立公文書館内閣文庫蔵『源三位頼政家集　上下』（二〇一―四五四）

写本　列帖装　一冊。江戸期写。紙表紙（栗色、渋引か）。二四・五×一七・六cm。表紙左肩に題簽を貼り、「源三位頼政家集上下」と墨書（摩滅のため判読困難）。料紙は薄手鳥の子と思われる（修補により薄い紙を貼ってあり詳細不明）。端作「源三位頼政家集上」。和歌一首二行書き。錯簡が二箇所ある。①二〇丁オモテ（第一括後半後ろから三紙目）が本来ならば86番詞書末尾から記されるところ、95番歌下句から記される。95番歌下句から100番歌詞書までを両面に記した一紙を二一丁オモテに貼り付けた痕跡あり。②二三丁オモテ・ウラ（第二括の最初の丁）に239～243番歌を記し、五〇丁オモテ・ウラ（第二括の最後の丁）に100～105番歌を記す。本文の後ろに「源三位頼政家集」と記し、奥書を記す。朱墨の傍記あり。表紙右上に「昌平坂／學問所」印（墨泥）を捺す。巻頭に「林氏／蔵書」（朱文、幕府儒官林家所用）、「日本／政府／圖書」、「弘文學士院」（朱文、林鵞峯所用）、「淺草文庫」、「大學／蔵書」、「内閣／文庫」（以上三印朱文）の六印を捺す。巻末に「昌平坂／學問所」、「内閣／文庫」の二印を捺す。

奥書　延徳等奥書群（CDABFE）＋元暦奥書＋Gを記し、「以他本令校合落字謬等書加畢」と朱書す。

＊Fの前に「源三位入道頼政／清和天皇九世之孫也／参河守頼綱カ孫也兵庫頭仲正カ男也／高倉宮御謀叛之時於宇治討死」と記す。

⑩静嘉堂文庫蔵『頼政家集』（一〇四―四一）

写本　袋綴　一冊。江戸期写。紙表紙（縹色。前後表紙下部に金泥で葵の文様を描く）。二六・三×二〇・五cm。表紙左肩に題簽（子持罫あり）を貼り、「頼政家集　完」と墨書。料紙楮紙。端作「源三位頼政家集上」。和歌一首一行書き。五丁以降、字の下部が断ち切られている箇所がある。本文の後に「源三位頼政家集」と記し、奥書を記す。巻頭に「鈴木之印」（薄い藍墨）、「稲廼舎蔵書」（朱文、日下田足穂所用）、「静嘉堂文庫」（朱文）の三印を捺す。

奥書　延徳等奥書群（ABC）＋I

⑪ノートルダム清心女子大学蔵『源三位頼政家集』（I四四）
写本　巻子本　二軸。江戸期写。緞子表紙（紺地に金糸で花・唐草の文様を織り出す）。軸象牙。表紙は二三・五×二五・三㎝（八双を含む）。見返しに金泥を一面に引く。後ろ見返しには金の切箔を一面に散らす。題簽・外題ナシ。一軸は八紙からなり、一紙は縦二二・七㎝、横四七・四～四八・七㎝。料紙薄茶色鳥の子、上下に銀の界線（高さ約一八・三㎝）を引く。端作「源三位頼政家集上（下）」。和歌一首二行書き。各巻頭に「正宗／敦夫／文庫」印（朱文）を捺す。「松平新太郎少将御筆／源三位頼政家集　二軸」と墨書した桐箱に入る。それを納めた外箱に「池田光政臨写／源三位頼政家集」と記す。奥書　延徳等奥書群（ＡＢＣＤＥＦ）＋元暦奥書。

⑫国立国会図書館蔵『源三位頼政家集』（わ九一一、一三・四　特別）
写本　袋綴　一冊。江戸期写。暗緑色の薄布（紗カ）を貼った表紙。一九・七×一四・〇㎝。表紙中央に「源三位頼政家集」と直書。表紙中央部はやや変色。題簽剥落の跡か。料紙楮紙。端作「源三位頼政家集上」。和歌一首一行書き。朱墨の傍記あり。見返しに「國立國／会圖書／館藏書」印（朱文）、巻頭端作の下に「白井氏蔵書」印（朱文、白井光太郎所用）を捺す。奥書　延徳等奥書群（ＡＢＣＤＥＦ）＋元暦奥書＋ＧＨ

⑬早稲田大学図書館蔵『源三位頼政家集』（ヘ四―八一四二）
版本　袋綴　二冊。紙表紙（紺色無地）。二五・〇×一六・六㎝。表紙左肩に刷題簽「源三位頼政家集　上（下）」。料紙楮紙。和歌一首一行書き。匡郭一七・〇×一一・五㎝。刊記「寛文元年辛丑臘月吉祥日林和泉掾板行」。各冊巻頭に「早稲田文庫」印（朱文）を捺す。奥書　延徳等奥書群（ＡＢＣＤＥＦ）。

⑭早稲田大学図書館蔵『群書類従』所収『従三位頼政卿集』（イ四―四八八・三一三～三一四）
版本　袋綴　二冊。紙表紙（白茶色絹目地）。二六・四×一八・〇㎝。表紙左肩に刷題簽「群書類従二百四十六

上（下）」。表紙右上に「頼政三位集」と墨書。料紙楮紙。和歌一首一行書き。各冊巻頭に「早稲田大学図書」印（朱文）、「鳳鳴館」印（朱文、賀茂季鷹所用）を捺す。奥書ナシ。

二、伝　記

頼政の生涯については、早く、多賀宗隼『源頼政』（人物叢書、吉川弘文館、一九七三年）があり、井上宗雄『平安後期歌人伝の研究　増補版』第四章「摂津源氏の歌人たち」（笠間書院、一九八八年）には、頼政の祖父頼綱から男仲綱に至る四代の伝記が詳細に記される。また、小原幹雄・錦織周一『源三位頼政集全釈』（笠間書院、二〇一〇年）は解説と年表で頼政の伝記にふれている。また、二〇一五年に刊行された永井晋『源頼政と木曽義仲　勝者になれなかった源氏』（中公新書、中央公論新社）は、主に政治社会的立場と歴史に果たした役割の観点から頼政の生涯を論じる。近年は、特に日本史学において平安末期から鎌倉初期にかけての研究が進展したのに伴い、頼政の社会的な位置に言及する論考も多くなってきている。(7)

頼政は、鎌倉幕府創設の契機となった所謂「以仁王の乱」において平家討伐の兵を挙げた人物として、特に『平家物語』で大きく取り上げられており、日本史上著名な武士である。しかしながら、記録類に見出せる事績は意外なほど少なく、頼政の人物像は、史実によって組み立てうる実像よりも、『平家物語』等に描き出された姿によって理解されてきた傾向がある。ここでは、先学の研究成果に学びつつ、できる限り記録上の事績に基づいて、頼政の生涯をまとめることとしたい。

1 家系

源頼政は長治元年（一一〇四）に清和源氏仲正の男として生まれた。仲正の曾祖父頼光（満仲男）を祖とする一流を摂津源氏と呼ぶ。同じく満仲男の頼信を祖とする家柄が、後に為義―義朝―頼朝と続く河内源氏である。摂津源氏は頼綱（頼光孫）男の明国と仲正のところでさらに二流に分かれ、明国の家柄は多田源氏と呼ばれる。

摂津源氏のような存在を、近年の日本史学では「京武者」と名づけている。「京武者」とは、「京・畿内周辺の狭小な所領を基盤に小規模な武士団を従え、政治的には権門に依存しながら、軍事・警察活動を官職とは無関係に担う軍事貴族[8]」の謂で、頼政のあり方を理解するには、この概念が便利である。

「京武者」たる摂津源氏に貴族化の傾向が顕著であったことについては、井上前掲著に詳しい。その家柄の特徴は、「京において中流貴族としての地位を守り」、「その女子を院・摂関に侍せしめ、貴族と婚せしめ、財力によって権門、特に摂関家に奉仕し」、「勾当や雑色、六位蔵人、上の判官、受領というコースを辿って四位に昇る」昇進パターンを取った等の井上の指摘に尽くされている（同書三〇九頁）。

頼政の母は藤原南家友実の女である。友実の父は大学頭季綱で、友実も文章得業生から堀河天皇の蔵人を務めた。母の兄弟能兼の子は、守仁親王（二条天皇）の東宮学士から大学頭となった範兼である。頼政が儒者の家柄を外戚に持つことは、この家柄がどのようにして貴族社会内部に食い込んでいったのか、その一端をよく示すものだろう。また、頼政の姉妹には、関白藤原忠通家の女房三河と、白河天皇皇女で鳥羽天皇准母となった令子内親王に仕えた美濃がいる。貴族化を目指す家の方針は、頼政の生涯にも少なからぬ影響を与えたと考えられる。

この一流が著名な歌人を輩出していることも、家門全体が貴族化を志向したことと深く関わっていよう。摂津源氏の祖頼光は『拾遺集』以下に、頼政の祖父頼綱は『後拾遺集』以下に、父仲正は『金葉集』以下に入集する勅撰歌人である。また、頼光の男頼家と頼国の男頼綱は和歌六人党として活躍した。和歌愛好の姿勢も個々人の嗜好にのみ帰すのではなく、家の方針と合わせて考える必要があろう。

以上のように、この家柄が中流貴族的な官途や権門への奉仕、姻戚関係に加えて、和歌活動を代々重ねたことで、平安末期の貴族社会に深く広く根を張っていったのは確かだが、一方で武士としてのあり方も根強く抱え続けていた。頼政の父仲正は、下総守であった永久五年（一一一七）に数百の兵士を従えて常陸国に侵入し、略奪を行ったという（中右記・元永元年二月五日条）。仲正は続いて下野守に任ぜられたが、その任期が切れた後もその地に留まって「源義親」と称する人物の追捕にあたった(9)（百錬抄・保安四年十一月一日条）。頼政が父の下総守赴任に際して同行したことは、顕昭『古今集注』に見える、「故頼政卿入道モ、サヤノ長山トイフト申シキ、彼モ父仲正下総介ニテ相具下向也」の記事から明らかである。また、仲綱の母は大井氏の出身であるといい（大井系図）、頼政自身も関東と深く関わる面を持っていたと考えられる。

2　鳥羽院と美福門院

三十歳頃までの頼政が貴族社会でどんな活動をしていたのかは、記録が残らないため、詳細は不明である。『公卿補任』によれば、保延二年（一一三六）四月十七日に三十三歳で崇徳天皇の六位蔵人となった（治承二年条）。同書はまた、これ以前に白河院判官代であったとするが、白河院は大治四年（一一二九）七月に没しており、頼政が院判官代を務めたとすれば、二十六歳以前のことである。父仲正は白河院の北面で詠んだ作が残って（新拾遺集・春下・一六七）、院への近侍が確認され、その姉妹（頼綱女）は白河院の寵を受けて、十一世紀末頃に官子内親王を生んでいた。頼政の官人としての出発は遅く、院の恩顧が際立って大きいとは言えないが、父仲正の白河院に対する親近が頼政の官途に反映していると見ることは許されよう。

六位蔵人であったのは四ヶ月ほどで、保延二年八月十三日、白河院女御道子の御給により叙爵した。六位蔵人が昇殿を許され天皇の側近くに仕えることができるのに対し、叙爵すると昇階はするが昇殿は留められて地下となる。この嘆きを詠んだのが、『頼政集』572の、

蔵人おりてつぎの日、女房のもとへつかはしける
思ひやれ雲ゐの月になれ〳〵てくらきふせやに帰る心を

の歌である。

この後、約十七年間は記録等に事績が見出せないが、鳥羽院に近侍していたことは、

鳥羽院に侍し時、光信がもとよりさくらの花をつかはして
みなもとはおなじ梢の花なればにほふあたりのなつかしき哉（頼政集681）

返し
げにやみなもとは一《ひとつ》の花なれば末〴〵成と思ひはなつな（頼政集682）

によってうかがいうる。源光信は美濃源氏で白河・鳥羽両院に仕えた。白河院政期の大治五年（一一三〇）に土左国に配流になり、鳥羽院政期の康治二年（一一四三）正月に召還されたが、久安元年（一一四五）十月に没しているので[10]（本朝世紀）、右の贈答歌は康治二年から久安元年の間の春に交わされたと推定される。光信の男光重は仲正の猶子となっており（尊卑分脈）、頼政とはきわめて親しい間柄であった。右の和歌も、同じ源姓を持つ者としての交誼を確認する内容だが、詠歌のきっかけはともに鳥羽院に近侍していたことによるのだろう。

また、『頼政集』に、

江上蛍多　鳥羽院北面会

いさやその蛍のかずはしらねども玉江の芦の見えぬ葉ぞなき（159）

蔵書恋　鳥羽院北面

かくれなき涙の色のくれなゐをふみちらさじと何つゝむらん（347）

と、「鳥羽院北面会」での詠が見えることから、森本元子は頼政が鳥羽院の北面武士であったと推測している[11]。鳥羽院の側近であった惟方と、「故院（鳥羽院）の北面の車」を話題にしてその時代を回顧し（639）、

鳥羽院かくれさせ給て後、歌林苑にて人〳〵懐旧といふ心をよみ侍けるによめる

むかし我ながめし月の入しより世にふる道はふみたがへてや（620）

のように、鳥羽院の死によりたどるべき正しい道を見失ったとする感慨を詠むなど、記録には残らないながら、『頼政集』には鳥羽院と密接であった痕跡が随所に見出せる。

永治元年（一一四一）には崇徳天皇が譲位し、近衛天皇へと代替わりした。頼政は仁平三年（一一五三）、鳥羽院の寵妃で近衛天皇の母であった美福門院得子の昇殿を許された。頼政は郎等としていた下河辺氏が下河辺荘を成立させた際に美福門院との間を仲介したという（永井前掲書、七頁）。美福門院は白河院政下で勢力を伸張させた藤原顕季の男長実の女である。頼政は、長実の同母弟家保の男家成が保延二年（一一三六）三月および久安五年（一一四九）九月に催した歌合と、長実の同母弟顕輔が久安二年（一一四六）六月に催した歌合に出詠しており（次節参照）、動向が不明な十数年間に顕季流に接近したかと推測される。

3　二条天皇との関係

美福門院との関係は頼政一門の社会的な位置を考える上で重要である。美福門院所生の近衛天皇は久寿二年（一一五五）七月二十三日に没し、翌二十四日に後白河天皇が践祚した。この皇位継承は守仁親王（二条天皇）を登極させるために、ひとまずその父後白河天皇を中継ぎとして践祚させたもので、守仁を猶子として「襁褓の中から」育てた（山槐記・永暦元年十二月四日条）美福門院の意向が強く反映していた。[12] 守仁はこの年九月二十三日に立太子したが、頼政の男仲綱は同日、東宮蔵人に補された（兵範記・山槐記）。また、頼政女は讃岐の名で二条天皇に親しく仕えたが[13]、東宮守仁の権少進を務めた藤原重頼と婚して重光を生んでいる（尊卑分脈・第二篇九七頁）。頼政は一家ぐるみで美福門院―二条天皇に親近していたものと推察される。

久寿二年十月二十二日、頼政は兵庫頭に任ぜられた（兵範記）。直後に行われた後白河天皇の即位式をはじめ（兵範記・十月二十六日条）、保元三年（一一五八）十二月二十日の二条天皇即位（兵範記）、永万元年七月二十七日の六条天皇即位（山槐記）と、三代の即位式に、いずれも兵庫頭として奉仕した。[14] その作法は、「伴佐伯両氏開会昌門、次兵庫頭頼政進内弁幄、申可令撃召刀禰皷由」（兵範記・保元三年十二月二十日条）というもので、武官として儀式に威儀を添える役割を期待されたことがうかがえる。

保元元年（一一五六）七月、後白河天皇と崇徳院の間に保元の乱が起こった。半井本『保元物語』[15] によれば、鳥羽院は自らの死後に兵乱が起きた際に天皇方に付くべき武士の名を自筆で残したが、頼政はその交名（一覧）の中に入った。美福門院はこの遺言に従って清盛や頼政を内裏に進めたと言う（「官軍召シ集メラルル事」）。鳥羽院・美福門院に親近した頼政の政治的立場がよくうかがえる。頼政の軍勢は源省《はぶく》・授《さづく》父子等、一字名の渡辺党を中心とし、百騎を越えない程度であったという[16]（「主上三条殿ニ行幸ノ事付ケタリ官軍勢汰ヘノ事」）。

二条天皇践祚の翌平治元年（一一五九）には平治の乱が起こった。後白河院近臣の藤原信頼が河内源氏の義朝と提携して、後白河院側近として権勢を揮う信西の排除を図り、二条天皇を幽閉して内裏を占拠した事件で、信頼方は間もなく平清盛を中心とする軍勢の前に敗退した。金刀比羅宮蔵『平治物語』[17]によれば、頼政は乱の最初の段階では、美濃源氏の光保らとともに義朝に与力し、信頼が行った臨時の除目で伊豆国を賜ったという。頼政が義朝に荷担した旨は、陽明文庫蔵『平治物語』に見えないが[18]、古活字本『平治物語』[19]にも信頼を大将軍とする勢力の中に「兵庫頭頼政」の名が見える（「源氏勢汰の事」）。平治の乱で信西打倒に協力した勢力には、藤原経宗など二条天皇の側近も含まれていた[20]。頼政は義朝と同じ源氏の一門でもあり、当初、信頼方に与した可能性は否定できない。

清盛側が二条天皇を内裏から脱出させ、信頼勢との交戦を開始すると、頼政は三百余騎で清盛側に付いて戦ったという（平治物語）。信頼と提携した義朝は敗走の途中で殺され、その男頼朝も伊豆に流されて、河内源氏は政界から退場する。平治の乱の結果、頼政は武家源氏を代表する存在になっていった。

頼政が乱の間の除目で伊豆国を賜ったことについては、記録等で確認できないが、宮崎康充は『平治物語』の記事により平治元年十二月十日に伊豆守に任じられたと認定している[21]。この後数年の事情は未詳だが、仁安二年（一一六七）には頼政の男仲綱が伊豆守となっている[22]。同年十二月には中原宗家[23]が伊豆守に任じられ、仲綱は隠岐守に転じたが（兵範記・三十日条）、承安二年（一一七二）七月には頼政が伊豆の知行国主であったことが『玉葉』によって知られる（九日条）。治承元年（一一七七）五月、前天台座主明雲が伊豆国に流罪となり、「頼政朝臣知行伊豆国」によりその郎従が明雲下向に付き従った。明雲は延暦寺の大衆に奪還され、頼政は翌日勘責を受けたが（玉葉・二十三日条）、この時まで伊豆国の知行国主であったことを確認しうる。この間、仲綱が安元二年（一一七六）以降、治承四年（一一八〇）に没するまで伊豆守を務めた（山槐記・五月二十六日条）。頼政家の伊豆国支配は少なくとも九年間に及んでおり、この間に在庁官人工藤介重光を郎等としたという（永井前掲書）。

4　大内守護

平治の乱の終熄後、二条天皇と後白河院との間で政治の主導権をめぐる確執が顕著になり、二条天皇方側近の経宗・惟方が後白河院の意向で流罪となるなど、政界の情勢は不穏であった。美濃源氏の光保も永暦元年（一一六〇）六月十四日に薩摩に流罪となった（百錬抄）。光保は前項で触れた光信の弟で、鳥羽院側近として活躍、その妹は東宮守仁の乳母となった（今鏡・すべらきの下　第三「鄙の別れ」）。平治の乱では初め義朝方に付き、信西の首級をあげた。鳥羽院から二条天皇へと続く皇統に接近する等、政治的位置において頼政と相似た点がある。『百錬抄』は流罪について、「依謀反之聞也」と記すのみだが、二条天皇側近に対して後白河院方が行った処罰の一環と考えてよいのではないだろうか。

頼政の一家が鳥羽院・美福門院との関わりで二条天皇に親近したことはすでに述べた通りで、頼政は後述するごとく二条天皇の歌会にも詠作を献じた。平治元年には「去年御即位之時兵庫寮功」により従五位上に昇階した（公卿補任）。

この時期の頼政に関して注意されるのは、二条天皇時代の頼政が「大内守護」の役割を負っていたことで、その事実は『頼政集』575に入る、

大内守護ながら殿上ゆるされぬことを思はぬにしもなかりける時、行幸なりて侍けるに、大宿なる小家にかくれゐて、月のあかゝりければ、丹波内侍のもとへつかはしける

人しれぬ大内山の山もりはこがくれてしも月をみるかな

の詞書によって知られる。「大内守護」について井上宗雄は、「公式的撰集類には避け、より私的な家集には記してよい、半公式的な職だったのではあるまいか」とするが（前掲書三五〇頁）、頼政の事績を見ると、内裏の実質的な警衛に当たっていたと見るのが妥当であるように思われる。

例えば、『山槐記』応保元年（一一六一）四月二十日条に次のような記事が見える。

内裏有穢物之由勅使〈清盛卿也〉有夢想、仍不参入也、大内里内被検察之後可有行幸歟者、仍仰出納令見廻禁裏、無其物、又遣滝口惟宗家信於大内令見之、兵庫頭源頼政彼内裏宿直人也、件郎従相共尋求之間、宣陽門陣屋果有死人頭、（中略）仍行幸延引

翌々日の公卿勅使発遣のためにこの日大内行幸が予定されていたが、内裏宣陽門の陣屋において「内裏宿直人」頼政の郎従が死人の頭を発見し行幸が延引されたという内容である。

また、検非違使に関わる記録『清獬眼抄』（『群書類従』第七輯所収）には、長寛元年（一一六三）十二月十二日に火事が内裏に迫った際の出来事が次のように記される。

中和院余炎偏吹懸大内、回廊召宿直、兵庫頭頼政郎従等、弃身命所打消也、但大内与中和院之間中間之程一段許也、而受西風遁此事、天之令然事歟

内裏の西に隣接する中和院の火災が内裏に燃え移ろうとするところを頼政の郎従が命がけで消し止めたというのである。

これらの記事は、小規模ながら武力集団を統括していた頼政が、内裏の警備を請け負い、郎従たちを常駐・巡回させていたことを推察させる。元木泰雄は美福門院が自身の没後に備えて、二条天皇の政治的危機に対応しようと

設置した武力装置と捉えている。[24]「大内守護」は名誉職でも、頼政の自称でもなく、王権を象徴する空間を守るという明確な役割を帯びていたと考えられよう。575番歌詞書に、「大内守護でありながら昇殿できないことについて思うところがあった」と記される鬱屈した心情は、天皇を日常的に守る役割を担って、二条天皇に親近していることに対する誇りがあったからこそ生じたものなのだろう。

「大内守護」の役職は二条天皇没後も継続したようである。承安元年（一一七一）十二月一日の弓場始で、主殿寮の庭火が弓場殿に燃えついたが、「頼政朝臣郎従昇弓場殿上打消之」ことが『吉部秘訓抄』に記される。[25]頼政の一党が内裏の警衛に当たっていたゆえの勲功であろう。なお、この賞により馬允に任じられた「郎従源与《あたふ》」は、渡辺党の省の男、宇治平等院における頼政の最期に立ち会ったとされる長七唱《となふ》の兄弟である。

また、『清獬眼抄』には安元三年（一一七七）に起こったいわゆる安元の大火の折の、

> 引参向大内、凡不得滅付大極殿、風起吹覆火焔之間、官人依勝引退出（中略）兼綱朝臣留大内云々、前右京権大夫頼政者、守護大内者也、仍兼綱朝臣令留大内了

という出来事が記される。大極殿の火災が激しくなり、官人たちが退出する中、頼政の養子兼綱は、頼政が「大内を守護する者」であるがゆえに大内に留まったという。「大内守護」が頼政に負わされた、矜持に足る公的な職掌であることを、自他ともによく認識していたことをうかがわせる。王権を守るこうした役割を務めた頼政の肖像が、『平家物語』等に記される鵺退治譚に投影されていることは間違いあるまい。

5　六条天皇時代以降、後白河院との関係

二条天皇を守護し近侍する役割を負い、昇殿を強く願っていたものの、二条天皇時代の頼政は昇殿を果たすこと

ができなかった。内昇殿が叶ったのは、六条天皇践祚後の仁安元年（一一六六）十二月三十日のことである（公卿補任）。そのふた月前の十月二十一日には正五位下に叙された（兵範記）。『公卿補任』によれば、兵庫頭を辞して昇階したようだ。『頼政集』雑部（本書所収箇所）の冒頭、577～600の二十四首に及ぶ歌群は、すべて、この昇殿とその直前の叙正五位下に関わる贈答で、頼政にとってこれらが重要な意味を持つ出来事であったことを推測させる（この歌群については後述）。

昇殿からひと月後の翌仁安二年（一一六七）正月三十日には、さらに従四位下に叙された（兵範記）。『頼政集』にはこの折の藤原頼輔（601・602。贈答の相手を「中宮亮重家」とする）、および顕昭（603・604）との贈答が入る。

この頃、後白河院に関わる事績も目立ち始める。頼政は保元三年（一一五八）十二月二十日の二条天皇即位の日に「捕進狂人賞」により院昇殿を聴されていたが（公卿補任）、以後十年ほどは後白河院に関わる事績は見られない。仁安二年（一一六七）四月十一日、頼政は後白河院の宇治への方違御幸に「殿上人」として供奉、同年七月七日には後白河院が臨席した法勝寺御八講結願で布施取りを勤めた。嘉応元年（一一六九）三月十二日の法勝寺御念仏結願でも院殿上人として布施取りを勤めている（以上兵範記）。

この間、仁安三年（一一六八）二月十九日、六条天皇が高倉天皇に譲位した。頼政は御禊行幸の供奉の人数に入り（兵範記・九月八日条）、同年十一月二十日の大嘗会叙位で従四位上に叙された（兵範記）。『公卿補任』は「院御給」によるとする。なお、この時、藤原清輔も同じく従四位上に叙されている。嘉応二年（一一七〇）正月十四日、右京権大夫となった（公卿補任）。承安元年（一一七一）十二月九日、弓場殿の失火を消し止めた（前項参照）ことに対する賞として正四位下に叙されたが（吉部秘訓抄）、この昇階についても『公卿補任』は「院御給」としている。この時、共に正四位下に叙された藤原頼輔との間で左のような贈答が交わされた（頼輔集八一・八二）。昇進の事情が詞書によく示され、同時に昇階した喜びを詠歌で分かち合ったことが知られるが、『頼政集』はこれを収録していない。

おなじき卿（頼政）、右京権大夫と申しし時、大納言ゆばはじめのよ、ゆばどのにてひのつきたるけたせて、勧賞に四位正下したるに、おなじく加級ゆるされたる後朝に、このよろこび申しつかはすとて

みをつみて思ひこそやれくらゐやまのぼるはいかにうれしかるらん

かへし　　入道三品（頼政）

きみをわがくらゐのやまにさきだててこしをおすおすのぼるとをしれ

次節で触れるように、頼政は承安元年五月と安元元年（一一七五）九月の後白河院供花会歌会に出詠している。供花会歌会には平親宗・惟宗広言らの後白河院近臣が参じたが、頼輔もその一人である。この頃の頼政は後白河院にかなり接近していたと推測される。頼政は公的生活の始発以来、鳥羽院・美福門院―二条天皇と続く皇統に侍する立場を取っていたが、後白河院と二条天皇の間には、前述したごとく、政治の実権をめぐる激しい確執があった。頼政がいわば対立する後白河院方に与したのはなぜだろうか。

二条天皇は生母没後、美福門院に養育されたが、永暦元年（一一六〇）に美福門院が没すると、その皇女暲子内親王（八条院）を准母とすることで自らの位置の補強を図った。[26] 八条院は二条天皇の「鳥羽院後継者としての正統性を象徴する役割[27]」を果たしたのである。頼政は美福門院没後、八条院に仕えて、その東国の所領の経営にも関わったらしい。[28]『頼政集』75に入る、

八条院歓喜光院におはしますころ、桜やう〳〵咲はじめて侍るをみて、花半咲といふこゝろをよみ侍しに

とりそへてうゑし桜のまづさきに一木さくにぞ二木とはしる

の歌は、八条院に近侍していたがゆえの詠であろう。平治の乱や二条天皇との確執で近臣の多くを失った後白河院は、人材を八条院周辺に求めていったという。頼政の後白河院への接近も、八条院への近侍を媒介としてのことではないだろうか。

承安四年（一一七四）八月、後白河院と建春門院が臨席して鳥羽成菩提院で彼岸念仏が行われたが、頼政は二十二日の「御念仏間番」を、男仲綱は二十五日の番を担当した（吉記）。安元二年（一一七六）二月五日、頼政は右京権大夫を辞して仲綱を正五位下に申し叙した（公卿補任）。なお、仲綱はこの年四月二十七日に後白河院が受戒のために延暦寺に御幸した際にも、妹讃岐の夫藤原重頼と共に「殿上人」として供奉している（吉記）。また、治承二年（一一七八）九月、頼政は藤原兼実に対して、春日使の武士として、病気の仲綱に替えて正綱を立てたいがどうだろうと申し入れたが、その正綱に「頼行子、頼政養子、女院殿上人、候院北面」と注があり、後白河院北面に侍していたと知られる（玉葉・七日条）。この頃の頼政は家族ぐるみで後白河院に近侍していたと言えよう。

治承二年十一月十二日、高倉天皇中宮徳子の御産のために白衣観音・帝釈天の二壇を七ヶ日修することとなった。帝釈天の修供は「前右京権大夫頼政朝臣沙汰」であった（吉記）。白衣観音の修供を担当したのが後白河院北面に侍した卜部仲遠[29]で、後白河院自身も徳子御産のために熱心に祈っていることを考え合わせると、頼政の修供担当も院の意向によるものであろう。なお、頼政の養子兼綱（頼政兄頼行の男）は女御徳子の露顕の日に勾当に補され（兵範記・承安元年十二月二十六日条）、徳子が中宮に冊立されると、その権少進となった。少進は讃岐の夫重頼であった（玉葉・承安二年二月十日条）。頼政は後白河院との関わりを通して、他の権門との結びつきを探り、一門の将来にわたる安定を図ろうとしていたかと推察される。

治承二年十二月二十四日の除目で、頼政は従三位に叙された（山槐記・除目部類）。藤原兼実は「第一之珍事」と評し、清盛の奏請による叙位であったことを書き留めている（玉葉・同日条）。清盛の奏状には、「已余七旬、尤有哀憐、何況近日身沈重病云々、不赴黄泉之前、特授紫綬之恩」と記されていたという。病で命終も近いのを憐れみ、冥土の土産として公卿の仲間入りをさせてやろうというような口ぶりである。

この頃の頼政は実際に重い病気にかかっていたらしい。翌治承三年正月十二日、侍を遣わして頼政の病気を見舞わせた兼実は、「自旧年煩赤痢病、及獲麟云々」と記している（玉葉）。翌十三日には、頼政養子で右大夫尉であった兼綱が、「頼正卿所労危」により検非違使別当藤原忠親の召しに応じられない旨を答えており（山槐記）、深刻な病状であったようだ。叙従三位の拝賀も四月になってからであった。牛車を関白藤原基房に借りようとしたが叶わず、兼実に借りたという（山槐記・玉葉）。後白河院と緊密であった基房に申し入れたことにも、院に近い頼政の政治的立場が読み取れよう。この年五月二十五日、後白河院が臨席した法勝寺千僧御読経にも頼政は参会している（山槐記）。後白河院への近侍が挙兵の前年まで確認できることは、注意しておいてよいだろう。

頼政の父仲正の極位は従五位上である。頼政は貴族社会における地位という点では父を遥かに超えた。その昇進は、領地の管理や武力による警衛、あるいは和歌等を通して権門と結びつき、門地の上昇と安定を目指した努力に支えられていたが、近侍する頼政に対する後白河院の恩顧が反映した面もあったと考えられる。

6　以仁王事件をめぐって

従三位に叙され公卿に列した翌年の治承三年（一一七九）十一月、頼政は出家した。その生涯は円満に閉じられるはずであった。ところが、その翌治承四年五月二十六日、頼政は宇治において平家の軍勢と戦って敗れ、平宗盛の乳母子平景高に頸を切られて没する。頼政は叛乱軍の将として、七十七年の生涯を終えることとなったのである。

「以仁王の乱」と呼ばれるこの事件について、以下、『山槐記』『玉葉』『明月記』等に拠って経緯を略述しておく。(31)以仁王は後白河院の皇子で、この時三十歳。閑院流藤原季成の女成子（高倉三位）を母とし、守覚法親王や亮子内親王（殷富門院）・式子内親王は同胞である。以仁王は五月十五日に土佐への配流が決まり、検非違使兼綱（頼政男）と光長（光房男）が捕縛に向かったが、三条高倉の宮邸に踏み込んだ折には、以仁王はすでに脱出した後であった。翌十六日には以仁王が園城寺にいることが明らかになる。二十一日には園城寺攻撃が十一人の武将に命じられたが、宗盛以下、頼盛・教盛ら平家の人々に交じって「頼政入道」の名が見える。兼綱が以仁王の拘束を命ぜられていることと併せて、頼政一家の以仁王への与力は想定されていなかったようである。二十二日夜半、頼政は邸を自焼し、子息らと共に園城寺に向かった。園城寺で以仁王と合流した頼政は、南都大衆の合力を期して南に向かうが、平等院の前、宇治橋の辺りで平家が差し向けた追討軍と合戦になった。頼政方は、猶子の兼綱や仲家（義賢男、義仲兄）、渡辺党の唱《となふ》・副《そはる》・勧《すすむ》・加《くはふ》らが討たれた。また、八条院領の荘官足利義清や「安房太郎〈上総国住人〉」が討たれた者のリストに入っており、頼政が東国武士を郎党として編成していたことを確認しうる。

この事件は鎌倉幕府の公式の歴史書である『吾妻鏡』や、『平家物語』にも詳しく記されている。『吾妻鏡』の冒頭には、頼政が治承四年四月九日、男仲綱と共に以仁王を訪ね、頼朝以下の源氏に呼びかけて平氏一族を討伐し天下を治めるべきことを説いたとするエピソードが置かれている。頼政の意を受けて以仁王が下した令旨は、八条院蔵人源行家（為義男、義朝弟）に託されて東国にもたらされることとなった。この記事に続いて、同月二十七日条には令旨を受け取った頼朝が平家討伐のために挙兵を決意したこと、五月十日条には頼政が挙兵の準備をしている旨が下河辺行平（頼政郎党）から頼朝に報告されたことが記され、五月十五日に「平家追討令旨」を下したことが露顕して以仁王の土佐への配流が宣下されたという展開になる。『吾妻鏡』はこの事件について、頼政が以仁王に勧めて実現した平家追討を目的とする挙兵とし、やがて頼朝を中心とする源氏軍が平家を滅ぼすさきがけとなった重要な出来事として位置づけている。頼政の挙兵と以仁王の令旨は、以後の頼朝の軍事行動および新たな武家政権の樹立に確固たる正統性を付与するものとして、神話的な意味が与えられていると言ってよく、これを頼政の事績として扱う際にはその虚構性に対する十分な注意が必要である。

『平家物語』も事件の捉え方は『吾妻鏡』とほぼ同様だが、記述はより詳細である。事件の発端についても、四月十四日深更に頼政が以仁王の邸に赴き、平家を討伐して父後白河院の幽閉を解き、王自らは踐祚すべきであるとして、与力する源氏勢の具体的な人名を列挙するなど、言葉を尽くして挙兵を勧めたことが記される。特に覚一本『平家物語』では、頼政が平家に対する叛逆を発意した理由として、男仲綱が愛馬「木の下」をめぐって平宗盛に恥辱を受けたエピソードが加えられている。頼政の郎党競《きほふ》の忠誠心と活躍を絡めながら描き出しており、物語としての完成が目指されている印象が濃い。仲綱が宗盛の仕打ちに対し憤懣を漏らすのを聞いた頼政は、

何事のあるべきと思ひあなづッて、平家の人どもがさやうのしれ事を言ふにこそあんなれ。其儀ならば、命いきてもなにかせん。便宜をうかゞふてこそあらめ。(32)

と言って、以仁王に挙兵を勧めることになったという(「競」)。屈辱を受けても何の抵抗もしないだろうと、平家から軽侮されたことに対して激しく憤り、命を賭して報復しようとする姿が描かれている。

また、頼政の最期も詳細に語られるが、辞世の歌として示される、

埋木の花咲くこともなかりしに身のなるはてぞかなしかりける(「宮御最期」)

の歌に述懐性が濃い点に、『平家物語』が頼政をどのような人物として造型しようとしているかは明確に現れている。

『平家物語』に登場する頼政が述懐的傾向を持つことは、殿上を望んだ頼政が、

人知れず大内山の山守は木がくれてのみ月を見るかな

と詠んで昇殿を許され、正四位下であった折には、

のぼるべきたよりなき身は木のもとにしゐを拾いて世をわたるかな

と詠んで従三位に叙されたとするエピソードが載ることにも明らかである。「埋木の」歌は「身」に「実」を掛けて「花」と対置し、我が身は世に取り立てられて華やかに栄達することもなく、身のなれの果てにこうして敗れ死んでいくことが悲しいという心情を詠み、「のぼるべき」歌は「四位」に「椎」を掛けて、昇進を望んでも引き立ててくれる縁故もない我身は、木の下で身をかがめ椎の実を拾うように、四位に甘んじて生きていくしかないという鬱情を訴える。不遇沈淪を嘆くこれら二首は、いずれも頼政の作であるという確証がない。社会的に正当な評価を得ていないことに対する頼政の不満を形象化するために置かれたと見るのが妥当だろう。

こうした頼政の鬱屈した感情は、以仁王に挙兵を勧めた際の発言、

朝敵をもたいらげ、宿望をとげし事は、源平いづれ勝劣なかりしかども、今者雲泥まじはりをへだてて、主従の礼にもなほ劣れり。（「源氏揃」）

とも呼応していよう。『平家物語』は頼政を、平氏一門に比して源氏が評価されず、社会的な地位も不当に低く抑えられていることに対し、強い不満を持つ人物として造型している。前述した「木の下」の一件での頼政の反応と併せ考えるならば、『平家物語』は頼政の挙兵を、勲功を正当に評価されないまま沈淪し、平家全盛時代に隠忍を強いられた武者の、抑えに抑えた感情の爆発として描こうとしているのは明らかである。

このような『平家物語』的解釈は頼政像の形成に長く大きな影響を与えてきた。多賀宗隼が頼政の挙兵について、

「これまでの、いわば一生にわたって積上ってきた鬱憤を迸出させ」、「生涯の最後の安静の生活を一擲し、一身・一家はもとより渡辺党のすべてを賭け武士の面目に生きるべく、大敵に挑んだのである」（前掲書、一三一〜一三四頁）と述べているのは、その見えやすい一例である。しかし、『平家物語』は物語内部の独自の論理で組み立てられているのであり、その中の人物像を元に頼政の実像を復元的に考えることには、やはり慎重であるべきだろう。

こうした『吾妻鏡』や『平家物語』の事件解釈とは対照的に、「以仁王の乱」はなかったとする見解も現れてきている。例えば、河内祥輔は以仁王と頼政の間に平家討伐の謀議はなく、以仁王の配流は皇位継承の有資格者であることに対する高倉院側の懸念に発したものとする。また、以仁王の逮捕・配流の執行役であった兼綱が王を逃がしてしまった失態により、頼政は園城寺に逃げ込んだ以仁王の奪還に責任を負うこととなったが、園城寺を攻撃して仏敵となることは出家者として受け入れられず、処罰を避けるために以仁王に同心する道を選んだとしている。[33][34]

一方、永井晋は兼綱らが以仁王を取り逃がしたのは、頼政が王に使者を送り追捕使の派遣を伝えたゆえとし、これが露顕すれば重大な機密を漏洩したとして、以仁王との共謀を疑われると考え、園城寺に入ったと見る。園城寺における以仁王の行動は「嗷訴」として想定されるもので、頼政以下の武者と園城寺の大衆を率いて南都に向かった時点で、初めて明確な軍事行動となったとしている（前掲書）。

これらの見解は、『吾妻鏡』の史観や『平家物語』の物語性にとらわれず、記録類に記される事実や『愚管抄』の記事に基づく考察によっている。従三位にまで昇進して官途に満足していたはずの頼政が、出家後で老齢病身であるにもかかわらず、勝ち目があるとは考えがたい挙兵になぜ踏み切ったのかという、「以仁王の乱」に対して誰でもが抱く疑問を回避できる点でも魅力的な見解と言えよう。

しかし、頼政が以仁王をめぐる人脈と密接に繋がっている事実を考えるならば、以仁王と呼応しての軍事行動が偶発的に引き起こされたものであったと判断することは、なお躊躇される。以仁王は八条院の猶子となり政治的・経済的支援を得ていたが、頼政が八条院に仕えていたことは前述した通りで、両者は八条院を介してきわめて近い位置にあった。

また、以仁王は永万元年（一一六五）十二月十六日に太皇太后宮多子の御所で元服したが（顕広王記[35]）、頼政は、

年比住侍し所を、大宮の御所にかへめされて次のとしの、春の梅さきたるよしを聞て、しづえにむすびつけさせ侍し

むかし有しわらやは宮に成にけり梅もやことに匂ひますらん（頼政集23）

の歌によって明らかなごとく、多子と邸を交換し[35]、その御所の人々と風雅な交流もあったようだ。多子に仕えた女房小侍従は、『頼政集』に見える、

五月雨のころ、内に候てまかり出たる夜、めづらしく月のあかゝりしかば、大宮に小侍従候と聞て、ちかきほどなりければ申つかはしける（152詞書）

あひしりて侍る女房、二月廿日比に大宮に候よしを聞ていひつかはしける（670詞書）

の詞書に明らかなごとく、頼政の恋人であった。『頼政集』には二人の機知に富んだ応酬が数多く収載されているが、こうした親密な関係も頼政が多子御所に出入りしていたゆえであろう[37]。頼政と以仁王は多子を介しても近い位置にあったと言える。

佐伯智広によれば、以仁王については、二条―六条と引き継がれた皇統を支持する勢力が、憲仁親王（高倉天皇）に対抗する皇位継承の候補者として確保しようとしていたという[38]。六条天皇の外祖父は徳大寺家の家司伊岐致遠[39]で、徳大寺家の人々が以仁王を支持していたことは、王の母の出自が閑院流であったことからも容易に推測しうる。二

条天皇に求められて再入内し「二代后」と呼ばれた多子は、徳大寺家の女である。その御所で以仁王が元服することは、多子の生家の方針から見ても、また彼女が鳥羽院・美福門院により設定された正統な皇統（二条皇統）の継承を守ることを託されたという点からも、必然性があると言える。

この当時、徳大寺家を嗣いでいたのは多子の同母兄実定である。『頼政集』にはこの実定と交わした、

　大納言実定卿のもとより、菊をこはれて侍しかば、むすびつけて侍し

　玉しける庭にうつろふきくの花もとのよもぎの宿なわすれそ（250）

　返し

　うつしうゑて此一もとはめかれせじ菊もぬしゆゑ色まさりけり（251）

の贈答が収められ、親しい交流がうかがえる。ただし、両者の間柄は風雅のみに仲介されるものではなかったようで、『顕広王記』治承二年（一一七八）八月五日条に見える、

　今夜京中・白川・大原辻・入強盗十二所云々、凡近年毎夜雖入二三所、一夜無空、天下愁歎也、今夜入左大将（実定）家、即時被搦取了、前右京権大夫頼政朝臣并甥大夫尉（兼綱）等搦之

の記事は、頼政が実定を警護する役割を請け負っていたことを推測させる。両者は武力を介しても結びついていた可能性があろう。

また、頼政は多子との邸宅交換により、実定の同母弟実家と隣家同士になったらしく、『頼政集』では実家を「となりなる所」（48詞書）、「むかひの中将」（211詞書）等と呼んで、両者の風流なやりとりを収載している。

頼政と八条院、多子・実定・実家との緊密な関係は、鳥羽院・美福門院への近侍を契機として二条天皇に仕えた頼政が、二条天皇没後も六条天皇から以仁王へと続く皇統を支持する勢力に与していたことを示唆していよう。

また、後述するように、『頼政集』雑部の冒頭に置かれた昇殿昇階歌群は、いずれも六条天皇時代の事績にのみ関わり、高倉天皇時代の昇階をめぐる贈答を採っていない。『頼政集』の選歌と配列には、仕えるべき皇統として高倉―安徳ではなく、二条―六条―以仁王を選択した頼政の政治意思が、密かに表明されているようにも思われる。

頼政の政治的な位置については、姻戚・縁戚関係を通して貴族社会に広く張り巡らされた頼政の人脈[40]や、鎌倉期に入って以降、頼政の係累が頼朝から受けた厚遇[41]等にも目を向けながら、さらに慎重に考究していく必要があるだろう。

三、和歌事績

頼政は『詞花集』に一首入るのをはじめとして、以下の勅撰集に五十七首入集する。特に、『千載集』に十四首入ることは、『続詞花集』『今撰集』『月詣集』『言葉集』や『歌仙落書』『治承三十六人歌合』等の、平安末期に成立した私撰集や秀歌撰に少なからぬ歌数が入ることと併せて、同時代評価がきわめて高かったことを物語っていよう。六八七首を収める大部な家集を残すことからも、頼政が和歌に熱心であったことはうかがえよう。その詠歌は、父祖以来の貴族化および和歌愛好の気風に影響を受け、また直接的には父仲正の和歌活動に導かれて開始されたと考えられるが、その後どのような道筋をたどって歌人として形成されていったのだろうか。頼政の和歌事績については、森本元子、井上宗雄、錦織周一に詳細な考察がある。先学の驥尾に付しながら、頼政の和歌活動の閲歴をたどってみよう。

1　始発期　―保元年間まで―

現在残る頼政歌の中で、詠作時期がもっとも早いことが明らかなものは、『頼政集』雑部冒頭に置かれる、

世中に思はずなることのみありて、住侘て、いづみなる所にこもりゐて侍しに、をかざきの三位、六位にて侍し時、内蔵人に成りぬと聞て、よろこびつかはすとて

君が為うれしきことは嬉しきに我なげきをば歎しもせじ（570）

である。従兄弟範兼が六位蔵人になった大治五年（一一三〇）正月八日（公卿補任・蔵人補任）から間もない頃の作と推定される。頼政は二十七歳である。

和歌行事への参加としては、長承末年（一一三四）～保延元年（一一三五）初頭頃に成立した為忠家初度百首と、これに引き続いて保延元年中に成立した為忠家後度百首に、父仲正とともに加わったのが早い[42]。頼政は三十歳を過ぎており、歌壇へのデビューとしてはいささか遅い。仲正はすでに永長元年（一〇九六）頃から和歌事績が残り、長治元年（一一〇四）俊忠家歌合や大治四年（一一二九）七月以前の白河院北面歌会（新拾遺集）等に出詠、天治元年（一一二四）頃成立の『金葉集』に二首入集していた。二度の百首を主催した藤原為忠と仲正は、ともに白河院皇女令子内親王（鳥羽院皇后）の宮職を勤めて面識があったと推察され、長承三年（一一三四）六月に為忠が催した歌合にも仲正は出詠している。頼政の為忠家両度百首への参加が仲正に導かれたものであったのは間違いあるまい。『頼政集』には後度百首の一首のみが入る（337）。

為忠家両度百首詠出から間もない保延二年（一一三六）三月、藤原家成の歌合に参加したことが、『夫木抄』春五（一六〇二）に入る、

同（保延二年三月家成卿家歌合、霞帰雁衣）　従三位頼政卿

かへる雁かすみの衣いくへきてさむきこし路の空を行くらん

によって知られる。判者は基俊で、父仲正や従兄弟範兼も出詠した。藤原家成は家保男、顕季の孫にあたり、鳥羽院の寵臣として勢威を揮った。保延元年以降、数度の歌合を催したが、仲正は保延元年八月の歌合に、頼政は久安五年（一一四九、三十六歳）九月の歌合にも出詠している。家成家歌合への出詠は、和歌愛好や歌人としての声望が評価されて作者に入ったというだけではなく、仲正・頼政父子が鳥羽院やその后美福門院の外戚たる末茂流藤原氏（善勝寺家）に政治的に接近していたことの反映という側面もあろう。

久安五年度の歌合で頼政は、

つねよりもさやけき月にさそはれて床あくがるる秋は来にけり（「秋月」題九番左）

あふ事はなぎさにかへす白浪のなほよりくるやこりずまのうら（「恋」題七番左）

のように、「床あくがるる」「渚に返す」といった珍しい表現を用いて、判者の顕輔から、「左歌の、なぎさにかへすといへる、ききつかず、又、なほよりくるやといへるわたり、いひつかずきこゆ」等と批判されている。なお、『頼政集』は右の「恋」題歌を入れるが（493）、詞書では会記を誤って「左京大夫顕輔卿家歌合」としている。

保延三年（一一三七）九月、仲正は「法輪百首」を詠んだ（『類題鈔』[43]）。霞・梅・郭公等の十一歌題を述懐に寄せて詠む催しだったが、『頼政集』にも「郭公　法輪寺百首中」（138）の詞書が見える。仲正の「法輪百首」と頼政の「法輪寺百首」が同一の催しかどうかは不明だが、仲正の和歌活動が頼政に影響を与えた一証左と見ることはできよう。

毎朝鶯を聞といふ心を、二条大宮にて人〳〵よみ侍りしに

日数行く旅のいほりをたつごとにき、捨がたきうぐひすのこゑ（頼政集15）

も、この頃の詠作と考えられる。「二条大宮」は白河院皇女令子内親王（母は中宮賢子）である。同一会での仲正の歌が、『夫木抄』に「毎朝聞鶯と云ふ事を太皇太后宮にて」の詞書で入り（四三六）、仲正が没したとされる保延末年（一一三九）以前に催行された歌会と知られる。令子御所には摂津・肥後ら歌人として著名な女房が多く仕えていた。仲正女の美濃もその一人で、『金葉集』に五首入集するが、うち一首は令子御所における歌会の詠である。なお、令子は藤原師実・麗子夫妻に養われたが、仲正の母は麗子の女房中納言で、仲正自身も関白師通の勾当を勤めた（井上前掲書）。こうした関わりを通して令子と密接であったことが、歌会に参じた背景にはあるのだろう。

また、『続後拾遺集』恋一に入る、

左京大夫顕輔家の歌合に　　従三位頼政

忍びしもいまはあさまのかくれなくもゆるけぶりと成りにけるかな（六七九）

は、久安二年（一一四六、四十三歳）六月の顕輔家歌合の詠かと推定されている（萩谷朴『平安朝歌合大成』三四二。以下同書は『歌合大成』と略称）。藤原顕輔は顕季男、家成の叔父にあたる。この歌合には兄の頼行も出詠した（夫木抄・一三三四四）。父仲正は長承三年（一一三四）九月の顕輔家歌合に出詠している。久安二年にはすでに没していたと推定されるが、頼政兄弟の歌壇活動の始発期に、仲正の歌人としての履歴が及ぼした影響をうかがわせる。

この時期の頼政が鳥羽院に近侍し、年時は不明ながら、院の北面歌会に出詠したことは前節に述べた。頼政はまた、崇徳院の歌会にも女房の代詠ながら左の一首を提出している。

六月十日比に更恋時鳥といふ心を讃岐院にて人〴〵よみけるに、女房にかはりて

郭公今はなかじと思ふ夜は待しよりけにいこそねられね（頼政集157）

『長秋詠藻』に入る、

崇徳院御会の時、六月朔、更恋時鳥といふ心をよませたまひし時

尋ぬらむまぼろしもがな郭公行末《ゆくへ》もしらぬ六月の空（二三四）

と同一会での詠と考えられる。詠作年時は不明だが、頼政が権門と結びつくことで公的活動の範囲を広げていくのに伴い、詠歌の場も拡大していったことがうかがわれる。

仁平元年（一一五一、四十八歳）頃、崇徳院の命を受けた顕輔が『詞花集』を撰進、

題不知　　源頼政

みやま木のそのこずゑともみえざりしさくらははなにあらはれにけり（一七）

の一首が入集した。

久寿二年（一一五五、五十二歳）から翌保元元年の交に、『詞花集』の撰集方針を批判し改撰を試みた集として『後葉集』が成立した。編者の寂超は藤原為忠の男為経で、為忠家両度百首の作者である。頼政の作は、

だいしらず　　源頼政

おもへどもいはでしのぶのすり衣こころのうちにみだれぬるかな（三一二）

（題不知）　　頼政

人しれぬ涙の川のはやきせはあふよりほかのしがらみぞなき（三五二）

の二首が採られた。

「人しれぬ」歌は『頼政集』に「恋　清和院斎院会」の詞書で入る（348、初句「女きかぬる」）。「清和院斎院」は仲正の姉妹（掌侍源盛子）所生の白河院皇女官子内親王で、頼政のいとこにあたる。その御所で歌会が催されたことは、

『頼政集』の「恨てあはずといふことを清和院斎院にて人〳〵よみ侍りし」(354)、「遇不告恋　清和院斎院宮会」(366)や、『山家集』の「春は花をともと云ふ事をせか院の斎院にて人人よみけるに」(一三九)の詞書によって知られる。『聞書集』に「としたか、よりまさ、せかせか院の斎院にて人人よみけるに」(九二)、「夢中落花と云ふ事を、せか院にて、老下女をおもひかくる恋と申すことをよみけるに、まゐりあひて」(二五五詞書)と見えるごとく、頼政が西行と官子御所の歌会で同座しているのは注意される。西行は頼政より四歳年少で、両者ともに鳥羽院に近侍した経歴を持ち、すでに面識があった可能性もある。官子は嘉応二年(一一七〇)頃成立とされる『今鏡』に、「七十にあまり給ひて、まだおはすと聞え給ふ」と記される。したがって、右に掲げた歌会の催行年時の下限は嘉応まで下げられるが、右「人知れぬ」歌が詠まれた会と相前後する、久寿〜保元頃までの催行だったのではないだろうか。

2　二条天皇内裏歌壇

二条天皇は践祚の翌平治元年(一一五九)春以降、内裏歌会を盛んに催すようになる。二条天皇に近侍した藤原重家の家集『重家集』は、内裏会での詠作を編年的に網羅しており、歌壇の活動実態がよくうかがえる。(44)その冒頭には平治元年春の、

　内裏にてはじめて御会ありしに、花有喜色といふ題を
はるかぜものどけきみよのうれしさははなのたもともせばくみえけり(一)
　又内にて、禁庭柳垂といふ題を
にはのおもはひまなくはらふあをやぎにまかせてをみよとものみやつこ(二)

の歌が見えるが、『頼政集』には重家集二番歌と同じ折に詠まれたと考えられる、

二条院御時、禁中柳垂

紫もあけもつらなる庭の面に又みどりなる玉柳哉（26）

が入る。この歌会には、重家・頼政の他、藤原俊成（長秋詠藻・二一一「禁庭柳垂」）と頼政女で二条天皇に仕えた讃岐（二条院讃岐集・一「内裏柳垂」）の出詠が確認できる。(45)

『頼政集』にはこの他にも、『重家集』所載の二条天皇歌会詠と同題の歌が、

① 逐夜増恋

恋そめてしばしは夢も見しかども今はいをだにねられればぞあらん（349、重家集一六「（内にて）逐夜増恋」）

② 河辺草深　二条院御時、女房にかはりて

を舟入るつたのほそ江にさす棹の末ぞみえ行草がくれつゝ（164、重家集一七「又内にて　江辺草深」）

③ 竹風夜冷

おしのくるよはの衣をそよくなる竹のは音に引きられつる（122、重家集二二「（内御会）竹風夜涼」）

④ 藤花留客

みる人をなどやかへさぬ藤のはなはひまつはれよとかはをしへし

（100、重家集二二三「（内にて）次、例の卒爾　藤花留客」）

のように見出せる。①〜③は平治元年（五十六歳）の、④は応保二年（一一六二、五十九歳）の催しと推定される。

また、『千載集』春下に入る二条天皇の歌、

やよひのつごもりごろ、白川殿に御かたたがへの行幸ありける夜、春残二日といへる心をうへのをのこどもつかうまつりけるついでに、よませ給うける

われもまた春とともにやかへらましあすばかりをばここにくらして（一一一）
二条院御製

と同題の、

春残二日いふ心を

をしめども今夜も深《ふけ》ぬ行春をあすばかりとやあすは思はん（頼政集105）

は、他に見えない珍しい歌題であり、『今撰集』に入って二条天皇時代までの詠であることは確実なので、二条天皇歌と同じ折の作と推定される。

前節で触れたごとく、頼政は二条天皇時代には昇殿を許されなかった。したがって、内裏歌会に出席することは叶わなかったはずで、頼政の歌は164番歌のように何人かの代詠として提出したか(46)、あるいは、『頼政集』に、

地下に侍し時、内より歌をたび〳〵めされてまゐらするとて、女房のもとへつかはしける

ことの葉は下吹風にちらしあげて谷がくれなる我なげき哉（574）

と見えるように、詠作だけを進上していたのであろう。

なお、『新拾遺集』雑下には、二条天皇に命ぜられて詠んだとする物名歌、

二条院御時ひだりまきの藤ふちきりひをけをこめて河によせて歌たてまつるべきよし仰ありければ身づからの名をそへてよみ侍りける
従三位頼政

水ひたりまきのふちふち落ちたぎりひをけさいかによりまさるらん（一九〇〇）

が見える。この歌は『今物語』一三段に、藤原頼長から「桐火桶」と自分の名を詠み込んだ歌を求められた頼政が、「宇治河の瀬瀬の白波おちたぎりひをけさいかによりまさるらん」と詠んだ話として収載される。また、『源平盛衰

記』巻十六は鳥羽院の命で詠んだとする。『今物語』の編者とされる藤原信実は、頼政とも交遊のあった隆信の男で、話柄・歌ともに『今物語』の形が自然である。(47)『新拾遺集』に記されるエピソードは訛伝の可能性があるが、二条天皇との間の歌話として伝承されている点に、両者の親密な関係が広く認知されていたことをうかがいうる。

長寛元年(一一六三、六〇歳)には、従兄弟で二条天皇歌壇の有力歌人でもあった藤原範兼の催しに出詠した。『頼政集』に「秋花勝春花　範兼卿会」(193)、「惜秋忘愁といふ心を　刑部卿範兼卿会」(252)、「葉飛渡水　範兼卿会」(271)と見える歌題が、『重家集』にも見えて、長寛元年に範兼家で催されたそれぞれ別の折の逆修会での詠と知られる。範兼家歌会での詠は他にも、「野径郭公　範兼卿家」(142)、「紅葉隔池　範兼卿会」(273)、「落葉驚夢　範兼卿会」(275)の詞書で『頼政集』に入る。会の催行年時は未詳だが、範兼が没した永万元年(一一六五)四月以前の詠であることは確かである。

二条天皇歌壇において指導的立場にあった藤原清輔の歌合にも出詠したことは、

清輔朝臣家歌合に月を

雲もなく山のはも又遠ければ月ゆゑ今ぞ物はおもはぬ(217)

によって知られる。『歌合大成』は永暦元年(一一六〇)八月の歌合と推定する(三五三)。また、『源三位頼政集全釈』は『頼政集』232の「叢虫」題歌を、『重家集』二七二「叢虫」題歌と同じ折の詠と推定する。『重家集』の「叢虫」題は「大進、会すとてこはれしかば」として掲げる三題中に見え、これと同時詠とすれば長寛二年(一一六四)秋の清輔家会に出詠したことになる。さらに、二条天皇没後の仁安二年(一一六七、六十四歳)二月にも清輔家歌合に出詠した。『頼政集』8に「海辺霞　大弐重家卿会」の詞書で入る歌は、『夫木抄』雑二に、

仁安二年二月清輔朝臣家歌合、海辺霞　　従三位頼政卿

春霞へだつる比はしら波のこすともみえぬ末の松山（八九七四）

として入り、衆議による判詞も付されている。

清輔は二条天皇の下命による勅撰集の撰進を目指していたが、永万元年（一一六五）七月の天皇の死により奏覧を果たせずに終わった。その『続詞花集』に清輔は頼政の歌を四首採っている。また、清輔の義弟（顕輔猶子）顕昭も同じ頃、『今撰集』を編んだ。『今撰集』は二一六首からなる小規模な私撰集だが、頼政歌は六首採られている。二条天皇歌壇とその周辺、および次項で述べる歌林苑等におけるさかんな和歌活動を通して、交遊の範囲も広がり、歌人としても次第に高い評価を得つつあったと推察される。

3 歌林苑とその周辺

二条天皇歌壇とほぼ同時期に活動を開始したのが歌林苑である。前節でも引いた、

鳥羽院かくれさせ給て後、歌林苑にて人〴〵懐旧といふ心をよみ侍けるによめる

むかし我ながめし月の入しより世にふる道はふみたがへてや（620）

を、鳥羽院が崩御した保元元年（一一五六）七月には「歌林苑がすでに存在していたとすべき証」と見る立場がある[48]。しかし、「懐旧」題の「昔を懐かしむ」という本意から見て、620歌が鳥羽院崩御の直後に詠まれたとのみ判断する必要はないように思われる。また、頼政が鳥羽院の指名した二条天皇を正統な皇統として奉戴した事実や、『頼政集』雑部冒頭歌群が二条天皇の皇嗣六条天皇の時代の昇殿昇階に焦点を当てていることを勘案するならば、鳥羽院政期の政治的な正しさを称揚したかに読める620歌やこれに付された詞書が、詠作時の事情や心境を正確に反映しているかどうかについても、検討が必要なのではないだろうか。

ただし、長寛二年（一一六四）八月に歌林苑で歌合が行われたことは、『歌合大成』（三五六）等に考証がある。月・草花の二題が設題されたこの歌合に、頼政が出詠したことは、『夫木抄』に入る、

長元（ママ）二年白川歌合、野花　　従三位頼政卿

無き名のみいはれののべの女郎花露のぬれぎぬきぬはあらじな[49]（四二六八）

によって明らかで、頼政は歌林苑の早い時期からのメンバーであったと推察される。

また、同じ頃、歌林苑十首会にも加わっている。「遠村霞」「夜泊鹿」「寄催馬楽恋」等の複合題を詠む催しで、『頼政集』には六首が収載される。俊恵・頼政の他、隆信・道因らが作者となり[50]、範兼の「夜泊鹿」題歌が残る（千載集・三一一）ことから、範兼が没した永万元年（一一六五）四月以前の催行と知られる。

『頼政集』にはこの他にも「歌林苑会」の会記を付した詠作が多く残る。枚挙に暇がないので、詳細は巻末の「会記一覧」に譲るが、頼政が歌林苑の和歌行事に非常に熱心に参加したことがよくうかがえる。歌林苑は『隆信集』に「俊恵が白河わたりにすみし所を、人々かりむえとつけて、歌よみ所にして、つねにゆきあへりし程に（下略）」（八三二詞書）と見えるように、京都白河にあった俊恵の僧坊に付けられた名称で、和歌を詠もうとする人々が自由に「行きあへ」る、開放的な性格の和歌の〈場〉であった[51]。実際に、地下や実務官人、出家隠遁者や女房や僧・祠官等、さまざまな階層の人々が寄り集まっては、歌莚が形成されたことが知られている。

それまで、縁戚関係や職掌、政治的な主従関係等を契機として和歌の場に参ずることが多かった頼政にとって、歌林苑の持つこうした性格は新鮮に映ったであろう。上位者の主催にかかる和歌行事に、たとえ地位の上昇を期待して参じたとしても、詠歌行為から文芸的な意味が欠落するわけではない。しかし、和歌を貴族化の重要な一手段としてきた家門に育った頼政は、社会的な見返りに直結しない和歌の〈場〉に出会うことで、詠歌することそれ自

体の愉楽を新たに見出したのではないだろうか。長年待ち望んだ空仁との出会いを歌林苑で果たした頼政の喜びを伝える、

少副入道空仁と中歌よむもの侍るを、年比きゝわたり侍に、かれもきゝて、たがひにいかであひみてしがなとおもひけるほどに、歌林苑にて人丸が影供し侍ける日あひて、歌よみなどして後、ほどへていひつかはしける

音にのみきゝきかれつゝ過〳〵てみきな我みき其後はいかに（頼政集629）

の歌は、歌林苑が可能にした、階層に制約されることのない他者との邂逅によって生じる心躍りがよく表れている。風雅の〈場〉の形成において社会的な位置関係を紐帯とせず、詠歌への欲求のみを歌莚成立の契機とする点こそ、歌林苑の「文芸性」と呼んでもよい特性と言えよう。

頼政は多くの歌林苑歌会に参じ、多様な階層の人々と歌莚で同座したが、歌林苑を主宰した俊恵とは特に親しく交流したようだ。俊恵の家集『林葉集』には、「暁更廬橘　頼政朝臣会」（二八二）、「旅宿蛍火　頼政会」（三三五）等の、頼政家で開催された歌会への出詠や、「頼政朝臣とぐして大井にまかりて、歌よみ侍りしに」（六四〇）のように共に逍遥したことを示す詞書が見える。[52]また、『頼政集』と『林葉集』には、左のように同一の歌題が見出され、二人がともに詠歌する機会の多かったことを推測しうる。

「海辺晩霧」（頼政239、林葉五四二）、「閑居霧深」（頼政240、林葉五四一）、「及暁遂会」（頼政370、林葉七八八）、「失返事恋」（頼政371、林葉九〇六）、「炉辺女談」（頼政452、林葉集八八二）、「不誤被怨恋」（頼政542、林葉九〇〇）

また、『頼政集』『林葉集』と藤原教長の『貧道集』の三者に共通する歌題も見出せる。

「女郎花近水」（頼政186、林葉三七三、貧道三五六）、「隣家晩荻」（頼政199、林葉三七六、貧道三七一）、「秘知音恋」（頼

政437、林葉八五五、貧道七六四）

先に挙げた「失返事恋」（頼政371）も、『貧道集』に「歌林影供会」における歌題として見える「失返事嘆恋」（七六〇）と同一会である可能性がある。頼政・俊恵・教長は歌林苑の活動を契機として親密に交流したのであろう。

教長は崇徳院に近侍した人物で、保元の乱に敗れて出家、常陸国に流罪となったが、応保二年（一一六二）に召還された。『貧道集』には崇徳院が催した三度の百首歌の詠が多く収載されるが、「歌林苑影供会」（五〇三他）、「歌林苑会」（五四三）、「歌林苑臨時会」（七二六）等、歌林苑での作も散見される。召還後の教長は、京都貴紳の邸宅で行われる歌合に出詠しなかったが、その一方で歌林苑を和歌活動の重要な場の一つとしていることは、歌林苑の政治的立場に拘泥しない性格を考える上でも示唆的である。頼政が教長と親しかったことは、『貧道集』に見える、

　　京やすみうかりけむ、ゐなかなる山でらにまかりて、みやこを思ひいでて人の許につかはしける

すみなれしおもひのいへをあくがれてさらぬわかれのかどでをぞする（九五六）

　かへし　　　　頼政朝臣

我もさぞ思ふおもひのいへゐにはいままでいでぬこころをさなご（九五七）

の贈答にもうかがえる。

教長の催した歌合に頼政は少なくとも二度参加している。承安二年（一一七二、六十九歳）閏十二月に開催された歌合（東山歌合・尾坂歌合）は五題からなる、かなり大きな規模の催しであったが、現在判明している二十三人の作者の多くは、道因・登蓮・章綱・憲盛ら、隠遁者や地下官人を含み、歌林苑とも共通する顔触れである。こうした階層の人々との交流は、早く永万元年以前に、塩湯浴みのために難波渡辺に赴いた折の素覚・師光・俊恵らとの親密な応酬に確認できる。[53] 寂念（為業）の歌合への出詠（27他）や、素覚・寂念・惟方入道らとの親しい交流等とも

考え合わせるならば、六十代以降の頼政にとって、歌林苑のみならず、広く隠遁者や地下、実務官人層との交渉や、彼らの形成する和歌の場が、重要な詠歌の契機をなしていたことは明らかであろう。

4　声望の確立

二条天皇が没した翌仁安元年（一一六六）以降は、諸家において和歌行事が次々に催され、頼政はその多くに出詠した。

仁安元年五月、平経盛が行った歌合に出詠した。その詠は『頼政集』に、

経盛卿賀茂にて歌合し侍けるにまゐりあひて月の心をよめる
影やどすみたらし川のさやけきは月もや今宵あまくだるらん（213）

経盛卿、賀茂にて歌合し侍けるに、まゐり合て、祝の心をよみ侍ける
をのゝえをくたす山人かへりきてみるとも君が御代はかはらじ（312）

と見え、また、『経盛集』にも、

加茂の社にこもりて侍りし時、歌合し侍りしに、祝をよめる
神山にしげるさか木や君が代にときはかき葉のためしなるらん（一二九）

の詠が見えて、賀茂社社頭における催しと知られる。頼輔・資隆・小侍従や賀茂重保・同政平が出詠し、判者は清輔であった（『歌合大成』三六〇）。作者の顔ぶれは歌林苑歌会に近似し、社頭における催しであることと併せて、実務官人・隠遁者層による歌会の系譜を色濃く継いでいたと推測される。

経盛はこの後、仁安二年八月、同三年冬、承安元年（一一七一）春にも自邸に歌合を催したが、頼政は計四箇度

の歌合のすべてに出詠している。

仁安元年八月以前には重家家歌合に出詠した。Ⅰ類系本文の54詞書によれば、重家家を訪れて花を賞美することもあったようであり（Ⅱ類系本文の詞書では歌会歌のように記す）、某年の歌合にも加わっている（418）。『頼政集』には雑部昇階歌群に重家との贈答が収められるが、『重家集』には『頼政集』に見えない嘉応元年（一一六九）の贈答歌、

兵庫頭頼政、心丸といふ馬もちたりときて、こひしかば、とらせむといふほどに、ことひとにとらせてけりとききしかばいひやりし

人ごころ心まろにてこころえついとこころうき心なりけり（四四一）

返し

こころにて心にもあらぬ心丸末忘却了（四四二）

が入り、『平家物語』の「木の下」のエピソードを想起させる。また、重家が安元二年（一一七六）六月に出家した際の贈答（重家集・六〇〇・六〇一、六一二・六一三）も残る。重家と頼政は、早く久安五年（一一四九）家成家歌合で同座しているが、二条天皇への近侍という政治的立場の近さも相俟って、終生、親しく交遊したようだ。

仁安二年八月には清輔家歌合に、俊恵・重家・資隆・師仲らとともに出詠した（夫木抄・八九七四、『歌合大成』）。右に挙げた歌合の主催者、経盛・重家・清輔は、嘉応二年（一一七〇）五月に歌合を催した藤原実国を含めて、みな二条天皇歌会の出詠者で、この歌合の出詠者にも、有房・宗家・通能・師仲・頼政ら内裏歌壇に由縁の人物が多く含まれる。二条天皇没後の歌壇は、内裏歌壇を構成していた人々によって支えられる面があったと推測される。

仁安三年正月二十八日には、摂政基房が新造閑院第で行った詩歌管絃会に参じて、「対松争齢」題歌を詠んだ（313）。重家・俊成・有房らの詠作が残る。仁安年間には、この他、頼輔家歌合に出詠した。翌嘉応元年（一一六九、

六十六歳）四月頃に行われた園城寺長吏覚忠の歌合に出詠し、清輔とともに「評定」したと言う（重家集四三二）。

嘉応二年には、五月に実国家、秋に通親家の歌合に参じ、十月には藤原敦頼が勧進した住吉社歌合と、後白河院の寵妃の許で開かれた建春門院北面歌合に出詠した。この頃、俊成家十首会にも加わっている。二条天皇の周辺および歌林苑における活動を通して歌人としての声望が確立し、広く歌壇の催しに参加を請われる存在になっていたことがうかがえる。

承安元年（一一七一、六十八歳）五月には後白河院の御所法住寺殿で行われた供花会歌会に参じた。『頼政集』155詞書の「盧橘遠薫　法住寺殿会」と、『重家集』四七九詞書の「院御供花次に人人歌よまれしに　盧橘遠薫」が同一会と考えられ、詠作年時が明らかである。供花会歌会は後白河院が毎年五月と九月に行った供花会に付随する催しで、法住寺殿での供花会は仁安二年（一一六七）始まっている。頼政の後白河院に関わる事績が仁安頃から見出されることを勘案すると、頼政はもう少し早い時期から供花会歌会に参じていた可能性がある。安元元年（一一七五）九月の会にも出詠している（194）。『頼政集』には、

被妨人恋　院殿上会

ながれても契しいもをせく人やあぶくま川にかくるしがらみ（417）

の歌が入るが、同歌題は後白河院近臣であった惟宗広言の家集に「被妨人恋　歌合」と見えており、頼政は供花会歌会以外にも後白河院主催の歌会に加わったと考えられる。

承安二年（一一七二、六十九歳）には、八月十五日張行の公通家十首会に加わった。主催者藤原公通は風流な逍遥を幾度か発意・企画したが、『頼政集』（Ⅰ類本）に見える（Ⅱ類本では多くが詞書を欠く）、「大内にて殿上の人〳〵藤花水写といふ心をよみ侍しに」（99）の詞書は、『林葉集』の「大納言公通南殿の花見られし次手に、藤花写水と云

ふ事を人人よみ侍りしに、よめる」（一七八）や、公通の弟公重の『風情集』に見える「〈あぜちの大納言にぐし申して、おほ内裏の南殿のさくらをみて〉藤花水にうつるといふ心を、同じだいりにて」（一九三）と同じ折の詠と考えられる。公通家十首会への参加は歌人として評価されたゆえであろうが、99番歌は「大内守護」として内裏に花見に来た人々に対応する中で詠み出されたものだろう。「大内守護」の役割が風雅の契機となる例として興味深い。

同年十二月、道因（敦頼）が勧進した広田社歌合に加わり、翌三年（一一七三）夏に経盛の男経正が催した歌合に出詠した。

この頃、秀歌撰『歌仙落書』が成立した。頼政は「歌仙」二十人の中に入り、

風体比興をさきとしたる成るべしと見侍るに、又けぢかくとほじろきことども、時時あひまじり侍るめり、あはづのはらのみくるすの雪の朝、はるかにさまざまのかりさうぞくして、うちむれたるとやいふべからむ

と評された。この作品では、収載する各人の詠作数に差が設けられていて、以て評価の高低を示している。二首が載るのみの「歌仙」（資隆・師光）がいる中で、頼政は俊成（十五首）、清輔（十首）に次ぐ九首を採られており、七十歳頃までにはきわめて高い評価を得ていたと知られる。

頼政が歌人としてどう評価されていたのかについては、鴨長明『無名抄』の記述が参考になる。『無名抄』は頼政のエピソードを複数載せる。建春門院北面歌合に際して、「関路落葉」題の詠作のどれを提出すべきかについて俊恵に相談した話は有名であるが、ここで注目したいのは、俊成が俊恵との比較において頼政を評した、

今の世には、頼政こそいみじき上手なれ。彼だに座にあれば、目のかけられて、彼に事一つせられぬとおぼゆるなり。(54)（『俊成入道物語』）

という評価と、俊恵の次のような頼政評である。

頼政卿はいみじかりし歌仙なり。心の底まで歌になりかへりて、常にこれを忘れず、心にかけつゝ、鳥のひと声鳴き、風のそゝと吹くにも、まして花の散り、葉の落ち、月の出で入り、雨、雪などの降るにつけても、立ち居、起き伏しに、風情をめぐらさずといふことなし。まことに秀歌の出で来るも理とぞおぼえ侍し。（下略）

（「頼政歌道にすける事」）

俊成と俊恵という、平安末期を代表する歌人二人の、頼政に対する高い評価が知られる。注意されるのは、頼政が景物のちょっとした変化につけても、また日常生活のあらゆる場面においても、「風情をめぐらさないことがなかった」と述べている点である。「風情」とは、興趣を感じさせる構想や趣向を指す。頼政は一首をどう組み立てれば興趣深い歌になるかについて、常日頃から思案していたというのである。『歌仙落書』の評に「風体比興をさきとしたる成るべしと見侍る」とあるのも、「一首が興趣の感じられる印象となることを優先したと思われる」の意で、頼政歌の捉え方としては共通している。六十代以降の頼政が和歌活動の中心的な場とした、実務官人・隠遁者層や後白河院近臣たちによって形成される和歌の〈場〉においては、頼政の詠み出す歌の興趣は、一座の人々に「目をかけられ」、固唾を呑んで待たれる新しさを持っていたのだろう。[55]

風情を先とするこうした詠み方は、平安後期以来、多くの歌人によって求められてきた、目新しくおもしろい歌の系譜に連なるものではあったが、頼政は歌を構想することに深く沈潜することで、単に人目を驚かす珍しさに留まらない歌を詠出することに成功した。例えば、

天津空ひとつにみゆるこしの海の波を分ても帰るかり金（頼政集71）

庭の面はまだかわかぬに夕立の空さりげなくすめる月哉（頼政集167）

今宵たれすゞ吹風を身にしめて吉野のたけの月をみるらん（頼政集219）

のように、緊密な場面構成と語の周到な組み合わせによって、力強く映像を喚起する作を残している。また、一方でこうした努力は、『歌仙落書』に「とほじろきことども」、すなわち雄大な印象と評されるような、例えば、

深山木の其こずゑともみえざりし桜は花にあらはれにけり（頼政集46）

あふみ路やま野のはまべに駒とめてひらの高根の花をみるかな（頼政集53）

一声はさやかに過て時鳥雲ぢはるかに遠ざかる也（頼政集140）

のような歌を生み出しもしたのであろう。

安元元年（一一七五、七十二歳）以降の和歌事績の多くは、右大臣藤原兼実家の和歌行事に関わる。以下、主に兼実の日記『玉葉』に拠りながら、頼政最晩年の和歌事績をたどってみる。兼実は承安三年（一一七三）三月一日以降、治承三年（一一七九）十月十八日までの間に数多くの歌合・歌会を自家に催した。頼政が出詠したもっとも早いものは、『玉葉』の安元元年七月二十三日条に、

晩景密々有和歌、清輔・頼政已下会者十余人、題五首、於当座隠作者、合之評定、清輔判勝負、其後連歌、又当座会〈題二首〉及夜半事了分散

と記される歌合である。『頼政集』は五題の詠作すべてを収めるが、『夫木抄』に男仲綱と姪で兼実家に女房として仕えていた丹後（後の宜秋門院丹後）の詠が残り（一五七二四、四三四七、四三三四）、ともに出詠したことが知られる。

次に出詠した同年閏九月十七日の歌合は、「月」に関する十題を二十二人の作者が詠む大規模な催しで、この度も仲綱とともに参じた。『玉葉』に「会者十余人、清輔・頼政為棟梁」と記され、判者を勤めた清輔に匹敵するほど、兼実から重要視されていたことがうかがわれる。同年十月十日の兼実家歌合は歌合本文が伝存し、仲綱・丹後

の出詠も確認できる。この歌合の「暁恋」題歌（468）が、『頼政集』に収める詠作年時のもっとも遅い歌合歌である[56]。

翌安元二年四月二十三日にも兼実家の歌会に加わった。『玉葉』同日条に「今日密々有和歌事、清輔・頼政朝臣等已下、并常祇候之輩、会者十余人、題三首、其後有当座連歌等」と見えて、兼実家の雅会に欠くべからざる人物であったことが推察される。同五月二十八日の和歌会にも、季経・頼輔とともに参じた。

治承二年（一一七八、七十五歳）三月十五日、賀茂重保の勧進による別雷社歌合があり、作者に入った。

同年、兼実家に百首歌の催しがあり（右大臣家百首）、頼政は仲綱・丹後とともに作者に入った。三月二十日から十日毎に二題十首ずつが披講されたが、頼政は三月二十日、同三十日、四月二十日の披講に参じている（玉葉）。この折の作は、「伝西行筆五首切」と呼ばれる古筆切に、「神祇」「草花」「紅葉」題の各五首と、「郭公」題二首の、計十七首が残る他[57]、『千載集』に「忍恋」題歌が一首入集する（六九三）。

翌三年九月、兼実が仲綱を通して頼政に、同月二十九日に行う予定の歌合に詠作を求めたのに対し、頼政は「痢病」により体調はよくないものの、「相構」えて（何とかして必ず）詠進する旨を答えている（玉葉・七日条）。この歌合については『玉葉』以外の情報がなく、頼政が詠進したかどうかも未詳である。同年十月十八日に行われた兼実家歌合には、仲綱・丹後とともに出詠した。撰歌合で頼政の詠は、「霞」「月」「祝」「旅」題の四首が残る。これが現在判明する限り、頼政が参加した最後の和歌行事である。成績は二勝二負。俊恵と番われた頼政の「月」題歌、

　をちかたやあさづま山にてる月のひかりをよするしがのうらなみ（十一番右）

に対し、判者俊成は、

　をちかたや、とおきて、ひかりをよするしがの浦なみ、といへる末の句、面影おぼえていとよろしく侍るめれ、

あさづま山はふるくもよめる所にはあれど、こひねがふべしとは見え侍らねど、なほしがのうら浪のひかりをよせたる心をかしく見え侍る

と評して勝とした。「朝妻山」は『万葉集』巻十・一八一七番歌に見える大和国の地名で、中古以降は近江国の歌枕として大嘗会歌悠紀主基和歌等に詠まれたが、用例は少ない[58]。珍しい語を取り入れつつ、遥か朝妻山の上に輝く月の光が琵琶湖の湖面に映じて波に打ち寄せられるように見えているという情景を描く。雄大な場面構想が湖面の波頭に映じる月光に着目する微細な感覚によって支えられている。頼政の「風情をめぐらす」姿勢がうかがわれる作で、俊成の「しがのうら浪のひかりをよせたる心をかしく見え侍る」の判詞もこれを評価したものと考えられる。

治承三年頃、『治承三十六人歌合』が成立した。この作品は、僧俗の歌人各十八人を左右に番え、代表歌各十首を対置する歌合形式の秀歌撰で、一番左は清輔、右は俊成である。頼政は十八番左に置かれ重家入道蓮寂と番えられており、三十六名の歌仙の中でも重視されている。頼政没後の寿永元年（一一八二）末に成立した『月詣集』には四首入集した。また、同じ頃の成立と推定される『言葉集』には七首が採られた。『言葉集』の現存部分の所収歌数は四〇二首である。編者惟宗広言が後白河院供花会歌会等における同座を通して面識があったゆえでもあろうが、頼政に対する評価の高さは特筆に値する。さらに、建久二（一一九一）頃に成立した『玄玉集』にも七首入った。頼政はその死後も、すぐれた歌詠みとして長く人々に記憶されていたと言うべきであろう。

四、雑部冒頭歌群をめぐって―「二代のみかど」とは誰か―

二条天皇時代に昇殿できなかった頼政は、天皇に仕える丹波内侍に、

人しれぬ大内山の山もりはこがくれてしも月をみるかな（575）

と詠み送って沈淪の鬱情を訴えた。周囲は強い印象を以てこの歌を受け止めたらしく、六条天皇践祚後、頼政が昇殿すると、人々は「山守」「木隠れ」等の語を用いた祝の歌を寄せた。それらの贈答歌は『頼政集』雑部（本書所載）の冒頭にまとまった形で収載される。その歌群中に清輔との贈答、

a.　二代のみかどに昇殿して侍し時、三位大進清輔朝臣のもとよりつかはしたりし

立帰り雲ゐの田鶴にことつてん独《ひとり》沢べに鳴《なく》につけても（581）

かへし

もろともに雲ゐをこふる田鶴ならば我《わが》ことつてをなれやまたまし（582）

が置かれるが、詞書に見える「二代のみかど」が誰を指すのかが、長い間、解決されないままになってきた。二条・六条を指すとする菊池節子の見解[59]に対し、井上宗雄（前掲著）と芦田耕一[60]は六条・高倉を指すと見ている。「二代のみかど」にどの天皇を比定するかは、『頼政集』雑部冒頭の配列意図を考察する上で不可欠な前提作業であり、また、頼政が自身の政治社会的な立場をどう認識していたのかを考える上でもきわめて重要な問題と言える。[61]本節ではこの問題に一応の答えを出し、併せて雑部冒頭歌群の性格についても考察してみたい。

まず、『頼政集』雑部冒頭に置かれた昇殿・昇階に関わる歌群（577〜604）が、どのような配列になっているのかを検討してみる。やや煩雑になるが、『公卿補任』治承二年条に載る頼政の官歴を掲げ、昇殿・昇階歌群と対応させてみよう（論述の都合上、引用する和歌に記号を付す）。

年——白河院判官代。保延二四十七補蔵人。同六月十三日従五下（女御道子未給）。仁平三二一—被聴美福門院昇殿。久寿二十廿二兵庫頭。保元三十二一—聴院昇殿（御即位日。捕進狂人賞）。同四正廿八従五上（去年御即位之時

兵庫寮功)。年正月——介。仁安元十廿一罷所帯兵庫頭叙正五下。同十二月卅日聴内昇殿(六条院)。————又聴内昇殿。仁安二正卅日従四下(臨時給)。————内院還昇。同三十一廿従四上(大嘗会。院御給)。嘉応二正十四右京権大夫。承安元十二九正四下(院御給)。安元二二五罷所帯職以男仲綱申叙正五下。治承二十二廿四従三位。

昇殿・昇階歌群は、重家との贈答歌、

b. かくてのみ過《すぐ》るほどに、よかはりて、当今の御時殿上ゆるされて、是よりかれより祝歌読てつかはす中に、

中宮亮重家がもとよりつかはしける

まことにや木がくれたりし山守の今は立出て月をみる哉(577)

返し

そよやげにこがくれたりし山守をあらはす月も有ける物を(578)

から始まる。577詞書の「当今」が六条天皇を指すことは、この贈答を収める『重家集』の配列から明らかである。つまり、577・578番歌が『公卿補任』に見える「同(仁安元年)十二月卅日聴内昇殿(六条院)」の折の贈答であることとは間違いない。

以下、詞書に昇殿・昇階について記すものを贈歌のみ掲げると、

c. 正下の加階にて侍し時、馬権頭隆信がもとより祝つかはすとて

和歌の浦に立のぼるなる波の音はこさるゝ身にも嬉しとぞ思ふ(587)

d. 加級後ほどなく殿上つかうまつりたるをきゝて、少納言すけたかゞもとより祝申つかはすとて

くらゐ山のぼるにかねてしるかりき雲の上までゆかん物とは(589)

e. 殿上のことを聞て、女房大輔がもとより悦《よろこび》つかはすとて

よそにきく袖にもあまる嬉しさをつゝみあへずや天のは衣（593）

f.　ほどなく悦《よろこび》二度して侍比、三位大進清輔のもとより

いか計袂もせばく思ふらんくもゐにのぼるつるの毛衣（595）

g.　昇殿の時、かれよりこれよりよろこびの歌つかはしけるに、前大納言実定のおそくいひつかはしければ、

これより

雲の上を思ひ絶にしはなち鳥つばさおひぬる心ちこそすれ（597）

h.　年の内に五位の上下をして、正月に四位をして侍る悦つかはすとて　中宮亮重家

あけ衣色をそへにし紫の今一しほやましてうれしき（601）

i.　昇殿の後四位して侍し時、亮君顕昭祝言いひつかはすとて

ことわりや雲井にのぼる君なれば星のくらゐもまさる也けり（603）

cは詞書の意がやや取りにくいが、『隆信集』に同じ歌が、

よりまさの卿、五位の正下して侍りしに

わかのうらに立ちのぼるなる浪のおとはこさるる身にもうれしとぞきく（三二〇）

と見えており、『公卿補任』の「仁安元十廿一罷所帯兵庫頭叙正五位下」の記事に相当する贈答と知られる。

また、dは加階の後、間もなく昇殿したというのであるから、仁安元年十月に正五位下に叙された後、同年十二月に昇殿したことを指していると考えられる。

hは、『頼政集』では作者を重家とするが、『頼輔集』に、

入道三品よりまさの卿、兵庫頭と申しし時、秋除目に叙正五位下して、つぎのとしの正月に四品に叙した

るよろこび申すふみに

あけ衣いろをまししにむらさきはいまひとしほやみにはしむらん（七九）

と見え、仁安元年十月の叙正五位下の後、翌仁安二年正月三十日に従四位下に叙された折の作である。

iは仁安元年十二月三十日の内昇殿の後、翌仁安二年正月に従四位下に叙されたことを指しているのは明らかである。

以上をまとめると、昇殿昇階歌群は仁安元年十月二十一日の叙正五位下から翌仁安二年正月三十日の叙従四位下に至る、ほぼ三ヶ月の間に交わされたもので、cの詠作時期がbよりも早いものの、ほぼ詠作年次順に配列されていることが分かる。

それでは、aの贈答が詠まれたのはいつであろうか。前後の配列から見る限り、aも仁安元年十二月に昇殿を聴された折の詠と考えるのが自然である。『清輔集』には、

a'. 二条院位におはしましける時、殿上に侍りけるに、世かはりて六条院御時、殿上かへりゆるさるる人のもとへ

たちかへる雲ゐのたづにことづてんひとりさはべになくとつげなむ（三二六）

と、贈歌のみが収載されるが、この詞書からもaの詠作年時は仁安元年十二月として問題はない。しかしながら、これを六条天皇時代の詠と考えると、解消することが難しい問題が生じる。a'の詞書において、清輔は自らについて、二条天皇時代には昇殿していたが六条天皇の御代になって昇殿が許されなかったとし、頼政については「殿上かへりゆるさるる人」すなわち還昇した人物としていて、頼政が二条天皇時代に昇殿していたように解せるからである。aの「二代のみかど」についても同様で、二条・六条の二代に比定したくなるが、『公卿補任』の記事によ

る限り、頼政は二条天皇時代には昇殿していない。史実との矛盾を解消するために、「二代のみかど」を六条・高倉に比定する見解が生み出された。しかし、「二代のみかど」を六条・高倉と考え、581番歌を高倉天皇時代の詠とすると、『頼政集』は六条天皇時代の昇殿・昇階に関する二十首余りの贈答歌群の中に、唐突に高倉時代の贈答を差し挟む不自然な配列を選択したことになる。

aの贈答が六条天皇時代に昇殿を聴された折のものと見てよいことは、後に続く左の贈答歌群によっても確認することができる。

j.　蓮花王院の執行静賢、おなじ悦《よろこび》申つかはすとて

木がくれにもりこし月を雲ゐにて思ふことなくいかにみるらん（583）

返し

木がくれと何歎きけむ二夜《よ》まで雲の上にてみける月ゆゑ（584）

k.　右少弁親宗、おなじ悦申つかはすとて

みか月の出《いで》はじめたる雲井にはまたおぼろけの人は通はず（585）

かへし

長《なが》夜《き》に出はじめたる月かげにちかづく雲のうへぞ嬉しき（586）

j・kいずれの詞書にも「おなじ悦」とあり、aの清輔との贈答と同一の機会であることは明らかである。kの詠者親宗は、高倉天皇の践祚に際し「坊昇殿外、被加仰人々」に入って昇殿を聴された（兵範記・仁安三年二月十九日条）。一方、頼政は、高倉天皇践祚からほぼ一年後の嘉応元年（一一六九）の詠と推定される、

頼政朝臣のもとより、新院御とき殿上したりしに、いまはたちいでて月をみるとよみてやりたりしを、お

もひいでにやいひおこせたりし

なかなかの月をみそめてやまもりのこの下やみに又まよひぬる（重家集四一五）

の歌が残っており、少なくとも高倉天皇時代に入ってしばらくの間は昇殿を聴されなかったと推測される。kの親宗詠は、「三日月（のように若い天皇）になったばかりの雲居（宮中）には、私（親宗）のような並一通りの者は通うことができない。あなた（頼政）のような立派な方こそ昇殿にふさわしい」と、謙遜しつつ頼政に祝意を述べているので(62)、高倉天皇時代の詠と見るのは穏当ではあるまい。「三日月」の比喩も、践祚時に二歳であった六条天皇にこそ相応しい表現と言えよう。

aが仁安元年十二月の昇殿時の詠と考えられるとすれば、雑部577～604は、仁安元年末から翌二年初頭までの三ヶ月間の詠と見てよいだろう。「二代のみかど」は頼政が三十三歳の時に六位蔵人を勤めた崇徳天皇と、六条天皇を指すと考えれば史実との矛盾は解消する(63)。前に掲げたc～iのうち、e・f・gは位階などの具体的な昇進内容が示されていないが、同じ時期の贈答と推定しうる。eの「殿上のこと」と、gの「昇殿の時」は、仁安元年十二月の昇殿を指すと見て間違いあるまい。fはdの詞書と「ほどなく」の表現が重なるが、詠者の清輔にはすでに昇殿に関する歌（581）があることや、清輔歌（595）が「雲居に昇った鶴」すなわち昇殿した頼政の袂が喜びで狭く感じられるだろうと述べていることを勘案すると、昇殿のひと月後に従四位下に叙された折の詠と推定される。なお、fの清輔歌の詞書の前半部分「ほどなく悦二度して侍比」は、松浦静山本（『新編国歌大観』底本）では「ほとなく悦をふたゝひして侍し比なり」の形で580番歌の左注として付されるが、桂宮本の本文の方が和歌の内容と相応する。

以上、見てきたごとく、『頼政集』は六条天皇時代の三ヶ月の間に起こった昇殿と昇階に関する贈答歌を三十首も収載する一方で、高倉天皇時代の昇叙に関する贈答歌をまったく収めていない。それは、六条天皇とその時代を重要視する頼政の政治的な意識の反映と見てよいのではないだろうか。『頼政集』雑部には、先にも見た通り、鳥羽院や鳥羽院政期に対する懐かしみを詠んだ歌が収められる。また、頼政の昇進に賀歌を寄せた人物として挙げられるのは、二条天皇に近侍した重家・清輔・隆信や二条天皇中宮育子の大盤所（実際に詠んだのは、その亮であった重家）、また六条天皇に由縁の深かった実定などであった。さらに、雑部には、鳥羽院近臣で二条天皇側近でもあった惟方との、配流先から還京した後の贈答が、数多く収載され、二条天皇の東宮時代に近侍した範兼や重頼、鳥羽院皇后得子（美福門院）に仕えた顕時等の名が見える。無論、鳥羽院・美福門院や二条天皇・六条天皇に近侍したことにより、おのずからそれらの人々と接する機会が多くなったとも考えられよう。しかし、六条天皇時代の事績に偏した昇殿昇階歌群の特異なあり方や、『頼政集』成立当時（治承二年頃）にはすでに物故者であった六条天皇を「当今」と呼んでいることなどを考え合わせると、頼政には雑部において、鳥羽院から六条天皇に至る「正統な」皇統に従った自らの政治姿勢を語ろうとする意図があったのではないかと推測されるのである。

注

（1）川瀬一馬「山科言継自筆「源三位頼政集」解説並釋文」（『阪本龍門文庫覆製叢刊之五』一九六四年）、『私家集大成中古Ⅱ』「頼政」解題（森本元子執筆、明治書院、一九七五年）。
（2）中村文「穂久邇文庫本『頼政集』を紹介し、『頼政集』伝本系統分類の再検討に及ぶ」（久保木哲夫編『古筆と和歌』笠間書院、二〇〇八年）。
（3）頼政集輪読会編『頼政集本文集成』「頼政集伝本概要」（青簡舎、二〇〇九年）参照。
（4）この書写者名「右近衛権少将藤原〈在判〉」は、Ⅰ類本では桂宮本・高松宮本・下冷泉家本の奥書には見えず、嶋原松平文庫本にのみ見える。
（5）注（1）の川瀬解題。

(6) 金刀比羅宮蔵『平治物語』「主上六波羅へ行幸の事」参照。
(7) 元木泰雄『平清盛と後白河院』(角川学芸出版、二〇一二年)、上杉和彦『源平の争乱』(『戦争の日本史6』吉川弘文館、二〇〇七年)等。なお、以下の注参照。
(8) 生駒孝臣「源頼政と以仁王」(野口実編『中世の人物 京・鎌倉の時代編 第二巻 治承~文治の内乱と鎌倉幕府の成立』清文堂、二〇一四年)による。なお、「京武者」の概念を初めて提示したのは元木泰雄「摂津源氏一門—軍事貴族の性格と展開—」(『史林』67−5、一九八四年十一月)で、川合康『源平の内乱と公武政権』(吉川弘文館、二〇〇九年)も、頼政や多田行綱等のあり方を「京武者」の概念で説明している。なお、松本美咲「摂津源氏源頼政一族とその郎等」(『立教史学』1、二〇一〇年一月)参照。
(9) 仲正の軍事的行動、および、仲綱の母の出自については、野口実「摂津源氏と下河辺氏」(『東国武士と京都』同成社、二〇一五年)を参照した。
(10) 源光信および次項で触れる光保については、宮崎康充「古代末期における美濃源氏の動向」(『書陵部紀要』30、一九七八年二月)、および、注8の元木論文を参照した。
(11) 森本元子「歌人源頼政とその家集」(『私家集の研究』明治書院、一九六六年)。
(12) 橋本義彦「美福門院藤原得子」(『平安の宮廷と貴族』吉川弘文館、一九九六年)参照。
(13) 二条院讃岐は二条天皇が平治元年(一一五九)三月に催した最初の内裏歌会に出詠しており(二条院讃岐集・一。森本元子『二条院讃岐とその周辺』笠間書院、一九八四年参照)、二条天皇時代の早い時期から仕えたと推測される。
(14) 『六条院御即位記』(『続群書類従』第拾輯下)によれば、頼政は兵庫頭として三度の即位式に臨むことに配慮して辞状を提出したが、なお「被責仰」ことがあって勤仕したという。なお、即位式における頼政のふるまいは、『保元三年番記録』(前掲『続群書類従』所収)に詳しく記される。
(15) 栃木孝惟校注『保元物語』(新日本古典文学大系43、岩波書店、一九九二年)に拠り、日下力訳注『保元物語 現代語訳付き』(角川ソフィア文庫、二〇一五年)を参照した。
(16) 頼政が保元元年七月十日に後白河天皇(高松殿)の許に参じたこと、翌十一日に崇徳院側が立て籠もる白河に発向したことは『兵範記』に記される。また、『愚管抄』にも記事が見える。
(17) 永積安明・島田勇雄校注『平治物語』(日本古典文学大系31、岩波書店、一九六一年)。

(18) 日下力校注『平治物語』(新日本古典文学大系43、岩波書店、一九九二年)。
(19) 注17書所収。
(20) 元木泰雄『保元・平治の乱を読みなおす』一六二～一六五頁(日本放送出版協会、二〇〇四年)。
(21) 宮崎康充『国司補任　第五』(続群書類従完成会、一九九一年)。
(22) 『兵範記』仁安二年七月七日条、同十月二十九日条。
(23) 中原宗家は仁安二年正月二十七日の女御滋子(建春門院)侍始に「侍」の中に「隠岐守中原朝臣宗家」として見える(兵範記)。すなわち、仲綱と役職を交替した形だが、これが相博であるか否かや、頼政家との関係等は不明である。長承二年(一一三三)には鳥羽院主典代であり(中右記・五日条)、鳥羽院周辺で頼政との繋がりが形成された可能性は考えられる。また、野口実によれば、中原氏は下野国で権勢を揮った東国武士宇都宮氏と親族関係にあり、宇都宮宗綱は河内源氏の家人であったという(「下野宇都宮氏の成立と、その平家政権下における存在形態」注9著書所収)。河内源氏が没落した平治の乱後に中原氏・宇都宮氏が頼政と提携したとも想定できなくはないが、今はこれ以上踏み込まない。なお、宗家は仁安三年正月滋子が皇太后になるとその大属となり(兵範記・三月二十日条)、よく仕えて、滋子が女院号を受けると主典代となった(同・嘉応元年四月十二日条)。承安元年十二月二十六日、高倉天皇女御徳子の露見に際し、侍所司に入ったが、この折も伊豆守であった(兵範記)。『後白河院北面歴名』に名が載り(小松茂美「右兵衛尉平朝臣重康はいた―『後白河院北面歴名』の出現―」『水茎』6、一九八九年三月)、治承三年(一一七九)十一月十七日には清盛により解官されていて(山槐記・清獬眼抄)、後白河院に近侍していたと推測される。
(24) 元木泰雄「王権守護の武力」(薗田香融編『日本仏教の史的展開』塙書房、一九九九年)。
(25) 髙橋秀樹編『新訂吉記　本文編二』(和泉書院、二〇〇二年)による。この一件は『百錬抄』にも見え、「弓場始之間、立明火焼付宇津保柱、頼政朝臣撲滅之」と記される(十二月一日条)。
(26) 栗山圭子「准母立后制にみる中世前期の王家」(『中世王家の成立と院政』吉川弘文館、二〇一二年)参照。
(27) 佐伯智広「二条親政の成立」(『日本史研究』505、二〇〇四年九月)。
(28) 五味文彦「以仁王の乱　二つの皇統」(『平家物語、史と説話』平凡社、一九八七年)参照。
(29) 卜部仲遠については、中村文『後白河院時代歌人伝の研究』第十六章(笠間書院、二〇〇五年)参照。
(30) 後に、源頼朝に与える位階が議された際、頼政の例が引かれて、「於従三位者頗無念歟、頼正雖無指功叙之、不可必庶幾歟」の意見が示されている（玉葉・文治元年四月二十六日条）。武士が三位に叙されるには、相応の赫赫たる武勲が必要であったのだろう。

（31）事件の概要については、元木泰雄『治承・寿永の内乱と平氏』（『敗者の日本史5』吉川弘文館、二〇一三年）等を参照した。

（32）『平家物語』の本文は、梶原正昭・山下宏明校注『平家物語』（『新日本古典文学大系』岩波書店、一九九一年）に拠った。仮名遣い等の表記を改めたところがある。

（33）この問題に関しては、櫻井陽子「源頼政の和歌の考察―延慶本を中心に―」（『平家物語の形成と受容』第一部第二篇第四章、汲古書院、二〇〇一年）に詳しい考察がある。

（34）河内祥輔「以仁王事件について」（『日本中世の朝廷・幕府体制』吉川弘文館、二〇〇七年）。

（35）高橋昌明・樋口健太郎「国立歴史民俗博物館所蔵『顕広王記』応保三年・長寛三年・仁安二年巻」（『国立歴史民俗博物館研究報告』139、二〇〇八年三月）。

（36）『平家物語』は以仁王の元服した場所を「近衛河原の大宮の御所」とする。頼政は以仁王事件に関連して園城寺に赴く際に、「近衛南、河原東」にあった邸宅を自焼した（山槐記）。多子御所、および頼政と多子との関係については、櫻井陽子「二代后藤原多子の〈近衛河原の御所〉について」（注33著書、第一部第一篇第四章）に詳しい考察がある。

（37）頼政女が太皇太后宮大進藤原憲定と婚して、親輔（尊卑分脈・第二篇、一三九頁）と園城寺僧豪円（『傳法灌頂血脈譜』）を産んでいることも、頼政と多子との近さを証している。

（38）注（27）の佐伯論文。

（39）徳大寺家と伊岐致遠の関係については、佐伯智広「徳大寺家の荘園集積」（『史林』86―1、二〇〇三年一月）参照。

（40）保立道久『義経の登場　王権論の視座から』（日本放送出版協会、二〇〇四年）に、藤原（高倉）範季との関わりや、頼政の孫有綱が義経母（常磐）と一条長成との間に生まれた女子と婚したこと等について指摘がある。

（41）元暦元年（一一八四）に頼朝の知行国とされた駿河国の守として頼政男広綱が任じられたこと、頼朝に御家人として臣従した頼政男の頼兼が幕府成立後に大内守護を任されたこと等が、注8の川合康著書に指摘される。頼兼は文治元年（一一八五）以降、頼政女婿の藤原重頼（二条院讃岐の夫）とともに鎌倉において頼朝から重用されたことが『吾妻鏡』に記される。

(42) 為忠家両度百首の成立時期や、為忠と仲正の関係等については、家永香織『為忠家初度百首全釈』（風間書房、二〇〇七年）、同『為忠家後度百首全釈』（風間書房、二〇一一年）を参照した。

(43) 「類題鈔」研究会編『類題鈔（明題抄）影印と翻刻』（笠間書院、一九九四年）による。「法輪百首」の和歌行事番号は42。

(44) 『重家集』所載和歌の詠作年時については、谷山茂・樋口芳麻呂編『中古私家集二』解題（古典文庫一八八、一九六三年）に考証がある。

(45) 二条天皇の和歌行事については、松野陽一『藤原俊成の研究』（笠間書院、一九七三年）第二篇第三章一に詳細な考証がある。

(46) 二条天皇時代の内裏歌会に代作歌で詠んだことは、「禁中祝のこゝろを、二条院の御時、人にかはりてよめる」（311）、「祝　二条院御時、女房にかはりて」（317）、「二条院の位の御時、問聞増恋といふ心を人にかはりて」（443）の詞書によっても知られる。

(47) 大島貴子・藤原澄子・松尾葦江・久保田淳校注『今物語』補注三二（『今物語・隆房集・東斎随筆』三弥井書店、一九七九年）、三木紀人全訳注『今物語』（当該段の執筆担当は櫻井陽子。講談社、一九九八年）に指摘がある。

(48) 簗瀬一雄「歌林苑の研究」（『俊恵研究』加藤中道館、一九七七年）。

(49) この歌は『頼政集』247に「女郎花」の詞書で入るが、『頼政集』188には「草花の心を　歌林苑歌合」の詞書が見える。

(50) 渡辺雅子「歌林苑十首歌―実定家十首との関係をめぐって―」（『野田教授退官記念日本文学新見　研究と資料』笠間書院、一九七六年）に詠作の集成がある。

(51) 歌林苑の性格については、中村文「歌が詠み出される場所―歌林苑序説―」（注29著書所収）参照。

(52) 『林葉集』にはこの他、頼政家歌会での題として、「藤花」（一七五）、「行路時雨」（五八二）、「雨中鷹狩」（六四九）、「月前水鳥」（六五二）、「有隣不遇恋」（九〇一）等が見える。

(53) 松野陽一「歌林苑の原型―難波塩湯浴み逍遙歌群注解―」（『鳥箒　千載集時代和歌の研究』風間書房、一九九五年）参照。

(54) 『無名抄』の本文は、小林一彦校注『無名抄』（『歌論歌学集成』第七巻所収、三弥井書店、二〇〇六年）に拠った。

(55) 鵜澤亜矢子「歌合における源頼政」（『立教大学日本文学』82、一九九九年七月）に言及がある。

(56) 贈答歌で詠作年時の遅いものとしては、治承三年春ごろとされる小侍従の出家をめぐる詠がある(625・626)。注11森本論文参照。
(57) 久保木秀夫『散逸歌集切集成　増訂第一版』(二〇〇四〜二〇〇七年度　日本学術振興会科学研究費補助金　基盤研究(C)課題番号一六五二〇一二六　研究報告書　別刷、二〇〇八年三月)。
(58) 頼政は為忠家初度百首の「後朝恋」題歌「こひこひてよるはあふみのあさづまにきみもなぎさといふはまことか」(為忠・六一八)から影響を受けたかと考えられる。
(59) 菊池節子「藤原清輔伝記考―その二、三の問題点を中心に―」(『国文目白』20、一九八一年二月)。
(60) 芦田耕一「源頼政の内昇殿をめぐって」(『国語国文』二〇一四年五月)。
(61) 中村文「『頼政集』雑部冒頭歌群の構想」(『日本文学』二〇一五年七月)参照。
(62) 親宗は二条天皇の立太子に際してその主馬署首となり(山槐記)、二条天皇時代には永暦元年九月からひと月ほど六位蔵人を勤めた(公卿補任)。その母は美福門院女房少将局であり、頼政とは美福門院・二条天皇周辺で繫がりを持ち、政治社会的な立場も近接していたと推測される。中村文注(29)著書第四章参照。
(63) 早稲田大学大学院において二〇一六年度前期に中村文が講じた「日本文学講義」の授業において、『頼政集』雑部を取り上げた際に、牛山睦子ほかの受講者から教示を得た。記して謝意を表したい。

(中村　文)

人名一覧

凡例

一、『頼政集新注　上中下』収載分の頼政集詞書に関わる人物の名を、音読みの五十音順に配列し、その人物が現われる歌番号を示して、簡単な解説を付した。

一、人名は原則として実名を音読み（漢音）で立項し、姓が明らかな場合は名の後に（　）を付して記した。天皇・院は諡で立項した。女院となった人物のうち内親王は内親王名で立項し、女院名を空見出しとして立てた。女房は出仕名で立項し、出仕先を付した呼称を空見出しとして立てた。出家者は俗名で立項し、出家後の名を空見出しとして立てた。

一、詞書がその人物を実名で示さず、別称や官位のみで表している場合には、実名の下に〈　〉を付してその称を掲げた。別称等が複数ある場合、登場回数の多い称を実名の下に掲げ、それ以外については歌番号の下の（　）内に示した。

一、考証によって人名（または詠者）が明らかになる場合はこれを掲げ、本文中に出現する名称を（　）内に示した。本文中に当該の人物を指す表記がない場合には、歌番号に†を付した。

一、考証によって人名に誤りがあることが明らかになる場合は、本文中の人名に〔　〕を付して当該歌番号を示し、↓で正しい人名を記した。また正しい人名には歌番号の下に〔　〕を付して本文中の人名を記した。

あ行

按察 ↓ 公通

伊賀入道 ↓ 為業

惟方（藤原）〈別当入道〉 145・146†・605†・606・614・615・618・619†・639・640（姿もあらぬ者）

天治二年（一一二五）~建仁元年（一二〇一）。法名寂信。通称は粟田口別当入道。顕頼男。兄に光頼。若年で保延元年（一一三八）以降の家成家歌合に出詠し、頼政と同座。初め鳥羽院・美福門院に近侍し、その後、二条天皇に春宮時代から近侍。平治の乱後、天皇親政派として勢力を伸ばし、後白河院の怒りに触れたため、永暦元年（一一六〇）に解官され、出家。長門国に配流された。二条天皇崩御の翌年、仁安元年（一一六六）に召還。帰京後、横川・東山・大原・西山などの山里に住み、頼政の他、上西門院兵衛・寂然・寂超・顕昭・土佐内侍らと交流。寂然の法門百首に和す。歌会を主催することもあった。千載集以下に一四首入集。家集に粟田口別当入道集がある。

【参考文献】高﨑由理「藤原惟方伝」（『立教大学日本文学』59、一九八七年一二月）

為基（高階） 679

生没年未詳。系譜未詳。大治三年（一一二八）正月、六位蔵人に補され、翌四年に左兵衛少尉、同五年六月には右衛門尉に転じ、同八月検非違使宣旨を受けた。大治六年（一一三一）叙爵。大治五年には蔵人として範兼と同僚で、同年九月一三日の殿上蔵人歌合にともに出詠する。長承元年（一一三二）には甲斐権守として見える（知信記）。忠通に家司として仕え、保延三年（一一三七）に崇徳天皇中宮聖子の権大進となって以後は、聖子の宮司を勤めた。康治二年（一一四三）に従四位下、久安二年（一一四六）に皇太后宮聖子御給により従四位上に叙された。久安三年六月一〇日の侍従中納言成通宛、甲斐守顕遠奉書の端裏に「仁和寺宮返事《外題》幷願《甲斐》大進書」と見える甲斐大進があるいは為基か。聖子が皇嘉門院の女院号を得るとその別当となった。兵範記・保元二年（一一五七）八月二四日条の右大臣基実が直衣を着して初出仕した記事に「家司為基朝臣」と見えるのが確認しうる最終事績で、679・680の贈答が交わされたのも、この頃までの時期かと推定される。大治五年殿上蔵人歌合とこの頼政との贈答の他には和歌事績は残らない。

為業（藤原）〈伊賀入道〉 27・96・206・643・647・649（入道）・650†・651（入道）・652・653

生没年未詳。永久元年（一一一三）頃生か。法名寂念。為忠男。兄に為盛、弟に為経（寂超）・頼業（寂然）がおり、弟二人と共に常盤三寂と称された。蔵人・伊豆守・伊賀守・中宮（呈子）権大夫を勤めた後、保元三年（一一五八）~仁安元年（一一六六）の間に出家したとされる。天治二年（一一二五）~天承元年（一一三一）の間に父為忠が主催した三河国名所歌合に参加し、為忠家両度百首の作者となった。出家後は仁安元年の重家家歌合や住吉社歌合・広田社歌合・別雷社歌合などに出詠、歌合や歌会を主催するなど、積極的な和歌活動が見られる。千載集以下に六首入集。

【参考文献】井上宗雄『平安後期歌人伝の研究　増補版』第三章六（笠間書院、一九八八年）

殷富門院　↓　亮子内親王

殷富門院大輔　↓　大輔

院　↓　後白河院

か行

家成（藤原）　〔493〕

嘉承二年（一一〇七）～久寿元年（一一五四）。家保男。顕季孫。若狭・加賀・播磨等の国司や、左京太夫・右兵衛督等を経て、従二位中納言に至る。鳥羽院の近臣として絶大な権勢を揮った。保延～久安年間（一一三五～一一四九）に数度の歌合を催した。詞花集以下に三首入集。

【参考文献】鮫島昌子「藤原家成ノート」（『国語国文研究』14、一九五九年一〇月）、橋本不美男『院政期の歌壇史研究』（武蔵野書院、一九六六年）

官子内親王　〈清和院斎院〉　348・354・366〈清和院斎院宮〉・463〈斎院〉

生没年未詳。白河院皇女。母は掌侍源盛子（頼綱女・仲正姉妹）。頼政の従姉にあたる。天仁元年（一一〇八）一一月八日、賀茂斎院に卜定され、保安四年（一一二三）正月二八日退下。清和院（勢賀院）と号す。今鏡には「七十にあまり給ひて、まだおはすと聞こえ給ふ」（御子たち・腹々の御子）とあり、嘉応頃（一一七〇）まで生存していたらしい。

観蓮　↓　教長

季経（藤原）　84・112

天承元年（一一三一）～承久三年（一二二一）。顕輔男。重家の同母弟。久安二年（一一四六）に六位蔵人から叙爵。山城守・中務権少輔・中宮（育子）亮・宮内卿等を経て文治五年（一一八九）に従三位となり、正三位に至った。異母兄清輔から和歌文書を受け継ぎ、六条家の有力歌人として活躍。仁安元年（一一六七）重家家歌合をはじめ当代の多くの和歌行事に参加し、仁安三年には自家に歌合を催した。正治二年（一二〇〇）院百首では、源通親と組んで定家ら御子左家少壮歌人を作者から排除しようと画策した。千五百番歌合では判者の一人となった。家集季経集は寿永百首家集。本朝書籍目録によれば、枕草子の注を著したという。千載集以下に二一首入集。

【参考文献】井上宗雄『平安後期歌人伝の研究　増補版』第二章五（笠間書院、一九八八年）

基房（藤原）　〈摂政殿下〉　313

久安元年（一一四五）～寛喜二年（一二三〇）。忠通男。松殿と称される。仁安元年（一一六六）七月、兄基実の没後、六条天皇の摂政となる。同三年二月、高倉天皇が即位するが、引き続き摂政を勤め、嘉応二年（一一七〇）一二月太政大臣、承安二年（一一七二）一二月関白に転じた。反平氏の政策を実行、治承三年（一一七九）一一月、清盛のクーデターにより解官。出家後、備前国に配流。翌四年一二月召還。寿永二年（一一八三）八月、源義仲と結んで政界復帰するが、義仲没落後政界を離れた。

教長（藤原）〈宰相入道〉 51・281（観蓮）・297

天仁二年（一一〇九）〜治承四年（一一八〇）までは生存。忠教男。異母弟に頼輔がいる。法名は観蓮。崇徳天皇に親近し正三位参議右中将に至るが、保元元年（一一五六）両官を辞し、左京大夫に遷った。保元の乱では崇徳院方に与し、敗れた後に出家するが、捕えられ常陸国へ配流された。応保二年（一一六二）召還後は主に東山尾坂に住み、次いで高野山に入った。崇徳院歌壇の中心として活躍。久安百首など崇徳院が主催した三度の百首に全て出詠し、廿五名所歌会を主催した。出家後も歌合の主催や出詠など幅広く活動し、古今和歌集註などを著す。家集貧道集を自撰した。詞花集以下に三九首入集。

【参考文献】岩橋小弥太「藤原教長」（『国語と国文学』一九五三年一二月）、高﨑由理「藤原教長年譜」（『立教大学日本文学』56、一九八六年七月）、黒田彰子『俊成論のために』第二章（和泉書院、二〇〇三年）

きりじ 653・654・656

四天王寺で出逢った女性芸能者か。

空仁 629・630†

生没年未詳。俗名大中臣清長。定長男。空人とも。和歌色葉に「神祇少副入道」とあり、中臣氏系図の清長の注には「六位、出家法名空仁」とある。また同系図には、父定長が権大副になったことが記される。撰歌合かと考えられる永暦元年（一一六〇）太皇太后宮大進清輔朝臣家歌合に七首が採られる他、治承三十六人歌合にも入る。聞書残集により出家前の西行と西住とが空仁の法輪寺の庵室を訪れたことが知られ、俊恵、実定らとの交流も確認される。千載集に四首入集。

【参考文献】桑原博史『西行とその周辺』（風間書房、一九八八年）、金任仲『西行和歌と仏教思想』第一章（笠間書院、二〇〇七年）

経正（平） 135・136・550

生年未詳〜元暦元年（一一八四）。経盛男。兵衛佐・皇太后宮亮・丹後守などを歴任して、治承三年（一一七九）に正四位下。養和元年（一一八一）、北陸道の反平氏勢力追討に加わり、元暦元年二月の一ノ谷の合戦で討たれた。幼少時、仁和寺覚性法親王に祗候して琵琶の名器「青山」を拝領したが、平家都落ちに際し仁和寺に赴いてこれを返上したエピソードが平家物語に載る。父経盛主催の歌合や歌林苑会など仁安頃から和歌行事に参加し始め、住吉社・広田社の歌合など、盛んな和歌活動を展開した。千載集に読人不知として入る一首をはじめ、勅撰集に八首入集した。家集経正集は寿永百首家集。

経盛（平）〈若狭三位〉　41・102・204・213・245・262・284・312・416・556

天治元年（一一二四）～元暦二年（一一八五）。忠盛男。母は陸奥守源信雅女。安芸、伊賀、若狭守などを経て、安元三年（一一七七）、正三位。養和元年（一一八一）参議。寿永二年（一一八三）解官。元暦二年三月壇の浦にて敗死。守覚法親王の歌会の常連で、当代主要歌合にも出詠、自身も歌合を主催する。平家一門の和歌方面における中心的役割を担った人物で、治承三十六人歌合に入る。家集経盛集は寿永百首家集。千載集に読人不知歌として入る一首をはじめ、勅撰集に一二首入集。

【参考文献】井上宗雄『平安後期歌人伝の研究　増補版』第五章二（笠間書院、一九八八年）、吉原栄徳「平経盛一家とその作歌活動」（『園田学園女子大学論文集』5、一九七〇年一二月）、安達一恵「平家の歌人について—平経盛を中心に」（『語学と文学』（九州女子大学）』21、一九九一年三月）、千草聡「平経盛と『忠盛集』」（『文芸言語研究（文芸篇）』31、一九九七年三月）

建春門院〈滋子〉　607

康治元年（一一四二）～安元二年（一一七六）。平時信女。母は藤原顕頼女。異母姉妹に平清盛室時子、異母兄弟に時忠、親宗がいる。上西門院に仕えて小弁と称したが、後白河院の寵を受け、応保元年（一一六一）九月三日、高倉天皇を産む。仁安元年（一一六六）に従三位、翌二年（一一六七）正月に女御、翌三年（一一六八）三月、高倉天皇の即位に伴い皇太后となる。嘉応元年（一一六九）四月、院号を建春門院と定められる。安元二年（一一七六）七月八日に崩御。滋子に仕えた藤原俊成女（中納言、健御前とも）の建春門院中納言日記（たまきはる）に、滋子の御所の様子が記される。嘉応二年（一一七〇）一〇月には建春門院北面歌合が催されるなど、その御所は当代文化を支える場ともなっていた。

【参考文献】古代学協会編『後白河院　動乱期の天皇』（吉川弘文館、一九九三年）

兼実（藤原）〈右大臣〉　42・166・203・221・222・226・228（右府）・236・260・334・434・468・495

久安五年（一一四九）～承元元年（一二〇七）。忠通男。従一位関白太政大臣に至るが建久七年（一一九六）に失脚。建仁二年（一二〇二）出家、法名円証。右大臣であったのは仁安元年（一一六六）一一月一一日～文治二年（一一八六）三月一二日。承安から治承年間（一一七一～一一八一）にかけて歌会・歌合・定数歌などを頻繁に主催し、兼実家歌壇が形成された。頼政もその一員で、安元元年（一一七五）七月二三日歌合・同年閏九月一七日歌合・同年一〇月一〇日歌会・治承二年（一一七八）右大臣家百首・治承三年一〇月一八日歌合に出詠している。千載集以下に五九首入集。日記に玉葉がある。

【参考文献】加納重文『九条兼実』（ミネルヴァ書房、二〇一六年）

顕昭 603

大治五年（一一三〇）頃～承元三年（一二〇九）までは生存。亮君・亮公・亮阿闍梨とも呼ばれる。実父母は不明であるが、藤原顕輔の猶子となり、顕輔や兄の清輔・重家ら、六条藤家の人々と共に盛んに詠作活動を行った。後には六百番歌合や千五百番歌合に出詠。千載集以下の勅撰集に四二首入集。今撰集・桑門集などの私撰集を編んだ。歌学書に袖中抄や古今秘注抄（これに藤原定家が家説を書き加えたものが顕注密勘）があるほか、六百番歌合の難陳である顕昭陳状を著した。

【参考文献】西沢誠人「顕昭攷―仁和寺入寺をめぐって―」（『和歌文学研究』28、一九七二年六月）、川上新一郎『六条藤家歌学の研究』（汲古書院、一九九九年）

顕長（藤原） 579

永久五年（一一一七）～仁安二年（一一六七）。顕隆男。母は源顕房女。保安四年（一一二三）従五位下に叙され、以後、紀伊守、越中守などの国司や右兵衛佐・木工頭を歴任。保元元年（一一五六）に中宮（忻子）亮となり、忻子が皇后となった平治元年（一一五九）に皇后宮亮、同年皇后宮権大夫となった。保元三年に蔵人頭から参議となり、長寛二年（一一六四）権中納言に至る。後白河院との関わりが深く、院近臣として活躍した。新古今集に一首入集。

【参考文献】橋本義彦『平安貴族社会の研究』（吉川弘文館、一九七六年）、中村文『後白河院時代歌人伝の研究』第八章（笠間書院、二〇〇五年）

顕時（藤原） 627・628†（熊野につかうまつれる人）

天永元年（一一一〇）～仁安二年（一一六七）。初名は顕遠。長隆男。母は高階重仲女、すなわち信西（藤原通憲）室の姉妹である。頼政の祖父頼綱の姉妹（頼国女）は、為房室となって顕時の父長隆を生んでおり、頼政との間に縁戚関係が存する。子息に、行隆（母藤原有業女）、盛方（母平忠盛女）、盛隆（時光。母藤原信輔女）、有隆（母同）があった。鳥羽院・美福門院の院司で、のち後白河院の近臣となる。二条天皇の受禅にともない、蔵人頭となった。権中納言・大宰権帥・従二位民部卿に至り、中山中納言と号した。日記に中民記・山戸記がある。

【参考文献】中村文『後白河院時代歌人伝の研究』第一一章（笠間書院 二〇〇五年）

顕輔（藤原） 〔493〕 → 家成

寛治四年（一〇九〇）～久寿二年（一一五五）。顕季男。正三位左京大夫に至る。近衛天皇の大嘗会和歌の作者となり、久安百首に加わった。崇徳院の命によって仁平頃に詞花集を撰進した。顕季から相伝の人麿影を子の清輔に伝える。歌道家としての六条家の展開に大きな足跡を残す。家集の顕輔集は詠をほぼ年代順に収録する。金葉集以下に約二九〇首入集。なお、顕輔の名が挙がるのは493の会記のみだが、当該歌合の主催者は家成である。

【参考文献】井上宗雄『平安後期歌人伝の研究 増補版』（笠間書院、

一九八八年）、芦田耕一『六条藤家清輔の研究』（和泉書院、二〇〇四年）

故院 ↓ 鳥羽院

公通（藤原）〈按察〉 10・79・94・119・120・126・230・231・296・376・546

永久五年（一一一七）～承安三年（一一七三）。通季男。母は大納言藤原忠教女。公重は弟。西園寺家の祖で、子に実宗らがいる。権大納言正二位に至り、按察使となる。歌人としては崇徳院歌壇で活動した後、忠通家月三十五首会に参加、建春門院北面歌合や広田社歌合などに出詠する。風流韻事を好み、自家において少なからぬ歌会を催し、承安二年（一一七二）八月一五日には公通家十首を張行、頼政も参加した。千載集以下に一二首入集。歌仙落書にも三首が採られ、「歌の体たけ高く、えたる見所なむどはなけれども、うつくしきさまなり。唐撫子の花をみる心ちなむする」と評される。

【参考文献】松野陽一『鳥箒』Ⅰ(3)①（風間書房、一九九五年）、中村文『後白河院時代歌人伝の研究』第九章（笠間書院、二〇〇五年）

光信（源） 681

寛治七年（一〇九三）～久安元年（一一四五）。光国男。母は藤原家実女。検非違使左衛門尉を勤めた。白河・鳥羽両院に近侍し、白河院から為義・保清とともに朝夕内裏の宿直を命ぜられた（愚管抄）。「鳥羽院四天王其一也」（尊卑分脈）とも記される。大治五年（一一三〇）、京中で私兵を動かし闘乱事件を起こしたため土佐国に配流となる。康治二年（一一四三）召還され、本位本官に復す。息子の光重は源仲正の猶子。和歌に関する事跡は皆無に近く、頼政集に収められた頼政との贈答歌以外に詠作は確認できない。

【参考文献】宮崎康允「古代末期における美濃源氏の動向」（『書陵部紀要』30、一九七八年二月）、元木泰雄「摂津源氏一門—軍事貴族の性格と展開—」（『史林』67-6、一九八四年一一月）

後白河院〈院〉 276・417

第七七代天皇。名は雅仁。大治二年（一一二七）～建久三年（一一九二）。鳥羽天皇第四皇子。母は待賢門院。崇徳院の同母弟。登極を期待されない青年時代には歌謡に耽溺したが、異母弟近衛天皇の夭逝を受け、久寿二年（一一五五）に二九歳で即位。在位は保元三年（一一五八）までと短いが、譲位後も二条・六条・高倉・安徳・後鳥羽の五代にわたり院政を敷き実権を揮った。嘉応元年（一一六九）出家。毎年、五月と九月の供花会に付随して歌会を催した。寿永二年（一一八三）、俊成に千載集撰進の院宣を下した。また、教長・俊成らに三代集を書写させた。千載集以下に一五首入集。今様を集めて編んだ梁塵秘抄が残る。

【参考文献】古代学協会編『後白河院　動乱期の天皇』（吉川弘文館、一九九三年）

ことぢ 653・655・656

四天王寺で出逢った女性芸能者か。

《さ行》

宰相入道 → 教長

斎院 → 官子内親王

讃岐院 → 崇徳院

師光（源）　〈小野宮〉 208・323・368（小野宮侍従）

生没年未詳。建仁三年（一二〇三）までは生存。師頼男。法名は生蓮。後鳥羽院女房宮内卿および具親の父。久安二年（一一四六）以前に侍従となり、久安二年従五位上。頼長の猶子となったため、保元の乱後は不遇であった。永万二年（一一六六）以前に右京権大夫に遷る。仁安三年（一一六八）正月右京権大夫を辞して河内権守となる。永暦元年（一一六〇）太皇太后宮大進清輔朝臣家歌合や中宮亮重家家歌合・別雷社歌合・正治初度百首などに出詠。千載集以下に二七首入集。家集に師光集がある。

【参考文献】井上宗雄『平安後期歌人伝の研究　増補版』第六章（笠間書院、一九八八年）

資隆（藤原）　589

生没年未詳。文治元年（一一八五）九月までは生存（玉葉）。重兼の男。母は高階基実女。隆寛の父。法名寂慧。従四位下少納言に至る。養和元年（一一八一）三月以降（吉記）、寿永元年（一一八二）の家集成立までの間に出家。千載集以下に六首入集。承安二年（一一七二）の広田社歌合などに出詠。家集の禅林瘀葉集は寿永百首家集。

【参考文献】井上宗雄『平安後期歌人伝の研究　増補版』（笠間書院　一九八八年）、保立道久『義経の登場 王権論の視座から』（日本放送出版協会　二〇〇四年）

実家（藤原）　〈宰相中将〉 38・48（となりなる所）・143・144・211（むかひの中将）

久安元年（一一四五）～建久四年（一一九三）。公能男。実定の同母弟。中宮権大夫、検非違使別当などを経て正二位大納言に至る。嘉応二年（一一七〇）住吉社歌合、同年建春門院北面歌合などに出詠し、頼政と同座。俊恵・道因・上西門院兵衛らと親交がある。千載集以下の勅撰集に一八首入集。623・624の贈答歌に見える「となりなる人」も実家を指すか。

【参考文献】中村文『後白河院時代歌人伝の研究』（笠間書院、二〇〇五年）

実国（藤原）　3・73・109・253

保延六年（一一四〇）～寿永二年（一一八三）。公教男。正二位権大納言に至った。祖母（公教母）は顕季女で六条家と縁戚関係にあり、仁安元年（一一六六）重家家歌合に出詠、嘉応二年（一一七〇）には清輔を判者に招いて歌合を催した。二条天皇内裏歌会や住吉社歌合、建春門院北面歌合等にも出詠。また、式子内親王や建春門院の御所を背景に風雅な活動を展開した。千載集以下に一三首入集。家集に実国集。笛にも堪能で、高倉天皇の笛の師となった。

【参考文献】石川泰水「藤原実国の生涯と風雅」（『国語と国文学』一九八五年十月）

実定（藤原）　250・597・598†・599（かれ）

保延五年（一一三九）～建久二年（一一九一）。公能男。母は藤原俊忠女豪子。同胞に実家・多子、叔父に俊成がいる。途中沈淪の時期もあったが正二位左大臣に至る。活発な和歌活動を繰り広げ、永万元年（一一六五）には自ら歌会を催し、百首歌を二度催した。さまざまな階層の歌人と盛んに交流、歌林苑歌会・住吉社歌合・建春門院北面歌合・上西門院御所歌会などに出詠。同時代すでに歌人としての評価が高く、歌仙落書、治承三十六人歌合に入り、和歌色葉でも「名誉歌仙」に数えられている。千載集以下に七八首入集。家集に林下集がある。

【参考文献】中村文『後白河院時代歌人伝の研究』第二章（笠間書院、二〇〇五年）

実房（藤原）　34

久安三年（一一四七）～嘉禄元年（一二二五）。公教男。実国の異母弟。母は藤原清隆女。正二位左大臣に至る。三条入道左大臣と称された。建久七年（一一九六）に出家、法名は静空。建春門院北面歌合・住吉社歌合・広田社歌合・別雷社歌合・御室五十首などに出詠し、正治初度百首にも召される。早く三位中将時代に十五首歌を張行、歌林苑歌会に参加する一方、自邸で歌会や歌合を催した。千載集以下に三〇首入集。日記に愚昧記がある。

【参考文献】本位田重美「「三位中将実房家歌」をめぐって」（『古典と民俗―研究ノオト―』5、一九七七年一二月）

若狭三位　→　経盛（平）

寂念　→　為業

重家（藤原）　〔8→清輔〕・53・54・220・418・444・577・591†・〔601→頼輔〕

大治三年（一一二八）～治承四年（一一八〇）。顕輔男。母は家女房。兄弟に清輔・顕昭・季経、子に経家・顕家・有家がいる。官位は順調に進み、非参議従三位大宰大弐に至ったが、安元二年（一一七六）に出家、蓮寂と号する（蓮家説も）。詩歌に加えて管絃の才にも長けており、兄弟の中では最も高位に就いた。兄の清輔が没した際には人麻呂影供像を譲り受けて子の経家に伝え、その家系が六条藤家の主流となる基礎を確立した。また、当時の主要な歌会にも積極的に参加し、歌人としての交流範囲も広かった。特に、永万二年（一一六六）に自邸で催した中宮亮重家家歌合の判者に俊成を招いたことは注目され、派閥に拘泥しない柔軟な姿勢をとっていた。千載集以下に二九首入集。家集に重家集がある。

【参考文献】井上宗雄『平安後期歌人伝の研究　増補版』第二章五（笠間書院、一九八八年）

重頼（藤原）　607・608†

生没年未詳。重方（顕隆孫）男。父は養和元年（一一八一）八月に五九歳で出家しており（弁官補任）、保安四年（一一二三）の生まれである。久寿二年（一一五五）守仁親王（二条天皇）立太子に際して権少進となり、二条天皇在位時に大舎人助・左近将監を経て宮内権大輔となる。その後、日向守・佐渡守を歴任。承安二年（一一七二）二月、徳子立后に際して少進となり、その後、権大進となったようだが、治承二年（一一七八）四月、これを辞した。文治元年（一一八五）以降は、鎌倉において、頼政男の頼兼とともに頼朝に侍し、重用された事績が残る。吾妻鏡・建仁元年（一二〇一）十一月二十一日条に頼家の鞠会に侍したことが見えるが、この時、相模守であった。頼政女の二条院讃岐と婚し、重光をもうけた。月詣集に二首、言葉集に一首入る。また、林下集に西山に花見に赴いた実定と「中宮大進重頼」の贈答が残る。

俊成（藤原）　2

永久二年（一一一四）～元久元年（一二〇四）。俊忠男。母は藤原敦家女。一〇歳で父と死別、葉室顕頼の養子となり、本流に復す仁安二年（一一六七）までは顕広と称する。大治二年（一一二七）従五位下美作守となるが、以後、久安元年（一一四五）までの一八年間従五位下のままであった。藤原親忠女（美福門院加賀）との結婚後、美福門院の恩顧により栄進、三河守や丹後守、左京大夫を経て、正三位非参議皇太后宮大夫に至る。安元二年（一一七六）出家、法名は釈阿。定家らの父。為忠家百首や右大臣家百首、正治初度百首などに出詠、久安百首詠進の際には、崇徳院より百首の部類を命じられた。歌会・歌合にも多数参加し、判者を勤めた。五〇代の頃、清輔と歌壇指導者の地位をめぐって対抗しあったが、清輔没後、九条兼実家で重用され、文治四年（一一八八）には後白河院の命により千載集を撰進し、歌壇における地位を確固たるものとした。晩年も九条家や後鳥羽院歌壇で活躍し、建仁三年（一二〇三）には院より九十の算賀の宴を賜った。家集の長秋詠藻ほか、古来風体抄等、多くの著作を残す。詞花集以下に四四五首入集。

【参考文献】『谷山茂著作集二　藤原俊成　人と作品』（角川書店、一九八二年）、松野陽一『藤原俊成の研究』（笠間書院、一九七三年）、安井重雄『藤原俊成　判詞と歌語の研究』（笠間書院、二〇〇六年）、山本一『藤原俊成　思索する歌びと』（三弥井書店、二〇一四年）

俊恵　664・665・677

永久元年（一一一三）～没年未詳。源俊頼男。母は藤原敦隆女。東大寺僧。久安二年（一一四六）三月顕輔家歌合をはじめ、永暦元年（一一六〇）清輔家歌合、仁安元年（一一六五）重家家歌合、同二年経盛家歌合、嘉応元年（一一六九）頼輔家歌合など、平安末期の多くの歌合に出詠した。また、安元元年（一一七五）以降、数次の兼実家歌合に出詠、治承二年右大臣家百首の作者ともなった。京白河に設けた自房は「歌林苑」と称され、身分や性別、党派等を問わず和歌を詠む者が集い、長寛二年（一一六四）歌合のほか、月次歌会や人麿影供、十首会など多くの和歌行事が催された。多くの歌人と交流したが、頼政とは特に親しく、二人の家集には共通する歌題も多く見出せる。嘉応二年建春門院北面歌合に際して、提出すべき歌について頼政が俊恵に助言を求めたエピソードが、その弟子鴨長明の著作無名抄に記される。詞花集に一首入るのをはじめとして勅撰集に八四首入集、同時代の私撰集にも多数入集する。家集に林葉集がある。

【参考文献】島津忠夫「俊恵法師をめぐって―その和歌史的考察―」（『国語国文』一九五三年一二月）、簗瀬一雄『俊恵研究』（加藤中道館、一九七七年）

小侍従　33・64・152・364・421（久しくおとづれ侍らぬ女）・422・466（絶て久しく成たる女）・467・498（久しくおとづれ侍らぬ女）・499・500（かれ）・501†・518（ある女房）・519・520（同人）・522（おなじ人）・523†・524（おなじ人）・525†・526（おなじ人）・527†・536（女）・537†・625・626†

生没年未詳。大治元年（一一二六）頃生か。建仁元年（一二〇一）までは生存。石清水八幡宮別当紀光清女。母は菅原在良女で源有仁家女房小大進。近衛・二条二代后多子および二条・高倉両天皇に仕え、治承三年（一一七九）に出家隠棲した。藤原伊実室、法眼実元母。多子女房「左衛門佐」はその女子という（覚綱集七一）。当代を代表する女流歌人として殷富門院大輔と並び称せられ、経盛家や重家家の歌合等、平安末期の多くの和歌行事に加わり、正治初度百首・千五百番歌合の作者に入った。千載集以下に五五首入集。家集に小侍従集がある。頼政とは長く恋愛関係にあったが、源雅通・平経盛らとも交渉を持ったことは家集から明らかで、平家物語・今物語等には藤原実定との交流が、古今著聞集には後白河院との関係が記される。670・671の贈答も小侍従とのやりとりか。

【参考文献】森本元子『私家集の研究』第六章（明治書院、一九六六年）、同「小侍従二題」（『相模国文』12、一九八五年三月）

小野宮・小野宮侍従　↓　師光

暲子内親王〈八条院〉　75

保延三年（一一三七）～建暦元年（一二一一）。鳥羽院皇女。母は美福門院得子。上皇および美福門院より莫大な所領を譲られる。同母弟に近衛天皇、異母兄に崇徳院・後白河院がいる。応保元年（一一六一）一二月、二条天皇の准后として八条院の院号を受けた。建春門院中納言日記（たまきはる）には崩御の様子ほか八条院関連の記事が散見される。

【参考文献】高松百香「八条院―〈鐘愛の女子〉の系譜」（野口実編『治承～文治の内乱と鎌倉幕府の成立』清文堂、二〇一四年）

新院　↓　六条天皇

新少将　641

生没年未詳。源俊頼女。待賢門院に仕え、その後藤原忠通室宗子に仕える。新古今集に一首、新拾遺集に二首入集する他、続詞花集・今撰集・月詣集などに入集。月詣集九八九・九九〇に、新少将が没した翌春に素覚も没したとあり、頼政集641・642に、素覚妻が没してほどなく素覚も没したとあることから、素覚の妻と推定されている。

【参考文献】松野陽一『鳥帚』Ⅳ（1）（風間書房、一九九五年）

親宗（平）　585

天養元年（一一四四）～正治元年（一一九九）。時信男。母は藤原基隆女。時忠・時子（平清盛室）・滋子（後白河院后・高倉天皇母）の異母弟。正二位中納言に至る。仁安三年（一一六八）から建久六年（一一九五）までの間の和歌活動が確認できる。千載集以下に八首入集。家集に親宗集、日記に親宗卿記がある。頼政集での官位表記は「右少弁親宗」だが、親宗が右少弁であったのは、承安二年（一一七二）二月から権右中弁に転じた承安五年一二月までである（弁官補任）。

【参考文献】中村文『後白河院時代歌人伝の研究』第四章（笠間書院、二〇〇五年）

崇徳院〈讃岐院〉　157

第七五代天皇。名は顕仁。元永二年（一一一九）～長寛二年（一一六四）。鳥羽院第一皇子。母は待賢門院。実父とも言われる曾祖父白河院に愛され、保安四年（一一二三）即位、永治元年（一一四一）に異母弟近衛天皇に譲位した。近衛天皇没後、崇徳同母弟の後白河天皇が践祚して、子の重仁親王の天皇位が絶望的となり、同じく不満を抱いていた左大臣藤原頼長と結んで保元の乱を引き起こしたが、敗れて讃岐に流され、その地で没した。幼少時から和歌を好んで、しばしば歌会を催し、少なくとも三度の百首歌を催した。特に第二度の久安百首の完成には心を傾け、その部類には俊成を抜擢した。また、顕輔に下命して詞花集を選ばせた。詞花集以下に八一首入集。

すむつる　328

生没年未詳。二条天皇女房。粟田口別当入道集二二五・二二六に惟方との贈答歌があり、それによると、二条天皇にかつて御乳を奉った女房で、永万元年（一一六五）の二条院葬送（八月七日）後も宮中に留まり、一周忌が果てて宮中を退いたという。頼政集と粟田口別当入道集のほかには名が見えない。

清輔（藤原）　8〔重家〕・20・132・217・581・595・631

天仁元年（一一〇八）～治承元年（一一七七）。顕輔男。母は高階能遠女。官途は不遇で、太皇太后宮大進、正四位下で終わる。父とも不和であった。崇徳院に久安百首を詠進。二条天皇の歌壇で脚光を浴び、天皇に袋草紙を進覧、命を受けて続詞花集を撰んだが、崩御のため勅撰集とはならなかった。多くの歌合に参加、判者を勤め、清輔家歌合を催した。承安二年（一一七二）には白河の宝荘厳院で尚歯会を行った。六条藤家の中心人物として活躍、藤原兼実の信任を得た。千載集以下に八九首入集。清輔朝臣集は晩年の自撰家集。奥義抄・和歌一字抄・袋草紙・和歌初学抄ほかの歌学書を著述するとともに、古今集の証本（清輔本）を整定した。頼政は清輔家の歌会・歌合に参加する。頼政集において清輔は贈答歌の詞書に限り「三位大進清輔」と称呼される。「三位大進」の称は、他に重家集と今物語（四三話）に見えるが、父顕輔の極位と清輔自身の職名を合成した、一種の愛称かと考えられる。

【参考文献】井上宗雄『平安後期歌人伝の研究　増補版』第二章四（笠間書院、一九八八年）、芦田耕一『六条藤家清輔の研究』（和泉書院、二〇〇四年）、兼築信行「「三位大進」考―藤原清輔の称をめぐって―」（『国文学研究』155、二〇〇八年六月）

清和院・清和院斎院・清和院斎院宮　→　官子内親王

静賢　583・584†・621・622†

天治元年（一一二四）～建仁元年（一二〇一）生存。南家貞嗣流、藤原通憲（信西）男。母は高階重仲女。同母の兄弟に俊憲・貞憲・是憲・澄憲らがいる。平治の乱により安房に配流。最勝寺上座、法勝寺・蓮華王院・宝荘厳院の執行等を勤め、後白河院の側近として活動した。住吉社歌合・別雷社歌合などに参加。建仁元年一二月二八日張行の石清水社歌合への出詠が最終事績となる。千載集以下に九首入集。

【参考文献】木村真美子「少納言入道信西の一族―僧籍の子息たち」（『史論』45、一九九二年）、中村文『後白河院時代歌人伝の研究』第五章（笠間書院、二〇〇五年）

摂政殿下　→　基房

素覚　320・323・325・641・642〈少輔入道〉

生没年未詳。俗名藤原家基。少輔入道と呼ばれた。家光男。橘俊綱の孫。従五位下刑部少輔。永暦元年（一一六〇）より後、嘉応二年（一一七〇）以前に出家。住吉社歌合・広田社歌合には頼政とともに出詠した。俊恵らとも親しかった。広田社歌合後、奈良へ下り、その地で没した。千載集以下に八首入集。

【参考文献】安井久善『改訂中世私撰和歌集攷』（三崎堂書店、一九六一年）、大取一馬「素覚法師詠歌攷―付素覚法師詠歌集成」（『龍谷大学論集』452、一九九八年七月）

た行

多子（藤原）〈大宮〉　23・152・670

保延六年（一一四〇）～建仁元年（一二〇一）。公能女。母は藤原俊忠女豪子。祖父に実能、同胞に実定・実家・実守・公衡・後白河后忻子がいる。左大臣藤原頼長の養女となり、久安六年（一一五〇）正月、近衛天皇女御となる。久寿二年（一一五五）七月、帝の崩御にあたり内裏を退出したが、保元三年（一一五八）二月、太皇太后にのぼった。永暦元年（一一六〇）正月に二条天皇の後宮に入り、「二代后」と呼ばれた。「天下第一の美人」と評される（平家物語）。入内の経緯やその才芸については、今鏡・平家物語・源平盛衰記などに詳しい。玉葉集に一首入集。

【参考文献】山内益次郎「二代の后多子―『今鏡』人物伝の周辺」（『武蔵野女子大学紀要』24、一九八九年二月）、松村英子「『平家物語』二代后について―藤原多子覚書」（『文芸（園田学園女子短期大学）』20、一九八九年三月）

大宮　→　多子

大納言三位　328

生没年未詳。源師子。師重女。典侍。康治二年（一一四三）六月、守仁（二条天皇）の乳母となり、久寿二年（一一五五）一二月九日叙爵（兵範記）。従三位に至る。頼政集によると、没年は二条院薨後の仁安元年（一一六六）から二年（一一六七）あたりか。

大輔　593・645・658・659†

生年未詳～正治二年（一二〇〇）までは生存。藤原信成女。母は文章博士菅原在良女。後白河院皇女亮子内親王（殷富門院）に、その斎宮在任中（保元元年、一一五六～同三年）より仕え、建久三年（一一九二）女院の落飾に従って出家した。永暦元年（一一六〇）太皇太后宮大進清輔家歌合をはじめ、平安末期の多くの歌合に出詠、歌林苑の歌会にも参じ、隆信・実定・寂蓮ら当代の多くの歌人と交流した。人麿墓前の経供養や三輪社歌会を主催し、文治三年（一一八七）には定家・家隆・公衡らに勧めて皇后宮大輔百首歌を催した。千載集以下に六三首入集。寿永百首家集の殷富門院大輔集と、これとは系統を異にする雑纂的性格の同題集の、二つの家集がある。なお、大輔の父の従兄弟藤原憲定は頼政女を室とし親輔をもうけており、頼政とは姻戚関係にあった。662も大輔の詠か。

【参考文献】森本元子『私家集の研究』第六章ⅢⅣ（明治書院、一九六六年）、同『殷富門院大輔集全釈』（風間書房、一九九三年）

丹後内侍　81

生没年未詳。源頼朝の乳母比企尼の女。二条天皇に仕えた女官で和歌をよくしたという（系図纂要）。惟宗広言と密通し忠久を生み、後に関東へ下って安達盛長の妻となり景盛らを生んだという。その病床を頼朝が見舞ったことが吾妻鏡の文治二年（一一八六）六月条に見える。

【参考文献】福島金治『安達泰盛と鎌倉幕府』（有隣堂、二〇〇六年）

丹波内侍　575・576†

生没年未詳。系譜未詳。永暦元年（一一六〇）から応保二年（一一六二）にかけて、二条天皇の側近くに仕えて奏請等を行った事績が山槐記に見える。また、新勅撰集には二条天皇時代に殿上を除籍された藤原隆信が「内侍丹波」に贈った歌が残る（一〇四四）。

鳥羽院　159・347・620・639（故院）・681

第七四代天皇。名は宗仁。康和五年（一一〇三）～保元元年（一一五六）。堀河天皇第一皇子。母は藤原苡子。五歳で即位し、保安四年（一一二三）、藤原璋子（待賢門院）所生の第一皇子顕仁（崇徳天皇）に譲位、大治四年（一一二九）の白河院没後は院政を執った。藤原得子（美福門院）を寵愛し、その所生の体仁（近衛天皇）を即位させるが夭折、璋子所生の第四皇子雅仁（後白河天皇）を即位させるも、強引な皇位継承に摂関家の内紛が絡み、鳥羽院没後に保元の乱が勃発する。鳥羽院自身は和歌との関わりが薄く、保延四年（一一三八）以降は和歌行事を催した記録は見えない。金葉集以下に八首入集。頼政は鳥羽院に出仕し（頼政集681）、鳥羽院北面会に出詠している（頼政集159・347）。

【参考文献】井上宗雄『平安後期歌人伝の研究　増補版』終章三（笠間書院、一九八八年）

通家（源）　332

長承二年（一一三三）～仁安二年（一一六七）。資賢男。応保二年（一一六二）六月二日、後白河院近臣であった父資賢や藤原範忠らとともに二条天皇を賀茂社に呪詛したかどで右少将を解任され、同二十三日伊豆への配流が決定。のち許され、左少将正四位下まで昇進。後白河院時代の今様最盛期において第一の音楽芸能家であった父資賢から郢曲や和琴など、諸芸能を伝授された。

通家母　332

生没年未詳。賀茂神主保文女（尊卑分脈）。保文については未詳。第一〇代神主保久は仁平二年（一一五二）四五歳で卒しており、通家との年齢差二五歳を勘案すると保久の誤写とも考え難い。

【参考文献】川上新一郎「賀茂社家の歌人たち」（『和歌文学研究』42、一九八〇年四月）、保坂都『賀茂氏の歌人群』（武蔵野書院、一九九三年）

登蓮　321

生没年未詳。系譜未詳。延慶本平家物語によれば、筑紫の安楽寺出身で、近江の阿弥陀寺に住した僧という。承安二年（一一七二）広田社歌合・治承二年（一一七八）三月別雷社歌合などに参加し、治承二年七月に筑紫へ下向、そのまま没したらしい。歌仙落書・中古六歌仙に選ばれ、「ますほの薄」をめぐる数寄逸話（無名抄）で著名な歌僧である。詞花集以下に一九首入集。登蓮法師集（中古六歌仙から独立したもの）、登蓮法師恋百首がある。古蹟歌書目録によれば蛍雪集と号する家集があったらしい。

【参考文献】松野陽一『鳥箒』Ⅳ（2）（風間書房、一九九五年）

道因　→　敦頼

敦頼（藤原）　214・295・318・613・683・684

寛治四年（一〇九〇）～治承三年（一一七九）までは生存。清孝男。左馬助・鳥羽院文殿衆等を経て従五位上に至り、承安二年（一一七二）に出家。法名道因。永暦元年（一一六〇）清輔家歌合への出詠が和歌事績として早い。閑院流の実行・公教に仕え、嘉応二年（一一七〇）、公教息実国の歌合に出詠して頼政と同座。嘉応二年住吉社歌合・承安二年広田社歌合を勧進、頼政はいずれにも加わった。清輔和歌尚歯会・東山歌合・右大臣家歌合・別雷社歌合など多くの和歌行事で頼政と同座した。和歌への強い執心が無名抄（「道因歌に志深き事」）や玉葉・承安三年（一一七三）三月二一日条に記される。千載集以下に四一首入集。打聞現存集を編み（和歌色葉）、勝命とともに顕昭の説を批判する撰万葉集時代条々難事を著したが、いずれも散佚。無名抄には歌謡に関する説話が残り、今様の名手あこ丸との関わりもあったという。

【参考文献】島津忠夫「道因法師考」（『和歌文学研究』5、一九五

八年一月)、北村智子「道因法師考」(『女子大国文』25、一九六二年六月)、鈴木徳男「傀儡あこ丸と道因法師」(『季刊ぐんしょ』25、一九九四年七月)、植木朝子『梁塵秘抄とその周縁』第一章第二節(三省堂、二〇〇一年)

な行

二条院　26・80・164・311・317・328・443

第七八代天皇。名は守仁。康治二年(一一四三)~永万元年(一一六五)。後白河天皇第一皇子。母は藤原経実女。母が出産直後に没したため、美福門院に養育される。妻后に高松院姝子、中宮育子、伊岐致遠女(六条天皇母)、太皇太后多子など。保元三年(一一五八)八月践祚。親政に意欲を見せ父院と対立した。即位翌年に平治の乱が起こる。平治元年(一一五九)三月以降、しばしば内裏歌会を催した。永暦元年(一一六〇)には内裏百首を催した。千載集以下に一四首入集。奥義抄・袋草紙・和歌童蒙抄・題林などを召す。続詞花集の撰進を清輔に命ずるが、完成前に崩御。楽才にも秀でていた。

【参考文献】佐伯智広「二条親政の成立」(『日本史研究』505、二〇〇四年九月)

二条院女房　164・317

未詳。二条天皇に仕えた女房。頼政が歌の代作を行う。

二条大宮　→　令子内親王

二代のみかど　→　崇徳院・六条天皇

入道　→　為業・素覚

女院　→　滋子

は行

八条院　→　暲子内親王

範兼(藤原)　142・193・252・271・273・275・302・335・570(をかざきの三位)・571†・633(岡崎三位)・634†・635(同入道)・668(岡崎三位入道)・669†

嘉承二年(一一〇七)~永万元年(一一六五)。能兼男。母は高階為賢女。通称は岡崎三位。範高・範子(承明門院在子母)・兼子(卿二位)らの父。弟範季を猶子とする。範季女は後鳥羽院妃の修明門院重子。頼政母は能兼の姉妹で、範兼は頼政の従兄弟に当たり、親しく交流する。俊恵・殷富門院大輔らとも親しい。大治五年(一一三〇)六位蔵人に任ぜられ、左衛門少尉・式部少輔・東宮学士・大学頭を経て、応保二年(一一六二)刑部卿、翌年従三位。永万元年二月、五九歳で出家(顕広王記・二日条)。法名は敬心(和歌色葉)。病による出家であったと思しく、同年四月二六日に薨去、内裏よりの帰路であったと言われる(顕広王記)。570・571の贈答は六位蔵人に任じられた折の作。大治五年殿上蔵人歌合、保延元年(一一三八)以降の家成歌合、応保二年(一一六二)二条天皇中宮育子歌合などに出詠。二条天皇歌壇の有力歌人。自らも歌合・歌会を主催した。千載集以下の勅撰集に二〇首入集。歌学書に和歌童蒙抄・五代集歌枕、秀歌撰に後六々撰がある。なお、頼政集以前に「岡崎三位」と称する資料未見。尊卑分脈では範兼の孫範朝から岡崎とする。ただし、明月記では範兼息範光を「岡前入道」と称している。また範光薨去後の仏事は岡崎の御堂で行われていることが書かれているから範兼邸が岡崎にあったことは確実であろう。

【参考文献】加畠吉春「藤原範兼伝の考察」(『平安朝文学研究』6、一九九七年一二月)

播州 → 隆親

兵衛内侍 22

生没年未詳。系譜未詳。山槐記・永万元年(一一六五)七月二七日条の六条天皇即位の記事に「内侍兵衛局」と見える人物か。今撰集二〇二に見える「中宮兵衛内侍」、重家集五一八に見える「兵衛内侍」、経盛集一三三に見える「皇后宮の兵衛内侍」は、二条天皇中宮育子に仕えた人物で、山槐記・応保元年(一一六一)一二月二〇日条に「三位殿」(育子)の女房として見える「兵衛局」かと思われる。月詣集二一五の「兵衛内侍」、同六八八の「高倉皇后宮の兵衛内侍」もこれと同一人と考えられるが、これらが頼政集の「兵衛内侍」と同一人かどうかは不明。

【参考文献】森本元子「今撰集の女流―松野氏稿に寄せて」(『和歌史研究会会報』34、一九六九年八月)、森本元子『二条院讃岐とその周辺』(笠間書院、一九四八年)、松園斉「中世女房の基礎的研究―内侍を中心に―」(『愛知学院大学文学部紀要』34、二〇〇五年三月)

別当入道 → 惟方

や行

右大臣・右府 → 兼実

ら行

頼輔(藤原) 71・342・601〔中宮亮重家〕

天永三年(一一一二)〜文治二年(一一八六)。忠教男。母は賀茂神主成継女。教長の異母弟。難波家・飛鳥井家の祖で、雅経は孫にあたる。叙爵後、山城守・豊後守・皇太后宮亮を歴任し、嘉応二年(一一七〇)刑部卿、養和二年(一一八二)従三位に至る。歌林苑歌人たちと盛んに交流し、法勝寺十首会・俊成家十首会・兼実家百首などに参加。嘉応元年(一一六九)には自ら歌合を主催する。千載集以下に二八首入集。家集頼輔集は寿永百首家集。また、蹴鞠を藤原成通に学び、「無双達者」と称賛される腕前で、蹴鞠口伝集を著した。古今著聞集には蹴鞠に関する逸話が見える。

【参考文献】井上宗雄『平安後期歌人伝の研究　増補版』第六章(笠間書院、一九八八年)

隆信(藤原) 256・587

康治元年(一一四二)〜元久二年(一二〇五)。為経(寂超)男。

母は藤原親忠女（美福門院加賀）で、後に俊成に再嫁して定家らを産んだ。母方の縁で美福門院に近仕し、その没後は所生の皇女八条院に仕えた。上野介・右馬権頭・右京権大夫等を歴任して正四位下に至る。若年時から歌林苑の歌会に参じたほか、重家・実国・経盛ら主催の歌合や、建春門院北面歌合等、平安末期の多くの催しに参加した。また、兼実家歌壇の常連で、右大臣家百首の作者に入り、俊成と兼実の関係を仲介した。以後も良経家や後鳥羽院の歌壇で活動し、建仁元年（一二〇一）には和歌所寄人となった。続詞花集・今撰集・玄玉集等の私撰集や、歌仙落書・治承三十六人歌合等の秀歌撰にも入り、当代評価はきわめて高い。千載集以下に六八首入集。家集の隆信集は、寿永百首家集本と元久本の二種があり、いずれも自撰。似絵の名手としても著名で、絵画の才は男信実以下の代々に受け継がれた。

【参考文献】井上宗雄『平安後期歌人伝の研究　増補版』第三章六（笠間書院、一九八八年）、中村文『後白河院時代歌人伝の研究』第一章（笠間書院、二〇〇五年）

隆親（藤原）〈播州〉　5・55・367

生没年未詳。隆教男。母は平忠盛女。従五位上内蔵権頭。承安二年（一一七二）広田社歌合・建久二年（一一九一）若宮社歌合・同六年（一一九五）民部卿家歌合に出詠。また林葉集・広言集・隆信集などによって、自身も歌会や歌合を催したことが知られる。播磨守だったのは永万元年（一一六五）七月（山槐記除目部類）から嘉応元年（一一六九）七月までか。千載集に三首入集。月詣集・玄玉集・言葉集など同時代の私撰集にも合計八首入る。

【参考文献】中村文「藤原隆親小考」（『明月記研究』14、二〇一六年二月）

亮子内親王〈殷富門院〉　659（ある宮ばら）

久安三年（一一四七）～建保四年（一二一六）。後白河院第一皇女。母は高倉三位成子（藤原季成女）。以仁王・守覚・式子らの同母姉。保元元年（一一五六）内親王、斎宮となるが、保元三年退下。寿永元年（一一八三）八月、安徳天皇の准母として皇后に冊立。翌二年八月には後鳥羽天皇准母となり、文治三年（一一八七）六月に殷富門院の院号を受けた。後に順徳天皇准母。建久三年（一一九二）一一月落飾。その女房として、大輔のほか中納言・新中納言・新少納言・尾張等、和歌事績の残る人物が仕えていた。その御所を公達が訪れて管絃等の風雅を楽しんだことは大輔集一六五に記され、そうした寄り集いが歌会に発展した消息も惟方集二四四や拾遺愚草二一六六に見える。

【参考文献】栗山圭子『中世王家の成立と院政』（吉川弘文館、二〇一二年）

令子内親王〈二条大宮〉　15

承暦二年（一〇七八）～天養元年（一一四四）。白河院第三皇女。母は中宮藤原賢子（関白師実養女。実父は源顕房）。堀河天皇は同母弟。寛治三年（一〇八九）斎院に卜定され、承徳三年（一〇九

九）退下。嘉承元年（一一〇六）から二条院（二条北堀河東一町）を御所とした。同二年鳥羽天皇の准母となり立后、大治四年（一一二九）出家、長承三年（一一三四）太皇太后となる。御所にちなみ二条太皇太后、二条大宮と称された。その御所には女房として多くの歌人が仕え、斎院時代から数多くの歌合・歌会が催された。なお令子は、母賢子の没後、師実とその室麗子に養育されたが、仲正の母が麗子の女房中納言君であった縁故からか、仲正女が令子に出仕している（金葉集・雑上・五四一・五四二）。

【参考文献】塚谷多貴子「皇后宮令子歌壇論」（『国語国文研究』52、一九七四年一一月）、所京子「斎院令子内親王関係の和歌集成」（『成徳学園女子短期大学紀要』15、一九八九年三月）

六条天皇　21（新院）・577（当今）・581（二代のみかど）

第七九代天皇。名は順仁。長寛二年（一一六四）～安元二年（一一七六）。二条天皇第二皇子。母は伊岐致遠女。中宮育子に養われて「一宮」とされた。永万元年（一一六五）に、父帝が重病になったため二歳で異例の即位をした。仁安三年（一一六八）、在位四年で高倉天皇に譲位して五歳で上皇となり、元服もしないまま一三歳で崩じた。

をかざきの三位・岡崎三位・同入道・岡崎三位入道　↓　範兼

会記一覧

凡例

一、『頼政集新注　上中下』収載分の頼政集（整定本文）詞書に見える歌合・歌会等の詠作機会について、その和歌行事が現われる詞書の歌番号を示した。和歌行事は、主催者ないしは開催場所を付した名称で示し、その音読み（漢音）により五十音順に配列し、催行年次が判明、ないしは推定しうるものについては〈　〉内に記した。また同名称の催事が複数回ある場合には、開催年次順に掲載した。

一、その和歌行事に関して知られるところがある場合には、簡単な解説を記した。萩谷朴『平安朝歌合大成』（『歌合大成』と略称）に立項・言及されている場合には、「増補新訂版」によって歌合番号を示した。会記の名称が同一であっても、開催時の異なることが明確である場合には、会ごとに項を改め、行事名の下に張行年時を付した。『類題鈔』に記載がある場合は、「類題鈔」研究会編『類題鈔（明題抄）影印と翻刻』（笠間書院、一九九四年）によって、和歌行事の番号を付した。

一、歌題が明らかな場合には、歌題を歌番号の下の（　）内に示した。ただし、歌題が仮名書きである場合は、適宜、漢字に改めて記した。和歌行事の名称が頼政集詞書に記されていない場合でも、他の資料により推定が可能であれば、当該行事の項を立て歌番号を記した。

一、会記の名称は右の原則によるが、頼政集詞書における名称がこれと異なる場合には、（　）内に示した。また、頼政集詞書の名称や一般に通行している名称が掲出項目と異なる場合は、検索の便のためにそれらを空見出しとして掲げた。

あ行

按察会　↓　公通家歌会

按察十首　↓　公通家十首会

伊賀入道会　↓　寂念家歌合

為忠家後度百首〈保延元年カ〉　337（恋）

　為忠家初度百首・為忠家後度百首は、鳥羽院の近臣であった丹後守藤原為忠が近親者や知友を集めて主催した内輪の百首歌会。作者の官位表記などから、初度百首は長承三年（一一三四）末頃、後度百首はその後間もない保延元年（一一三五）頃の成立と推測されている。後度百首の部立は、桜二十首・郭公十五首・月二十首・雪十五首・恋十五首・雑十五首。このうち、四季題はすべて結題で、全体的に見てもかなり特殊な歌題が多い。詠進した歌人は、為忠・親隆・顕広（俊成）・仲正・為業・為盛（兼経）・為経（盛忠）・頼政。初度百首との違いは親隆が忠成と入れ替わるだけで、他の七名は同じである。

【参考文献】家永香織『為忠家後度百首全釈』（風間書房、二〇一一年）。

院殿上会　↓　後白河院殿上歌会

園城寺長吏大僧正覚忠歌合　↓　覚忠房歌合

か行

家成家歌合〈久安五年九月〉（左京大夫顕輔卿歌合）　493（恋）

　久安五年（一一四九）九月に催行された藤原家成主催の歌合。秋月・九月尽・恋の三題、各一一番。出詠者は家成の近親者が多く、判者も叔父の顕輔が勤める。頼政は隆縁と番えられ、すべて負となった。頼政集は恋の一首のみを収録、詠出機会を顕輔家の歌合と記す。『歌合大成』三四六参照。

【参考文献】千葉篤胤「藤原顕輔の秀歌観について―「右衛門督家成歌合」判詞を視座として」（『日本大学人文科学研究所研究紀要』64　二〇〇二年九月）

歌林苑影供会　629

　629詞書に「少副入道空仁と申歌よむもの侍るを、年比きゝわたり侍に、かれにきゝて、たがひにいかであひみてしがなとおもひけるほどに、歌林苑にて人丸が影供し侍ける日あひて、歌よみなどして後、ほどへていひつかはしける」とあり、歌林苑で人麿影供の歌会が行われ、そこに頼政も参加していたことが推察される。ただし、その年次や歌題は特定できない。

歌林苑影供会カ　374（改名隠恋）

　教長集に、「歌林苑影供会」における詠作として、五〇三「故郷落葉」、六〇〇「水鳥夾船」、七五八「立声嘆恋」、七六〇「失返事嘆恋」、七六二「改名隠恋」の特殊な五題が記される。「改名隠恋」題の頼政集374も同会で詠まれた可能性がある。

歌林苑歌会　13（池水浪静）・62（尋花）・63（花）・66（逢樵夫

問花）・90（春野）・92（花落客稀）・97（藤）・154（盧橘薫閨）・163（連夜鵜川）・210（八月十五夜）・218（月）・242（月照亡屋）・254（九月尽）・255（時雨）・258（月前残菊）・267（落葉）・278（水鳥近馴）・293（晩鷹狩）・316（寄松祝）・327（旅）・338（恋）・360（見貌被厭恋）・381（見家思出恋）・385（過門不入恋）・540（疑行末恋）・549（一会之後不会恋）・620（懐旧）

東大寺僧俊恵は京白河に存した自房を「歌林苑」と名付け、そこに集う人々と多くの歌会を催した。簗瀬一雄によりその期間は保元元年（一一五六）から治承二年（一一七八）に至る二〇余年とされるが、頼政集620詞書を根拠としてその始発を保元元年と見ることには、やや疑問が残る。頼政は俊恵と親しく、早くから歌林苑の和歌行事に参加していたと推測されるが、頼政集に「歌林苑会」と明示される歌の詠作年次は未詳である。なお、本項掲出歌は、伝本によっては「歌林苑会」の作と記されないものも含んでいる。

【参考文献】簗瀬一雄『俊恵研究』第二章（加藤中道館、一九七七年）

歌林苑歌会カ　30（鶯為春友）・31（侍花似恋）・91（折蕨遇友）・111（暮見卯花）・118（人伝郭公）・123（竹影納涼）・290（雪埋樵路）・375（見返事増恋）・437（秘知音恋）

林葉集には頼政集91「折蕨遇友」によく似た一七九「採蕨逢友」が見え、頼政集30・290・375と同題の五五「鶯為春友」、七六八「見返事増恋」、六〇八「雪埋樵路」が見える。いずれも他に用例のない珍しい歌題で、林葉集に「歌林苑」と注されることから、30・91・290・375は歌林苑歌会の作であった可能性がある。また、林葉集二〇二「夕見卯花」、同三〇九「竹陰納涼」には、いずれも「歌林苑」と会記の注があり、用字の違いはあるが、111「暮見卯花」、123「竹のかげにすゞむ」とそれぞれ同一会の詠かと推測される。俊成（長秋詠藻二二五）、重保（月詣集三〇〇）、実房（千載集一四〇）の「暮見卯花」題歌も同一会の作か。437「秘知音恋」題は林葉集八五五・教長集七六四に、118「人伝郭公」題は林葉集二二八に同題があり、31「侍花似恋」は隆信集五一に「白川にて人人、待花如恋といふ事をよみしに」と見えて、歌林苑歌会での作であった可能性がある。

歌林苑歌合〈長寛二年〉　188（草花）・247（女郎花）

頼政集247の詞書は「（女郎花）」だが、同歌が夫木抄四二六八に「長元《ママ》二年白川歌合、野花」の詞書で入り、これに従えば、長寛二年（一一六四）八月に歌林苑で張行された歌合の作と推定される。同歌合の歌題は「草花」であったことが知られ、188がこの折に詠まれた可能性もある。『歌合大成』三五六参照。

歌林苑歌合カ〈永万元年以前〉　168（水上夏月）

「水上夏月」題は同時代の用例がいくつか確認できる。特に、風情集に「大夫公俊恵三首をこひしに」として、遠聞郭公・水上夏月・嘆短夜恋の三題が見え（三二八～三三〇）、隆信集★三三に「白河にて人人歌合し侍りしに、水上の夏月といふ事を」の詞書があり注意される。林葉集にも五首見える（二八九〜二九三）。また、続詞花集一四〇に心覚の詠が入るが、仮にこれが公重や隆信の作と同一会での作とすれば、当該歌合は続詞花集成立の永万二年（一一六五）以前の張行となる。168がこれらと同一の歌林苑歌合の作である可能性も考えられる。

歌林苑十首会　4（遠村霞）・192（夜泊鹿）・234（江上月）・289（閑居雪）・412（寄源氏恋）・413（寄催馬楽恋）

長寛二年（一一六四）〜永万元年（一一六五）四月の成立。俊恵・隆信・大輔・讃岐・道因・登蓮・範兼・清輔・寂蓮・経正・忠度・実房・小侍従・実家らが加わったと推定されている。歌題は、遠村霞・花留客・夜泊鹿・江上月・暁天千鳥・閑中（居）雪・寄催馬楽恋・寄源氏（名）恋の八題が判明している。

【参考文献】久保田淳『新古今歌人の研究』第二篇第二章六（東京大学出版会、一九七三年）、松野陽一『藤原俊成の研究』第二篇第四章三（笠間書院、一九七三年）、渡辺雅子「歌林苑十首歌会―実定家十首歌会との関係をめぐって―」（『野田教授退官記念日本文学新見　研究と資料』笠間書院、一九七六年）

歌林苑恋十首会　393

殷富門院大輔集一二七詞書に「俊恵のもとにて、ひとびとこひのうた十首よまれしついでに」と見え、林葉集七〇三〜七一二に「又、歌林、人人歌十首よみ侍りしに」の詞書を付して恋歌十首が収められて、歌林苑において「恋十首歌会」が催されたことを知りうる。393の会記は単に「十首会」とする伝本が少なくないが、大輔や俊恵と同一機会の「歌林苑恋十首会」詠であった可能性も考えられる。

覚忠房歌合（園城寺長吏大僧正覚忠歌合）　25（梅花薫窓中）・555（恋自我下人）

重家集四一七〜四二三に、「宇治僧正御もとより、ちごども僧ち歌合すとて、すでにことかけにたりとて、ひのいるほどに人のこひしかば、つかひをたてながら」の詞書で入る、梅花薫窓中・閑中聞鶯声・依花問隣人・路辺見卯花・深山尋時鳥・恋自我高人・恋自我下人の七題からなる歌群と同一時の詠と考えられる。重家集の配列により嘉応元年（一一六九）四月下旬頃の張行と推定される。同集四三二詞書には、「宇治の僧正の御もとにちごどもの歌合しけるに、三位大進、前兵庫頭などまゐりて評定しけりときて、次のひたてまつりし」とあり、この歌合の評定に清輔や頼政が参じたと知られる。「宇治僧正」は、清輔集四三九詞書に「宇治前大僧正覚忠」と見える覚忠と考えられる。覚忠（元永元年（一一一八）〜治承元年（一一七七））は藤原忠通男で大僧正天台座主となった。歌林苑歌合の作者でもある。千載集以下に一二首入集。『歌合大成』三七二参照。

観蓮歌合　→　教長家歌合

季経家歌合　84（桜）・112（卯花）

重家集の配列から、仁安三年（一一六八）秋の張行と推定される。歌題は桜・卯花・女郎花・菊・恋の五題。作者は俊恵・成仲・有房・実定・経盛らが知られる。本歌合の作は勅撰集に二首入集するが（続古今集一〇四二・季経、玉葉集一五六三・経盛）、同時代の私撰集には判明する限りは採歌されていない。『歌合大成』三七〇参照。

基房閑院第詩歌管絃会　313（対松争齢）

仁安三年（一一六八）正月二八日張行。閑院邸の新造移徙後、初度の会として、六条天皇の行幸を仰いで盛大に催された（玉葉同日条）。同時の同題詠として基房（千載集六二八）、通能（同六二九）、兼光（新勅撰集四六〇）、重家（重家集三九二）、俊成（長秋詠藻二八一）、有房（有房集八七）、季経（季経集六三）の七首が集成される。

【参考文献】渡邉裕美子「廃墟を見つめる西行―『山家集』一〇四八番を手がかりにして―」（『日本文学』655、二〇〇八年一月）。

教長家歌合〈承安二年〉（宰相入道歌合・尾坂歌合）　50（尋山花）・297（連日雪）・386（隔河恋）

歌合本文は伝存しないが、夫木抄の詞書などから承安二年（一一七二）閏一二月張行と推定される。教長隠棲の地名を冠して「東山歌合」と呼ばれることが多く、「尾坂歌合」の呼称は頼政集386と林葉集二六一・四七三・八二八にのみ見える。歌題は尋山花・暁郭公・旅宿月・連日雪・隔河恋の五題。判者は清輔。作者は教長・頼政・俊恵・重家・公重・顕昭・成仲・広言・師光・親盛・清輔・道因・佐・登蓮・範孝・経正・大輔・章綱・憲盛・重保・信蓮・寂蓮・忠度の二三名が知られる。『歌合大成』三八八参照。

教長家歌合　（観蓮歌合）　281（寒夜千鳥）

承安二年閏十二月に行ったものとは別時の催しであり、その詠としては、「寒夜千鳥」題の頼政と寂蓮の作のみが知られる。和歌合略目録には「観蓮亭歌合」と掲出する。『歌合大成』三八九参照。

経正家歌合〈承安三年〉　135（郭公）・136（夏草）・550（恋）

歌合本文は伝存せず、夫木抄詞書により承安三年（一一七三）夏の張行と知られる。歌題は郭公・夏草・恋の三題。判者は俊成。親隆・季能・為真・資隆・道因らが出詠。『歌合大成』三九二参照。

経盛家歌合〈永万二年〉　213（月）・312（祝）

夫木抄詞書により永万二年（仁安元年、一一六六）五月の張行と知られる。賀茂社に奉納したものか。歌題は郭公・五月雨・月・恋・祝の五題。判者は清輔。頼輔・資隆・重保・政平・小侍従・高松宮右衛門佐・菩提院関白家卿らが出詠。『歌合大成』三六〇参照。

経盛家歌合〈仁安二年〉　190（鹿）・204（月）・245（草花）

仁安二年（一一六七）八月張行。歌合本文が伝存する。歌題は草花・鹿・月・紅葉・恋の五題。判者は清輔。重家・公重・通能・季経・頼輔ら二四名による六〇番の歌合。『歌合大成』三六五参照。

経盛家歌合〈仁安三年〉　262（冬月）・284（時雨）・285（雪）

重家集の配列と歌題により仁安三年（一一六九）冬の張行と推定される。歌題は時雨・千鳥・冬月・雪・恋の五題。判者未詳。経盛・経正の他、俊恵・重家・公重・季経・親宗等が出詠。『歌合大成』三七一参照。

経盛家歌合〈承安元年〉　41（春月）・102（躑躅）

重家集の配列と歌題により承安元年（一一七一）春の張行と推定される。歌題は霞・梅・躑躅・春月・恋の五題。俊恵・重家・顕昭・忠度・親宗らが出詠。『歌合大成』三八三参照。

経盛家歌合　（若狭三位歌合）　416（題不知）・556（恋）

頼政が出詠した経盛主催の歌合のうち、年次未詳の二首はいずれも「恋」を詠んだ作で、詞書に記される会記が異なることからも、別時の詠と推定される。このうち、556の詞書には「若狭三位歌合」の会記が付されるが、経盛が若狭守であったのは、応保元年（一一六一）～嘉応元年（一一七一）で、叙従三位は嘉応二年である。ただし、経盛の若狭守秩満後も敦盛ら子息が若狭守を勤めており、経盛は若狭守を知行国とした可能性が高い。従って、経盛が嘉応二年以降に「若狭三位」と呼ばれたことは十分考えられる。『歌合大成』三六〇は416・556の両首を仁安元年度の詠として掲げる。なお、張行年次が不明な経盛家歌合の詠として、親宗集に「旅月」題歌が残る。

兼実家歌合〈安元元年七月〉　（右大臣家会）　226（水月）・228（野風）・229（暁鹿）・314（庭松）495（旅恋）

安元元年（一一七五）七月二三日張行。歌合本文は伝存しない。現在知られる兼実主催歌合のうち、承安三年（一一七三）三月一日についで二度目の歌合。玉葉・同日条に「参会者十余人」と記され、三十番程度の規模であったろうと推測されている。判者は清輔で当座に判を下した。その後、二題の当座歌会が催された。歌題は水月・野風・暁鹿・庭松・旅恋の五題。主催者兼実をはじめ、俊恵・清輔・重家・季経・仲綱・丹後・行頼らが出詠した。『歌合大成』三九九参照。

兼実家歌合〈安元元年閏九月〉　（右大臣家会）　42（花下明月）・166（泉辺翫月）・203（月得秋勝）・221（海上見月）・222（関路惜月）・236（寄月述懐）・260（月照山雪）・334（月前催無常）・434（恋依月増）

安元元年（一一七五）閏九月一七日張行。歌合本文は伝存しないが、玉葉・同日条に記事があり、重家集・林葉集により月に関する以下の一〇題の設題が知られる。花下明月・泉辺翫月・月得秋勝・月照山雪・月契多歳・恋依月増・海上見月・関路惜月・月前述懐・月催無常。判者は清輔。作者は主催者兼実の他、俊恵・道因・顕家・季経・重家・仲綱・尹明・隆信・親宗が知られる。清輔・頼政を棟梁とする作者二二名、計一一〇番の歌合であったらしい。『歌合大成』四〇〇参照。

兼実家歌合〈安元元年十月〉　（右大臣家会）　468（暁恋）

安元元年（一一七五）一〇月一〇日張行。歌合本文は清輔が判詞を書き加えた後に兼実が書写したものを祖本とする永青文庫本等が伝存し、いずれも同じ系統。その奥書には「大略伺御気色所付勝負也、当座付勝負翌日書判詞其後所付作者也」「兼不存哥合之儀只為比興臨期隠作者合之最密事也」、玉葉には「清輔朝臣判」之隠作者合之也」と見え、清輔最晩年の判詞の例となる。落葉・初雪・暁恋の三題三十番。主催者兼実をはじめ、俊恵・清輔・重家・季経・仲綱・丹後・行頼らが出詠した。披講順序は不定、結番相手は一定で、頼政歌は重家歌と番えられた。『歌合大成』四〇一参照。

建春門院北面歌合　276（関路落葉）・277（水鳥近馴）

嘉応二年（一一七〇）一〇月に建春門院の御所七条殿で張行。歌題は関路落葉・水鳥近馴・臨期違約恋の三題。按察使公通ほか二〇名による三〇番の歌合。判者は俊成。北岡文庫ほかに残る歌合本文には「嘉応二年十月十六日」の張行と記されるが、玉葉の同年一〇月一三日条には、「明日於建春門院可有和歌会云々、隆季・実定卿等結構云々」、同一九日条には、「参建春門院、余参入以前有和歌会云々、去十四日延引云々」の記事が見える。この「和歌会」が当該歌合を指すのであれば、隆季・実定の企画張行である。『歌合大成』三八二参照。

【参考文献】松野陽一『藤原俊成の研究』第二篇第四章二（笠間書院、一九七三年）、中村文『後白河院時代歌人伝の研究』第九章（笠間書院、二〇〇五年）

公通家歌会　（按察会）　79（落花）・126〜128（時鳥）・376（恋）

承安二年（一一七二）八月一五日張行の公通家十首会（次項）とは別に催された歌会の詠で、催行年次は未詳。掲出した79以下の五首が同一会のものかどうかも不明だが、公通没の承安三年（一一七三）四月九日以前の詠である。

公通家十首会　（按察十首）　10（晩霞）・94（落花）・119（待郭公）・120（夏草）・230（水上月）・231（野風）・259（残菊）・296（旅雪）・546（夜恋）

『類題鈔』（歌合記事番号308）によれば、承安二年（一一七二）八月一五日張行。歌題は晩霞・落花・待郭公・夏草・水月・野風・残菊・旅雪・夜恋・竹為友。作者は公通・実定・重家・頼輔ら一八名が知られる。頼政集には竹為友を除く九首が見える。頼政集雑部は原則として題詠歌を収録しない方針であったらしく、そのため「竹為友」題歌のみが脱したものか。『歌合大成』別二六参照。

【参考文献】松野陽一『鳥箒』Ⅰ⑶①「公通家十首会」（風間書房、一九九五年）、芦田耕一『六条藤家清輔の研究』第一章（和泉書院、二〇〇四年）

公通南殿花見会　99（藤花水写）

公通が没した承安三年（一一七三）以前の張行。林葉集一七八「大納言公通南殿の花見られし次手に、藤花写水と云ふ事を人人よみ侍りしに、よめる」や、風情集一九三「藤花水にうつるといふ心を、同じだいりにて」と同じ折の作と推定される。

広田社歌合　（敦頼入道西宮歌合）　295（社頭雪）・683（海上眺望）・684（述懐）

承安二年（一一七二）一二月張行。道因（敦頼）の勧進により、摂津国広田社（現在の兵庫県西宮市）に奉納された。実際に方人が広田社に赴いたのではなく、道因が社頭に持参して詠誦披講のみ行われたらしい。道因が撰歌・結番したものを、同年一二月八日に俊成に加判を依頼しており、俊成は一七日に識語を記した。その原本から転写した俊成自筆本が尊経閣文庫に現存する。歌題は、社頭雪・海上眺望・述懐の三題。作者は五八名、計八七番であった。左方は、公通・実定・小侍従・実国・観蓮ら、右方は、重家・頼政・実房・師光・実綱ら。『歌合大成』三八七参照。

【参考文献】安井重雄「道因勧進『住吉社歌合』『広田社歌合』の詠歌の性格」（『和歌文学研究』95、二〇〇七年一二月）、武田元治『広田社歌合全釈』（風間書房、二〇〇九年）。

後白河院供花会歌会〈承安元年五月〉　（法住寺殿会）　155（盧橘遠薫）・479（近隣恋）

院御所法住寺殿における供花会と併せて催された歌会。供花会は後白河院の親王時代から毎年五月と九月に行われていたが、法住寺南殿が新造された仁安二年（一一六七）以降は、法住寺殿で張行されるようになった。

「盧橘遠薫」題は重家集四七九詞書に「院御供花次に人人歌よまれしに　盧橘遠薫」と見え、配列から承安元年（一一七一）五月の張行と推定できる。同年五月の供花会は一一日に開始されたことが玉葉・同日条に見える。なお、重家集では当該歌会について、盧橘遠薫・近隣恋の二題を掲げるが、「近隣恋」題は珍しい歌題であることから、頼政集479（近隣恋）も同時詠かと推定される。清輔・重家・教長にもこの二題の詠が残る。

【参考文献】谷山茂・樋口芳麻呂編『中古私家集二』解題（古典文庫188、一九六三年）、森本元子『私家集の研究』第三章Ⅰ（明治書院、一九六六年）、久保田淳『新古今歌人の研究』第二篇第二章三（東京大学出版会、一九七三年）、松野陽一『藤原俊成の研究』第二篇第五章（笠間書院、一九七三年）、菅野扶美「後白河院の供花の会と仁和寺蔵紺表紙小双紙」（『東横国文学』27、一九九五年三月）、植木朝子「供花と歌―今様の場」（『国文学』一九九七年四月）

後白河院供花会歌会〈安元元年九月〉　（法住寺殿御花時御会）　194（潤余秋月）

194「潤余秋月」題は、親宗集五九に「供花の会に、閏余秋月といふ心を」、有房集二〇五に「ゐんの御はなのついでに人人うたよみしに、うるふ月の秋の月といふことを」と見える。後白河供花会歌会が開催された期間内で九月に閏月があったのは安元元年（一一七五）のみで、194は同年九月の供花会歌会で詠まれたと推定される。頼政集では194～197に供花会歌会の詠を連続して収めることから、以下三首を同時詠と考えることも可能であるが、〈某年九月張行〉項に一括して掲げた。

【参考文献】後白河院供花会歌会〈承安元年五月〉項参照。

後白河院供花会歌会〈年次未詳〉　（法住寺会・法住寺殿・法住寺殿会）　438（秘従者恋）・506（隠傍女恋）・553（乍随不逢恋）

供花会歌会には重家・俊成・親宗・広言・有房・頼輔・隆信・親盛らの参加が確認でき、後白河院・公重・清輔の出詠も推定されている。これらの人々の詠は承安～治承にわたり、右に掲げた頼政集歌もこの期間内の詠出と推定されるが、その年次は未詳である。ここには、詠出の月が不明な恋題を一括して掲げた。
【参考文献】後白河院供花会歌会〈承安元年五月〉項参照。

後白河院供花会歌会（法住寺殿会）**〈某年五月張行〉** 150（山家郭公）
治承三十六人歌合に入ることから治承三年以前の詠と知られる。
【参考文献】後白河院供花会歌会〈承安元年五月〉項参照。

後白河院供花会歌会〈某年九月張行〉（法住寺殿会・法住寺殿御花時御会・法住寺殿供華会・法住寺殿） 189（月前草花）・191（鹿声遠近）・195（鹿声何方）・196（争尋紅葉）・197（残菊夾路）・224（九月十三夜）・507（恋遠所人）
〈安元元年九月〉項に示したように頼政集では194～197に供花会歌会の詠を連続して収める。長秋詠藻二五七・二五八には鹿声何方・残菊夾路が、風情集二〇〇～二〇二では「鹿音いづれのかたぞ」「残菊みちをはさむ」「遠所人恋」が連続しており、頼政集195・197・507は同一会の作である可能性も考えられる。
【参考文献】後白河院供花会歌会〈承安元年五月〉項参照。

後白河院供花会歌会カ 158（水風如秋）・431（馬上恋）
「水風如秋」題は、隆信集一三三、広言集三五等に供花会歌会の詠であることが明記され、広言集七四には「馬上恋」題が「供花」と注されて入り、158・431もこれらと同一会での詠である可能性が考えられる。親宗集九四に「供花会に、恋馬上人といふ心を」の詞書で入る歌も広言集七四と同一時の作か。
【参考文献】後白河院供花会歌会〈承安元年五月〉項参照。

後白河院殿上歌会（院殿上会） 417（被妨人恋）
後白河院御所の殿上の間で開催された歌会と見られる。院の御所が法性寺殿であれば、少なくとも院が同所に移った応保元年（一一六一）以降の張行。同時詠と思われる詠に、有房集三三五・広言集七六がある。ただし広言集の詞書には「被妨人恋　歌合」とあるが、同時詠と見てよかろう。

さ行

左京大夫顕輔卿家歌合 → 家成家歌合

宰相入道歌合 → 教長家歌合

三井寺歌合 207（月）
保延三年（一一三七）九月一四日張行か。行宗集一三五～一三七の詞書に、「保延三年九月十四日、三井寺歌合に、人にかはりて」とあり、月・菊・恋の三題の歌が収められる。『歌合大成』三三六はこれと同時と認定するが、三井寺では歌合が何度も開催されており、断定はできない。仮に保延三年の歌合とすると、頼政は三四歳で、比較的若い頃の詠である。なお、207と同様に行宗集にも「人にかはりて」とあることから、『歌合大成』では、「和歌を詠作提供した人と、歌合の場を構成した方人とは別人であって、本歌合の場合もやはり僧侶が主として方人となったと考えるのが妥当であるかも知れない」と推定する。

讃岐院にて → 崇徳院歌会

師光家歌合（小野宮にて・小野宮侍従歌合） 208（月）・368（恋）

張行年次未詳。『歌合大成』四一五に「〔治承二年八月廿三日以前〕前右京権大夫師光歌合」として、女郎花・月・海辺月・恋・祝の五題と、隆信・俊恵・頼輔らの作を集成し、頼政集208も「人と歌題と所との一致によって」同一会かと推定する。なお、師光主催の歌会は複数回行われたと推定されている。

実国家歌合 3（立春）・109（更衣）・253（九月尽）・315（祝）・470（後朝恋）

嘉応二年（一一七〇）五月二九日張行。歌合本文が伝存する。立春・更衣・九月尽・歳暮・後朝恋・祝の六題。判者は清輔で、頼政が講師を、隆信が読師を勤めた。作者は隆季・重家・頼保ら六条家の人々の他、成範・公重・有房ら二〇名。当歌合から勅撰集に入集した詠作は頼政の祝題歌のみだが（続古今集一九〇三）、月詣集に四首、玄玉集に一首が採歌された。『歌合大成』三七八参照。

若狭三位歌合 → 経盛家歌合

寂念家歌合（伊賀入道会） 27（雨中柳）・96（故郷花）・206（海辺月）

張行年次未詳だが、為業の出家（保元三年（一一五八）～仁安元年（一一六六））以降の春であろう。『歌合大成』四一一は仁安に近い某年の春の張行と推定する。歌合本文は伝存しない。歌題は雨中柳・故郷花・海辺月・恋の四題。頼政・俊恵・忠度の出詠が知られる。

住吉社歌合（敦頼住吉歌合） 214（社頭月）・613（述懐）

嘉応二年（一一七〇）一〇月九日張行。敦頼が勧進し、五〇名が出詠した七五番の歌合。歌題は社頭月・旅宿時雨・述懐の三題。判者は俊成。『歌合大成』三八一に歌合本文が載る。頼政は実房との番で一勝二負。

【参考文献】安井重雄「道因勧進『住吉社歌合』『広田社歌合』の奉納と位署と俊成」（『国語国文』二〇〇九年七月）

重家家歌合（大弐重家卿歌合） 53（桜）・220（月）・299（雪）・444（恋）

永万二年（一一六六）八月二七日以前張行。歌合本文が伝存する。歌題は花・郭公・月・雪・恋。作者は実国・隆季・重家・経盛・小侍従・隆信・顕昭・俊恵ら二八名。判者は顕広（俊成）。本歌合の作は勅撰集に一二首入集する（千載集七四・重家、同七五・範綱、同一六二・実国など）。『歌合大成』三六一参照。

重家家歌会（大弐重家会） 418（恋）

重家邸では頻繁に歌会が催されていたことが諸歌集によって知られる。418はそのうちのいずれかであろうが、「恋」題という情報だけからでは、年月等を特定しがたい。なお8詞書に「海辺霞　大弐重家卿会」と見える作は、仁安元年（一一六七）二月清輔家歌合の詠と認定した。

俊成家十首会　２（立春）

仁安二年（一一六七）一二月～承安二年（一一七二）五月の間に成立。歌題は、立春・花・更衣・郭公・月・九月尽・雪・歳暮・恋・祝で、結題が流行した時代にあって、きわめて正統的な設題である。主催者俊成の他、実定・公重・隆信・俊恵ら一五名の詠が残る。頼政集は同会の詠として右の一首のみを収載する。

【参考文献】久保田淳『新古今歌人の研究』第二篇第二章第四節（東京大学出版会、一九七三年）、松野陽一『藤原俊成の研究』第二編第四章三の(1)（笠間書院、一九七三年）

小野宮にて・小野宮侍従歌合　→　師光家歌合

人麿影供一品経供養歌会　673（勧持品）

人麿影供は藤原顕季によって創始されたが、平安末期には歌林苑においても催された。一方、一品経供養は道因・重保・政平・俊恵・大輔等、多くの当代歌人によって行われたが、澄憲作「和歌政所一品経供養表白」により歌林苑でも永万二年（一一六六）七月に催されたことが知られる。これらを総合して、673が詠出された場を歌林苑と捉える立場があるが、確証はない。

【参考文献】簗瀬一雄『俊恵研究』（加藤中道館、一九七七年）、佐々木孝浩「歌林苑の人麿影供（三）」（『銀杏鳥歌』5、一九九〇年一二月）

仁和寺歌会　272（山路落葉）

272詞書は「山路落葉、仁和寺にて人人読み侍りしに」だが、林葉集五九二に見える同題には「教長入道会」と注される。教長集には「泉殿御室にて人人うたよみけるに、霞中嶺梅と云ふ題を」（七二）などの詞書が見え、教長の仁和寺歌壇における活動が知られる。「泉殿御室」は仁和寺御室であった覚性法親王で、その許では歌会が盛んに催され、教長や西行らの歌人が出入りした。右掲の頼政272歌と俊恵歌が同時詠であった可能性も考えられる。

崇徳院歌会　（讃岐院にて）　157（更恋郭公）

崇徳天皇の譲位は永治元年（一一四一）一二月。翌康治元年～保元元年（一一五六）の某年六月上旬の張行か。長秋詠藻二三四に「崇徳院御会の時、六月朔、更恋時鳥といふ心をよませたまひし時」の詞書で入る「尋ぬらむまぼろしもがな郭公行末もしらぬ六月の空」の歌は、同じ折の作であろう。当該歌会については、研究者による言及が見えない。

清輔家歌合〈永暦元年〉　217（月）

永暦元年（一一六〇）八月張行。歌合本文は伝存しないが、『歌合大成』三五三に詠作の集成がある。夫木抄に「永暦元年八月清輔朝臣家後番歌合、紅葉」（六一二五・雅重）、「永暦元年八月清輔朝臣家歌合、桜」（八八四五・資隆）、「永暦元年八月清輔朝臣家後番歌合、雪」（一三三五七・雅重）の詞書を持つ三首が見え、清輔が七月に張行した歌合の後番歌合であると知られる。また、上記三首の題が七月歌合の十題の中にすべて含まれることから、『歌合大成』

は、当該歌合も七月歌合と同じく、鶯・梅・桜・時鳥・七夕・月・紅葉・雪・恋・述懐という歌題構成であったかと推定している。なお『歌合大成』は、詞書に清輔家歌合と明示する七月歌合と同歌題の詠を集成するが、同書も述べるように、明らかに当該歌合詠といえるのは夫木抄の前掲三首のみであり、頼政集217が当該（八月）歌合歌であるかどうかの判断は慎重を要する。

清輔家歌合〈仁安二年〉　8（海辺霞）・20（隣家梅）

夫木抄詞書により仁安二年（一一六七）二月張行と知られる。歌合本文は伝存しない。歌題は隣家梅・海辺霞・祈神恋の三題。衆議判。頼政・清輔の他、俊恵・重家・顕昭・資隆・師仲等の出詠が知られる。頼政集411「神に祈恋」がこの会の作かどうかは不明である。『歌合大成』三六三参照。

清和院斎院会　（清和院斎院にて・清和院斎院宮会）　348（恋）・354（恨不逢）・366（遇不告恋）

後葉集に入る348は久寿二年（一一五五）以前の作である。山家集には清和院斎院で詠まれた「春は花をとも」（九二）、「夢中落花」（一三九）を題とする歌が収録されている。また、聞書集二五五詞書には「としたか、よりまさ、せが院にて、老下女をおもひかくる恋と申すことをよみけるに、まゐりあひて」とあり、頼政・俊高・西行の参加した会が確認できる。頼政集収載の歌とこれらが同一会での詠かどうかは不明。463（道に逢ふ）もこの斎院会における詠か。

尊勝寺歌会　378（恋）

尊勝寺は六勝寺の一。堀河天皇の勅願寺。康和四年（一一〇二）落慶供養。同寺で歌会が催された事実については、当該歌によって知られるのみで詳細は不明である。

た行

大弐重家会　→　重家家歌会

大弐重家卿歌合　→　重家家歌合

鳥羽院北面会　159（江上蛍多）・347（蔵書恋）

張行年次は未詳であるが、鳥羽院の歌壇活動は保延四年（一一三八）以降認められないので、頼政の三〇代半ば以前の作と考えられる。

通親家歌合　215（月終夜友）・274（隔谷紅葉）

嘉応二年（一一七〇）秋張行。歌題は月終夜友・朝聞初雁・山路秋深・隔谷紅葉・無返歌恋の五題で、重家・親宗・季経・経正の出詠が、各家集より確認できる。通親が催した歌合として確認できる最も早いものである。『歌合大成』三八〇参照。

敦頼入道西宮歌合　→　広田社歌合

な行

二条太皇太后宮会　→　令子内親王家歌会

二条大宮歌会　→　令子内親王家歌会

二条天皇歌会〈保元四年春〉　26（禁中柳垂）

長秋詠藻二一一詞書に「同春内裏御会に、禁庭柳垂といふ心を」、重家集二詞書に「又内にて、禁庭柳垂といふ題を」とあり、長秋詠藻二一〇の詞書「保元四年の春内裏の御会に、花有喜色といふことをよませたまひしに」から、これらが保元四年（一一五九）の詠であることは確実である。頼政歌は歌題に「禁庭」と「禁中」の違いがあるが、三句目に「庭」が詠み込まれており、俊成・重家の作と同じく、保元四年春の二条天皇内裏御会における詠と推定される。

二条天皇歌会〈保元四年夏〉　349（逐夜増恋）

重家集一五・一六の「内にて」と詞書する「羈中五月雨」「逐夜増恋」題の二首が、保元四年（一一五九）催行の二条天皇内裏歌会詠と推定されており、頼政集349も歌題の一致から同歌会における詠と考えられる。松野陽一『藤原俊成の研究』第二篇第三章一（笠間書院、一九七三年）に〔二条天皇内裏歌会〕保元四（平治元）年（8）として掲げる。

二条天皇歌会〈平治元年〉　164（河辺草深）

重家集一七に「河辺草深」題と類似する「江辺草深」題で、「あしの葉になにはほりえもうづもれてこぎくるふねはおとにてぞしる」の詠が見える。重家歌は同集の配列により、平治元年（一一五九）の二条天皇内裏歌会での作と考えられる。頼政集164も「河」というよりは「江」の景を詠んでおり、重家と同一会での作か。重家集によれば、その会では他に「夜夜鵜河」「契明夕恋」の二題が出されたが、頼政集114「夜々鵜河」題歌もこの折の作であった可能性が考えられる。松野陽一『藤原俊成の研究』第二篇第三章一（笠間書院、一九七三年）に〔二条天皇内裏歌会〕保元四（平治元）年（9）として掲げる。

二条天皇歌会〈応保二年〉　100（藤花留客）

「藤花留客」題は他に重家集二一三に見出されるのみで、100歌はこれと同時詠だった可能性が高い。重家集二一三は応保二年（一一六二）三月の二条天皇内裏歌会の作であったことが集の配列から明らかである。

【参考文献】森本元子『私家集の研究』第三章Ⅰ（明治書院、一九六六年）

二条天皇歌会〈年次未詳〉　105（春残二日）・311（禁中祝）・317（祝）・443（問聞増恋）

「春残二日」題は、千載集一二一に入る二条天皇歌と同題である。同歌は二条天皇在位のいずれの年かの三月末に、殿上人を引き連れて白川殿に方違え行幸した際の歌会の作。同時代には他に見られない歌題であり、頼政歌もその折の詠である可能性がある。頼政歌を収載する玉葉集二八七は、「二条院御時」の会と記す。311・317・443は頼政集の詞書により二条天皇歌会の詠であることが知られるのみで、詳細は未詳である。

は行

八条院歓喜光院歌会　75（花半咲）

開催時期は不明だが、暲子内親王が八条院の院号を受けた応保元年（一一六一）一二月一六日以降、頼政が没する治承四年（一一八〇）以前の張行である。なお、歓喜光院での歌会の詠としては、頼政集61・林葉集一五四等が見える。

範兼家歌会〈長寛元年秋〉 193（秋花勝春花）・252（惜秋忘恋）・271（葉飛渡水）

重家集に「刑部卿逆修すとて和歌会をするに、うた、こひしかば」（二六七・二六八・二六九）、「又同会」（二七〇・二七一）、「刑部卿逆修会」（二七五・二七六）、「刑部卿逆修会」（二七九・二八〇）、「刑部卿逆修会」（二八七・二八八）、「又同会」（二八九・二九〇）として一三首を収める。同集によれば、逆修歌会は都合六回行われ、歌は第一回は三首で、あとの五回は四季題一、恋題一の二首であったこと、四季題から秋の催しであったこと、重家集の配列から、長寛元年（一一六三）秋に張行されたことがわかる。頼政集の詠は、このうちの三～五回目の歌会の歌題と一致する。長寛元年は範兼の死の前々年であり、心身の衰えを自覚したための発意かと思われる。逆修歌会の例はこれ以前に未見。六回の歌会は、仏事の通例に倣って、七日毎に行われたのではないかと思われるが、詳細は不明。他に二条院讃岐・俊恵・中宮兵衛内侍・藤原家基の参加が想定される。

【参考文献】谷山茂・樋口芳麻呂編『中古私家集二』（古典文庫188、一九六三年）

範兼家歌会〈年次未詳〉 142（野径郭公）・273（落葉隔池）・275（落葉驚夢）

範兼が没した永万元年（一一六五）四月二六日以前の張行。273・275は秋題であることからすれば、その前年長寛二年以前に張行された会であろう。「落葉驚夢」題は林葉集五五〇に見え、「範兼卿家会」と注する。

範兼家歌会カ 248（雨中鹿）

林葉集五三三に同題詠が見え、その詞書に「範兼卿会」と注する。これと同一会の詠とすれば、長寛二年以前の作である。

播州歌合 → 隆親家歌合

尾坂歌合 → 教長家歌合〈承安二年〉

法住寺殿会・法住寺殿 → 後白河院供花会歌会

法住寺殿十首会 → 法勝寺十首会

法勝寺十首会（法住寺殿十首会）201（月）

林葉集一〇三詞書により、成範が主催したこと、長秋詠藻二四六左注により、二条天皇時代の張行であることが知られる。成立時期は成範召還の永暦元年（一一六〇）二月二二日以降、二条天皇退位の永万元年（一一六五）六月以前の間と推定される。歌題は花・郭公・月・雪・恋の五題各二首、計一〇首の歌会で、作者は俊成・俊恵・頼輔・頼政・成仲の他、有房・道因・覚盛・仲綱も可能性があるとされる。

【参考文献】松野陽一『藤原俊成の研究』第二篇第三章二（笠間書

院、一九七三年)。

法輪寺百首　138〜141(郭公)

頼政の父仲正が詠じた「法輪百首」は夫木抄から逸文が集成できるが、類題鈔(歌合記事番号42)によれば保延三年(一一三七)九月十八日の張行、歌題は述懐に寄せた霞・梅・郭公・五月雨・月・虫・雪・氷・山家・羇旅・閑居であり、五月雨と氷が五首、他は各十首であった。頼政の「法輪寺百首」もこの百首を詠じたものと考えられるが、厳密には「法輪」と「法輪寺」の相違があり、同じ百首だとしても、父と同時に詠んだか、後にその組題を用いて詠じたのかは分からない。保延三年は頼政三四歳。「法輪寺百首」ならば、嵯峨の法輪寺で詠じ披講されたか、奉納されたものであろう。頼政集の「郭公」題で括られる連続四首に当該会記を付す伝本があり、四首とも同じ百首の作のごとく見えるが、歌意に述懐性を認めうるのは138・139だけで、140・141には認めることができない。井上宗雄は前二首を当該百首の詠と認定する。

【参考文献】井上宗雄『平安後期歌人伝の研究』第四章二(笠間書院、一九八八年増補版)、久保木秀夫『中古中世散佚歌集研究』第一章第五節(青簡舍、二〇〇九年)

法輪寺百首カ　235(寄月述懐)・241(寄月述懐)・304(寄氷述懐)

歌題から類題鈔に記される法輪寺百首の作であった可能性も残るが、確証はない。

【参考文献】前項参照。

北白川会　264(水上落葉)

年次を特定できず、どのような会であったかも未詳。続詞花集二七一「北白河にて人人もみぢをよみけるに」、山家集二三一「水辺納涼と云ふ事を、北白川にてよみける」、西行法師家集二七五「終夜秋をしむといふことを、北白川にて人人よみ侍りしに」等、北白川で催された歌会が確認できるが、頼政詠とこれらの会の関連も不明である。

や行

右大臣家会　→　兼実家歌合

ら行

頼政家歌会カ　257(行路時雨)

林葉集五八二詞書に「行路のしぐれ　頼政家会」と見え、これと同一会の作とすれば、自家に催した歌会での詠である。

頼輔家歌合　71(帰雁)・342(忍恋)

重家集の配列から、嘉応元年(一一六九)夏〜秋の催行と推定される。長秋詠藻と重家集に帰雁・納涼・七夕・落葉・忍恋の五題すべての歌が収載される。他に林葉集・頼輔集・成仲集・教長集・経盛集にも詠が見える。頼政集342詞書に「皇后宮権亮頼輔朝臣の歌合に」とあるが、当該歌合とすれば「忍恋」題詠である。作者は、頼政・俊恵・教長・俊成・成仲・重家・顕昭・頼輔・資隆・経盛・重保・盛方・師仲・広言の一四名を確認しうる。判者は不明だが俊成か。『歌合大成』三七四参照。

隆信家歌合　256（時雨）

風情集に、一八九「馬権頭隆信三首歌こひしに、時雨を」、一九〇「雪」、一九一「恋」と連続して入る三首と、同一会の詠と考えられる。風情集詞書の官位表記が歌合開催時の官位を示すとすれば、隆信が右馬権頭であった承安四年（一一七四）八月以前の張行である。この他、隆信家歌合の詠であると明示する歌に、林葉集八〇三（恋）、寂蓮集五四（恋）、玄玉集四三〇（兼思十三夜・隆寛）がある。玄玉集歌は別時だが、俊恵・寂蓮歌は頼政・公重歌と同一会の作である可能性があろう。『歌合大成』四一六参照。

隆親家歌合　（播州歌合）　5（霞）・55（花）・367（恋）

隆信集五二八「前播磨守隆親歌合し侍りしに」、頼輔集六「前播磨守隆親歌合に霞を詠みてつかはしける」などと同一の歌合である。なお、林葉集八一六「隆親君歌合し侍りしに」も同一会と見て、林葉集の成立年次である治承二年（一一七八）八月二三日以前の開催とも考証されるが、林葉集八一六や、広言集七四の「河内守隆親の歌合、恋の心を」は、別の歌合だった可能性もあろうか。『歌合大成』四一四参照。

令子内親王家会　（二条大宮にて）　15（毎朝聞鶯）

張行年次は不明だが、令子内親王（天養元年（一一四四）没）主催の歌会で、仲正（保延三年（一一三七）までは生存）も出詠している（夫木抄・四三六）ので、頼政三〇歳台半ば以前の、比較的若い時期の詠作機会となる。令子歌壇で出された鶯の結題には、他に「雨中鶯」（今撰集八・為真）がある。

頼政集諸伝本歌順対照表

凡例

一、この対照表は、各伝本における歌順、および当該歌の有無等を示したものである。各伝本の略号は注釈部分の凡例と同一である。その凡例を参照されたい。

一、歌番号と初二句は『新編国歌大観』所収「頼政集」により、初二句は仮名にひらき清音とした。歌順はその掲出順序を基準とし、各伝本におけるそれぞれの歌の掲出順序を歌番号によって示した。なお、詞書、会記、作者名の一部の有無については反映していない。

一、基準となる『新編国歌大観』の歌番号と歌順が異なる箇所は、ゴチック体で示した。内閣文庫本における錯簡部分は、掲出順序が他本と著しく異なる歌群を網掛けで示したが、注釈の〔校異〕には記していない。

一、詞書および歌の有無については、左の表記によって示した。

（1）詞書・歌がともに欠脱している場合…「ナシ」

（2）詞書のみがあって歌を欠く場合…歌番号に《　》

（3）歌のみがあって詞書を欠く場合…歌番号に［　］

（4）歌の一部のみ（上句のみなど）が記される場合…歌番号に〈　〉

なお、※は332二句から333三句に接続して一首を成すことを示す。

一、三井寺切に関しては、右の書式にはよらず、詞書・歌が仮に一部分でも現存しているものは、その番号を示した。『新編国歌大観』の歌番号と歌順が異なる箇所には★を打ち、末尾において状況を説明した。

歌番号	初句	二句	桂	高	下	松	穂	浦	龍	蓬	清	国	内	静	版	群	三
春歌																	
1	あふさかの	せきにしはるを	1	1	1	1	1	1	1	1	1	1	1	1	1	1	
2	ふゆこもる	よしののやまの	2	2	2	2	2	2	2	2	2	2	2	2	2	2	
3	めつらしき	はるにいつしか	3	3	3	3	3	3	3	3	3	3	3	3	3	3	
4	ほのかにも	こすゑはみえし	4	4	4	4	4	4	4	4	4	4	4	4	4	4	
5	ひきわたす	おほはらやまの	5	5	5	5	5	5	5	5	5	5	5	5	5	5	
6	はるくれは	まつそたちきる	6	6	6	6	6	6	6	6	6	6	6	6	6	6	
7	うしちゆく	すゑこそみえね	7	7	7	7	7	7	7	7	7	7	7	7	7	7	
8	はるかすみ	へたつるころは	8	8	8	8	8	8	8	8	8	8	8	8	8	8	
9	あきさゐる	うなかみかたを	9	9	9	9	9	9	9	9	9	9	9	9	9	9	
10	かりゆけは	かたののみのに	10	10	10	10	10	10	10	10	10	10	10	10	10	10	
11	ふるすより	わかきのうめの	11	11	11	11	11	11	11	11	11	11	11	11	11	11	
12	くれたけの	よなよなゆきの	12	12	12	12	12	12	12	12	12	12	12	12	12	12	12
13	はるかせや	なみたつはかり	ナシ	13	ナシ	13	13	13	13	13	13	13	13	13	13	13	13
14	わかめかる	はるにしなれは	14	14	14	14	14	14	14	14	14	14	14	14	14	14	14
15	ひかすゆく	たひのいほりを	15	15	15	15	15	15	15	15	15	15	15	15	15	15	
16	きまさすは	さてもちらなて	16	16	《16》	16	16	16	16	16	16	16	16	16	16	16	
17	うめのはな	ちらはちらなむ	17	17	[17]	17	17	17	17	17	17	17	17	17	17	17	
18	またしとや	うめをみつつも	18	18	18	18	18	18	18	18	18	18	18	18	18	18	
19	かねてきみ	おもひひらくる	19	19	19	19	19	19	19	19	19	19	19	19	19	19	
20	ひとえたも	をしむとなりの	20	20	20	20	20	20	20	20	20	20	20	20	20	20	

21	ここのへの	うちにほへる	21	21	21	21	21	21	21	21	21	21	21	21	21	21	
22	ここのへの	おなしみかきの	22	22	22	22	22	22	22	22	22	22	22	22	22	22	
23	むかしありし	わらやはみやに	23	23	23	23	23	23	23	23	23	23	23	23	23	23	
24	うめのはな	むかしをしのふ	24	24	24	24	24	24	24	24	24	24	24	24	24	24	
25	こちかせの	うめふくかたに	25	25	25	25	25	25	25	25	25	25	25	25	25	25	
26	むらさきも	あけもつらなる	26	26	26	26	26	26	26	26	26	26	26	26	26	26	
27	はるさめに	やなきのかみを	27	27	27	27	27	27	27	27	27	27	27	27	27	27	
28	たにちかき	やとにやきなく	28	28	28	28	28	28	28	28	28	28	28	28	28	28	
29	よろつよの	はるまてさかむ	29	29	29	29	29	29	29	29	29	29	29	29	29	29	
30	たにても	つひのともにや	30	30	30	30	30	30	30	30	30	30	30	30	30	30	
31	いもかこと	こひしきはなの	31	31	31	31	31	31	31	31	31	31	31	31	31	31	31
32	おもひやれ	きみかためにと	32	32	32	32	32	32	32	32	32	32	32	32	32	32	32
33	あふことを	いそくなりせは	33	33	33	33	33	33	33	33	33	33	33	33	33	33	33
34	あたならす	まもるみかきの	34	34	34	34	34	34	34	34	34	34	34	34	34	34	
35	ここのへの	うちまてひとも	35	35	35	35	35	35	35	35	35	35	35	35	35	35	
36	ももしきの	はるにこころを	36	36	36	36	36	36	36	36	36	36	36	36	36	36	
37	はるにあかて	みちをまとはは	37	37	37	37	37	37	37	37	37	37	37	37	37	37	
38	きみかすむ	やとのこすゑの	38	38	38	38	38	38	38	38	38	38	38	38	38	38	
39	みさへなり	ちらてやむへき	39	39	39	39	39	39	39	39	39	39	39	39	39	39	
40	さくらはな	みるにつけてそ	40	40	40	40	40	40	40	40	40	40	40	40	40	40	
41	くれぬまは	はなにたくへて	41	41	41	41	41	41	41	41	41	41	41	41	41	41	
42	はなゆゑに	なかしとおもはぬ	42	42	42	42	42	42	42	42	42	42	42	42	42	42	

43	あつまちや	はるのむかひに	43	43	43	43	43	43	43	43	43	43	43	43	43	43	
44	ちりまさる	こすゑやあると	44	44	44	44	44	44	44	44	44	44	44	44	44	44	
45	おのつから	はなのしたにし	45	45	45	45	45	45	45	45	45	45	45	45	45	45	
46	みやまきの	そのこすゑとも	46	46	46	46	46	46	46	46	46	46	46	46	46	46	
47	やまさくら	ちるもちらぬも	47	47	47	47	47	47	47	47	47	47	47	47	47	47	
48	さくらさく	こすゑをみれと	48	48	48	48	48	48	48	48	48	48	48	48	48	48	
49	はなさそふ	かせをまちえて	49	49	49	49	49	49	49	49	49	49	49	49	49	49	
50	くやしくも	あさゐるくもに	**51**	**51**	**51**	**51**	**51**	50	**51**	**51**	**51**	**51**	**51**	**51**	**51**	**51**	
51	はなさそふ	やましたかせの	**50**	**50**	**50**	**50**	**50**	51	**50**	**50**	**50**	**50**	**50**	**50**	**50**	**50**	
52	さくかけの	みつにさなから	52	52	52	52	52	52	52	52	52	52	52	52	52	52	
53	あふみちや	まののはまへに	53	53	53	53	53	53	53	53	53	53	53	53	53	53	
54	ちりはてて	のちやわかみに	54	54	54	54	54	54	54	54	54	54	54	54	54	54	
55	さくらはな	さけるさかりは	55	55	55	55	55	55	55	55	55	55	55	55	55	55	
56	ちりぬれは	ほとをへたつと	56	56	56	56	56	56	56	56	56	56	56	56	56	56	
57	わかやとの	はなはねたくや	57	57	57	57	57	57	57	57	57	57	57	57	57	57	
58	つねよりも	はなのこすゑの	58	58	58	58	58	58	58	58	58	58	58	58	58	58	
59	さくらさく	こすゑはそらか	59	59	59	59	59	59	59	59	59	59	59	59	59	59	
60	けふいくか	おなしところに	60	60	60	60	60	60	60	60	60	60	60	60	60	60	
61	としことに	あられとそおもふ	61	61	61	61	61	61	61	61	61	61	61	61	61	61	61
62	たつねくる	われこそはなを	62	62	62	62	62	62	62	62	62	62	62	62	62	62	62
63	はなさかは	つけよといひし	63	63	63	63	63	63	63	63	63	63	63	63	63	63	
64	けふはあめ	あすはみそれと	64	64	64	64	64	64	64	64	64	64	64	64	64	64	

65	ゆきとたに	みるへきはなの	65	65	65	65	65	65	65	65	65	65	65	65	65	65	
66	をりえたる	つまきこるをに	66	66	66	66	66	66	66	66	66	66	66	66	66	66	
67	いにしへは	いつもいつもと	67	67	67	67	67	67	67	67	67	67	67	67	67	67	
68	これきけや	はなみるわれを	68	68	68	68	68	68	68	68	68	68	68	68	68	68	
69	いりかたに	なりにけるこそ	69	69	69	69	69	69	69	69	69	69	69	69	69	69	
70	いまはとて	はるのたのもを	70	70	70	70	70	70	70	70	70	70	70	70	70	70	
71	あまつそら	ひとつにみゆる	71	71	71	71	71	71	71	71	71	71	71	71	71	71	
72	かへるかり	こゑをほにあくる	72	72	72	72	72	72	72	72	72	72	72	72	72	72	
73	われかみは	かへるなのみそ	73	73	73	73	73	73	73	73	73	73	73	73	73	73	
74	かへりぬる	うさははなにそ	74	74	74	74	74	74	74	74	74	74	74	74	74	74	
75	とりそへて	うゑしさくらの	75	75	75	75	75	75	75	75	75	75	75	75	75	75	
76	てもかけぬ	くもゐのはなの	76	76	76	76	76	76	76	76	76	76	76	76	76	76	76
77	よしのかは	いはせのなみに	77	77	77	77	77	77	77	77	77	77	77	77	77	77	
78	ふきちらす	こすゑのはなを	78	78	78	78	78	78	78	78	78	78	78	78	78	78	
79	ちりはてて	こすゑのはなの	79	79	79	79	79	79	79	79	79	79	79	79	79	79	
80	よそにのみ	おもふくもゐの	80	80	80	80	80	80	80	80	80	80	80	80	80	80	80
81	さのみやは	おもかけならて	81	81	81	81	81	81	81	81	81	81	81	81	81	81	81
82	さくらさく	いそやまちかく	82	82	82	82	82	82	82	82	82	82	82	82	82	82	82
83	かけわたす	きそちのはしの	83	83	83	83	83	83	83	83	83	83	83	83	83	83	83
84	たつねしと	やとにさくらを	84	84	84	84	84	84	84	84	84	84	84	84	84	84	84
85	やまさくら	たつねみるまに	85	85	85	85	85	85	85	85	85	85	85	85	85	85	
86	はなゆゑに	かせないとひそ	86	86	86	86	86	86	86	86	86	86	96	86	86	86	

87	いにしへも	とものみやつこ	87	87	87	87	87	87	87	87	87	87	97	87	87	87	
88	ちりつもる	はなはいつらと	88	88	88	88	88	88	88	88	88	88	98	88	88	88	
89	ちるはなを	かせにおほせて	89	89	89	89	89	89	89	89	89	89	99	89	89	89	
90	ふゆかれの	のへのにひやけ	90	90	90	90	90	90	90	90	90	90	86	90	90	90	
91	めつらしき	ひとにもあひぬ	91	91	91	91	91	91	91	91	91	91	87	91	91	91	
92	ちらさりし	ほとはまもなく	**94**	**94**	**94**	92	92	92	92	92	92	92	88	92	92	92	
93	やまさくら	ちりにけりとは	**95**	**95**	**95**	93	93	93	93	93	93	93	89	93	93	93	
94	はなはみな	ちりぬとおもふ	**92**	**92**	**92**	94	94	94	94	94	94	94	90	94	94	94	
95	はたれゆき	ふるかとみれは	**93**	**93**	**93**	95	95	95	95	95	95	95	91	95	95	95	95
96	なはのうみの	おきゆくふねそ	96	96	96	96	96	96	96	96	96	96	92	96	96	96	
97	ふちなみも	みきはによする	97	97	97	97	97	97	97	97	97	97	93	97	97	97	
98	あたならぬ	まつのえことに	98	98	98	98	98	98	98	98	98	98	94	98	98	98	
99	すみのえの	みきはにまつの	99	99	99	99	99	99	99	99	99	99	95	99	99	99	
100	みるひとを	なとやかへさぬ	100	100	100	100	100	100	100	100	100	100	239	100	100	100	
101	さらぬたに	ゆくかたもなき	101	101	101	101	101	101	101	101	101	101	240	101	101	101	
102	けふそみる	さきさかやまの	102	102	102	102	102	102	102	102	102	102	241	102	102	102	
103	たきのいとに	ぬきとめられす	103	103	103	103	103	103	103	103	103	103	242	103	103	103	
104	やまふきの	はなをうらやみ	104	104	104	104	104	104	104	104	104	104	243	104	104	104	
105	をしめとも	こよひもふけぬ	105	105	105	105	105	105	105	105	105	105		105	105	105	
106	はるもはて	はなもおなしく	106	106	106	106	106	106	106	106	106	106	106	106	106	106	
107	あるしこそ	やまかつならめ	107	107	107	107	107	107	107	107	107	107	107	107	107	107	

夏歌

108	なつころも	みとりのいろも	108	108	108	108	108	108	108	108	108	108	108	108	108	108	
109	けふやさは	うのはないろの	109	109	109	109	109	109	109	109	109	109	109	109	109	109	
110	かみまつる	ころにもなれは	110	110	110	110	110	110	110	110	110	110	110	110	110	110	
111	けふもなほ	うのはなやまは	111	111	111	111	111	111	111	111	111	111	111	111	111	111	
112	うのはなの	かきねなりけり	112	112	112	112	112	112	112	112	112	112	112	112	112	112	
113	うのはなの	みつのかきねに	113	113	113	113	113	113	113	113	113	113	113	113	113	113	
114	かはくたる	うふねにかくる	114	114	114	114	114	114	114	114	114	114	114	114	114	114	
115	あはれさは	おもひしことそ	115	115	115	115	115	115	115	115	115	115	115	115	115	115	
116	てるつきに	いろはとられて	116	116	116	116	116	116	116	116	116	116	116	116	116	116	
117	あやめくさ	ふくへきつきを	117	117	117	117	117	117	117	117	117	117	117	117	117	117	117
118	ほとときす	ききつとかたる	118	118	118	118	118	118	118	118	118	118	118	118	118	118	118
119	こひするか	なにそとひとの	119	119	119	119	119	119	119	119	119	119	119	119	119	119	119
120	をしかふす	なつののくさを	120	120	120	120	120	120	120	120	120	120	120	120	120	120	120
121	なてしこを	わかみのすゑに	121	121	121	121	121	121	121	121	121	121	121	121	121	121	
122	おしのくる	よはのころもを	122	122	122	122	122	122	122	122	122	122	122	122	122	122	
123	くれたけの	あたりすすしき	123	123	123	123	123	123	123	123	123	123	123	123	123	123	
124	ほとときす	そらにもみちを	124	124	124	124	124	124	124	124	124	124	124	124	124	124	
125	まちけりと	われもやきかむ	125	125	125	125	125	125	125	125	125	125	125	125	125	125	
126	かをとめて	やまほとときす	126	126	126	126	126	126	126	126	126	126	126	126	126	126	
127	なくこゑの	きえはつるまて	127	127	127	127	127	127	127	127	127	127	127	127	127	127	
128	ほとときす	なけははるかに	128	128	128	128	128	128	128	128	128	128	128	128	128	128	

129	ほとときす	ききはしめたる	129	129	129	129	129	129	129	129	129	129	129	129	129	129	
130	にしのみか	すすをうちおく	130	130	130	130	130	130	130	130	130	130	130	130	130	130	
131	もろともに	とわたりすなり	131	131	131	131	131	131	131	131	131	131	131	131	131	131	
132	かたらひし	やとはなしとて	132	132	132	132	132	132	132	132	132	132	132	132	132	132	
133	ほとときす	いつもおとせぬ	133	133	133	133	133	133	133	133	133	133	133	133	133	133	
134	まちまたぬ	ひとのこころを	134	134	134	134	134	134	134	134	134	134	134	134	134	134	
135	まちけるも	またさりけるも	135	135	135	135	135	135	135	135	135	135	135	135	135	135	
136	はるすきて	いくかになれは	136	136	136	136	136	136	136	136	136	136	136	136	136	136	
137	うたたねの	ゆめにききなす	137	137	137	137	137	137	137	137	137	137	137	137	137	137	
138	ほとときす	またこそきかね	138	138	ナシ	138	138	138	138	138	138	138	138	138	138	138	
139	よのなかを	すきかてになけ	139	139	139	139	139	139	139	139	139	139	139	139	139	139	
140	ひとこゑは	さやかにすきて	140	140	140	**141**	140	140	140	140	140	140	140	140	140	140	
141	ほとときす	あかてすきにし	141	141	ナシ	**140**	141	141	141	141	141	141	141	141	141	141	
142	なきくたれ	ふしのたかねの	142	142	142	142	142	142	142	142	142	142	142	142	142	142	
143	ほとときす	きけはきくらん	143	143	143	143	143	143	143	143	143	143	143	143	143	143	
144	ほとときす	ともにはきけと	144	144	144	144	144	144	144	144	144	144	144	144	144	144	
145	ほとときす	かたらふころの	145	145	145	145	145	145	145	145	145	145	145	145	145	145	
146	ほとときす	かたらふことを	146	146	146	146	146	146	146	146	146	146	146	146	146	146	
147	けふもまた	やまちにしはの	147	147	147	147	147	147	147	147	147	147	147	147	147	147	
148	まきのとを	しはしなさしそ	148	148	148	148	148	148	148	148	148	148	148	148	148	148	
149	ひとすちに	つきみるほとの	149	149	149	149	149	149	149	149	149	149	149	149	149	149	
150	みやこには	まつらんものを	150	150	150	150	150	150	150	150	150	150	150	150	150	150	

151	いまさらに	なほまてとてや	151	151	151	151	151	151	151	151	151	151	151	151	151
152	あまくもの	はれまにわれも	152	152	152	152	152	152	152	152	152	152	152	152	152
153	あめのまに	おなしくもゐは	153	153	153	153	〈153〉	〈153〉	〈153〉	153	153	153	153	153	153
154	かをりくる	はなたちはなの	154	154	154	154	154	154	154	154	154	154	154	154	154
155	たかさとの	はなたちはなの	155	155	155	155	155	155	155	155	155	155	155	155	155
156	さみたれの	ひをふるままに	156	156	156	156	156	156	156	156	156	156	156	156	156
157	ほとときす	いまはなかしと	157	157	157	157	157	157	157	157	157	157	157	157	157
158	うらかせの	ふきあけにたてる	158	158	158	158	158	158	158	158	158	158	158	158	158
159	いさやその	ほたるのかすは	159	159	159	159	159	159	159	159	159	159	159	159	159
160	くひなとは	おもひもあへす	160	160	160	160	160	160	160	160	160	160	160	160	160
161	こころなく	われおとろかす	161	161	161	161	161	161	161	161	161	161	161	161	161
162	あれはてて	たつるともなき	162	162	162	162	162	162	162	162	162	162	162	162	162
163	かへらめや	にいまくらする	163	163	163	163	163	163	163	163	163	163	163	163	163
164	をふねいる	つたのほそえに	164	164	164	164	164	164	164	164	164	164	164	164	164
165	おほはらや	せかゐのみつを	165	165	165	165	165	165	165	165	165	165	165	165	165
166	まとゐして	いはゐのみつを	166	166	166	166	166	166	166	166	166	166	166	166	166
167	にはのおもは	またかわかぬに	167	167	167	167	167	167	167	167	167	167	167	167	167
168	うきくさを	くもとやいとふ	168	168	168	168	168	168	168	168	168	168	168	168	168
169	なつもなほ	ゆきけのみつの	169	169	169	169	169	169	169	169	169	169	169	169	169
170	なをきくに	おもひなすにや	170	170	170	170	170	170	170	170	170	170	170	170	170
171	つゆはしる	やまのすそのに	171	171	171	171	171	171	171	171	171	171	171	171	171
172	くれぬるか	をちのやまかけ	172	172	172	172	172	172	172	172	172	172	172	172	172

173	よのなかを	うしろになせる	173	173	173	173	173	173	173	173	173	173	173	173	173	173	
174	われにおとる	ひとこそなけれ	174	174	174	174	174	174	174	174	174	174	174	174	174	174	
175	やまかつの	こやのしりへの	175	175	175	175	175	175	175	175	175	175	175	175	175	175	
秋歌																	
176	めにみえぬ	かせのきたらは	176	176	176	176	176	176	176	176	176	176	176	176	176	176	
177	あきかせの	みにしむことを	177	177	177	177	177	177	177	177	177	177	ナシ	177	177	177	
178	えたよわみ	つゆのしらたま	178	178	178	178	178	178	178	178	178	178	178	178	178	178	
179	あさせなき	おほかはしまの	179	179	179	179	179	179	179	179	179	179	179	179	179	179	
180	やまふきや	きくもかさなる	180	180	180	180	180	180	180	180	180	180	180	180	180	180	
181	いてにけり	あたのおほのの	181	181	181	181	181	181	181	181	181	181	181	181	181	181	
182	わかやとの	はきをはよきて	182	182	182	182	182	182	182	182	182	182	182	182	182	182	
183	みやきのの	はなのさかりに	183	183	183	183	183	183	183	183	183	183	183	183	183	183	
184	たひなるは	われらひとりと	184	184	184	184	184	184	184	184	184	184	184	184	184	184	
185	ともとりも	をふねもみえて	185	185	185	185	185	185	185	185	185	185	185	185	185	185	
186	なみたてる	のかはのきしの	186	186	186	186	186	186	186	186	186	186	186	186	186	186	
187	くれぬとて	ひとぬるのへの	187	187	187	187	187	187	187	187	187	187	187	187	187	187	
188	かりころも	われとはすらし	188	188	188	188	188	188	188	188	188	188	188	188	188	188	
189	くまもなき	つきやまはゆき	189	189	189	189	189	189	189	189	189	189	189	189	189	189	
190	くさかくれ	みえぬをしかも	190	190	190	190	190	190	190	190	190	190	190	190	190	190	
191	いなりやま	みねかときけは	191	191	191	191	191	191	191	191	191	191	191	191	191	191	
192	とまりいてて	よふねをこけは	192	192	192	192	ナシ	192	192	192	192	192	192	192	192	192	
193	あきまても	おもかけにさく	193	193	193	193	193	193	193	193	193	193	193	193	193	193	

194	なにたかき	つきはふたよを	194	194	194	194	194	194	194	194	194	194	194	194	194	194	
195	しかのなく	かたをもえこそ	195	195	195	195	195	195	195	195	195	195	195	195	195	195	
196	さそひつる	ひとにもつけて	196	196	196	196	196	196	196	196	196	196	196	196	196	196	
197	つゆしのく	やまちのきくは	197	197	197	197	197	197	197	197	197	197	197	197	197	197	
198	よりかかる	まかきもあれて	198	198	198	198	198	198	198	198	198	198	198	198	198	198	
199	かせふけは	なかかきたたく	199	199	199	199	199	199	199	199	199	199	199	199	199	199	
200	いてぬまは	やまのあなたへ	200	200	200	200	200	200	200	200	200	200	200	200	200	200	
201	よもすから	そらゆくつきを	201	201	201	201	201	201	201	201	201	201	201	201	201	201	
202	つききよみ	こよひそみつる	202	202	202	202	202	202	202	202	202	202	202	202	202	202	
203	ひかりをは	あきのためとや	203	203	203	203	203	203	203	203	203	203	203	203	203	203	
204	のこるへき	かきねのゆきは	204	204	204	204	204	204	204	204	204	204	204	204	204	204	
205	すみよしの	まつのこまより	205	205	205	205	205	205	205	205	205	205	205	205	205	205	
206	うらつたひ	なるをのまつの	206	206	206	206	206	206	206	206	206	206	206	206	206	206	
207	つききよみ	しのふるみちそ	207	207	207	207	207	207	207	207	207	207	207	207	207	207	
208	あきのよも	われにもいたく	208	208	208	208	208	208	208	208	208	208	208	208	208	208	208
209	なもたかき	あきはふたよと	209	209	209	209	209	209	209	209	209	209	209	209	209	209	209
210	つきはたた	こよひをのみそ	210	210	210	210	210	210	210	210	210	210	210	210	210	210	
211	われみても	たくひおほえぬ	211	211	211	211	211	211	211	211	211	211	211	211	211	211	
212	ななそちの	あきにあひぬる	212	212	212	212	212	212	212	212	212	212	212	212	212	212	
213	かけやとす	みたらしかはの	213	213	213	213	213	213	213	213	213	213	213	213	213	213	
214	ひとすちに	あふくこころを	214	214	214	214	214	214	214	214	214	214	214	214	214	214	
215	ありあけの	つきとやわれを	215	215	215	215	215	215	215	215	215	215	215	215	215	215	

216	よもすから	たえまたえまそ	216	216	216	216	216	216	216	216	216	216	216	216	216	216	
217	くももなく	やまのはもなく	217	217	217	217	217	217	217	217	217	217	217	217	217	217	
218	くもりなく	あれたるやとに	218	218	218	218	218	218	218	218	218	218	218	218	218	218	
219	こよひたれ	すすふくかせを	219	219	219	219	219	219	219	219	219	219	219	219	219	219	
220	つきかけに	うつもれぬとや	220	220	220	220	220	220	220	220	220	220	220	220	220	220	
221	てるつきを	くもなへたてそ	221	221	221	221	221	221	221	221	221	221	221	221	221	221	
222	いるつきそ	つねよりもけに	222	222	222	222	222	222	222	222	222	222	222	222	222	222	
223	あめにこそ	いほりはたたね	223	223	223	223	223	223	223	ナシ	223	223	223	223	223	223	
224	つもりよる	ひろたへわたる	224	224	224	224	224	224	224	224	224	224	224	224	224	224	
225	かくはかり	さやけきつきを	225	225	225	225	225	225	225	225	225	225	225	225	225	225	
226	かけたにも	ゐせきにしはし	226	226	226	226	226	226	226	226	226	226	226	226	226	226	
227	ゆふはかは	わたみによとむ	227	227	227	227	227	227	227	227	227	227	227	227	227	227	
228	こころにも	あらてやまねく	228	228	228	228	228	228	228	228	228	228	228	228	228	228	
229	よをこめて	たちきるやまの	229	229	229	229	229	229	229	229	229	229	229	229	229	229	
230	つきかけを	こほりとみれと	230	230	230	230	230	230	230	230	230	230	230	230	230	230	
231	ふきおろす	あらしやまなき	231	231	231	231	231	231	231	231	231	231	231	231	231	231	
232	よもすから	はたおるむしは	232	232	232	232	232	232	232	232	232	232	232	232	232	232	
233	あきののの	をはなかりふく	233	233	233	233	233	233	233	233	233	233	233	233	233	233	
234	いさやこら	なにはほりえの	234	234	234	234	234	234	234	234	234	234	234	234	234	234	
235	あまのはら	あさゆくつきの	235	235	235	235	235	235	235	235	235	235	235	235	235	235	
236	おちかかる	やまのはちかき	236	236	236	236	236	236	236	236	236	236	236	236	236	236	
237	こきいてて	つきはなかめむ	237	237	237	237	237	237	237	237	237	237	237	237	237	237	

238	なれにけむ	おなしくもゐの	238	238	238	238	238	238	238	238	238	238	238	238	238	238	
239	かひふむと	しほひにたてる	**240**	**240**	**240**	**240**	239	239	239	239	239	239	101 100	239	239	239	
240	きりわけて	とふひとはなし	**239**	**239**	**239**	**239**	ナシ	240	240	240	240	240	102	240	240	240	
241	さやかなる	つきのひかりを	241	241	241	241	241	241	241	241	241	241	103	241	241	241	
242	あらしから	あれたるやとの	242	242	242	242	242	242	242	242	242	242	104	242	242	242	242
243	ねひとつと	いまやさすらむ	243	243	243	243	243	243	243	243	243	243	105	243	243	243	243
244	いにしへの	ひとはみきはに	244	244	244	244	244	244	244	244	244	244	244	244	244	244	
245	ほりはてぬ	はなこそあらめ	245	245	245	245	245	245	245	245	245	245	245	245	245	245	
246	ひともとと	さためてそみし	246	246	246	246	246	246	246	246	246	246	246	246	246	246	
247	なきなのみ	いはれのの へ の	247	247	247	247	247	247	247	247	247	247	247	247	247	247	
248	しくれする	そらはくもれと	248	248	248	248	248	248	248	248	248	248	248	248	248	248	
249	こからしの	かせのたつまて	249	249	249	249	249	249	249	249	249	249	249	249	249	249	
250	たましける	にはにうつろふ	250	250	250	250	250	250	250	250	250	250	250	250	250	250	
251	うつしうゑて	このひともとは	251	251	251	251	251	251	251	251	251	251	251	251	251	251	
252	またもなき	あきをこよひは	252	252	252	252	252	252	252	252	252	252	252	252	252	252	252
253	あきにこそ	こよひわかれめ	253	253	253	253	253	253	253	253	253	253	253	253	253	253	
254	あきゆゑに	ねぬよなりけり	254	254	254	254	254	254	254	254	254	254	254	254	254	254	
	冬歌																
255	やまめくる	くものしたにや	255	255	255	255	255	255	255	255	255	255	255	255	255	255	
256	おときけは	あはれともにや	256	256	256	256	256	256	256	256	256	256	256	256	256	256	
257	はれくもり	しくれするひは	257	257	257	257	257	257	257	257	257	257	257	257	257	257	
258	つきもみよ	きくにはにすな	258	258	258	258	258	258	258	258	258	258	258	258	258	258	

259	しらきくの	またさけるかと	259	259	259	259	259	259	259	259	259	259	259	259	259	259	
260	つもりける	ゆきはかりかは	260	260	260	260	260	260	260	260	260	260	260	260	260	260	
261	そてさえて	あらしふくよの	261	261	261	261	261	261	261	261	261	261	261	261	261	261	
262	つきかけを	こほりへたつる	262	262	262	262	262	262	262	262	262	262	262	262	262	262	
263	すみのほる	つきのひかりに	263	263	263	263	263	263	263	263	263	263	263	263	263	263	
264	たにかはの	ふしきのはしに	264	264	264	264	264	264	264	264	264	264	264	264	264	264	
265	このはちる	しかのみやこの	265	265	265	265	265	265	265	265	265	265	265	265	265	265	
266	たつたひめ	こすゑもそむる	266	266	266	266	266	266	266	266	266	266	266	266	266	266	
267	こすゑには	ひとはもみえて	267	267	267	267	267	267	267	267	267	267	267	267	267	267	
268	このはちる	あらしやみすを	268	268	268	268	268	268	268	268	268	268	268	268	268	268	
269	こすゑにも	あらぬゐせきに	269	269	269	269	269	269	269	269	269	269	269	269	269	269	
270	いまはよに	やまのこのはも	270	270	270	270	270	270	270	270	270	270	270	270	270	270	
271	たつたかは	ふきこすかせを	271	271	271	271	271	271	271	271	271	271	271	271	271	271	
272	このはちる	やまちのいしは	272	272	272	272	272	272	272	272	272	272	272	272	272	272	
273	かつまたの	いけのあなたの	273	273	《273》	273	273	273	273	273	273	273	273	273	273	273	
274	もみちはを	よそにみましや	274	274	〔274〕	274	274	274	274	274	274	274	274	274	274	274	274
275	このはちる	やとはかややの	275	275	275	275	275	275	275	275	275	275	275	275	275	275	275
276	みやこには	またあをはにて	276	276	276	276	276	276	276	276	276	276	276	276	276	276	276
277	こをおもふ	にほのうきすの	277	277	277	277	277	277	277	277	277	277	277	277	277	277	277
278	まきなかす	にふのかはせに	278	278	278	278	278	278	278	278	278	278	278	278	278	278	
279	あられふる	かたののくさを	279	279	279	279	279	279	279	279	279	279	279	279	279	279	279
280	あつまめと	ねさめてきけは	280	280	280	280	280	280	280	280	280	280	280	280	280	280	

281	さゆるよは	とほさかりゆく	281	281	281	281	281	281	281	281	281	281	281	281	281	281	
282	うちわたる	やすのかはらに	282	282	282	282	282	282	282	282	282	282	282	282	282	282	
283	よふねこき	おきにてきけは	283	283	283	283	283	283	283	283	283	283	283	**284**	283	283	
284	しくれする	かたののみのを	284	284	284	284	284	284	284	284	284	284	284	**283**	284	284	
285	こえかねて	いまそこしちを	285	285	285	285	285	285	285	285	285	285	285	285	285	285	
286	みのうへに	かからむことそ	286	286	286	286	286	286	286	286	286	286	286	286	286	286	
287	ふるゆきに	きそちのたにも	287	287	287	287	287	287	287	287	287	287	287	287	287	287	
288	ふみわけて	こゆるあらちの	288	288	288	288	288	288	288	288	288	288	288	288	288	288	
289	ゆきすかる	まかきのたけの	289	289	289	289	289	289	289	289	289	289	289	289	289	289	
290	ゆきつもる	やまちにまよふ	290	290	290	290	290	290	290	290	290	290	290	290	290	290	
291	みかりする	のもせにゆきの	291	291	291	291	291	291	291	291	291	291	291	291	291	291	
292	しをりせし	しはのさえたも	292	292	292	292	292	292	292	292	292	292	292	292	292	292	
293	くれぬとて	かへるのへより	293	293	293	293	293	293	293	293	293	293	293	293	293	293	
294	またれつる	ゆきけかとこそ	294	294	294	294	294	294	294	294	294	294	294	294	294	294	
295	しめのうちに	よをとほすかに	295	295	295	295	295	295	295	295	295	295	295	295	295	295	
296	ふねわたす	すみたかはらに	296	296	296	296	296	296	296	296	296	296	296	296	296	296	
297	こしのそら	ゆきけのくもの	297	297	297	297	297	297	297	297	297	297	297	297	297	297	
298	けさみれは	をのやましろし	298	298	298	298	298	298	298	298	298	298	298	298	298	298	
299	ゆきつもる	こしのやまかせ	299	299	299	299	299	299	299	299	299	299	299	299	299	299	
300	ゆきふれは	なにかかみをは	300	300	300	300	300	300	300	300	300	300	300	300	300	300	
301	しのひつま	かへらんあとも	301	301	301	301	301	301	301	301	301	301	301	301	301	301	
302	やまさとの	ゆきをひとりは	302	302	302	302	302	302	302	302	302	302	302	302	302	302	

303	きみませと	いはかしこし	303	303	303	303	303	303	303	303	303	303	303	303	303	303	
304	われかみや	ふるかはみつの	304	304	304	304	304	304	304	304	304	304	304	304	304	304	
305	さゆるよは	つららやまなき	305	305	305	305	305	305	305	305	305	305	305	305	305	305	
306	あさまたき	ゆきふみわけて	306	306	306	306	306	306	306	306	306	306	306	306	306	306	
307	ゆきのうちに	またこむあとを	307	307	307	307	307	307	307	307	307	307	307	307	307	307	
308	かそふれは	わかみもとしも	308	308	308	308	308	308	308	308	308	308	308	308	308	308	
	賀	歌															
309	きみかよは	ちいろのそこの	309	309	309	309	309	309	309	309	309	309	309	309	309	309	
310	きみかよを	なににたとへむと	310	310	310	310	310	310	310	310	310	310	310	310	310	310	
311	むかしより	おきけるちりの	311	311	311	311	311	311	311	311	311	311	311	311	311	311	
312	をのえを	くたすやまひと	312	312	312	312	312	312	312	312	312	312	312	312	312	312	
313	はるのひの	しつかにてらす	313	313	313	313	313	313	313	313	313	313	313	313	313	313	
314	ちとせまて	われをみよとや	314	314	314	314	314	314	314	314	314	314	314	314	314	314	
315	きみかよは	なからのはしを	315	315	315	315	315	315	315	315	315	315	315	315	315	315	
316	ゆくとしの	つもりのはまの	316	316	316	316	316	316	316	316	316	316	316	316	316	316	
317	あまたたひ	きみそみるへき	317	317	317	317	317	317	317	317	317	317	317	317	317	317	
	別	歌															
318	はるはると	ゆくもとまるも	318	318	318	318	318	318	318	318	318	318	318	318	318	318	
319	そのひそと	きくたにかねて	319	319	319	319	319	319	319	319	319	319	319	319	319	319	
320	わするなよ	ふりぬるわれを	320	320	320	320	320	320	320	320	320	320	320	320	320	320	
321	かきりあれは	われこそこはね	321	321	321	321	321	321	321	321	321	321	321	321	321	321	
322	うれしさを	つつみそかぬる	322	322	322	322	322	322	322	322	322	322	322	322	322	322	

部立	番号	初句	第二句	1	2	3	4	5	6	7	8	9	10	11	12	13	14	
旅歌	323	たひねする	かたはうらうら	323	323	323	323	323	323	323	323	323	323	323	323	323	323	
	324	きみかすむ	うらこひしくそ	324	324	324	324	324	324	324	324	324	324	324	324	324	324	
	325	くれてゆく	そなたのあきや	325	325	325	325	325	325	325	325	325	325	325	325	325	325	
	326	われもさそ	おもひよりぬる	326	326	326	326	326	326	326	326	326	326	326	326	326	326	
	327	すててゆく	みやこのかたの	327	327	327	327	327	327	327	327	327	327	327	327	327	327	
哀傷	328	くものうへに	わかれしたつは	328	328	328	328	328	328	328	328	328	328	328	328	328	328	
	329	わかれにし	くもゐをこふる	329	329	329	329	329	329	329	329	329	329	329	329	329	329	
	330	けにもさそ	ありてわかれし	330	330	330	330	330	330	330	330	330	330	330	330	330	330	
	331	あるをたに	さこそとひとは	331	331	331	331	331	331	331	331	331	331	331	331	331	331	
	332	かなしさを	なけくこころも	332	332	332	332	※	332	332	332	332	332	332	332	332	332	
	333	よそなから	なけくこころの	333	333	333	333		333	333	333	333	333	333	333	333	333	
	334	かきりあれは	つきはこよひも	334	334	334	334	334	334	334	334	334	334	334	334	334	334	
	335	このよには	ことはもふみも	335	335	335	335	335	335	335	335	335	335	335	335	335	335	
	336	よそにのみ	かくききききて	336	336	336	336	336	336	336	336	336	336	336	336	336	336	
恋歌	337	おもへとも	いはてしのふの	337	337	337	337	337	337	337	337	337	337	337	337	337	337	
	338	もえいてて	またふたはなる	338	338	338	338	338	338	338	338	338	338	338	338	338	338	
	339	ききしれる	ひともやあらむ	339	339	339	339	339	339	339	339	339	339	339	339	339	339	
	340	みのうさを	なけくにませて	340	340	340	340	340	340	340	340	340	340	340	340	340	340	
	341	ひとしれす	かよふこころの	341	341	341	341	341	341	341	341	341	341	341	341	341	341	

342	ことしけき	あへのいちちに	342	342	342	342	342	342	342	342	342	342	342	342	342	342	
343	しのふとは	きみもかつしる	343	343	343	343	343	343	343	343	343	343	343	343	343	343	
344	あけはとく	かへしなほさむ	344	344	344	344	344	344	344	344	344	344	344	344	344	344	
345	いつまてか	こころにこひを	345	345	345	345	345	345	345	345	345	345	345	345	345	345	
346	うちてても	かひなかりける	346	346	346	346	346	346	346	346	346	346	346	346	346	346	
347	かくれなき	なみたのいろの	347	347	347	347	347	347	347	347	347	347	347	347	347	347	
348	せきかぬる	なみたのかはの	348	348	348	348	348	348	348	348	348	348	348	348	348	348	
349	こひそめて	しはしはゆめに	349	349	349	349	349	349	349	349	349	349	〈349〉	349	349	349	
350	よをなけき	みをうらみても	350	350	350	350	350	350	350	350	350	350	350	350	350	350	
351	おもひわひ	ゆめにみゆとや	351	351	ナシ	351	351	351	351	351	351	351	351	351	351	351	
352	やましろの	みつののさとも	352	352	352	352	352	352	352	352	352	352	352	352	352	352	
353	おちちかふ	よとのかはふね	353	353	353	353	353	353	353	353	353	353	353	353	353	353	
354	まことにや	うらみのはしを	354	354	354	354	354	354	354	354	354	354	354	354	354	354	
355	みつくきは	これをかきりと	355	355	355	355	355	355	355	355	355	355	355	355	355	355	
356	ききもせし	われもきかれし	356	356	356	356	356	356	356	356	356	356	356	356	356	356	
357	おもはすや	たならすゆみに	357	357	357	357	357	357	357	357	357	357	357	357	357	357	
358	よのうさを	おもひいりにし	358	358	358	358	358	358	358	358	358	358	358	358	358	358	
359	おもひやる	こころはかりを	359	359	359	359	359	359	359	359	359	359	359	359	359	359	
360	あさなあさな	こひこそよはれ	360	360	360	360	360	360	360	360	360	360	360	360	360	360	
361	わかそての	しのふもちすり	361	361	361	361	361	361	361	361	361	361	361	361	361	361	
362	みよかしな	はつかあまりの	362	362	362	362	362	362	362	362	362	362	362	《362》	362	362	
363	あひみても	かへれはこやの	363	363	363	363	363	363	363	363	363	363	363	[363]	363	363	

364	いかたおろす	そまやまかはの	364	364	364	364	364	364	364	364	364	364	364	364	364	364	
365	きのふより	なみたおちそふ	365	365	365	365	365	365	365	365	365	365	365	365	365	365	
366	おともせて	ひとかよひける	366	366	366	366	366	366	366	366	366	366	366	366	366	366	
367	わかそての	しほのみちひる	367	367	367	367	367	367	367	367	367	367	367	367	367	367	
368	きみこふと	ゆめのうちにも	368	368	368	368	368	368	368	368	368	368	368	368	368	368	
369	みのほとも	おもひもしらし	369	369	369	369	369	369	369	369	369	369	369	369	369	369	
370	よもすから	いもかむすへる	370	370	370	370	370	370	370	370	370	370	370	370	370	370	
371	こひこひて	まれにうけひく	371	371	371	371	371	371	371	371	371	371	371	371	371	371	
372	のせてやる	わかこころさへ	372	372	372	372	372	372	372	372	372	372	372	372	372	372	
373	こゑはかり	かよふやりとの	373	373	373	373	373	373	373	373	373	373	373	373	373	373	
374	あふみてふ	なをはたかへて	374	374	374	374	374	374	374	374	374	374	374	374	374	374	
375	ひきかへし	いもかかきける	375	375	375	375	375	375	375	375	375	375	375	375	375	375	
376	ともすれは	なみたにしつむ	376	376	376	376	376	376	376	376	376	376	376	376	376	376	
377	いとはるる	みをうらむるや	377	377	377	377	377	377	377	377	377	377	377	377	377	377	
378	わかこひを	さてやわするると	378	378	378	378	〈378〉	378	378	378	378	378	378	378	378	378	
379	あふひとも	なきこひちゆゑ	379	379	379	379	379	379	379	379	379	379	379	379	379	379	
380	わすれつつ	なほそこひしき	380	380	380	380	380	380	380	380	380	380	380	380	380	380	
381	ふるさとを	みれはものこそ	381	381	381	381	381	381	381	381	381	381	381	381	381	381	
382	おもふこと	したにもまるる	〔382〕	382	382	382	382	382	382	382	382	382	382	382	382	382	
383	あめもよに	おもひいてしと	383	383	383	383	383	383	383	383	383	383	383	383	383	383	
384	あめもよに	おもふこころの	384	384	384	384	384	384	384	384	384	384	384	384	384	384	
385	ひとこころ	かはれとあけぬ	《385》	385	385	385	385	385	385	385	385	385	385	385	385	385	

386	わたりこぬ	いもかすみかを	〔386〕	386	386	386	386	386	386	386	386	386	386	386	386	386
387	うちすきし	のかみのさとの	**392**	**392**	**392**	**392**	387	387	**392**	**392**	**392**	**392**	**392**	**392**	**392**	**392**
388	あふことを	いのちにかふる	**387**	**387**	**387**	**387**	388	388	**387**	**387**	**387**	**387**	**387**	**387**	**387**	**387**
389	いまはたた	みをうらみつつ	**388**	**388**	**388**	**388**	389	389	**388**	**388**	**388**	**388**	**388**	**388**	**388**	**388**
390	こひしなむ	のちははかなき	**389**	**389**	**389**	**389**	390	390	**389**	**389**	**389**	**389**	**389**	**389**	**389**	**389**
391	よのなかを	なけかぬほとの	**390**	**390**	**390**	**390**	391	391	**390**	**390**	**390**	**390**	**390**	**390**	**390**	**390**
392	すみよしの	まつとはすれと	**391**	**391**	**391**	**391**	392	392	**391**	**391**	**391**	**391**	**391**	**391**	**391**	**391**
393	しきたへの	まくらはふたつ	393	393	393	393	393	393	393	393	393	393	393	393	393	393
394	ひとはいさ	あかぬよとこに	394	394	394	394	394	394	394	394	394	394	394	394	394	394
395	せきもあへす	はなれておつる	395	395	395	395	395	395	395	395	395	395	395	395	395	395
396	おくやまの	すきのともする	396	396	396	396	396	396	396	396	396	396	396	396	396	396
397	いまはたた	ゆめをのみこそ	397	397	397	397	397	397	397	397	397	397	397	397	397	397
398	つれもなき	ひとにこころを	398	398	398	398	398	398	**399**	398	398	398	398	398	398	398
399	わきもこか	もすそになひく	399	399	399	399	399	399	**398**	399	399	399	399	399	399	399
400	くれなゐに	そめたるそての	400	400	400	400	400	400	400	400	400	400	400	400	400	400
401	まとろまは	おとろかすなよ	401	401	401	401	401	401	401	401	401	401	401	401	401	401
402	すみよしの	おきよりきたる	402	402	402	402	402	402	402	402	402	402	402	402	402	402
403	さゆるよは	ひとをこひしと	403	403	403	403	403	403	403	403	403	403	403	403	403	403
404	あひみても	かねてあしたの	404	404	404	404	404	404	404	404	404	404	404	404	404	404
405	あちきなし	いまはおもはし	405	405	405	405	405	405	405	405	405	405	405	405	405	405
406	ならへたる	うらみもこひも	406	406	《406》	406	406	406	406	406	406	406	406	406	406	406
407	つゆすかる	はきのしたえは	**408**	**408**	〔**408**〕	**408**	407	407	407	407	407	407	407	407	407	407

408	きつつはや	せきもとめなむ	**409**	**409**	**409**	**409**	408	408	408	408	408	408	408	408	408	408	
409	きみこふと	なかめくらせる	**407**	**407**	**407**	**407**	409	409	409	409	409	409	409	409	409	409	
410	みつのおもに	をはうちふれて	410	410	410	410	410	410	410	410	410	410	410	410	410	410	
411	あふことを	いのるかひなき	411	411	411	411	411	411	411	411	411	411	411	411	411	411	
412	ひとしれす	ものをそおもふ	412	412	412	412	412	412	412	412	412	412	412	412	412	412	
413	いとはれは	たたにはいらし	413	413	413	413	413	413	413	413	413	413	413	413	413	413	
414	もしやとて	かくたまつさも	414	414	414	414	414	414	414	414	414	414	414	414	414	414	
415	わかこひを	ほくしにかくる	415	**419**	415	415	415	415	415	415	415	415	415	415	415	415	
416	うちなけき	ぬれとねられす	**419**	**415**	**419**	**419**	416	416	416	416	416	416	416	416	416	416	
417	なかれても	ちきりしいもを	**416**	**416**	**416**	**416**	417	417	417	417	417	417	417	417	417	417	
418	よとともに	おつるなみたや	**417**	**417**	**417**	**417**	418	418	418	418	418	418	418	418	418	418	
419	そてのうへに	おつるなみたの	**418**	**418**	**418**	**418**	419	419	419	419	419	419	419	419	419	419	
420	いのちあらは	もしあふことを	420	420	420	420	420	420	420	420	420	420	420	420	420	420	
421	ととこほる	はるよりさきの	421	421	421	421	421	421	421	421	421	421	421	421	421	421	
422	ととこほる	おとかとききし	422	422	422	422	422	422	422	422	422	422	422	422	422	422	
423	おもへたた	いはにわかるる	423	423	423	423	423	423	423	423	423	423	423	423	423	423	
424	われのみか	まつのねたけに	424	424	424	424	424	424	424	424	424	424	424	424	424	424	
425	いとはるる	わかみきはには	425	425	425	425	425	425	425	425	425	425	425	425	425	425	
426	つれもなき	ひとこそよそに	426	426	426	426	426	426	426	426	426	426	426	426	426	426	
427	おもひかね	もしもやみると	427	427	427	427	427	427	427	427	427	427	427	427	427	427	
428	からさしと	うゑたるたけか	428	428	428	428	428	428	428	428	428	428	428	428	428	428	
429	わきもこは	さかよふやまの	429	429	429	429	429	429	429	429	429	429	429	429	429	429	

430	きみまつと	たてるこかけの	430	430	430	430	430	430	430	430	430	430	430	430	430	430	
431	おちかかる	なみたやしけき	431	431	431	431	431	431	431	431	431	431	431	431	431	431	
432	されはよな	かくてもおなし	432	432	432	432	432	432	432	432	432	432	432	432	432	432	
433	ことのはを	きかすかほなる	433	433	433	433	433	433	433	433	433	433	433	433	433	433	
434	いもこふと	またはしちかき	434	434	434	434	434	434	434	434	434	434	434	434	434	434	
435	なこのうみ	しほひしほみつ	435	435	435	435	435	435	435	435	435	435	435	435	435	435	435
436	みこもりの	うみにやいもか	436	436	436	436	436	436	436	436	436	436	436	436	436	436	436
437	うとからぬ	ひとにはつけし	437	437	437	437	437	437	437	437	437	437	437	437	437	437	
438	ちらさしと	せめてもおもふ	438	438	438	438	438	438	438	438	438	438	438	438	438	438	
439	たまつさに	わかひくすみの	439	439	439	439	439	439	439	439	439	439	439	439	439	439	
440	かものゐる	いはねのいけの	440	440	440	440	440	440	440	440	440	440	440	440	440	440	
441	いもとわれ	おなしこのねの	441	441	441	441	441	441	441	441	441	441	441	441	441	441	
442	ことしけき	おおみやひとを	442	442	442	442	442	442	442	442	442	442	442	442	442	442	442★
443	うきひとの	こゑをはえこそ	443	443	443	443	443	443	443	443	443	443	443	443	443	443	443★
444	くれなゐの	なみたにそまる	444	444	444	444	444	444	444	444	444	444	444	444	444	444	
445	いつこそや	いもかたまつさ	445	445	445	445	445	445	445	445	445	445	445	445	445	445	
446	つれなくは	しひてないひそ	446	446	446	446	446	446	446	446	446	446	446	446	446	446	
447	そのこころ	みちにあふらし	447	447	447	447	447	447	447	447	447	447	447	447	447	447	
448	なきなたに	たたんとおもふ	448	448	448	448	448	448	448	448	448	448	448	448	448	448	448★
449	ひとりねの	とこはさゆれと	449	449	449	449	449	449	449	449	449	449	449	449	449	449	449
450	されはよな	わかみのうさに	450	450	450	450	450	450	450	450	450	450	450	450	450	450	450
451	こひしなむ	のちたにせめて	451	451	451	451	451	451	451	451	451	451	451	451	451	451	451★

452	くらきよも	ややおこるひを	452	452	452	452	452	452	452	452	452	452	452	452	452	452	452★
453	あふことは	なほもかたきの	453	453	453	453	453	453	453	453	453	453	453	453	453	453	453★
454	おもひきや	にひたまくらを	454	454	454	454	454	454	454	454	454	454	454	454	454	454	
455	こひせすと	あらかひはてむ	455	455	455	455	455	455	455	455	455	455	455	455	455	455	
456	こひしさは	とまりもしらて	456	456	456	456	456	456	456	456	456	456	456	456	456	456	
457	しのひしも	いまはあさまの	457	457	457	457	457	457	457	457	457	457	457	457	457	457	457
458	うきにさは	なかやたえまし	458	458	458	458	458	458	458	458	458	458	458	458	458	458	458
459	しもさゆる	こよひしもなと	459	459	459	459	459	459	459	459	459	459	459	459	459	459	
460	おなしくは	われにをなひけ	460	460	460	460	460	460	460	460	460	460	460	460	460	460	
461	まねけとも	こぬゆふされは	461	461	461	461	461	461	461	461	461	461	461	461	461	461	
462	あやなしや	ひとをこふらん	462	462	462	462	462	462	462	462	462	462	462	462	462	462	
463	わきもこか	せはちにちかふ	463	463	463	463	463	463	463	463	463	463	463	463	463	463	
464	よそにのみ	ひとはのきはの	464	464	464	464	464	464	464	464	464	464	464	464	464	464	
465	あやめくさ	そのねにいかて	465	465	465	465	465	465	465	465	465	465	465	465	465	465	
466	あはぬまは	おふるあやめの	466	466	466	466	466	466	466	466	466	466	466	466	466	466	
467	かけたにも	みぬまにおふる	467	467	467	467	467	467	467	467	467	467	467	467	467	467	
468	かねのおとを	ひとりぬるよも	468	468	468	468	468	468	468	468	468	468	468	468	468	468	
469	こひこひて	きみにはしめて	469	469	469	469	469	469	469	469	469	469	469	469	469	469	
470	あさまたき	かせふくのへの	470	470	470	470	470	470	470	470	470	470	470	470	470	470	
471	あけぬとて	かへるなみたに	471	471	471	471	471	471	471	471	471	471	471	471	471	471	
472	むかしより	かへることとは	472	472	472	472	472	472	472	472	472	472	472	472	472	472	
473	たまつさを	みるそとおもへは	473	473	473	473	473	473	473	473	473	473	473	473	473	473	

474	やつはしと	ふきあけのはまと	474	474	474	474	474	474	474	474	474	474	474	474	474	474
475	やつはしは	ふみたえにしを	475	475	475	475	475	475	475	475	475	475	475	475	475	475
476	なかれてと	たのむへきには	476	476	476	476	476	476	476	476	476	476	476	476	476	476
477	あふことの	ととこほれとや	477	477	477	477	477	477	477	477	477	477	477	477	477	477
478	わかためは	かたしくいもか	478	478	ナシ	478	478	478	478	478	478	478	478	478	478	478
479	たちそはぬ	ときのまそなき	479	479	479	479	479	479	479	479	479	479	479	479	479	479
480	とゝめてし	わかこころにや	480	480	480	480	480	480	480	480	480	480	480	480	480	480
481	なけきわひ	ゆめにたにとて	481	481	481	481	481	481	481	481	481	481	481	481	481	481
482	そのかみは	ふみならされし	482	482	482	482	482	482	482	482	482	482	482	482	482	482
483	ひとしれぬ	このはかしたの	[483]	483	483	483	483	483	483	483	483	483	483	483	483	483
484	おもはしと	おもひけれとも	484	484	484	484	484	484	484	484	484	484	484	484	484	484
485	あさころも	かたのまよひに	485	485	485	485	485	485	485	485	485	485	485	485	485	485
486	ひとところ	あれたるやとの	486	486	486	486	486	486	486	486	486	486	486	486	486	486
487	しらさりき	あまのかるもに	487	487	487	487	487	487	487	487	487	487	487	487	487	487
488	あまのかる	もにすむむしの	488	488	488	488	488	488	488	488	488	488	488	488	488	488
489	なみたかは	いろをはそてに	489	489	489	489	489	489	489	489	489	489	489	**490**	489	489
490	とりのこの	すもりにとまる	490	490	490	490	490	490	490	490	490	490	490	**491**	490	490
491	かへるとも	たちはなるなよ	491	491	491	491	491	491	491	491	491	491	491	**489**	491	491
492	をみなへし	そのかたおひは	492	492	492	492	492	492	492	492	492	492	492	492	492	492
493	あふことは	なきさにかへる	493	493	493	493	493	493	493	493	493	493	〈493〉	493	493	493
494	いもをおきて	かとてせしより	494	494	494	494	494	494	494	494	494	494	494	494	494	494
495	おもひきや	いもをとゝめて	495	495	495	495	495	495	495	495	495	495	495	495	495	495

496	497	498	499	500	501	502	503	504	505	506	507	508	509	510	511	512	513	514	515	516	517
みをつまは	たなはたの	きみをわれ	いさやこの	ひらけぬを	うつろはは	あらぬまは	ひをへつつ	ふみみては	まちまちて	しらすなよ	みちのくの	かすならて	なにかその	つれもなき	ふゆくれは	いまはさは	いもならは	しほりあへぬ	わかこころ	なとてわれ	いまはとて
けさのわかれを	ちきりはかりも	あきこそはてね	ひらけぬきくも	あきはてすとや	きくはかりをそ	いかかとおもひし	こひしきことは	いろまさりぬる	なにこころせむ	つほねならひの	かねをはこひて	いひてんことを	きみかしたひも	ひとはまれにも	こまうちわたす	こひもしななん	ひたひのかみを	はなそめころも	なにおほはらに	よそなるそてを	ぬきおくきぬの
496	497	498	499	500	501	502	503	504	505	506	507	508	509	510	511	512	513	514	515	516	517
496	497	498	499	500	501	502	503	504	505	506	507	508	509	510	511	512	513	514	515	516	517
496	497	498	499	500	501	502	503	504	505	506	507	508	509	510	511	512	513	514	515	516	517
496	497	498	499	500	501	502	503	504	505	506	507	508	509	510	511	512	513	514	515	516	517
496	497	498	499	500	501	502	503	504	505	506	507	508	509	510	511	512	513	514	515	516	517
496	497	498	499	500	501	502	503	504	505	506	507	508	509	510	511	512	513	514	515	516	517
496	497	498	499	500	501	502	503	504	505	506	507	508	509	510	511	512	513	514	515	516	517
496	497	498	499	500	501	502	503	504	505	506	507	508	509	510	511	512	513	514	515	516	517
496	497	498	499	500	501	502	503	504	505	506	507	508	509	510	511	512	513	514	515	516	517
496	497	498	499	500	501	502	503	504	505	506	507	508	509	510	511	512	513	514	515	516	517
496	497	498	499	500	501	502	503	504	505	506	507	508	509	510	511	512	513	514	515	516	517
496	497	498	499	500	501	502	503	504	505	506	507	508	509	510	511	512	513	514	515	516	517
496	497	498	499	500	501	502	503	504	505	506	507	508	509	510	511	512	513	514	515	516	517
496	497	498	499	500	501	502	503	504	505	506	507	508	509	510	511	512	513	514	515	516	517
						502	503	504													

518	まことには	くもゐのはなを	518	518	518	518	518	518	518	518	518	518	518	《518》	518	518	518
519	たつねつる	こころのうちを	519	519	519	519	519	519	519	519	519	519	519	〔519〕	519	519	
520	たつねつつ	けふをまちつる	520	520	520	520	520	520	520	520	520	520	520	520	520	520	
521	われをのみ	ひをかそへつつ	521	521	521	521	521	521	521	521	521	521	521	521	521	521	
522	さてもなほ	ひとつてならて	522	522	522	522	522	522	522	522	522	522	522	522	522	522	
523	はなきかは	さすかこたへま	523	523	523	523	523	523	523	523	523	523	523	523	523	523	
524	あふさかを	こえぬものから	524	524	524	524	524	524	524	524	524	524	524	524	524	524	
525	くみてしれ	あふさかやまの	525	525	525	525	525	525	525	525	525	525	525	525	525	525	
526	もろこしの	はなもここには	526	526	526	526	526	526	526	526	526	526	526	526	526	526	
527	もろこしの	はなはわたしの	527	527	527	527	527	527	527	527	527	527	527	527	527	527	
528	あひもせす	あはすもあらぬ	528	528	528	528	528	528	528	528	528	528	528	528	528	528	
529	けさこそは	ならはぬみにも	529	529	529	529	529	529	529	529	529	529	529	529	529	529	
530	しかすかに	ひるはまはゆし	530	530	530	530	530	530	530	530	530	530	530	530	530	530	
531	いまそしる	よるはなみよと	531	531	531	531	531	531	531	531	531	531	531	531	531	531	
532	こえぬとも	えこそおほえね	532	532	532	532	532	532	532	532	532	532	532	532	532	532	
533	いそきつる	けしきにみえぬ	533	533	533	533	533	533	533	533	533	533	533	533	533	533	
534	あふことを	まつよりもけに	534	534	534	534	534	534	534	534	534	534	534	534	534	534	
535	あふことを	まつにもあらぬ	535	535	535	535	535	535	535	535	535	535	535	535	535	535	
536	とへかしな	うきよのなかに	536	536	536	536	536	536	536	536	536	536	536	536	536	536	
537	いかはいき	しなはおくれし	537	537	537	537	537	537	537	537	537	537	537	537	537	537	
538	わすれしと	ちきりしふみの	538	538	538	538	538	538	538	538	538	538	538	538	538	538	
539	たまつさに	かきけるもしは	539	539	539	539	539	539	539	539	539	539	539	539	539	539	

540	すゑまての	ことはないひそ	540	540	540	540	540	540	540	540	540	540	540	540	540	
541	いのちをは	あふにかへてむと	541	541	541	541	541	541	541	541	541	541	541	541	541	
542	いまさらに	さてあはしとや	542	542	542	542	542	542	542	542	542	542	542	542	542	542
543	よとこをは	みきはとなして	543	543	543	543	543	543	543	543	543	543	543	543	543	543
544	みえすとも	ありとしらなむ	544	544	544	544	544	544	544	544	544	544	544	544	544	544
545	おもはれぬ	あまよのそらに	545	545	545	545	545	545	545	545	545	545	545	545	545	545
546	よもすから	まくらをつたふ	546	546	546	546	546	546	546	546	546	546	546	546	546	546
547	しのひこし	ゆふくれなゐの	547	547	547	547	547	547	547	547	547	547	547	547	547	547
548	くれなゐの	あくをはまたて	548	548	548	548	548	548	548	548	548	548	548	548	548	
549	よしさらは	しひてもこひし	549	549	549	549	549	549	549	549	549	549	549	549	549	
550	まことには	こひのやまひを	550	550	550	550	550	550	550	550	550	550	550	550	550	
551	たよりえぬ	なみたのかはの	551	551	551	551	551	551	551	551	551	551	551	551	551	551
552	いにしへは	みかきかはらに	552	552	552	552	552	552	552	552	552	552	552	552	552	552
553	そてひけは	さすかよりきて	553	553	553	553	553	553	553	553	553	553	553	553	553	553
554	きみをおもふ	ひとのこころの	554	554	554	554	554	554	554	554	554	554	554	554	554	
555	われゆゑと	しらすやあらむ	555	555	555	555	555	555	555	555	555	555	555	555	555	
556	こひしなむ	のちはけふりと	556	556	556	556	556	556	556	556	556	556	556	556	556	
557	すむとしも	なくてすきにし	557	557	557	557	557	557	557	557	557	557	557	557	557	
558	ひともみな	むすふなれとも	558	558	558	558	558	558	558	558	558	558	558	558	558	
559	いもをいかて	きそちのはしに	559	559	559	559	559	559	559	559	559	559	559	559	559	
560	いくのこそ	いくかひなくて	560	560	560	560	560	560	560	560	560	560	560	560	560	
561	あふことそ	またてけぬへき	561	561	561	561	561	561	561	561	561	561	561	561	561	

562	こころをは	むかひのきしに	562	562	562	562	562	562	562	562	562	562	562	562	562	
563	おいのなみ	つひによるへき	563	563	563	563	563	563	563	563	563	563	563	563	563	
564	としふりて	いろかはりぬる	564	564	564	564	564	564	564	564	564	564	564	564	564	
565	あさねかみ	さこそはおいの	565	565	565	565	565	565	565	565	565	565	565	565	565	
566	けふとても	とはぬあやめの	566	566	566	566	566	566	566	566	566	566	566	566	566	
567	ひにそへて	ねそみまほしき	567	567	567	567	567	567	567	567	567	567	567	567	567	
568	ひをへつつ	そふるつらさを	568	568	568	568	568	568	568	568	568	568	568	568	568	
569	ひとこころ	うつまさになほ	569	569	569	569	569	569	569	569	569	569	569	569	569	
	雑	歌														
570	きみかため	うれしきことは	570	570	570	570	570	570	570	570	570	570	570	570	570	
571	うれしさを	うれしとおもはは	571	571	571	571	571	571	571	571	571	571	571	571	571	
572	おもひやれ	くもゐのつきに	572	572	572	572	572	572	572	572	572	572	572	572	572	
573	くものうへに	こころをふかく	573	573	573	573	573	573	573	573	573	573	573	573	573	
574	ことのはは	したふくかせに	574	574	574	574	574	574	574	574	574	574	574	574	574	
575	ひとしれす	おおうちやまの	575	575	575	575	575	575	575	575	575	575	575	575	575	
576	いつのまに	つきみぬことを	576	576	576	576	576	576	576	576	576	576	576	576	576	
577	まことにや	こかくれたりし	577	577	577	577	577	577	577	577	577	577	577	577	577	
578	そよやけに	こかくれたりし	578	578	578	578	578	578	578	578	578	578	578	578	578	
579	このはるや	おもひひらけて	579	579	579	579	579	579	579	579	579	579	579	579	579	
580	ちるをのみ	まちしさくらを	580	580	580	580	580	580	580	580	580	580	580	580	580	
581	たちかへる	くもゐのたつに	581	581	581	581	581	581	581	581	581	581	581	581	581	
582	もろともに	くもゐをこふる	582	582	582	582	582	582	582	582	582	582	582	582	582	

583	こかくれに	もりこしつきを	583	583	583	583	583	583	583	583	583	583	583	583	583	583	
584	こかくれと	なになけきけん	584	584	584	584	584	584	584	584	584	584	584	584	584	584	
585	みるつきの	いてはしめたる	585	585	585	585	585	585	585	585	585	585	585	585	585	585	
586	なかきよに	いてはしめたる	586	586	586	586	586	586	586	586	586	586	586	586	586	586	
587	わかのうらに	たちのほるなる	587	587	587	587	587	587	587	587	587	587	587	587	587	587	
588	いかにして	たちのほるらん	588	588	588	588	588	588	588	588	588	588	588	588	588	588	
589	くらゐやま	のほるにかねて	589	589	589	589	589	589	589	589	589	589	589	589	589	589	
590	おきなさひ	はふはふのほる	590	590	590	590	590	590	590	590	590	590	590	590	590	590	
591	くらゐやま	たかくなりぬと	591	591	591	591	591	591	591	591	591	591	591	591	591	591	
592	のほりにし	くらゐのやまも	592	592	592	592	592	592	592	592	592	592	592	592	592	592	
593	よそにきく	そてにもあまる	593	593	593	593	593	593	593	593	593	593	593	593	593	593	
594	たもとをは	たちこそかふれ	594	594	594	594	594	594	594	594	594	594	594	594	594	594	
595	いかはかり	たもとせはくも	595	595	595	595	595	595	595	595	595	595	595	595	595	595	
596	しりけりな	くもゐをおりて	596	596	596	596	596	596	596	596	596	596	596	596	596	596	
597	くものうへを	おもひたえにし	597	597	597	597	597	597	597	597	597	597	597	597	597	597	
598	くものうへに	ちよもやちよも	598	598	598	598	598	598	598	598	598	598	598	598	598	598	
599	こかくれて	みしよのつきの	599	599	599	599	599	599	599	599	599	599	599	599	599	599	
600	こかくれて	そのよのつきに	600	600	600	600	600	600	600	600	600	600	600	600	600	600	
601	あけころも	いろをそへにし	ナシ	ナシ	ナシ	601	601	601	601	601	601	601	601	601	601	601	
602	いろそへし	そてにつつみし	ナシ	ナシ	ナシ	602	602	602	602	602	602	602	602	602	602	602	
603	ことわりや	くもゐにのほる	603	603	603	603	603	603	603	603	603	603	603	603	603	603	
604	みえにけむ	ほしのくらゐも	604	604	604	604	604	604	604	604	604	604	604	604	604	604	

605	いかにして	のなかのしみつ	605	605	605	605	605	605	605	605	605	605	605	605	605	605
606	あさかりし	のなかのしみつ	606	606	606	606	606	606	606	606	606	606	606	606	606	606
607	おとはかは	せきいるるのみか	607	607	607	607	607	607	607	607	607	607	607	607	607	607
608	おとはかは	あさきこころは	608	608	608	608	608	608	608	608	608	608	608	608	608	608
609	けふよりは	きみとねのひの	609	609	609	609	609	609	609	609	609	609	609	609	609	609
610	まつになほ	のこりやしけん	610	610	610	610	610	610	610	610	610	610	610	610	610	610
611	ふちのはな	こころにかけは	611	611	611	611	611	611	611	611	611	611	611	611	611	611
612	おもひきや	くものかけはし	612	612	612	612	612	612	612	612	612	612	[612]	612	612	612
613	いたつらに	としもつもりの	613	613	613	613	613	613	613	613	613	613	613	613	613	613
614	おほつかな	たによりいつる	614	614	614	614	614	614	614	614	614	614	614	614	614	614
615	こたへせぬ	みやまかくれの	615	615	615	615	615	615	615	615	615	615	615	615	615	615
616	こたへはそ	そこともきかむ	616	616	616	616	616	616	616	616	616	616	616	616	616	616
617	いろいろに	おもひあつむる	617	617	617	617	617	617	617	617	617	617	617	617	617	617
618	さひしさを	とふへきことと	618	618	618	618	618	618	618	618	618	618	618	618	618	618
619	さひしさは	さやはありしと	619	619	619	619	619	619	619	619	619	619	619	619	619	619
620	むかしわか	なかめしつきの	620	620	620	620	620	620	620	620	620	620	620	620	620	620
621	たのむとも	またこんとしの	621	621	621	621	621	621	621	621	621	621	621	621	621	621
622	いろもかも	こころにふかく	622	622	622	622	622	622	622	622	622	622	622	622	622	622
623	たちはなは	はなのさくまて	623	623	623	623	623	623	623	623	623	623	623	623	623	623
624	ときすきて	なほさかりなる	624	624	624	624	624	624	624	624	624	624	624	624	624	624
625	われそまつ	いつへきみちに	625	625	625	625	625	625	625	625	625	625	625	625	625	625
626	おくれしと	ちきりしことを	626	626	626	626	626	626	626	626	626	626	626	626	626	626

627	くもゐまて	みなのほるなる	627	627	627	627	627	627	627	627	627	627	627	627	627	
628	ひきつれて	くもゐにのほる	628	628	628	628	628	628	628	628	628	628	628	628	628	
629	おとにのみ	きききかれつつ	629	629	629	629	629	629	629	629	629	629	629	629	629	
630	こひこひて	みきわれみえき	630	630	630	630	630	630	630	630	630	630	630	630	630	
631	あさゆふに	なれしむかしの	631	631	631	631	631	631	631	631	631	631	631	631	631	
632	なれにけん	むかしをしのふ	632	632	632	632	632	632	632	632	632	632	〈632〉	632	632	
633	みとせまて	きみにさきたつ	633	633	633	633	633	633	633	633	633	633	633	633	633	
634	よわりゆく	ひつしのあゆみ	634	634	634	634	634	634	634	ナシ	634	634	634	634	634	
635	やるかたに	ふてになみたそ	635	635	635	635	635	635	635	635	635	635	635	635	635	
636	こほるらん	なみたにたくふ	636	636	636	636	636	636	636	636	636	636	636	636	636	
637	やまのはに	いりなんとする	637	637	637	637	637	637	637	637	637	637	637	637	637	
638	ちよまてと	きみにかそへて	638	638	638	ナシ	638	638	638	638	638	638	638	638	638	
639	ありしよの	きみやかたみに	639	639	639	639	639	639	639	639	639	639	639	639	639	
640	よもかはり	すかたもあらぬ	640	640	640	640	640	640	640	640	640	640	640	640	640	
641	ほともなき	かしらのゆきを	641	641	641	641	641	641	641	641	641	641	641	641	641	
642	すゑのつゆ	もとのしつくは	642	642	642	642	642	642	642	642	642	642	642	642	642	
643	きみこすは	たれにみせまし	643	643	643	643	643	643	643	643	643	643	643	643	643	
644	こころある	きみましけれは	644	644	644	644	644	644	644	644	644	644	644	644	644	
645	そこきよみ	むすふかめゐの	645	645	645	645	645	645	645	645	645	645	645	645	645	
646	てにむすふ	かめゐのみつは	646	646	646	646	646	646	646	ナシ	ナシ	646	ナシ	646	ナシ	646	
647	にしのうみに	わたすこころの	647	647	647	647	647	647	647	647	647	647	647	647	647	
648	わかこころ	かめゐにすめと	648	648	648	648	648	648	648	648	648	648	648	648	648	

649	もろともに	いささはゆかむ	649	649	649	649	649	649	649	649	649	649	649	649	649	649
650	おきつなみ	きみさきたてて	650	650	650	650	650	650	650	650	650	650	650	650	650	650
651	みやこへか	われはいそかす	651	651	651	651	651	651	651	651	651	651	651	651	651	651
652	かのきしへ	ゆかまほしさは	652	652	652	652	652	652	652	652	652	652	652	652	652	652
653	ゆきやすく	つとめてゐたる	653	653	653	653	653	653	653	653	653	653	653	653	653	653
654	おもひやれ	あきのきりしの	654	654	654	654	654	654	654	654	654	654	654	654	654	654
655	すみのほる	よるのことちは	655	655	655	ナシ	655	655	655	655	655	655	655	655	655	655
656	ことのねも	きりしかのりも	656	656	656	656	656	656	656	656	656	656	656	656	656	656
657	これをみよ	ひともさこそは	657	657	657	657	657	657	657	657	657	657	657	657	657	657
658	われはたた	かりのうきよそ	658	658	658	658	658	658	658	658	658	658	658	658	658	658
659	きみにあひて	かへりにしより	659	659	659	659	659	659	659	659	659	659	659	659	659	659
660	われはいさ	むかしもしらす	660	660	660	660	660	660	660	660	660	660	660	660	660	660
661	かくしあらは	はやそけなまし	661	661	661	661	661	661	661	661	661	661	661	661	661	661
662	なとやさは	さにるとききし	662	662	662	662	662	662	662	662	662	662	662	662	662	662
663	あかねさす	ひのいつるかたに	663	663	663	663	663	663	663	663	663	663	663	663	663	663
664	つきもれと	まはらにふける	664	664	664	664	664	664	664	664	664	664	664	664	664	664
665	ぬしからそ	おもひしらるる	665	665	665	665	665	665	665	665	665	665	665	665	665	665
666	このはるの	くもゐのはなを	666	666	666	666	666	666	666	666	666	666	666	666	666	666
667	なれゆゑと	くもゐのはなの	667	667	667	667	667	667	667	667	667	667	667	667	667	667
668	うつつにも	かへにもおなし	668	668	668	668	668	668	668	668	668	668	668	668	668	668
669	ゆめのよに	かへよりおつる	669	669	669	669	669	669	669	669	669	669	669	669	669	669
670	はるなから	あきのみやまに	670	670	670	670	670	670	670	670	670	670	670	670	670	670

671	あたにみし	はなのつらさに	671	671	671	671	671	671	671	671	671	671	671	671	671	671	
672	かのきしを	ねかふこころや	672	672	672	672	672	672	672	672	672	672	672	672	672	672	
673	けふこそあれ	つひはほとけと	673	673	673	673	673	673	673	673	673	673	673	673	673	673	
674	かりにやに	しはしやすむる	674	674	674	674	674	674	674	674	674	674	674	674	674	674	
675	あさとあけて	またれやせまし	675	675	675	675	675	675	675	675	675	675	675	675	675	675	
676	あさとあくる	ほとにはゆかし	ナシ	676	ナシ	676	676	676	676	676	676	676	676	676	676	676	
677	みをつめは	いかかはすらむ	677	677	677	677	677	677	677	677	677	677	677	677	677	677	
678	いつはりの	みをはえつまし	678	678	678	678	678	678	678	678	678	678	678	678	678	678	
679	はかなさを	たれかはきみに	679	679	679	679	679	679	679	679	679	679	679	679	679	679	
680	ありなしを	かつはかたみに	680	680	680	680	680	680	680	680	680	680	680	680	680	680	
681	みなもとは	おなしこすゑの	681	681	681	681	681	681	681	681	681	681	681	681	681	681	
682	けにやみな	もとはひとつの	682	682	682	682	682	682	682	682	682	682	682	682	682	682	
683	わたつうみを	そらにまかへて	683	683	683	683	《683》	683	683	683	683	683	683	683	683	683	
684	おもへたた	かみにもあらぬ	684	684	684	684	[684]	684	684	684	684	684	[684]	684	684	684	
685	つねにわれ	ねかふかたにし	685	685	685	685	685	685	685	685	685	685	685	685	685	685	
686	とにかくに	わかみになるる	686	686	686	686	686	686	686	686	686	686	686	686	686	686	
687	はなたるる	かたみにたくふ	687	687	687	687	687	687	687	687	687	687	687	687	687	687	

★442以下は『古筆学大成』掲載の二葉（図版325・327）。図版325の歌順は442～443・451～453・448（番号が連続しない箇所に紙継ぎ痕あるか）。図版327の歌順は449～450。

和歌初句索引

凡例

一、『頼政集新注』上・中・下に収める六八七首の初句を五十音順に並べた。同じ初句が複数ある場合は、二句目も掲げて区別した。

一、初句・二句の本文は〔整定本文〕により仮名にひらいた。初句に関して、整定本文と底本本文とが異なる場合には、底本の初句をも掲げ、末尾に「(底)」を付して示した。

一、歌番号の前には「上」「中」「下」を付し、いずれの巻であるかを示した。

一、「＊」は、『新編国歌大観』と歌の配列が異なること、および底本になく他本によって補った歌であることを示している。凡例二1参照。

一、「ん」は「む」、「むめ」の「む」は「う」で統一した。

あ

く

け

こ

を

『頼政集新注』正誤表

凡例

一、一段目に「巻・頁・訂正箇所」、二段目に誤った字句、三段目に訂正した字句、四段目に備考を記した。ただし、正誤を文章で示した方が適当な場合は、二段目・三段目に訂正内容を記した。また、一段目の「頁」だけでは分かりにくい場合は「行」も示した。

一、訂正事項は、基本的に頁数の早い順に掲げたが、和歌の通し番号の訂正については、関連する通し番号を連続して掲げたため、訂正事項の掲出順が頁数と前後する場合がある。その点は備考に示した。

巻・頁・訂正箇所	誤	正	備考
上巻・26頁・歌番号	13	13*	
上巻・34頁・17番歌〔校異〕	〈詞〉○返し―ナシ（下）	○詞ヲ欠ク（下）	
上巻・50頁9行・26番歌〔補説〕	重家	重家（実は頼輔か）	
上巻・87頁・歌番号	50	51*	
上巻・89頁・歌番号	51	50*	
上巻・87頁・50番歌〔校異〕	〈歌序〉○51・50の順（浦）	〈歌序〉○異同アリ（浦）	浦の歌序は50・51とあり、底本と異なる。

上巻・89頁・51番歌〔校異〕	〈歌序〉○51・50の順（浦）	〈歌序〉○異同アリ（浦）	浦の歌序は50・51とあり、底本と異なる。
上巻・150頁・歌番号	92	92＊	92・93・94・95の歌序を、底本通りの94・95・92・93に訂正する。
上巻・152頁・歌番号	93	93＊	
上巻・153頁・歌番号	94	94＊	
上巻・155頁・歌番号	95	95＊	
上巻・150頁・92番歌〔校異〕	〔校異〕欄冒頭に「〈歌序〉○異同アリ（松・穂・浦・龍・蓬・清・国・内・静・版・群）」を補う。		
上巻・152頁・93番歌〔校異〕	〔校異〕欄冒頭に「〈歌序〉○異同アリ（松・穂・浦・龍・蓬・清・国・内・静・版・群）」を補う。		
上巻・153頁・94番歌〔校異〕	〈歌序〉○94・95・92・93の順（底・高・下）	〈歌序〉○異同アリ（松・穂・浦・龍・蓬・清・国・内・静・版・群）	
上巻・155頁・95番歌〔校異〕	〔校異〕欄冒頭に「〈歌序〉○異同アリ（松・穂・浦・龍・蓬・清・国・内・静・版・群）」を補う。		

上巻・157頁16行・96番歌〔語釈〕	寂然	寂念	
上巻・228頁・140番歌〔校異〕	〈歌序〉○141・140の順（松）	〈歌序〉○異同アリ（松）	
上巻・229頁・141番歌〔校異〕	〈歌序〉○141・140の順（松）	〈歌序〉○異同アリ（松）	
上巻・247頁・153番歌〔校異〕	○もりこはなとか月にをとらん―ナシ（穂・龍）	○下句ヲ欠ク（穂・浦・龍）	
上巻・312頁・192番歌〔校異〕	○コノ歌ヲ欠ク（穂）	○詞・歌ヲ欠ク（穂）	
上巻・385頁・歌番号	239	239＊	239・240の歌序を、底本通りの240・239に訂正する。
上巻・387頁・歌番号	240	240＊	
上巻・385頁・239番歌〔校異〕	〔校異〕欄冒頭に「〈歌序〉○異同アリ（穂・浦・龍・蓬・清・国・内・静・版・群）」を補う。		
上巻・387頁・240番歌〔校異〕	〔校異〕欄〈歌〉の前に「〈歌序〉○異同アリ（浦・龍・蓬・清・国・内・静・版・群）」を補う。		
上巻・442頁・274番歌〔校異〕	〈詞〉○隔谷紅葉―ナシ（下・三）	○詞ヲ欠ク（下・三）	

上巻・460頁・283番歌〔校異〕	〔校異〕欄冒頭に「〈歌序〉○異同アリ（静）」を補う。		
上巻・461頁・284番歌〔校異〕	〔校異〕欄冒頭に「〈歌序〉○異同アリ（静）」を補う。		
上巻・468頁・289番歌〔詠出機会〕	歌林苑歌会	歌林苑十首会	
上巻・507頁・314番歌〔詠出機会〕	承安三年七月右大臣兼実家歌合か	安元元年七月二十三日右大臣兼実家歌合か	
上巻・531頁8行・329番歌〔語釈〕	〔評〕	〔補説〕	
中巻・45頁・363番歌〔校異〕	〔校異〕欄冒頭に「◇詞ヲ欠ク（静）」を補う。		
中巻・109頁・406番歌〔校異〕	◇詞・歌ヲ欠ク（下）	◇歌ヲ欠ク（下）	
中巻・110頁・＊408番歌〔校異〕	〔校異〕欄冒頭に「◇詞ヲ欠ク（下）」を補う。		

あとがき

二〇一六年七月十日、頼政集輪読会は最後の会合を持った。それぞれの手許で校正が済まされた担当箇所のゲラを歌番号順に並べ直し、あわせて解決すべき問題点に最終的な決着をつけるためであったが、せっかく集まったのだから、巻末に付ける初句索引の逆引きもしてしまおうということになった。

龍谷大学安井重雄研究室の清潔な空間で、大きくはない机に向かい合って坐り、一人が『頼政集』の歌を一番から読み上げて、各自分け持った初句索引のゲラをチェックしていった。春部の歌を輪読したのは、十年近くも前のことである。しかし、不思議なことに、頼政の歌が一首一首、声に出して読み上げられるにつれて、我々の脳裡には、その歌々が誰の担当でどんなことが問題になったのか、くっきりと思い起こされるのだった。頼政の歌を読み解こうと格闘し議論し合った面々が、共有した十年に余る時間を、早回しで辿り直し、惜別の挨拶を無言で交わすことのできた、幸福なひとときであった。

頼政集輪読会は二〇〇五年の九月に発足し、ほぼ毎月輪読を行った。発足当時の会場は早稲田大学兼築信行研究室だったが、メンバーの多くが就職等の境遇の変化により西日本に移ってからは、京都が主な輪読の場となった。学校関係の職場はどこも業務が増大し、成果を挙げることが求められる世知辛い所となり、メンバーの誰もが年々多忙になった。それでも、途切れることなく毎月の輪読を続けて、『頼政集』六八七首をすべて読み終えることができたのは、まことに幸せなことと言わねばならない。会の継続を支えた会員個々の努力は言うまでもないことながら、皆で歌を読むことの愉しさと、何より頼政の歌のわからなさと面白さが、我々の輪読をここまで導いてくれたと思う。

「一人では読めなかった」と、ことあるごとに我々は言い合った。頼政の詠は、新しさのある歌を生み出そうとする意思ははっきり感じられるものの、作意を正確に理解することはとても難しかった。二系統に分類される伝本の間で、本文が大きく異なる場合の多いことも、読解をいっそう困難にした。輪読を通して問題のすべてが解明できたわけではない。解ききれずに積み残したことは少なくない。しかし、頼政の詠がよく練りあげられた構想に拠り、措辞表現や趣向にも配慮して詠み出されていることについては、メンバー皆が認識を共有できた。頼政は単に武家歌人として、貴族とは対極的な発想により武骨で珍奇な歌を詠んだのではなく、「新しい歌」を求める文芸潮流に従いながらも和歌の伝統に深く学んで表現の工夫を重ねたからこそ、同時代の和歌の権威である俊恵も俊成も、頼政の歌をあれほど絶賛したのである。

頼政が一首一首に籠めた工夫を、会員が四方から手を伸ばして糸を解きほぐすように読み解いていく作業は、まことに愉しかった。メンバーには関西弁を母語とする者が少なくなく、議論が関西イントネーションで長閑やかに重ねられたことも忘れがたい。わかりにくいことを少しずつ解いていく手段として、関西弁は有効かもしれない。会員は輪読に参加したほか、それぞれの役割をよく遂行した。会場の確保は兼築信行・黒田彰子・安井重雄が担った。「凡例」は野本瑠美が作成・管理にあたった。「人名一覧・会記一覧」の管理と原稿整備は藏中さやか・北條暁子・中村文が担当した。「初句索引」は久保木秀夫が作成した。「歌順対照表」は松本智子・錺武彦・藏中さやかが整備した。「正誤表」は安井重雄が作成し錺武彦が整備した。事情により途中退会した新美哲彦・渡邉裕美子の寄与も忘れてはならない。書き留めることのできない、目に見えぬ各個の配慮や尽力があって、輪読会の活動は支えられてきた。頼りない代表は感謝を述べるしかできることがない。

輪読会には、井上宗雄先生も時折参加してくださった。井上先生は新しい『和歌文学大辞典』（古典ライブラリー）が企画された際に、「頼政の項目は書きたい」とおっしゃっていた。頼政に対しては特に執心がおありだったのだろう。『頼政集新注 上』の刊行は先生が亡くなった年の秋で、我々はついに輪読の成果を先生にお目にかけることができないままになった。先生にお読みいただきお考えをうかがえなかったのは、この上なく残念なことである。先生もまた少し悔しがっていらっしゃるのではないかと思う。

十一年の間に、『頼政集夏部注釈』（私家版）、『頼政集本文集成』（私家版）、『頼政集新注 上』、『頼政集新注 中』、そしてこの『頼政集新注 下』と、五点の成果物を世に問うことができたのは、出版の現況に鑑みてまことに有難いことであった。我々の活動に深い理解を示し、五点すべての刊行を快く引き受けてくださった青簡舎大貫祥子氏に心からの感謝を述べたい。

『頼政集新注 下』の刊行を以て、頼政集輪読会の活動は終了するが、頼政の歌に関しても、頼政自身に関しても、研究はこれからも続く。兼築信行は頼政に関連する論考を輪読会の内外から募って論集を編む心づもりだと聞くし、「解説」を執筆した中村文は頼政について解明せねばならない問題がまだまだ山積していることを痛感している。頼政研究、頼政歌研究はむしろここがスタート地点である。注釈の内容には失考や見落としなどがあろうかと思われる。各会員に忌憚のないご意見をお寄せいただければ幸いである。

二〇一六年九月

頼政集輪読会

代表　中村　文

頼政集輪読会

錺　武彦（かざり・たけひこ）
一九七七年生。早稲田大学大学院文学研究科日本文学専攻博士後期課程修了。博士（文学）。現在、沖縄尚学高等学校教諭。著書『鎌倉時代中後期和歌の研究』（新典社、二〇一二年）、論文「琉球使節による和歌の詠作―読谷山王子朝恒の例を中心に―」（『立教大学日本学研究所年報』12、二〇一四年七月）、「和歌における琉球と薩摩の交流」（鈴木彰・林匡編『島津重豪と薩摩の学問・文化』、勉誠出版、二〇一五年）。

兼築　信行（かねちく・のぶゆき）
一九五六年生。早稲田大学大学院文学研究科日本文学専攻博士後期課程中退。現在、早稲田大学文学学術院教授。著書『聞いて楽しむ百人一首』（創元社、二〇〇九年）、論文「仮名字体弁別意識瞥見」（『国文学研究』178、二〇一六年三月）。

久保木　秀夫（くぼき・ひでお）
一九七二年生。日本大学大学院文学研究科博士後期課程中退。総合研究大学院大学文化科学研究科学位取得。博士（文学）。現在、鶴見大学文学部准教授。著書『林葉和歌集　研究と校本』（笠間書院、二〇〇七年）『中古中世散佚歌集研究』（青簡舎、二〇〇九年）、論文「『発心和歌集』選子内親王作者説存疑」（『中古文学』97、二〇一六年六月）。

藏中　さやか（くらなか・さやか）
一九六三年生。甲南女子大学大学院文学研究科博士後期課程単位取得満期退学。博士（国文学）。現在、神戸女学院大学文学部教授。著書『題詠に関する本文の研究』（おうふう、二〇〇〇年）、『歌合・定数歌全釈叢書八　文集百首全釈』（共著、風間書房、二〇〇七年）、論文「『明題抄』の一面―為広周辺からの照射―」（『文学・語学』214、二〇一五年一二月）。

黒田　彰子（くろだ・あきこ）
一九五一年生。神戸女子大学大学院文学研究科日本文学専攻博士後期課程修了。博士（日本文学）。現在、愛知文教大学人文学部教授。著書『中世和歌論攷　和歌と説話と』（和泉書院、一九九七年）、『俊成論のために』（和泉書院、二〇〇三年）、『仏教文学概説』（共著、和泉書院、二〇〇四年）、『五代集歌枕』（みずほ出版、二〇〇六年）。『校本和歌色葉』（平成二七年度科学研究費補助金成果報告書、二〇一六年）。

中村　文（なかむら・あや）〈代表〉
一九五三年生。立教大学大学院文学研究科日本文学専攻博士後期課程満期退学。博士（文学）。現在、埼玉学園大学人間学部教授。著書『後白河院時代歌人伝の研究』（笠間書院、二〇〇五年）、『和歌文学大系49　正治二年院初度百首』（共著、明治書院、二〇一六年）、論文「穂久邇文庫本『頼政集』を紹介し、『頼政集』

伝本系統分類の再検討に及ぶ」（久保木哲夫編『古筆と和歌』、笠間書院、二〇〇八年）、「『頼政集』雑部冒頭歌群の構想」（『日本文学』二〇一五年七月）。

野本　瑠美（のもと・るみ）
一九八一年生。東京大学大学院人文社会系研究科日本文化研究専攻日本語日本文学専門分野博士課程修了。博士（文学）。現在、島根大学法文学部准教授。論文「『鴨長明集』の贈答歌―寿永百首との比較から」（『島大国文』34号、二〇一四年一月）、「『久安百首』の「短歌」―長歌形式による述懐の方法」（『島大国文』35号、二〇一五年三月）。

北條　暁子（ほうじょう・あきこ）
一九七八年生。早稲田大学大学院文学研究科日本文学専攻博士後期課程退学（研究指導終了）。現在、近江兄弟社中学校教諭。京都女子大学大学院研修者。論文「『とはずがたり』の虚構―父雅忠は大臣になり得たか」（『国文学研究』158、二〇〇九年六月）、「『とはずがたり』における父雅忠像―御産記事と二条の家意識」（『中世文学』55、二〇一〇年）。

松本　智子（まつもと・ともこ）
一九七一年生。福岡大学大学院人文科学研究科博士課程後期日本語日本文学専攻満期退学。現在、神奈川県立国際言語文化アカデミア非常勤司書。論文「献上本『扶桑拾葉集』の形態」（『国文学研究資料館紀要』30、二〇〇四年二月）、「『為忠集』の手法―『頼政集』との類似歌を中心に」（『中世文学』53、二〇〇八年六月）、「早稲田大学図書館蔵『松屋蔵書目録』翻刻」（『早稲田大学図書館紀要』57、二〇一〇年三月）。

安井　重雄（やすい・しげお）
一九六一年生。龍谷大学大学院文学研究科国文学専攻博士課程修了。博士（文学）。現在、龍谷大学文学部教授。著書『藤原俊成　判詞と歌語の研究』（笠間書院、二〇〇六年）、論文「永久四年瞻西雲居寺歌合考―社頭歌合流行の契機として―」（『古典文藝論叢』8、二〇一六年二月）、「社頭歌合の成立」（『国文学論叢』61、二〇一六年二月）。

新注和歌文学叢書 21

頼政集《よりまさしゅう》 新注 下

二〇一六年一〇月三一日 初版第一刷発行

著 者 頼政集輪読会
発行者 大貫祥子
発行所 株式会社青簡舎
〒一〇一-〇〇五一
東京都千代田区神田神保町二-一四
電 話 〇三-五二一三-四八八一
振 替 〇〇一七〇-九-四六五四五二
印刷・製本 株式会社太平印刷社

Printed in Japan
ISBN978-4-903996-95-0 C3092

◎新注和歌文学叢書

編集委員 —— 浅田徹　久保木哲夫　竹下豊　谷知子

1	清輔集新注	芦田耕一	13,000円
2	紫式部集新注	田中新一	8,000円
3	秋思歌 秋夢集 新注	岩佐美代子	6,800円
4	海人手子良集 本院侍従集 義孝集 新注	片桐洋一　三木麻子　藤川晶子　岸本理恵	13,000円
5	藤原為家勅撰集詠 詠歌一躰 新注	岩佐美代子	15,000円
6	出羽弁集新注	久保木哲夫	6,800円
7	続詞花和歌集新注 上	鈴木徳男	15,000円
8	続詞花和歌集新注 下	鈴木徳男	15,000円
9	四条宮主殿集新注	久保木寿子	8,000円
10	頼政集新注 上	頼政集輪読会	16,000円
11	御裳濯河歌合 宮河歌合 新注	平田英夫	7,000円
12	土御門院御百首 土御門院女房日記 新注	山崎桂子	10,000円
13	頼政集新注 中	頼政集輪読会	12,000円
14	瓊玉和歌集新注	中川博夫	21,000円
15	賀茂保憲女集新注	渦巻 恵	12,000円
16	京極派揺籃期和歌新注	岩佐美代子	8,000円
17	重之女集 重之子僧集 新注	渦巻 恵　武田早苗	9,000円
18	忠通家歌合新注	鳥井千佳子	17,000円
19	範永集新注	久保木哲夫　加藤静子　平安私家集研究会	13,000円
20	風葉和歌集新注 一	名古屋国文学研究会	15,000円
21	頼政集新注 下	頼政集輪読会	11,000円

＊継続企画中

〈表示金額は本体価格です〉